De breuk

Beverly Lewis

De breuk

ROMAN

Vertaald door Lia van Aken

de groot goudriaan

Postbus 5018, 8260 GA Kampen
www.kok.nl

Oorspronkelijk verschenen onder de titel *The Parting* bij Bethany House Publishers, a division of Baker Book House, 11400 Hampshire Avenue South, Bloomington, Minnesota 55438, USA

Vertaling Lia van Aken
Omslagillustratie Bethany House Publishers
Omslagontwerp Prins en Prins vormgevers
ISBN 978 90 6140 099 8
NUR 302

Voor mijn oom en tante
Amos en Anna Jane Buchwalter,
die ons veel gelukkige herinneringen schonken
in hun wondergrote huis
in Brownstown, Pennsylvania

EN

aan onze vrienden
John en Rachell Henderson,
die het onverwachte geschenk ontvingen van een kind.

Proloog

Herfst 1966

Zolang als ik me kan herinneren, heb ik met gretig verlangen de oogsttijd afgewacht. Ach, de verlokkelijke geuren die uit mama's keuken komen zweven als het herfst wordt! Maar het is niet zozeer mijn moeders kookkunst als wel die van mijzelf, die het huis vult met aroma's die je het water in de mond doen lopen. Elk jaar vermaak ik me ermee om te kijken op hoeveel manieren ik pompoen kan gebruiken in een hele reeks lekkernijen. Natuurlijk heb je pompoentaart en pompoenbrood. Maar ik vind het ook verrukkelijk om pompoenkoekjes te maken, met stukjes walnoot en bruine suiker erbovenop. En je hebt ook geurige pompoenvla, en zoete pompoenkaneelbroodjes – koffiebroodjes natuurlijk – kaneelpompoenmuffins en, het lekkerste van alles: pompoenkwarktaart.

Terwijl ik wacht tot de taarten beginnen te bubbelen en de koekjes goudbruin worden in de oude gietijzeren oven in mama's keuken, kijk ik met verwondering naar de wereld achter onze hoge ramen en speur ik naar het eerste zweempje van glanzend rood aan de suikerahorns langs de westkant van onze laan. Ook zie ik de glinsterende beek die onder Beaver Dam Road doorloopt en door ons uitgestrekte weiland heen. Hier is het, vlak bij Honeybrook, ten noordoosten van White Horse en midden in de bloementuin van de wereld, waar ik woon met pa en mama en mijn twee oudere zussen Rhoda en Nan.

Maar hoe mooi de bloementuin ook mag zijn, dit jaar kan ik onze eigen pompoenen niet gebruiken om te koken, en ook merk ik minder van de gewoonlijk vrolijk klaterende beek, of van de groeiende opwinding van de komende pret – jeugd*frolics* en nachtelijke plezierritjes. Al die paarvorming onder de oogstmaan.

Helaas heeft onze eigen oogst al plaatsgehad – onvolgroeide stengels zoete maïs, vele hectaren overal om ons heen, te vroeg gesneden. Pa zei dat het feit dat het niet meer dan kniehoog is geworden een slecht voorteken was. 'De tijd zal het leren, zoals met alles,' verklaarde hij. En de tijd heeft het geleerd.

We aanvaardden ons verlies en redden wat er nog over was van de levenloze stengels, om ze te gebruiken als veevoer. Toch staat er nog steeds wat bruin in het veld. Rijen verspreide korte stompen, een wrede herinnering aan wat had kunnen zijn.

Hoewel ik pas zeventien ben, heb ik al een paar waarnemingen gedaan over het verstrijken van de jaren. Sommige worden meer dan andere gekenmerkt door verlies. Nooit eerder dan in dit seizoen hebben we zo veel leden van de Gemeenschap van Eenvoud verloren die op zoek zijn gegaan naar groenere weiden – onze eigen neef Jonathan en zijn familie onder anderen. Maar een oogst verliezen, of enkelen van onze mensen aan de wereld, verbleekt in vergelijking met het grootste verlies van alle.

Ik herinner me die zaterdag in begin juni nog goed. De dag was vol verwachting begonnen, zoals alle marktdagen. Verdriet was wel het laatste waaraan ik dacht op die ochtend dat Caleb Yoder voor de allereerste keer naar me lachte. Ik was druk bezig mijn etenswaren te verkopen aan gretige klanten, toen ik het tintelende gevoel kreeg dat iemand vlakbij naar me stond te kijken. Ik keek op… en daar stond hij.

Ik voelde een golf van energie, alsof iets vanbinnen tegen me zei: *Is hij het?*

Calebs bewonderende blik bleef hangen na zijn gulle glimlach, en tegen de middag vertelde mijn oudste zus, de negentienjarige Nan, me iets wat Calebs eigen zus Rebekah haar had ingefluisterd – dat Rebekah graag wilde dat Caleb me het hof zou maken. Wat wonder-*gut* om te horen!

Maar ja, als ik hem niet al enkele jaren in het geheim leuk had gevonden, hadden de lach en het fluisteren weinig betekend, en de dag zou als elke andere zijn geweest. In plaats daarvan was het de botsing van de beste en de slechtste dagen van mijn leven.

Die avond stierf mijn zusje Suzy. Ze was maar elf maanden jonger dan ik en ze verdronk voordat ze de kans had gekregen om zich te laten dopen en lid te worden van de kerk – een enorme klap voor onze zielen. Mama en ik waren alleen in de bakkerswinkel toen de politieagent kwam met het droevige nieuws, en tot laat in de nacht kon ik niet ophouden met beven.

Sindsdien zijn er bijna honderd dagen gekomen en gegaan, en soms lijkt het of Suzy's ontijdige dood een hele keten van ongewone gebeurtenissen in gang heeft gezet. Ik voel een gat midden in mijn lijf, alsof iemand zijn hand erin heeft gestoken en een groot stuk van mij eruit heeft gehaald. En ik ben boos. De hemelse Vader had toch wel iets kunnen doen om haar te beschermen, om te zorgen dat ze niet stierf? Toch moet ik dit vreselijke dat op mijn pad is gekomen leren aanvaarden. Zo gaat dat bij ons. Ten koste van alles moeten we vertrouwen op goddelijke soevereiniteit, al is dat in het geheim gewoon heel lastig.

Sta ik hierin alleen?

Mijn zusje was een waaghals, eerlijk gezegd. Mama zei weleens dat die eigenschap in een knap meisje een recept was voor gevaar, en in de laatste maanden van haar leven werd Suzy inderdaad achtervolgd door moeilijkheden. Het was erg genoeg om haar te verliezen, maar ik word ook verscheurd door schuld. Ik heb weleens gehoord van schuldgevoel bij overlevenden – als je je verantwoordelijk voelt omdat iemand van wie je hield is gestorven, en jij bent blijven leven. Maar dat is mijn schuldgevoel niet. Nee, het mijne is vele malen erger.

Meestal kan ik het diep wegduwen, waar ik het nauwelijks voel, maar vaak schiet het zelfverwijt onverwacht omhoog. Suzy had nog kunnen leven. *Jah*, ik weet wel dat haar dood mijn schuld niet was, maar als ik haar die dag had tegengehouden toen ze met haar vriendinnen meeging – en dat had ik gedaan ook als ik had geweten dat ze van plan was om gevaarlijke risico's te nemen – had ik haar kunnen redden. Ik kan alleen maar hopen dat ik dat allemaal eens zal kunnen vergeten. Suzy vergeten zal onmogelijk zijn.

Mijn lieve mama kan aan niet veel anders denken. Wij missen Suzy's aanwezigheid allemaal verschrikkelijk – haar voortdurende fluiten op wasdag, en haar vrolijke, ondeugende glimlach als ze de groentetuin wiedde. Alsof ze iets wist wat wij niet wisten.

Waarschijnlijk zijn het Rhoda en Nan... en ikzelf – die ineens de jongste ben – die onze arme mama door deze verdrietige tijd heen moeten helpen. Bijna al haar energie wordt nog steeds opgebruikt door Suzy. Ik zie haar verdriet in haar opeengeklemde kaken, in de manier waarop ze gezellige bijeenkomsten ontwijkt, in haar verlangen naar de troost van de stilte... naar haar gekoesterde eenzaamheid. Zonder twijfel smacht ze ernaar om weer met Suzy te kunnen praten, haar sproetengezichtje tussen haar handen te nemen en haar tegen zich aan te drukken.

Soms wil ik mama omhelzen en fluisteren: 'Het spijt me

zo. Vergeef me alstublieft.' Maar ze zou het niet begrijpen en mijn woorden zouden niets veranderen.

De waarheid is dat Suzy er niet meer is. Haar lichaam ligt nu in de grond. Ook haar dagboek ligt nu in de grond. Ik heb mijn belofte om het te verbranden als haar iets overkwam verbroken. Dat soort dingen zeggen zussen tegen elkaar. Ze denken dat ze nooit hun lichtzinnig gedane beloften zullen hoeven nakomen. Maar ik wandelde naar het beboste gebied achter de omheinde weide en begroef het diep in de grond, zo was het zo goed als vernietigd. We kunnen ons beter de Suzy herinneren die we allemaal kenden als lief, onschuldig, vrolijk – een trouwe vriendin – en niet wie ze geworden was.

Terwijl mama op haar eigen manier rouwt, praat pa zelden over Suzy. Hij doet haast alsof er niets veranderd is, alsof hij niet is geraakt door haar dood. Toch kan ik niet geloven dat het verlies van zijn jongste dochter hem koud laat. Hij is vast en zeker bedroefd en kan zijn verdriet gewoon niet zo openlijk laten zien als zijn vrouwvolk. Ik zie pijn en zorgen in zijn donkerbruine ogen. *Jah*, in zijn hart lijdt hij natuurlijk aan de schroeiende, voortdurende pijn die wij voelen als we onder elkaar fluisteren over onze lieve Suzy en het mysterie van haar leven… en haar dood. Elke dag worstelen we om de toekomst zonder haar tegemoet te treden.

Maar er glanst een lichtpuntje aan mijn horizon: Caleb Yoder. Ik moet toegeven dat ik met een heleboel jongens opgetrokken heb bij zangavonden en jeugd*frolics*, maar geen van hen kan tippen aan Caleb zoals ik me hem voorstel. Hoewel de dagen voorbijgaan, blijf ik hopen dat hij me nog zal uitnodigen om na een zondagse zangavond of een andere bijeenkomst mee uit rijden te gaan. Zo'n mooi paard als hij ook heeft. Hij zou grinniken als hij wist dat ik zulke dingen dacht!

Ik moet wel dwaas zijn om te denken dat mijn genegenheid voor hem genoeg is om me op de been te houden, terwijl ik me zo bedroefd voel. Misschien heeft Caleb voor zichzelf uitgepuzzeld hoe het zit met Suzy's laatste week en haar dood – wie weet wat hij heeft gehoord; de geruchtenmolen draait op volle toeren. Misschien heeft hij me daarom niet eerder gevraagd met hem uit rijden te gaan, of hij heeft iemand anders. Als dat zo is, kan ik het hem niet kwalijk nemen.

Toch wacht ik ongeduldig af en ik houd mezelf voor dat hij wellicht mijn periode van rouw eerbiedigt, en dat zou nobel zijn. Aan de andere kant heb ik me misschien vergist en heeft hij me nooit opgemerkt, is de wens de vader van de gedachte die geboren is uit een gewond hart. Hoe dan ook, ik besef hoe belangrijk het is om te verlangen naar het beste, zoals mama vroeger altijd zei… voordat ze haar Suzy verloor.

In mijn gedachten *is* Caleb de beste. Hij is bewonderenswaardig en goed van binnenuit. Ik kan alleen maar hopen dat hij nog eens naar me lacht, want hoop is het enige wat ik heb.

Daarom vertragen wij niet... dewijl wij niet aanmerken de dingen, die men ziet, maar de dingen, die men niet ziet; want de dingen, die men ziet, zijn tijdelijk, maar de dingen, die men niet ziet, zijn eeuwig.

2 Korinthe 4:16, 18

Hoofdstuk 1

Ze vroeg zich weleens af hoe haar leven zou zijn geweest als ze maar één voornaam had gekregen. Maar ze had er twee – Nellie, naar haar overgrootmoeder van vaders kant, en Mae, naar mama's jongste zus.

Ondanks de haast stadse klank, had mama gezegd dat de namen goed bij haar pasten, en omdat Nellie Mae bijzondere aandacht schonk aan het creëren van haar taarten, cakes en ander gebak, dacht ze wel dat haar moeder gelijk had.

Maar ik ben niet stads, helemaal niet! Ze snelde over de oprit naar de bakkerswinkel achter het huis, waar pa een ruimte had gemaakt om automobielen en paarden en wagens te parkeren. Nellie Mae keek naar het handgeschilderde bord boven de bakkerswinkel en glimlachte.

Nellie's Zoete Heerlijkheden.

De knusse winkel werd als de hare beschouwd, omdat ze als meisje bijna voortdurend aan het bakken was. Tegen de tijd dat ze deeg kon uitrollen of zorgen dat een taart van twee lagen niet inzakte, bakte ze meer dan haar familie op kon. Het was pa die had voorgesteld om op het terrein een klein winkeltje te bouwen, om Nellie's kostelijke traktaties aan de rest van Honeybrook aan te bieden. Natuurlijk kon het nooit kwaad om wat extra geld binnen te brengen, wat de winkel zeker opbracht, dankzij de mond-tot-mondreclame van Nellie's vele tevreden klanten.

Op deze frisse septembermorgen trok Nellie Mae de groene rolgordijnen voor de ramen omhoog en draaide het bord op de deur vlug op *Open*. Binnen vijf minuten begonnen de vaste klanten binnen te stromen, allemaal *Englischers*, twee met de auto en eentje te voet. De koperen bel aan de deur klingelde vrolijk toen ze een en al glimlach de winkel betraden.

'*Willkumm*,' begroette Nellie als eerste mevrouw Hensley, een vrouw met een uitgesproken zuidelijk accent; toen juffrouw Bachman, die bekendstond om haar zucht naar pindakaas; en Rhoda's werkgever mevrouw Kraybill, met twee van haar kinderen in haar kielzog.

Om niet al te happig te schijnen bleef Nellie Mae netjes achter de toonbank staan terwijl de dames de vitrine bestudeerden. Mevrouw Hensley nam de uitstalling van gebak nauwkeurig op. Onder haar trui droeg ze een kanariegele jurk die op een zak leek. Rhoda had het weleens gehad over zulke tentjurken, zoals ze genoemd werden door de *Englischers*, maar Nellie was te beleefd om te staren naar de felst gekleurde jurk die ze ooit had gezien. Met haar omhoog gekamde pony en hoog opgestoken haar had mevrouw Hensley er niet minder van Eenvoud uit kunnen zien.

Mevrouw Kraybill knipperde met haar mooie ogen boven haar randloze bril en vroeg: 'Heb je er bezwaar tegen als ik alle vier dozijn pompoenkoekjes koop?'

'O, nee hoor, helemaal niet,' zei Nellie vlug.

Mevrouw Hensley wees naar de kaneelrozijnencake die vooraan in het midden van de toonbank lag en tikte met haar gemanicuurde vingernagels tegen het glas. Nellie moest zich inhouden om niet naar voren te buigen en haar te vertellen hoe wonder-*gut* de cake smaakte.

'Hoe doe je dat toch, alles zelf bakken?' vroeg mevrouw Hensley. Haar vingernagels rustten tegen het glas. 'Het is werkelijk verrukkelijk.'

'Smelt in je mond,' voegde juffrouw Bachman eraan toe,

met haar ogen gericht op de pindakaastoffee aan de linkerkant. 'Het is me een raadsel hoe je het voor elkaar krijgt om alles te bakken zonder zelfs maar een recept, juffrouw Nellie Mae. Je bent een wandelend kookboek!' Met een blik naar mevrouw Hensley glimlachte ze. 'Als u het recept wilt, vraagt u het maar. Nellie is even royaal met haar kennis als met de suiker op haar koekjes.'

Nellie Mae bloosde. Ze had altijd een goed geheugen gehad. In haar slaap kon ze ingrediënten en juiste hoeveelheden noemen.

Mevrouw Hensley zocht in haar tas en haalde er haar portefeuille uit en een schrijfblokje. 'Zou je het heel erg vinden, kind? Ik zou die cake dolgraag eens proberen.' Haar ogen smeekten om het recept.

Vlug ratelde Nellie de ingrediënten en juiste hoeveelheden op, een beetje verlegen, al had ze er helemaal geen bezwaar tegen om zulke dingen aan haar vaste klanten te vertellen.

Kwam Caleb Yoder maar eens langs, dacht ze, maar ze bedacht zich. Het was verkeerd om op te scheppen, en dat was zeker wat ze deed door zich uit te sloven met haar bakkunsten omwille van mannelijke bewondering. Maar Nellie kon wel blijven hopen.

Ze richtte haar aandacht op het teruggeven van wisselgeld. Toen mevrouw Hensley klaar was met haar aankopen, hielp ze de twee andere vrouwen, die tot Nellie Mae's verrukking kibbelden wie de toffee mocht hebben.

★

Donderdagochtend vroeg zat Nellie Mae zenuwachtig in het rijtuig van haar oudere broer Ephram. Ze was blij dat mama Nan had gestuurd om op de bakkerswinkel te passen zodat ze dit bezoek kon afleggen. Ze zette haar zwarte bovenmuts recht terwijl Ephram zwijgend aan de rechterkant op het rijtuig zat, met zijn ogen op de weg gericht, terwijl ze naar zijn huis toe reden.

Knus onder haar zware wollen schootdeken stopte ze haar handen in de grijze mof en huiverde. Was het maar weer zomer. Ze dagdroomde dat ze in een groene weide lag, de verrukkelijke geur van wilde bloemen parfumeerde de lucht.

Zal Caleb me de volgende zomer eindelijk naar huis brengen na de zangavond?

Er was al zo veel tijd voorbijgegaan. Niettemin was ze het beu om uit te gaan met jongens die haar niet veel konden schelen, al had ze zich er schuldig aan gemaakt twee jongemannen aan het lijntje te houden. Hoewel ze van hun gezelschap had genoten, waren de meeste jongens met wie ze was uitgegaan saai; geen van hen deed haar hart zingen zoals Caleb op de dag dat hij naar haar had geglimlacht. Alle jongens hier in de buurt hadden plannen om te gaan boeren. Dat vond Nellie Mae prima. Ze hoopte niet op iemand die het anders zou doen. Het enige wat ze wilde was iemand die een eigen mening had, en niet alleen aantrekkelijk was, maar ook smoorverliefd op haar.

Is dat te veel gevraagd?

Een heleboel meisjes trouwden gewoon om onder de pannen te zijn, en daar had zij geen zin in. Ze trouwde niet als het betekende dat ze genoegen moest nemen met iemand om voor te koken en te poetsen en om een hele rij baby's te krijgen. Ze wilde wat mama had met pa; er brandde een gestaag vuurtje tussen hen. Zelfs na al die jaren kon ze dat zien als haar ouders elkaar aankeken.

Ze dwong zichzelf om zich te ontspannen. Het was vandaag warmer in het rijtuig dan gisteren, toen ze met haar moeder naar het warenhuis in Honeybrook was geweest nadat ze haar winkel had gesloten. Ze voelde zich altijd veiliger als haar vader of een van haar vijf oudere broers het span mende. Natuurlijk was het met hen niet half zo leuk als de wilde rijtuigritten met de jongens met wie ze uit was geweest. Zonder twijfel waren de fatale ongelukken van de laatste jaren, waarbij rijtuigen en auto's betrokken waren, voor een deel aan deze roekeloosheid te wijten, en niet alleen aan de vollere hoofdwegen. Het was maar goed dat haar oudste broer – verantwoordelijke echtgenoot en vader van vier kinderen, met de volgende onderweg – de teugels vast in handen hield, net als hij voor zijn gezin deed.

Wie zal de teugels van mijn leven in handen houden?

Ze verschoof haar voeten, zich bewust van de trilling van de wielen op de weg door de hooggesloten zwarte schoenen heen die ze van haar moeder beslist had moeten aantrekken. 'Het is te laat in het seizoen voor blote voeten,' had mama gezegd voordat ze haar liet gaan. 'Doe de groeten aan je schoonzus, wil je?'

Nellie zuchtte, ze keek naar de bomen terwijl het rijtuig haar voortdroeg. Ze keek met afschuw uit naar de komst van de winter met zijn gesel van ijs en wind. Ze wriemelde met haar tenen die opgesloten zaten in de schoenen en snakte naar de vrijheid van blote voeten.

Langs de lange weg waren overal boeren – Amish en *Englisch* naast elkaar – hooibalen aan het persen... het weinige hooi dat er was, dankzij de plaatselijke droogte. Verderop langs de weg kwam de appelboomgaard van de buren in het zicht. Meteen vroeg ze zich af of de boomgaard ook was aangetast. Zou er straks aan het einde van de herfst genoeg fruit zijn om *frolics* te houden voor het maken van cider en appelboter? De appeloogst betekende altijd een grote bijeenkomst van jonge mensen en misschien zou Caleb er ook bij zijn. Een werk*frolic* was voor de jonge mensen een manier om overdag met elkaar in contact te komen, maar pas onder de dekking van de avond vond paarvorming plaats.

Ze probeerde de omgeving buiten te sluiten en liet haar gedachten de vrije loop. Hoe zou het zijn om Caleb tegen te komen op zo'n gezellige samenkomst? Ze ging op in haar dagdroom en wenste dat hij uit zou komen. Ze hoopte dat hij niet zo nieuwsgierig zou zijn naar Suzy's dood als sommige anderen.

Ze schrok op toen haar broer iets zei. 'Je bent erg stil, Nellie Mae.'

Ephram zat niet naar haar te gapen, zoals hij soms deed als ze van en naar zijn huis reisden. De bezoekjes waren weliswaar nogal onregelmatig, maar vanmorgen was hij zo vriendelijk geweest haar mee terug te nemen en haar de wandeling van drie kilometer naar haar schoonzus Maryann te besparen. Als de tijd het toeliet, wilde Nellie ook even langsgaan bij haar beste vriendin Rosanna King.

Het blonde haar van haar broer stak onder zijn zwarte vilthoed uit. Onlangs hadden de mannen de zomerse strohoeden afgezet, iets wat Nellie Mae elke herfst weer overviel.

'Je zit te piekeren,' zei hij.

'Misschien.' Afwezig wreef ze over haar voorhoofd. Had haar frons in het ochtendlicht haar verraden?

'Ach, Nellie, wat zit je dwars?'

Maar ze kon het niet zeggen, al had ze niet zitten piekeren; ze had gewoon zitten mijmeren.

Ze keek hem aan en wendde haar ogen af voordat ze durfde te vragen: 'Heb je iets gehoord over die vergadering waar pa twee weken geleden heen geweest is?'

Ephram draaide zich met een ruk naar haar toe.

Ze glimlachte. 'Ja, dus.'

Zijn ronde kaak verslapte en hij richtte zijn aandacht weer op de weg. Hoewel ze maar zelden met hem praatte, kon

Nellie recht door deze broer heen kijken. Zijn melkvee en zijn groeiende gezin hielden hem tegenwoordig druk bezig, maar Ephrams gevoelens stonden altijd op zijn bolle gezicht geschreven. 'Waar heb je het over?' vroeg hij.

'Ik heb gehoord dat er een vergadering is geweest. En er werd geheimzinnig over gedaan.'

Hij schudde zijn hoofd. Of het afkeer was of terughoudendheid, wist ze niet. Ze wilde het weten, maar ze zou niet verder aandringen. Dat was niet gepast voor een vrouw, zou mama zeggen – maar Nellie nam niet altijd alles aan wat mama vond of voorstelde. Toch was het niet verstandig om nu de roddelpraat te herhalen die ze in de bakkerswinkel had gehoord over het manvolk en hun geheime vergadering. Het was waarschijnlijk de bedoeling dat het inderdaad geheim bleef.

Nellie vroeg zich af of de onvolgroeide oogsten van deze zomer niet voor een deel de oorzaak waren van het tumult van de laatste tijd. Ze had gehoord dat sommige mensen ervan overtuigd waren dat de mislukte oogsten een vreselijke profetie waren over het gebied van Honeybrook. Omdat het probleem beperkt was tot hun gebied, was het of God een waarschuwing had doen uitgaan.

Ze herinnerde zich de ophef die het fenomeen had veroorzaakt. Als boer hing je bestaan af van het welslagen van de oogst. Voedsel voor vee en kippen was van buitenaf aangevoerd. En ook de bakkerswinkel had de nood gevoeld. Er moesten extra ingrediënten worden aangeschaft, wat geld onttrok aan de winst voor het gezin.

Ze verschoof haar gewicht een beetje en staarde uit het andere raam. De zware dauw leek veel op rijp, met de bijtende kou die daarbij hoorde. Toen ze vannacht lagen te slapen, moest de scherpe kou binnengevallen zijn. Het was het eind van de zomer, maar voelde aan als hartje winter. En al betekende dat ijs en sneeuw en wind en kou, Nellie Mae smachtte ernaar dat dit jaar voorbij zou zijn en een splinternieuw, eersteklas jaar zou beginnen.

Ze keek naar haar broer en wenste dat hij zou zeggen dat hij inderdaad iets wist van de vergadering in de schuur van de bisschop.

Wat is het grote geheim?

Ephram sloeg de laan met aan weerskanten bomen in, die naar zijn huis voerde. Meteen zag Nellie Maryann in de deuropening staan. Ze was duidelijk zichtbaar in verwachting en wuifde met haar zakdoekje.

'Ga nu niet tegen háár beginnen met je veronderstellingen en zo,' waarschuwde Ephram. Ze stapte uit het rijtuig om het paard vast te binden aan de daarvoor bestemde paal.

Nellie vroeg zich af waarom hij bijna nooit de naam van zijn vrouw noemde. Veel Amish mannen spraken over hun vrouw als 'zij' of 'haar', in plaats van hun mooie namen te noemen.

Met zo'n man zou ik beslist niet willen trouwen.

Nellie Mae dacht weer aan Caleb. Wat zou hij zeggen van al die roddels? Zou ze met hem kunnen praten, als ze zo ver zou gaan om iets te vragen? Of zou hij haar behandelen op dezelfde afstandelijke manier als Ephram Maryann behandelde?

Hoofdstuk 2

'O, Nellie Mae, wat fijn om je te zien. Kom gauw binnen.' Een stralende Maryann gaf haar een kus op haar wang toen ze het huis betrad.

Nellie gaf haar lange schoonzus een snelle omhelzing. 'Hallo, Maryann. Ook fijn om jou te zien.' Ze deed haar omslagdoek af in de verwelkomende warmte van het huis.

'Je moet vaker komen. Voordat je het weet hebben we weer een kleintje in ons midden.' Maryanns hand ging even naar haar buik.

'*Jah*, en ik kijk ernaar uit hem of haar te ontmoeten.' Nellie zuchtte. '*Ach*, maar het is tegenwoordig zo moeilijk om weg te komen.' Nu mama zo veel verdriet had en de tongen zich nog roerden over Suzy, had pa Nellie duidelijk gemaakt dat zij en zij alleen verantwoordelijk was voor het bedienen van de klanten van de bakkerswinkel – voorlopig tenminste.

'Hoe is het met je lieve mama?'

'Tja, ze heeft het moeilijk.' *Wij allemaal.*

Maryann pakte haar hand, haar hazelnootbruine ogen stonden ernstig. 'Dat is niet verbazingwekkend. Zeg dat ik naar haar gevraagd heb, wil je?'

Nellie knikte.

'Fijn dat je langskomt.' Maryann nam haar mee naar de keuken, waar sassafrasthee stond te trekken en een schaal vol warme havermoutrozijnenkoekjes de lange tafel sierde. 'Wil je wat lekkers?'

Nellie ging zitten, blij dat ze binnen was na de koude rit.

Maryann stond erom bekend dat ze nieuwe koekjes bakte lang voordat het vorige baksel was opgegeten. 'Heerlijk.' Nellie pakte er twee.

Maryann keek haar aan. 'Ach, je neemt er toch wel meer? Je kunt er best een paar pondjes bij hebben, *jah*?'

Nellie was tevreden met wat ze had, en met de kop thee die gezoet werd met een paar druppels honing. Samen praatten ze over het inmaken, wat Maryann al klaar had, en over wat ze de laatste tijd voor de kinderen had genaaid, vooral voor de twee oudsten die deze herfst naar school gingen. Onder het theedrinken voegde Maryann nu en dan nog wat honing toe aan haar thee. Haar drang naar zoetigheid was kennelijk vergroot door haar zwangerschap.

Denkend aan Ephrams waarschuwing onthield Nellie zich van een discussie over roddelpraat. Niettemin zat ze op hete kolen om tegemoet te komen aan de wensen van haar oudste broer, nieuwsgierig om te ontdekken wat Maryann wellicht wist.

Het was te stil in huis, maar ze was er zeker van dat Ephram in de voorkamer was – wat hij aan het doen was, wist ze niet. Het huis was groot en comfortabel, met een klein *Dawdi Haus* aan de ene kant aangebouwd voor Maryanns grootouders, klaar voor het moment dat ze dichterbij moesten komen wonen.

Nellie praatte over koetjes en kalfjes. 'Katie en Becky doen zeker een slaapje?'

'*Jah*, de meisjes waren moe. Katie is een beetje verkouden.'

'Ik zou ze graag nog even willen zien voordat ik straks wegga.'

'Ik verwacht niet dat ze nog lang blijven slapen,' zei Maryann met een glimlach. 'Tussen twee haakjes, je vriendin aan de overkant zou blij zijn met een bezoekje, als je tijd hebt,' voegde ze eraan toe, alsof ze op de hoogte was van Nellie's plannen. 'Rosanna zei vanmorgen zoiets... alsof ze had geraden dat je kwam.' Maryann lachte. 'Jullie tweeën kennen elkaar zo goed.'

Daarop knikte Nellie. Ze was met Rosanna weliswaar niet zo intiem als ze met Suzy geweest was, maar Rosanna was haar even lief als een echte zus. Als enig meisje in een gezin met een hele rij jongens had Rosanna door de jaren heen geregeld Nellie's gezelschap gezocht.

'Rosanna werkt erg hard om al die quilts te maken,' zei Maryann.

'*Jah*, wel zo'n vijftig per jaar.'

Nellie had Rosanna en twee van haar schoonzussen weleens geholpen om binnen heel korte tijd een quilt klaar te krijgen voor klanten. Maar sinds Suzy's dood had Nellie het te druk gehad met haar eigen werk om te helpen of op bezoek te gaan. Nu ze hier in Maryanns keuken zat besefte ze hoe ze beide vrouwen had gemist, vooral Rosanna.

Nellie dronk zwijgend haar thee op en Maryann begon te praten over de komende werk*frolics* en het bruiloftsseizoen in november. Ze had een duidelijke twinkeling in haar ogen.

Natuurlijk was het beter dat Nellie de traditie volgde en haar belangstelling voor Caleb voor zichzelf hield, vooral omdat Iva Beiler en Susannah Lapp tijdens de afgelopen zangavonden tedere blikken zijn kant op hadden geworpen. Caleb was erg knap; dat zou niemand tegenspreken. En al was hij niet zo'n flirt als sommige jongens, hij had beslist een charmante manier van doen. Er was geen twijfel aan dat de opdringerige dochter van de diaken erop gebrand was zijn aandacht te trekken. Nellie zou nooit toegeven dat ze een hekel had aan Susannah, maar als ze zag hoe ze met haar ogen knipperde naar Caleb, jeukten Nellie's vingers om die weeë glimlach van haar knappe gezicht te vegen.

Susannah kon best haar strikken al hebben uitgezet en Caleb gevangen. Misschien had ze daarom niets meer van hem gehoord – hij was vast onder haar neus weggekaapt terwijl zij treurde om Suzy... lang voordat ze zelfs maar een eerlijke kans had gekregen.

Ze nam een tweede kop thee aan en keek uit het raam, geboeid door de eerste herfstkleuren. 'De herfst heeft ons stiekem overvallen, hè?' zei Nellie weemoedig.

De pracht van het seizoen scheen niet zo belangrijk voor Maryann. 'Heb je de laatste geruchten over de kerk gehoord?' vroeg ze ineens fluisterend.

'Iets.'

'Er is verdeeldheid,' zei Maryann ernstig en ze boog zich zo ver naar voren als haar groeiende buik toestond. 'Veel van de broeders zijn het niet eens over de *Ordnung*.'

Nellie schoof dichterbij, blij dat Maryann er zonder vragen mee was gekomen.

'Er broeit narigheid, Nellie Mae. Al bijna een maand nu.'

Hoewel Nellie er zeker van was dat die narigheid haar en haar familie niet raakte, verstrakte ze. Ze vermaande zichzelf. *Tobben is een zonde.*

Bang dat Ephram hen kon horen staarde Nellie doelloos neer op het groengeruite tafelkleed. 'Zeg maar liever niets meer...'

Maryann stond langzaam op om zichzelf nog eens thee in te schenken. Toen ze weer zat, keek ze naar Nellie en knikte zenuwachtig met haar hoofd naar de deur tussen de keuken en de grote voorkamer. Waarschijnlijk zat Ephram maar een paar meter verder.

Nellie begon over iets anders. 'Wanneer denk je dat je weer naar een quiltbijeenkomst gaat?' Ze hoopte hun roddelpraatje ergens anders af te kunnen maken, ver van de luisterende oren van haar broer.

Daarop hield Maryann haar handen in haar zij, klaarblijkelijk barstend van onderdrukte vrolijkheid. 'Jij bent me er eentje, Nellie Mae.'

Nellie glimlachte. Ze bracht haar theekopje naar haar lippen en hoopte dat haar ogen konden overbrengen wat ze dacht. Er was in dit huis niet veel vrijheid om te praten.

Daarom kon ze haast niet wachten om afscheid te nemen van Maryann. Over een paar minuten zou ze naar de overkant rennen om Rosanna te bezoeken, die er alles voor overhad om zwanger te zijn van haar eerste baby, laat staan de vijfde, zoals Maryann.

*

Reuben Fisher zou het aan geen mens hebben verteld, maar hij knarsetandde als een van zijn dochters zei dat ze Suzy miste. Hoe zwaarmoedig hij zich ook voelde, zeker als Betsy in zijn armen huilde om hun jongste, hij kon zich er niet toe zetten om over Suzy te praten. Tegen niemand.

Hij had de gefluisterde geruchten wel gehoord – Suzy was gestorven vanwege haar tegendraadsheid... ze was gezien met wereldse jongens, ze had steeds meer geheimen gehad. Het werd al te gewoon voor jonge mensen in hun *Rumschpringa*, de jaren van hun wilde haren, om zich te buiten te gaan; de fout van hun Suzy was geweest om te sterven in die zorgeloze staat. Daarom, en omdat ze nog niet gedoopt was in de kerk, was ze voor de eeuwigheid verdoemd.

Hij was een vader die troost nodig had, en niemand had tot wie hij zich kon wenden. Niemand bood hem begrip voor de toenemende angst die hem vervulde. Niemand die hem hoop kon geven. Nee, al wat hij kreeg was het standaard antwoord: 'Dit is ons geloof... en het is de soevereine wil van God.'

Alles in Reuben schreeuwde het uit tegen het beeld van zijn jongste die brandde in vuur en zwavel. Ze was nog zo jong, zestien nog maar... niet klaar voor gewichtige zaken als lid worden van de kerk. Tussen servet en tafellaken.

Hij dacht aan zijn neef Jonathan en wat die erover zeggen zou. Kortgeleden had Jonathan een geloof omhelsd dat vreemd was aan het richtsnoer van de kerk voor het leven – hun *Ordnung* – en hij werd daarom als gevaarlijk beschouwd. Wat een man onafhankelijk van de lidmaten verkoos te denken over zulke dingen was totaal niet betrouwbaar.

Jonathans vrouw en volwassen kinderen waren hem gevolgd in zijn geloof, ze stonden achter hem in zijn keuze voor een 'vreemd evangelie', zoals de bisschop de onzin had genoemd waar Jonathan zich nu bij had aangesloten. In feite had Jonathans nageslacht zich zo met hem verenigd, dat de Gemeenschap van Eenvoud er voor had gestemd om het hele gezin in de kerkelijke ban te doen.

Zijn familie voelt tenminste met hem mee, dacht Reuben bedroefd. Hij wenste dat er een weg was om de verstoting te omzeilen, die betekende dat mensen die al sinds lange tijd lid van de kerk waren doodverklaard konden worden, en dat broeders van de kerk – in dit geval Reubens eigen bloedverwant – bijna als verschoppelingen werden behandeld. Hoe langer Jonathan weigerde zijn nieuwe geloof af te wijzen en berouw te tonen, hoe harder het leven zou worden. Het doel van de *Bann* was onhandelbare schapen terug te brengen naar de kerk, waar van hen verwacht werd dat ze de *Ordnung* gehoorzaamden en nooit meer afdwaalden.

Maar hoe triest Jonathans huidige omstandigheden er ook uitzagen, Reuben kon er niet omheen dat zijn neef blijdschap uitstraalde, zelfs na de klap van de verstoting op het stemmen van de oudsten en de lidmaten. Reuben vroeg zich vaak af wat het precies was dat zijn neef zo grondig te pakken had gekregen dat hij de kracht had gevonden om afstand te nemen van alles wat hij kende en liefhad.

Zou het mij kunnen helpen met Suzy's dood om te gaan? Zijn verdriet was vervlochten met een intense nieuwsgierigheid, die hem nu dreef om op bezoek te gaan bij zijn van het rechte pad afgeraakte neef. Dat was vooralsnog nog toegestaan door de bisschop, op voorwaarde dat er geen geld werd uitgewisseld en niet aan dezelfde tafel werd gegeten. Uiteindelijk zou Jonathan afgesneden worden.

Jonathan en zijn vrouw Linda begroetten Reuben hartelijk, en na wat kletspraatjes over het weer en wat niet al, was Reuben het verbod van de bisschop haast vergeten – tenminste, totdat Jonathan in de Schrift begon te lezen.

Ondanks Reubens tegenwerpingen stond Jonathan erop om stukken uit de Bijbel voor te lezen die Reuben nog nooit had gehoord. Zoals de gewoonte was predikten de oudsten elke keer als ze samenkwamen over dezelfde Bijbelteksten. Zelfs Reubens eigen vader en grootvader hadden zich tijdens avondlijke Schriftlezingen aan die beperkte passages gehouden toen Reuben opgroeide. Slechts bepaalde hoofdstukken werden door de bisschop goedgekeurd.

Jonathan bleef doorlezen uit het eerste hoofdstuk van Galaten. '... *het Evangelie, hetwelk van mij verkondigd is, niet is naar den mens. Want ik heb hetzelve ook niet van een mens ontvangen noch geleerd, maar door de openbaring van Jezus Christus.*' Hij keek naar Reuben op. 'Zie je? Het staat er.' Jonathan zuchtte en er welden tranen in zijn ogen op. 'God is in die woorden. Hij openbaart Zich rechtstreeks aan ons.'

'Weet je zeker dat dat er staat?' Reuben boog zich naar voren om zelf te kijken. Hij tuurde naar de verzen 11 en 12 en las ze mompelend hardop voor. Jonathan hield hem niet voor de gek over wat er in de Schrift stond, maar Reuben voelde zijn verstand weerstand bieden. Dit was *niet* de vertrouwde leer die hem in zijn jeugd was ingeprent.

Jonathan greep hem bij de arm. 'Je moet ook het derde hoofdstuk van Johannes eens lezen. Het kan het verschil maken tussen...'

'Wat?' vroeg Reuben, ontsteld ineens. Nooit eerder had hij zo'n intensiteit in de ogen van zijn neef gezien.

Jonathan liet zijn arm los en haalde zijn hand door zijn donkere baard. 'Lees het nou maar, neef.'

Reuben voelde zich heen en weer geslingerd. Hier zat hij nu te praten met een bezoedeld man, een man die ongetwijfeld probeerde hem mee te trekken naar de verkeerde kant van het hek. Het was een grens die Reuben niet wilde oversteken.

'Ga je God tevredenstellen of de oudsten?' vroeg Jonathan.

'Zo simpel is het niet.'

'Tja, toch wel... zoals ik het zie.' Jonathan stak hem zijn oude Bijbel toe. 'Alles wat we moeten weten staat hierin, Reuben – *alles* wat we nodig hebben voor het leven en voor vroomheid. Ik smeek je, lees het. Omwille van je kinderen en kleinkinderen. Zodat ze niet eindigen... als Suzy.'

Reuben begon te beven. 'Wat bedoel je daarmee?!'

'Het spijt me, neef. Ik had niet moeten...'

Reuben voelde zijn toorn oplaaien. 'Door mezelf te laten verstoten krijg ik mijn dochter niet terug,' viel hij hem in de rede terwijl hij zijn hoed opzette. 'Het spijt me dat ik je opgehouden heb, Jonathan.'

Kortaf nam hij afscheid van zijn neef en hij snelde naar zijn paard en rijtuig.

Eenmaal op de weg ziedde hij van woede. Hij had elke kilometer tussen Jonathans huis en het huis van de bisschop nodig om zijn gedachten tot rust te brengen. Hij had de schop van zijn oudste broer meegenomen om terug te brengen en daar was hij blij om. Het werd tijd om wat afstand te nemen van zijn verstoten neef.

Langs de kant van de weg naar het zuiden was een groep koeien onderweg, waaronder jonge ossen. Hij zag het rundvee wedijveren om bosjes groene salie. De jaarlingen bleven dicht bij hun moeders, sommige loeiden onder het lopen.

Hij vond het moeilijk om zijn ogen af te wenden van de koeien met hun kalveren. Zijn zoons fokten grote kudden vee, maar hij had altijd de voorkeur gegeven aan paarden. Hij sloeg het vee gade dat de beek overstak, alsof de dieren hem volgden. Sommige koeien keken naar zijn paard, andere besteedden er geen aandacht aan.

Bij de volgende kruising zag Reuben een rij verfomfaaide late rozen, de laatste bloemen van de zomer. Het huis van de bisschop kwam in zicht en hij verheugde zich erop een paar vriendelijke woorden met zijn oudste broer te wisselen voordat hij doorging naar huis, naar Betsy en zijn werk.

Maar toen hij het paard had vastgebonden en naar de schuur van de bisschop liep, stuitte hij op een spontaan belegde vergadering – het tweede debat over de *Ordnung* in twee weken.

Enkele mannen spraken over tractoren, anderen verhieven hun stem ten gunste van elektriciteit en auto's. 'We willen ze niet alleen, we hebben ze nodig!' speelde iemand op.

Reubens eigen neef, prediker Manny – een afkorting van Emmanuel – schudde zijn hoofd. 'We kunnen ons niet verenigen voor het komende Avondmaal als jullie niet ophouden met dat geschreeuw. Het is onmogelijk om vooruitgang te boeken met de *Ordnung*… niet met zo veel wrijving.'

Ephrams buurman, Abraham Zook, was klaarblijkelijk uit op verandering, hij kneep zijn ogen half dicht terwijl hij sprak. 'Ik eis een wijziging van de *Ordnung* met ingang van volgende maand, vóór de Avondmaalsdienst en de voetwassing.'

De bisschop van het aangrenzende district en zijn twee predikers – allemaal uit Chester County – verhieven hun stem in overeenstemming met prediker Manny, tegen de groeiende groep ontevreden boeren in.

Maar Abraham sloeg geen acht op hen. 'Het is hoog tijd dat we hulp krijgen. De abnormale zomerdroogte heeft sommigen van ons bijna de das omgedaan.'

'Dat is Gods zaak,' zei prediker Manny.

'Nou, ik zeg dat de Goede God ons verstand heeft gegeven en dat moeten we gebruiken.' Abraham wendde zich tot zijn drie zoons, die mompelend met hem instemden. Een van hen spoorde hem aan door hem lichtjes op de rug te tikken. 'We kunnen de kracht van tractoren goed gebruiken. Nu meer dan ooit.'

Waar moet dat eindigen? vroeg Reuben zich af, terwijl hij zich langzaam van het tumult verwijderde. Zwoegen van de vroege morgen tot de late avond werd van de Gemeenschap van Eenvoud nu eenmaal verwacht – zo was het altijd gegaan.

Toen begonnen Old Joe Glick en zijn vier broers, samen met een handjevol ontvlamde neven, de *Ordnung* te verdedigen. Een van de jongere mannen wees met zijn vinger, en enkelen dichter in de buurt van Reuben deden het gebaar na, hun ogen strak gericht op Abraham en zijn zoons. Deze vergadering was nog verhitter dan de vorige, toen veel van deze zelfde mannen waren bijeengekomen om hun frustratie te uiten.

Reuben zette zijn hoed op zijn hoofd en wilde weggaan. Maar achter hem sprak zijn broer. 'Het wordt tijd dat we allemaal naar huis gaan. We hebben werk in overvloed, dacht ik zo,' zei de bisschop.

Abraham fronste zijn wenkbrauwen. '*Jah*, we hebben werk in overvloed, bisschop... en tractoren zouden de last verlichten. We verliezen terrein, in meer dan één opzicht.'

'Die dingen zijn van de duivel, zo zie ik het.' De bisschop zag Reuben staan toen hij zich omdraaide naar Abraham en de anderen. 'Je moet doen wat je hoort te doen, en volgen wat juist en goed is, zoals we allemaal weten. En Abe – en degenen die gelijkgestemd zijn – pas maar op met die opstandige geest van jullie.'

Abraham keek naar de grond en trapte met zijn voet op iets wat Reuben niet kon zien.

Hun zestig jaar oude bisschop schudde zijn hoofd. 'Ik moet zeggen dat hier veel meer aan vastzit dan je op het eerste gezicht ziet. En het kan niet opgelost worden als we vechten als kat en hond.'

Reuben voelde zich gedrongen om eindelijk iets te zeggen. 'Waarom roepen we de lidmaten niet bijeen? We moeten hier een eind aan maken.'

De bisschop en prediker Manny trokken ineens een heel ander gezicht. 'Reuben, je hebt geen idee van waar je het over hebt,' zei zijn broer.

De predikers uit Chester County knikten instemmend.

Toen liet bisschop Josef zich weer horen. 'De teerling is geworpen... we gaan niet weer stemmen. Het is hier de laatste tijd altijd wat: mannen willen tractoren... anderen willen de verstoting afschaffen.' Hij sloeg zijn armen over elkaar voor zijn gedrongen borst. 'We hebben meer nodig dan alweer een bijeenkomst.'

'*Jah*, maar het is beter om de vrouwen hier voorlopig buiten te houden,' zei prediker Manny met zijn blik op Reuben gericht.

'Tja, onze vrouwen zijn niet doof, noch stom.' Reuben deed een stap naar voren. 'Ze weten heus wel dat er iets broeit.' Hij was dat in kringetjes ronddraaien meer dan zat; het werd tijd om een grens te trekken. Hij was vóór de *Ord-*

nung zoals deze nu was, dus waarom pikte Manny hem er eigenlijk uit?

Manny's ogen schoten vuur. 'Hou je gedachten maar voor jezelf, neef.'

Ach, ik ben het met je eens, prediker, begrijp me niet verkeerd, had Reuben willen zeggen.

Nou ja, hij was het met Manny eens over de *meeste* aspecten van de *Ordnung*. Hij dacht weer aan Suzy, die heengegaan was zonder dat ze geknield haar gelofte af had kunnen leggen. Het was hem onmogelijk het pijnlijke weten uit zijn geest te wissen dat de doop in de kerk essentieel was om op de hemel te mogen hopen.

En dan te bedenken dat sommige mensen, in andere kerken, mochten zeggen dat ze van God waren – *verlost*, als het ware – en zich in die verzekering mochten verheugen. Dat was precies wat zijn neef Jonathan geloofde. O, te weten waar je heen ging als je stierf!

Arme, lieve Suzy...

Reuben voelde een knagende leegte in zijn ziel, een zwerend verdriet dat hij weigerde te uiten. Het volgen van de Oude Wegen had zijn geestelijke hunkering niet vervuld, en zijn discussie van vanmorgen met neef Jonathan had het er niet beter op gemaakt.

Hoofdstuk 3

Betsy Fisher, moeder van negen kinderen, vond dat ze veel onderscheidingsvermogen had, al zou ze er nooit over opscheppen. Reuben had haar eens verrast door te zeggen dat ze op een griezelige manier de dingen die mensen zeiden kon ontleden, dat ze door kon stoten naar de waarheid.

Soms had ze het gevoel dat toen haar jongste dochter was verdronken er een einde was gekomen aan alles wat juist en goed was. Zo zouden andere moeders het ook wel voelen als het leven van hun kinderen voortijdig werd afgebroken... als ze te vroeg werden weggenomen van hen die van hen hielden.

Zuchtend staarde Betsy door het keukenraam naar de heldere lucht, blauw als een stuk mooi aardewerk dat ze nog niet zo lang geleden had gezien in een winkel ten noorden van Strasburg. De kleur was haar opgevallen omdat hij zo heel anders was dan het blauw van de stof die goedgekeurd was door de oudsten. Niet het koningsblauw van hun pelerinejurken, maar het zachte en toch uitgesproken blauw van het eitje van een roodborstje.

Ze was blij dat het vandaag niet regende – het weer maakte reizen aangenaam en Ephram was al vroeg gekomen om wat ingemaakte vruchten te brengen van Maryann, en hij had aangeboden Nellie Mae mee te nemen om haar een bezoek te brengen toen hij weer naar huis ging. Aardig dat het zo kon, want Nellie kreeg niet vaak de kans om bij Maryann op bezoek te gaan.

Betsy besefte weer eens dat ze er een hekel aan had als Nellie Mae verder weg was dan de bakkerswinkel. Sinds de dood van Suzy was Nellie de dochter die het meest over haar had gewaakt, alsof zij de diepte van haar moeders verlies het best begreep. Als Nellie de kamer uitging, nam ze iets met zich mee. *Iets wat ik hard nodig heb*, dacht Betsy.

Ze had de laatste tijd vaak het gevoel gehad dat Nellie Mae sterker was dan zijzelf, zelfs als volwassen vrouw. Betsy had vanaf de eerste maanden van het leven van haar dochter diep vanbinnen geweten hoe zelfverzekerd Nellie was – in elk geval sinds Nellie's eerste vastberaden babystapjes op de leeftijd van slechts negenenhalve maand. Het was geen wonder dat zo'n beslist kind uitgegroeid was tot de jonge vrouw die bijna helemaal alleen een winkel runde. Weinig meisjes konden zo veel verantwoordelijkheid aan, laat staan dat ze erbij opbloeiden.

Jah, *Nellie is een sterke vrouw. Ze is altijd zo stabiel...* dacht Betsy. *Tot kortgeleden.*

Ze veegde haar handen af aan haar lange zwarte schort en haastte zich door de middengang van de boerderij, op weg naar de achterdeur. Ze was al voor zonsopgang wakker geweest, en had zoals elke ochtend met Reuben een paar tedere ogenblikken van knuffelen en kletsen gedeeld voordat hij opstond voor een lange dag werken.

Nog eens zuchtend opende Betsy de deur en ademde diep de frisse lucht in. Gisteren pas had ze gezien dat in de donkere bomen nachtvlinders bij elkaar gekropen waren als kleine parapluutjes, een voorbode van de koude periode. Ze keek uit over hun uitgestrekte land, een juweel van een plaats, genesteld in een groene holte – 'ver weg van alles', zei Reuben altijd. Zijn grootvader had hun het land geschonken toen ze meteen na het begin van hun verkering besloten hadden te trouwen. Hun jonge leeftijd had de bisschop verbaasd doen staan, maar hij was volkomen tevreden geweest toen een vol jaar later de baby's begonnen te komen.

Betsy glimlachte. *Zo lang geleden, maar o, die mooie dagen van hard werken en kleintjes grootbrengen.* De bekende brok in haar keel dreigde terug te komen, maar ze dwong zichzelf niet te huilen. *Eén stap tegelijk*, had iemand tegen haar gezegd. Je kwam niet in drie maanden over het verlies van een kind heen. Het zou jaren kosten, en langer nog.

Wat er ook zou komen, Betsy moest zich hierdoor niet kapot laten maken, zoals ze bij anderen had zien gebeuren. Door verdriet beheerste moeders, van wie sommigen kleintjes hadden verloren door toedoen van *Englischers*, die roekeloos om de rijtuigen heen reden en expres vaart maakten, zo leek het.

Doet dit God ook pijn?

Ze kneep haar ogen tot spleetjes, ze mocht geen ruimte geven aan boosheid. Zelfs zogenaamde ongelukken waren de wil van de soevereine Jehova God, wiens wegen hoog verheven waren – hoger dan haar wegen. Beproevingen maakten je toch sterker?

De Bijbel zelf sprak van zulke diepe droefheid – het huilen bleef niet duren, en vreugde kwam in de morgen. Zelfs voor haar zou uiteindelijk de tijd komen dat de vogels weer zongen en de lente bloeide, als het God behaagde haar verdriet in blijdschap te veranderen. Als haar lieve Reuben zulke Schriftteksten las, voelde ze zich vaak getroost en ze had er steun aan.

Betsy fluisterde voor zich uit: 'Piekeren andere mensen ook zoals ik?' Ze verwachtte van wel, hoewel ook zij hadden geleerd zich te houden aan de *Ordnung*; veel regels waren generaties lang doorgegeven. Aanvaard wat het leven brengt en weet dat het in Gods voorzienigheid zo bedoeld was.

Betsy richtte haar gedachten op haar taak en liep naar het

kippenhok. Het oude bouwwerk was kortgeleden zuinig en vindingrijk verstevigd door haar man. Ze dacht aan haar tijd als jonge bruid, toen ze zich verheugd had over Reubens natuurlijke bekwaamheid in het fokken van paarden. Hij was begonnen met de aanschaf van zes kreupele renpaarden op plaatselijke veilingen, voornamelijk Morgandravers, en had hun verwondingen vlekkeloos laten herstellen. Mettertijd waren die paarden en hun nageslacht de beste tuigpaarden geworden, dankzij Reubens vriendelijke, maar volhardende aard en zijn handigheid in het trainen van veulens. Zijn reputatie was nu zodanig dat Amish boeren uit de verre omtrek zich tot hem wendden als ze een betrouwbaar paard nodig hadden. Betsy wist dat ze een goede man had getrouwd; een man met een goed hart ook.

Ze betrapte zichzelf op een zeldzame glimlach en stond stil om over het erf naar de bakkerswinkel te kijken, die pas geverfd en opgeknapt was. *Hoe zou het vandaag met Nan gaan?* Meestal hielp ze veel liever de klanten van Nellie Mae dan dat ze voor de kippen zorgde. Wie niet? Een aardige, warme, vrolijke ruimte. Vriendelijke gezichten, gezellig gepraat... een beetje geroddel. Ze voelde zich de laatste tijd te veel alleen, maar dat was weer iets anders. Het was aan Reuben om uit te maken waar ze voorlopig haar dagen doorbracht.

Ze liep over het erf, op sommige plekken voelde het nog fris aan door de zware dauw. Hier had ze op het grasveld gezeten met de vijf jaar oude Emma, de dochter van haar zoon James. Wat hadden ze in de schaduw van hun oude esdoorn heerlijk aardbeien gegeten van de fruitboerderij van de Kaufmanns.

Was dat pas afgelopen juni – voordat Suzy stierf?

Een plotseling verlangen sprong op naar het kind dat zo veel leek op Suzy, maar dat meer gevoel bezat voor goed en kwaad. Ze wenste dat Emma niet zo snel opgroeide. De keren dat ze op haar *Mammi's* schoot kroop, werden al schaarser. *Ze denkt dat ze daar nu te groot voor is*, veronderstelde Betsy.

Wat groeide allebei te hard? Kinderen en onkruid.

Luid zuchtend duwde ze de deur van het kippenhok open. De hennen flapperden met hun vleugels en kakelden gretig. '*Kumm* maar halen.' Ze reikte naar de zak met voer en wist meteen weer waarom ze niets gaf om deze taak. De dag nadat Suzy verdronken was, was ze alleen met dit werk begonnen omdat ze het niemand anders wilde laten doen.

Sindsdien had ze vaak overwogen haar plaats af te staan. 'Denk als Nellie Mae... wees sterk,' sprak Betsy zichzelf toe. Toch had ze moeite het werkje af te maken en weer in huis te gaan om een poosje te zitten. Kon haar nu jongste kind maar voelen hoe hard ze thuis nodig was.

★

In de blauwe ogen van Rosanna King blonken tranen en haar blonde haar was strak achterover getrokken in een grote knot onder haar witte hoofdbedekking – haar gebeds*kapp*. De uitdrukking op haar gezicht maakte Nellie duidelijk dat de tranen van haar vriendin van blijdschap waren. 'O, Nellie Mae, je kunt nooit raden wat ik je te vertellen heb. Nooit!'

'Nou, wat dan?'

'Het is haast te mooi om waar te zijn.' Rosanna pakte Nellie's hand. 'Ach... mijn nicht Kate heeft Elias en mij een heel opmerkelijk geschenk aangeboden.'

Het eerste waar Nellie aan dacht was Kate Beilers antieke uitzetkist, die heel mooi was. Hij was handgemaakt van het fijnste hout en misschien wel het mooiste meubelstuk dat Nellie ooit had gezien. Ging Kate hem weggeven?

'Kate is in verwachting, het kindje komt tegen de Kerst.'

Die heeft veel baby's gehad, dacht Nellie, die niet goed wist wat Rosanna bedoelde.

'Kate wil een baby krijgen voor *mij*... voor Elias en mij.'

Nellie Mae's hart sprong op toen ze het blijde licht in Rosanna's ogen zag stralen. 'Wat een ongelooflijk nieuws, Rosie!' Ze had weleens gehoord van een Amish moeder in een andere staat die een kind had gegeven aan familieleden, maar te horen krijgen dat haar onvruchtbare vriendin zo'n geschenk zou ontvangen was nog iets heel anders.

'Ja, hè? En dan te bedenken dat God tegen mijn nicht heeft gezegd dat ze dat moest doen – nou ja, Hij heeft het op hun hart gelegd, moet ik eigenlijk zeggen.'

'*Jah*, want God spreekt haast nooit tegen mensen,' zei Nellie.

'Nou ja, in dit geval... moet Hij het stellig wel gedaan hebben.'

'Ik ben zo blij voor je,' zei Nellie. Ze glimlachte tegen de vrouw die haar zo lief was. Al was Rosanna nog maar eenentwintig, ze had al te veel verdriet gekend toen ze haar baby's verloor bij een miskraam. De laatste keer had de begeleidende arts verklaard dat ze waarschijnlijk nooit een zwangerschap uit zou dragen. Het nieuws was een vreselijke schok geweest voor Rosanna en haar jonge echtgenoot, en Nellie vroeg zich af of Rosanna de schrikwekkende conclusie van de arts ook aan Kate had toevertrouwd.

Ineens schoten er zorgelijke gedachten door haar hoofd. Stel dat er iets gebeurde en Kate kon, of wilde, zich niet aan haar belofte houden? Maar Nellie hield haar mond, ze wilde haar vriendin, die zo verlangd had naar een kleintje, niet op droevige gedachten brengen.

'Ga zitten, Nellie Mae. Drink een kop warme chocola met me. Tijd om feest te vieren.' Rosanna wachtte haar antwoord niet af. Ze snelde naar het fornuis en zette een ketel op het vuur. 'Wat een geschenk, hè? Anders kun je het niet noemen.'

'Dat kun je wel zeggen.' Toch kon Nellie niet begrijpen hoe Rosanna's nicht en haar man hun eigen kostbare baby weg konden geven – hun eigen vlees en bloed. Ze had de schattige kleintjes gezien die Kate door de jaren heen had gebaard, zes in totaal.

Hoe kan Kate zoiets doen? Zal ze niet elke dag van haar leven om die baby blijven treuren?

Ondanks haar vragen was Nellie opgefleurd door Rosanna's nieuws. Onwillekeurig dacht ze dat heel misschien Kate's belofte – een kerstkind – de kletspraatjes over de kerk voor een deel kon verjagen.

Als een baby dat tenminste kan.

Hoofdstuk 4

Betsy rolde het deeg uit voor de avondmaaltijd van kip en meelballetjes, blij dat Nellie Mae terug was van haar bezoek aan Ephrams huis. Ze had haar best gedaan om na haar terugkeer een praatje met Nellie te maken, maar haar dochter was afwezig geweest. Ze vroeg zich af of Nellie Mae de gelegenheid te baat had genomen om Maryann in vertrouwen te nemen en haar geheim had verteld. Nellie was zo intiem geweest met Suzy, ze wist vast en zeker meer van Suzy's dood dan ze wilde vertellen.

Zuchtend gaf Betsy deskundig elke meelbal vorm en waste haar handen bij de gootsteen toen ze klaar was. Wat was het toch makkelijk dat ze geen bronwater uit de pomp meer naar binnen hoefde te dragen.

Reubens werk...

Haar man had er twee maanden geleden op gestaan water in het huis te brengen, en ze hoopte maar dat Reuben niet ten prooi zou vallen aan de progressieve praatjes van hun boerende vrienden en familieleden van de laatste tijd. Maar haar man had door de jaren heen geen enkele belangstelling getoond voor moderne landbouwapparatuur, hoewel ze naast *Englische* buren woonden die wel zulke dingen bezaten. Natuurlijk hadden Reuben en zij als pasgetrouwd paar weleens samen gepraat over de harde realiteit als je de dingen volgens de Oude Wegen deed, waardoor ze dag in dag uit lange dagen moesten werken. Eerlijk gezegd benijdde Betsy de *Englischers* weleens, die hun velden in recordtijd konden ploegen, beplanten en bewerken.

Dan heb je tijd over om 's avonds eens te rusten...

Even vroeg ze zich af hoe dat zou zijn, maar meteen verwierp ze de gedachte, zoals Reuben zeker ook zou doen. Het was niet de weg die zij hadden gekozen.

Ze sloeg haar armen om haar middel en liep over het achtererf naar het geplaveide pad dat van de zandweg voor het huis helemaal naar Nellie's gezellige, schilderachtige bakkerswinkel voerde. Het winkelbord boven het solide bouwwerk wenkte voorbijgangers om binnen te komen. Net als de rest van het gebouw was het gemaakt door haar echtgenoot en hun oudste zoons – de tweeling Thomas en Jeremiah – allebei flinke, betrouwbare knapen.

Ze glimlachte toen ze dacht aan haar dubbele zegening, en aan alle pret – en het schijnbaar eindeloze werk – die ze als jonge moeder van pas achttien jaar had gehad. Wat was ze toen al dankbaar geweest voor een echtgenoot die met zijn zorgzame manieren bijdroeg aan haar blijdschap. Vanaf het begin van hun verkeringstijd was ze gek geweest op de knappe Reuben Fisher.

Betsy vermoedde dat haar dochter Nan evenzeer rijp was voor net zo'n intense romance, maar ze vond geen aanwijzing in Nans blauwe ogen, die een prachtig contrast vormden met haar donkerbruine haar. Nan was net zo zwijgzaam over wie ze mocht en niet mocht als al Betsy's dochters, precies zoals een discreet Amish meisje hoorde te zijn. Nee, deze dochter zou geen geheimen prijsgeven, met die stoïcijnse blik op haar gezicht.

Maar met Nellie Mae was er beslist iets gaande. Je kon de blos op haar wangen niet over het hoofd zien. Ze had altijd graag honkbal of volleybal gespeeld met de jongens van de kerk... was soms zelfs ook in bomen geklommen, wat bij Reuben nooit zo goed gevallen was. Hij wilde dat zijn dochters jongedames waren en moest niets hebben van dat wilde gedoe. God maakte jongens om stoer te zijn en hard te werken, en meisjes... tja, die hoorden zacht en lief en heel onderdanig te zijn.

Natuurlijk kwamen er problemen van als ze een grote mond opzetten en een brutale houding aannamen, zoals Nellie Mae vooral de laatste tijd soms deed. Gelukkig minder als Reuben erbij was. Betsy wenste dat Nellie volgzaam was en lief, maar Suzy's dood moest iets in haar losgemaakt hebben. Betsy had bij zichzelf dezelfde boosheid opgemerkt. 'Ziet God de duisternis in mijn hart?' mopperde ze, terwijl ze keek hoe het licht van de zon evenwijdige lijnen op het grasveld wierp.

Ineens zag ze een zwarte auto met een wit dak vaart minderen en stilhouden voor het huis. Er stapte een lange man uit. Hij bleef naast de brievenbus staan, alsof hij het adres controleerde. Hij keek naar het bord dat diep in de grond geslagen was – *Nellie's Zoete Heerlijkheden* – de enige reclame die nodig was langs de weg, aangezien mond-tot-mondreclame de meeste klanten opleverde.

Weer een Englischer, dacht ze, blij met de extra klandizie. Elke dag weer moesten ze al hun gebak verkopen – en zeker deze herfst.

Maar deze wereldse man leek geen vaste klant van Nellie. Hij had een doelbewuste gang en een stijve bruine hoed op zijn hoofd. Zelfs de lange geelbruine overjas die eruitzag of hij zo uit de catalogus van een dure winkel kwam, sprak van zakelijkheid.

'Hallo, mevrouw.' Hij tikte aan zijn mooie hoed. 'Ik ben op zoek naar Reuben Fisher.' Zijn ogen waren zwart als kool in een te bleek gezicht.

'Wie is er naar mijn man op zoek, zei u?' snauwde ze voordat ze zich kon inhouden.

‘Nou ja, ik dus – de naam is Snavely, mevrouw.’ Vlug stak hij zijn hand uit.

‘Mijn man is boodschappen aan het doen, maar hij zal zo wel terug zijn.’ Ze wilde dolgraag weten wat deze stadse man wilde van Reuben, gekleed als hij was in een zwarte broek met een keurige vouw en een werelds sportjasje onder zijn openvallende overjas. Zelfs zijn lange geruite das was keurig omgeslagen.

‘Zou u dit aan hem willen geven?’ Meneer Snavely overhandigde haar een klein wit kaartje met het silhouet van een kleine tractor in de bovenhoek. ‘Ik was in de buurt. Er staat op hoe hij me kan bereiken.’

Ze keek naar het telefoonnummer en had zin om hem op zijn nummer te zetten: zij gebruikten het gereedschap van de duivel niet voor zaken of plezier, hoeveel gemak het ook gaf. Bovendien zou de bisschop er heel vlug een stokje voor steken.

Hij bleef maar staan en nam haar nieuwsgierig op. Het was vast haar Amish uitdossing die hij interessant vond, omdat hij een moderne kerel was. Sommige *Englischers* waren niet gewend aan de aanblik van Amish mensen. ‘Dank u wel, eh, mevrouw Fisher?’

‘*Jah*, dat klopt.’ Ze was niet van plan ongevraagd haar voornaam te noemen, hoewel ze zelden bij haar doopnaam Elizabeth werd genoemd. Het was beter om deze ongewenste bezoeker aan te moedigen om weg te gaan.

★

Toen Nellie de *Englischer* in het oog kreeg, kort nadat ze thuisgekomen was na haar bezoek aan Rosanna, was ze niet verbaasd. Het was tenslotte niet voor het eerst dat een onbekende gestopt was voor hun bord langs de weg. Maar ze vroeg zich wel af waarom hij op het erf nota bene met mama bleef staan praten.

'Wat kan er aan de hand zijn?' Nellie liep naar de etalage van de winkel, blij dat het even rustig was, en zag hoe de man zich onder het praten naar haar moeder toe boog en haar iets overhandigde. Was het iemand die haar vader kende?

Op het moment dat de man haastig terugliep naar zijn glanzende auto en wegreed, rende Nellie rechtstreeks naar het huis.

Mama stond haar hoofd te schudden en wuifde met een zakdoekje haar roze gezicht koelte toe. 'We hebben een tractorverkoper in de buurt.'

'*Wat* wil hij ons verkopen?' vroeg Nellie, geschokt dat een *Englischer* op zijn gemak van deur tot deur ging.

Kennelijk was de onenigheid onder hen al doorgedrongen tot de oren van buitenstaanders. Nellie had het moeten zien aankomen. Toch durfde ze niet te zeggen dat ze daarstraks onder de thee met Maryann over zulke dingen had gesproken.

Mama stond op. 'Nou ja, wij Fishers willen niets te maken hebben met die flauwekul.' Ze opende het kastje onder de gootsteen en liet het visitekaartje in het afval vallen. 'Je mag er geen woord over zeggen, hoor je? Zelfs niet tegen je pa. Hij hoeft niet te weten dat meneer Snavely zelfs maar bestaat.'

Nooit had Nellie Mae haar moeders ogen zo donker gezien. De pupillen waren bijna zwart – vreemd, mama's ogen waren normaal helderblauw. 'Straks wil de Gemeenschap van Eenvoud nog elektriciteit en auto's en wie weet wat allemaal. Het is de boze die onder ons werkt, als je het mij vraagt.' Ze reikte naar de zoom van haar schort en begon zich koelte toe te wuiven.

'Mama, wind u niet zo op.' Nellie trok haar vaders stoel

onder het hoofd van de tafel uit en hielp haar erin. 'Ga nou maar zitten.'

'Je bent brutaal, kind.'

Nellie Mae snoof. 'Probeer u nou maar rustig te houden, dat is alles wat ik vraag. U weet dat pa geen belangstelling heeft voor zulke dingen.'

Haar moeder bleef zich druk maken. 'Beloof dat je er met niemand over zult praten. We hebben al zorgen genoeg.'

'O, mama...'

'Nu meteen, beloof het!'

Nellie zweeg. Toen schudde ze langzaam haar hoofd.

Mama keek haar dreigend aan. 'Nellie Mae?'

Ze knarsetandde om haar moeders vasthoudendheid.

'Geef me je woord, dochter.'

Nellie had lang genoeg tegengewerkt. 'Alstublieft – daar heeft u het.' Abrupt snelde ze de deur uit.

Gefrustreerd door haar moeders irrationele bezorgdheid keek ze naar een reusachtige vlucht roodgevleugelde koevogels die opvloog uit het dichte gras ten oosten van het huis. Eerst als een kleine zwarte wolk kreeg de vlucht vorm en vloog laag bij de grond over het uitgestrekte weiland voordat ze opstegen naar de hoogste boom. Eerst één vogel, dan nog één, schoot uit het zicht en nestelde zich in de takken van de machtige eikenboom.

Suzy was altijd zo dol geweest op vogels, ze werd gefascineerd door hun trek elk jaar, hun levenspatronen.

Leefde zij nog maar...

Wat zou haar zus hebben gevonden van het gesprek over tractoren tussen hun mama en meneer Snavely? Het leven was beslist ingewikkeld geworden sinds Suzy's dood.

★

Na het eten ruimde Nellie de tafel af, blij dat ze de tijd had genomen voor een wandelingetje om te bedaren na haar kibbelpartij met mama. Blij ook, dat ze na een poosje weer naar binnen was gegaan om haar verontschuldigingen aan te bieden.

Nu was Nan bezig water op te warmen terwijl Rhoda begon te vegen. Terwijl ze de vaat naar het aanrecht droeg, ging Nellie's aandacht naar het contrast in haarkleur bij haar zussen – Nan zo donkerbruin en Rhoda zo blond. Net als Nellie kon Nan alles eten en zo mager blijven als een lat, een eigenschap die de mollige Rhoda niet deelde. Maar ondanks hun lichamelijke verschillen waren haar twee oudere zussen heel intiem met elkaar.

Net als Suzy en ik waren...

'Mama wil Emma morgen de hele dag laten komen,' zei Nan ineens.

'Dat verbaast me niets,' zei Rhoda, terwijl ze haar dikke vinger onder haar *Kapp* stak om in haar blonde knot te krabben.

'Mama kan niet genoeg van haar krijgen,' beaamde Nellie Mae.

'Tja, als je goed kijkt snap je meteen waarom.' Rhoda glimlachte veelbetekenend. 'Het is net Suzy in het klein.'

'Het is maar dat je het weet, maar Emma zal bij *jou* moeten slapen, Nellie,' zei Nan, terwijl ze haar een theedoek gaf. 'Droog jij vanavond af?'

'Ja, hoor.' Nellie bedoelde dat ze af zou drogen, maar ze bedoelde niet dat de woelwater bij haar in bed mocht. 'Emma neemt het hele bed in als ze slaapt.'

'Tja, waarom denk je dat ik jou heb genoemd?' Nan giechelde.

'We kunnen haar in James' oude slaapkamer leggen,' opperde Rhoda, die bukte om met de stoffer kruimels in het blik te vegen. 'Wat zeggen jullie daarvan?'

'Als ze het niet erg vindt om in een kamer te slapen waar het spookt,' zei Nan over haar smalle schouder.

'Het spookt er niet,' zei Rhoda beslist terwijl ze haar bril opzette en recht op Nan aan het aanrecht toeliep. 'Waarom verzin je zulke dingen?'

Nan grinnikte. 'Ach, ik zeg dat het er spookt.'

'Maar, *waarom*?' vroeg Nellie, verbijsterd door de wending die het gesprek nam. Ze had Nan nog nooit zo horen praten.

Nan keek hen beiden ernstig aan. 'Je zult het wel niet weten, maar Suzy ging daar weleens naar binnen. Nogal vaak zelfs.'

'Waarom in vredesnaam?' vroeg Nellie Mae.

'Misschien om de... eh, stank te verbergen.' Nan bracht twee vingers naar haar lippen en nam een denkbeeldige trek.

Nellie voelde haar hals branden. 'Daar weet je niets van.'

'Zo, weet je dat zeker?' zei Rhoda.

Nan haalde haar schouders op. 'Het zou me niks verbazen.'

Nellie was ontsteld. 'Ik heb Suzy nooit zien roken.'

'Waarom verkleedde ze zich daar dan zo vaak?' meesmuilde Nan.

'Weet je het zeker?' vroeg Nellie.

'*Jah*, ik heb haar gezien.' Nan rolde met haar ogen alsof ze wilde zeggen: 'Je denkt toch niet dat ik jok?'

Het hele gesprek klonk Nellie oneerbiedig in de oren. Ze hadden het recht niet om op deze manier over hun dode zus te praten. Maar Nans klaarblijkelijke jaloezie verraste haar niet.

Nan had Suzy altijd benijd om haar populariteit, vooral vroeger op school. Om nog maar niet te spreken van pa en mama, die hun Suzy altijd voorhielden als een toonbeeld van onschuld, tot Nans grote ontzetting – in elk geval tot Suzy's laatste half jaar.

Maar zou ze dit verzinnen over Suzy?

De theeketel begon te fluiten. Nan trok een gezicht, snelde naar het fornuis en droeg de ketel naar de gootsteen. Ze goot het kokende water in het koude en voegde er afwaszeep bij, die ze in het rond zwiepte om genoeg zeepsop te maken. Intussen boog Nan zich naar Rhoda om iets in haar oor te fluisteren, maar niet zo zachtjes dat Nellie het niet kon horen.

'Volgens mij was Suzy eraan toe om de wereld in te gaan,' fluisterde ze, 'een paar weken maar voordat ze verdronk.'

Rhoda sloeg haar hand voor haar mond. 'Je méént het toch niet!'

Nan knikte, met een spoor van droefheid in haar ogen. 'Het schijnt zo.'

Voordat Nellie bezwaar kon maken tegen de dwaze speculatie, en een poging kon doen om tegen Nan uit te varen om haar gebrek aan respect, kwam mama de keuken binnen en ze zwegen alle drie.

Maar de rest van de avond tot diep in de nacht dacht Nellie aan Nans schrikwekkende woorden. In zekere zin was ze blij dat Suzy's geheimen met haar begraven waren – wat ze ook geweest waren. Ze beefde een beetje. Nee, dat meende ze niet echt. Ze zou er alles voor overhebben om Suzy terug te krijgen, lachend en levenslustig, haar aanstekelijke blijdschap delend. Nellie Mae zou zich zelfs neerleggen bij haar kennelijke hang naar stadse *Englische* vrienden, als Suzy nog maar leven zou.

Hoofdstuk 5

Het eerste wat Nellie Mae vrijdagochtend deed, was nog meer chocoladekoekjes bakken dan anders. Ze vlogen de laatste tijd over de toonbank, en ze vroeg zich af waarom. Hadden stadse moeders het te druk om te bakken als de school begonnen was? *Je zou eerder denken dat ze dan méér tijd hadden dan minder*, dacht ze.

Later in de bakkerswinkel schikte ze het aanbod van de dag en dacht na over de hoeveelheid taarten en dergelijke die ze in de herfstmaanden zou kunnen maken als ze maar meer pompoenen had. Misschien kon pa of een van haar broers er zaterdag een paar extra halen op de markt.

Ze hoorde voetstappen, keek op en zag een jongeman in een zwarte werkjas en met een zwarte vilthoed op naar de bakkerswinkel toe komen. Hij hield zijn hoofd naar beneden omdat hij tegen de wind in liep en ze kon zijn gezicht niet zien.

Toen hij binnenkwam en zijn hoofd ophief, herkende ze tot haar verbijstering Caleb Yoder. Zijn hazelnootbruine ogen lachten.

Wat nu? Ze dacht dat haar hart stilstond.

'Hallo, Nellie Mae.' Hij zette zijn hoed af.

'Hallo.'

Hij zocht iets in zijn zak en ze nam aan dat dat zijn portefeuille was.

'Ik heb vandaag een heleboel koekjes gebakken,' zei ze vlug. Wat zou hij lekker vinden?

Hij keek haar strak aan. 'Eerlijk gezegd kom ik niet voor de lekkernijen.' Niettemin keek hij verlangend naar de taarten. 'Ik moet een boodschap doen voor pa en kwam onderweg even aan.' Hij gaf haar een stukje papier dat een paar keer opgevouwen was. 'Ik wil je dit persoonlijk geven.' Zijn glimlach breidde zich uit over zijn hele knappe gezicht.

'*Denki*,' zei ze. Het briefje voelde warm aan in haar hand en ze wenste dat hij zou blijven.

Maar Caleb keek zenuwachtig naar de deur. Was hij bang dat hij andere klanten kon tegenkomen?

'Nou, ik ga maar weer eens.' Hij hield haar blik vast met zijn ogen. 'Ik zie je wel weer, Nellie Mae.' Daarop vertrok hij.

Ze liep meteen naar het raam en keek hem na, de hele weg over de oprit naar de hoofdweg, waar hij waarschijnlijk zijn paard en rijtuig had laten staan.

Nerveus van opwinding keerde Nellie Mae terug naar haar post achter de toonbank, het opgevouwen papiertje met haar naam erop nog in haar hand.

Ik heb het wel goed gezien in juni. Hij lachte echt naar me!

Trillend maakte ze het briefje open en begon te lezen.

Lieve Nellie Mae,

Ga je na de volgende zangavond met me uit rijden? Als je wilt, kom dan erna naar Cambridge Road, ongeveer anderhalve kilometer ten zuidoosten van de schuur van mijn vaders neef Jonah Yoder. Daar is een beschut terrein tussen een paar bomen en struiken waar je uit de wind kunt staan.

Groeten,
Caleb Yoder

Vroeg hij haar door middel van een briefje? Dat was nogal ongebruikelijk. Maar het was wel lief, en Nellie was erg blij.

'Ach, het is ongelooflijk!'

Ze stelde zich voor hoe hevig ze bloosde en juist nu kwamen er klanten de oprit op, die Caleb op een minuut na waren misgelopen.

Ze stopte het briefje in haar zak en met zingend hart hielp ze die ochtend haar klanten. *Hij vindt me echt leuk… echt!*

Ze verbaasde zich erg over de uitnodiging. Tot nu toe had Caleb afstand bewaard, hij had dezelfde zondagse zangavonden bezocht als zij, maar altijd met anderen gepraat. Ze zou alle hoop hebben opgegeven als die ene glimlach in juni er niet was geweest.

En nu dit briefje… na drie maanden van wachten scheen hij eindelijk besloten te hebben in actie te komen. Maar mocht ze zichzelf hoop toestaan? Caleb had per slot van rekening de aandacht getrokken van bijna alle meisjes in het hele district.

Maar ik ben degene die hij heeft gevraagd!

En dan te bedenken dat hij persoonlijk langsgekomen was om haar uit te nodigen om na de volgende zangavond met hem uit rijden te gaan – overmorgen over een week!

Toen er even geen klanten waren, vroeg ze zich af of ze het erop zou wagen haar schrijfpapier uit huis te gaan halen. Maar nee, Nellie Mae hoefde niet alles uit haar handen te laten vallen om Caleb een antwoord te sturen. *Hij kan wel wachten tot de post van maandag*, besloot ze.

*

Na mama's middagmaal van gedroogd rundvlees in room en gebakken aardappels had Nellie Mae even tijd om haar antwoord aan Caleb te schrijven. Hier in de stille bakkerswinkel, waar ze rust had – hoewel het niet zeker was dat het zo zou blijven, aan het begin van het weekend.

Ze schreef netjes de datum op haar gelinieerde briefpapier. Wat zou ze graag iets mooiers hebben, maar met dit papier moest ze het maar doen. Er was geen extra geld voor frivole dingen als mooi schrijfpapier.

Zoals de dochter van diaken Lapp natuurlijk heeft. De vader van Susannah Lapp verdiende veel geld met het kweken van tabak, zelfs in een droog jaar. Andere leden van de Gemeenschap verbouwden het ook, inclusief Calebs vader en al haar getrouwde broers. Er viel veel geld mee te verdienen en de tabak was al langer in Lancaster County aanwezig dan Sam Hippey's Bolognese ringworsten.

Nellie Mae was blij dat haar vader het stinkende gewas nooit had verbouwd, want ze had een hekel aan de verstikkende geur van tabak die in de schuur te drogen hing. Ze zou nooit begrijpen waarom haar broer Ephram had besloten pijp te gaan roken, terwijl hun eigen vader die gewoonte vaarwel had gezegd.

Nan liet haar hevig schrikken toen ze de winkel binnenkwam. 'Heb je hulp nodig?'

'Het is nu rustig.'

Nans blik viel op haar papier en de pen in de aanslag. 'Ben je aan het inventariseren?'

'Vandaag niet.'

'Ben je dan soms een brief aan het schrijven?'

Nellie hield haar adem in. Aangezien Nan vandaag de post had opgehaald, wist ze stellig dat er geen brief van hun nichten was geweest. Nan hield aan.

'Wat dan?' vroeg Nan nieuwsgierig.

'Gewoon, een briefje.'

Nan knikte. 'Ach, als je liever alleen wilt zijn, dan zeg je het maar.'

Nellie vroeg zich af of ze Caleb had zien komen en gaan, maar ze ging er niet over tobben. Al had Nan hem gezien, ze kon niet weten dat hij een reden had om langs te komen. Toch was ze opgelucht toen haar zus even vlug vertrok als ze gekomen was.

Pas toen begon Nellie weer te schrijven.

Beste Caleb,

Ik ga graag met je uit rijden aanstaande zaterdag. Ik zie je na de zang waar je hebt gezegd en wacht daar tussen de bomen langs de weg.

Groeten,
Nellie Mae Fisher

Toen ze Calebs briefje aan haar nog eens doorlas, was ze blij dat Nan niet was teruggekomen, al kon ze altijd hulp gebruiken als het drukker werd. Meestal gebeurde dat om deze tijd van de dag, als *Englische* mensen langskwamen op weg naar huis van school of werk.

Ze vouwde beide briefjes op en liet ze in de zak van haar jurk glijden. Later had ze tijd in overvloed om in haar eenzame slaapkamer een envelop te adresseren. Ze had altijd gevonden dat de kamer van Suzy en haar maar groot genoeg was voor één, aangezien Rhoda en Nan een grotere kamer deelden. Soms kon ze hen 's nachts horen fluisteren en giechelen.

Ze werd overvallen door een onbedwingbare huivering toen de werkelijkheid tot haar doordrong: Caleb had haar eindelijk mee uit gevraagd. Hoe wonder-*gut* dat ook was, het gevoel was vermengd met het altijd aanwezige onderliggende verdriet; in gelukkiger dagen had ze haar nieuws aan Suzy kunnen vertellen.

Ze miste het delen van een kamer met haar jongere zus, iets wat ze sinds hun vroegste kindertijd hadden gedaan. De vele avonden dat ze tot in de kleine uurtjes zachtjes hadden gepraat waren haar nu dierbaar. Soms had ze het gevoel dat Suzy zo door de slaapkamerdeur naar binnen kon komen wandelen. Vandaag zou ze vast en zeker na één blik op Nellie zeggen: 'Ach, wat kijk je vrolijk – wie is de gelukkige knaap?'

Suzy had er schijnbaar erg naar verlangd om echtgenote en moeder te worden, om een thuis te maken voor haar gezin zoals alle Amish vrouwen deden... net als Nellie zelf eens zou doen. Eerlijk gezegd was Nellie er tot voor kort tevreden mee geweest in het huis van haar vader te wonen. Een comfortabele gezinswoning – groot genoeg om de hele familie te slapen te krijgen, de getrouwde broers en hun vrouwen en kinderen inbegrepen. Nu er nog maar drie jonge vrouwen over waren, was het huis nogal leeg.

Soms, als Nellie Mae in de vroege ochtenduren aan het bakken was, beschouwde ze het huis en het gemak binnen zijn muren als een soort bescherming. Ze had altijd van hun huis gehouden. *Een huis met karakter*, had Rosanna jaren geleden gezegd, nadat ze meer dan een week bij hen had gelogeerd toen haar ouders op bezoek waren bij vrienden in Sugarcreek, Ohio. Rosanna en zij hadden toen uitzonderlijk goed met elkaar kunnen opschieten. Ze hadden niet alleen de liefde voor het bakken gedeeld, maar ook voor het quilten. Toch was het niet alleen de band met huiselijke dingen die hen bond; ze mochten elkaar gewoon graag. Nu Suzy er niet meer was, verlangde Nellie er nog meer naar om bij Rosanna te zijn.

Ze stond op en liep om de vitrine heen. Alles was veranderd, in een oogwenk. Hun verlies van Suzy was enorm.

Misschien voel ik me ook minder tevreden omdat ik haar zo mis, dacht ze. Ze verlangde naar meer. Maar niet naar materiële goederen. Nee, ze smachtte naar dingen die buiten haar bereik lagen. Soms ging ze wandelen, diep in het malse gras of buiten op de smalle weg, zo ver naar het oosten als ze kon voordat ze bij het drukke kruispunt kwam, en keerde dan weer terug naar huis. Soms betrapte ze zich erop dat ze half luid mompelde, alsof ze haar gedachten uitte tegen Jehova God.

Ze wist niet wat ze aan moest met haar voortdurende verlangen. Als meisje had ze vaak gedroomd over het hiernamaals, en zich afgevraagd hoe het zou zijn in de hemel... als het God zou behagen om op de Dag des Oordeels tegen haar te zeggen: 'Wel gedaan, trouwe dienares.' En dan te bedenken dat Suzy de antwoorden op deze moeilijkste vragen van alle moest kennen.

★

Toen de winkel voor die dag gesloten was, ging Nellie naar haar slaapkamer. De koelte sijpelde door de muren van pa's grote huis naar binnen. Haar kamer was twee kamers van die van haar ouders af, hij was gezellig met meer dan genoeg ruimte voor een tweezitsbankje in een hoek, voor als ze een *beau* moest ontvangen, zoals hun bijzondere traditie was als je verloofd was. Zou Caleb ooit van plan zijn haar in het geheim te bezoeken? Maar ze liep ver op de zaken vooruit, wist ze.

Ze hoopte veel te veel. Wie weet, als ze eenmaal met elkaar optrokken, of ze hem zelfs nog wel leuk vond? Of hij haar leuk vond?

Nellie Mae stond voor de ladekast die Suzy en zij hadden gedeeld en stopte de briefjes van Caleb en haar erin. Hij had zijn best gedaan om haar de uitnodiging in handen te geven. *Het zou het begin van iets speciaals kunnen zijn*, dacht ze. *Of ben ik gewoon een nieuwe stap op zijn weg om een echtgenote te vinden?*

Ze tilde de mooie blauwe schaal op die de ladekast sierde. Hij was groter dan een schotel en kleiner dan een bord en was een geschenk van de achtjarige Suzy voor Nellie's negende verjaardag. Suzy had het aardige ding in een antiekwinkel gezien en mama had het gekocht. Door de jaren heen had Suzy hem gebruikt om briefjes neer te leggen voor Nellie, en andersom. Soms een grapje of een leuk gezegde... soms om op te vrolijken of alleen om te zeggen 'dag, tot straks'. Als kind al had Suzy altijd manieren bedacht om haar liefde voor Nellie en anderen te uiten.

Nellie trok met een vinger de bloemetjesrand van de schaal na voordat ze hem terugzette op de kast. Had ze de laatste briefjes die Suzy ooit had geschreven maar bewaard.

Altijd maar wensen... wensen na de dood van een geliefde, had haar goede vriendin Rosanna gezegd. Ook Rosanna kende verdriet. Ze was nooit over de tragische dood van haar moeder vele jaren geleden heen gekomen... noch over de dood van haar ongeboren baby's.

Nellie pakte de handspiegel op. Haar ogen stonden moe en haar haar was een beetje *schtrubbich*, dus ze streek het glad aan weerskanten van de middenscheiding.

Haar droefheid kwam vaak in golven. Net als ze dacht dat ze een beetje hersteld was, begon ze Suzy weer vreselijk te missen. Ze legde de spiegel neer en opende het kleine laatje aan de rechterkant van de ladekast. Daar vond ze de bandjes van een van Suzy's witte *Kapps*... de laatste die ze gedragen had, op de dag dat ze verdronk.

Nellie trilde, ze wist dat ze iets gedaan had wat niet mocht, door de bandjes van de heilige hoofdbedekking af te knippen.

Mama zou het me nooit vergeven, dacht ze. *Maar mijn daad is niets vergeleken bij de volledige waarheid over Suzy's laatste maanden, wat die ook mag zijn.*

Ze dacht aan de avond dat Suzy opgebaard was hier in huis. Mama en mama's zussen hadden Suzy's lichaam met grote zorg gebaad. Ze hadden de keukengordijnen dichtgetrokken en alle deuren dichtgedaan, en Suzy in de grenenhouten kist gelegd nadat ze haar liefdevol hadden gekleed in haar mooiste blauwe zondagse jurk en lange witte schort. Arme Rhoda en Nan hadden het niet kunnen verdragen om erbij te blijven en waren na een tijdje samen naar boven gegaan. Nellie had het met grote moeite alleen doorstaan.

Niet lang daarna was er een stroom van bezoekers gekomen en gegaan. Sommigen waren langer gebleven dan anderen. De hele avond was het doorgegaan. Sommige mensen hadden iets gegeten van de grote hoeveelheid voedsel die de vrouwen hadden meegebracht. Anderen namen alleen zwarte koffie voordat ze met gebogen hoofd naast de open kist gingen zitten. Een paar jonge familieleden huilden zachtjes.

Nellie was op zichzelf gebleven, ze wilde in de buurt van haar gestorven zusje zijn, maar ze kon niet openlijk rouwen. Het nieuws van Suzy's dood was nog zo vreselijk vers – een dood die zoals ze geloofde vermeden had kunnen worden.

Lang na middernacht, toen ze haar kans schoon zag – er waren ineens geen mensen meer in de kamer en mama was naar de buiten-wc gegaan – sloop Nellie naar de kist van haar zusje. Ze hoorde haar eigen ademhaling en voelde zich gedrongen om haar hand op Suzy's smalle pols te leggen, die nu zo koud en levenloos was.

Is ze het echt?

Even was Nellie geschrokken van het ontbreken van leven, toen ze zich herinnerde hoe Suzy en zij elkaars warme handen hadden gepakt als ze samen boven in bed lagen. Nellie kreunde, overspoeld door diepe droefheid, gebogen en verstard, zo dicht bij haar dode zusje.

De lieveling van de familie…

Nellie weigerde te huilen. Ze moest vlug zijn, want mama zou niet lang meer wegblijven.

Rap haalde ze het halve blaadje uit haar zak. Ze hoefde de woorden die ze daarstraks had opgeschreven niet over te lezen, woorden die zich in haar hart hadden gegrift.

Lieve Suzy,

Ik wou dat ik je dit had verteld toen je nog leefde. Het spijt me dat we ruzie hadden de ochtend voordat je verdronk. Ik heb lelijk tegen je gedaan en ik wou dat ik je om vergeving kon vragen. Ik mis je, lief zusje.

Met al mijn liefde,
Nellie Mae

Ze sidderde, haar tranen stroomden. Toen, aarzelend eerst, reikte ze onder Suzy om haar lichtjes op te tillen, net genoeg om het opgevouwen briefje onder haar te laten glijden.

Met een verdrietige zucht deed Nellie een stap naar achteren. Suzy's lichaam lag te rusten op de innige verontschuldiging, de dingen die ze zo graag had willen zeggen nadat ze het vernietigende nieuws had gehoord. Haar zus had er weinig meer aan, maar misschien zou de Almachtige God de woorden zien die ze had geschreven en er rekening mee houden. Hoe dan ook, Nellie had gedaan wat ze van plan was geweest. Haar hoofd en hart waren vol verdriet en spijt.

Ze kwam weer dichterbij en tuurde naar Suzy's gezicht.

'O, Suzy… waarom ben je met hen meegegaan? Waarom?'

Overweldigd door schuldgevoel en liefde tegelijk, bukte ze zich en kuste Suzy's wang. Hij voelde net zo glad en hard aan als de prachtig geschilderde gezichten van de *Englische* poppen die ze had gezien in het warenhuis van Watt & Shand's in het centrum van Lancaster. Nellie wist nog dat ze had gekeken naar de moderne tieners op de stoep – jongens met hun haren bijna net zo geknipt als haar eigen broers, en meisjes met loshangend haar tot hun middel met lange plooirokken – alsof ze Amish wilden lijken. Ze had mama nooit over hun uitstapje verteld, tot op de dag van vandaag.

Beverig zuchtend brak Nellie haar dagdroom af en haalde de witte bandjes van Suzy's hoofdbedekking uit het kleine laatje. Ze liet ze in haar lege zak glijden – op hetzelfde plekje als waar ze Calebs briefje had bewaard.

Ze zuchtte. *Wanneer, o, wanneer zal mijn blijdschap om Caleb mijn verdriet om Suzy overschaduwen?*

Hoofdstuk 6

Spraakzame kleine Emma kwam inderdaad die avond op bezoek, zoals mama had gewenst. Zoals Nan had vermoed, werd Nellie gevraagd om het nieuwsgierige kind bij zich te houden, en ze legde haar nichtje vroeg in bed.

Zoals gewoonlijk had Emma meer vragen dan Nellie antwoorden. 'Waar is tante Suzy nou?' vroeg ze, toen ze in bed lag aan de kant waar Suzy altijd had geslapen. 'Wanneer komt ze weer thuis?'

Nellie was geschokt dat haar broer James en zijn vrouw Martha hun kleine dochter niet hadden uitgelegd dat Suzy's heengaan onherroepelijk was. Of had Emma het met haar jonge verstand gewoon nog niet kunnen bevatten?

Emma begon te huilen. 'Suzy heeft haar pop niet meegenomen.'

Nellie keek de kamer rond, ze wist niet wat Emma kon bedoelen.

Nog steeds snuffend wreef Emma in haar ogen. 'Ze heeft haar poppetje achtergelaten. Ze komt het toch wel halen, *jah*?'

'Ach, kindje.' Nellie bukte zich en kuste haar nichtje op het zachte voorhoofd.

'*Aendi* Suzy heeft het vorige zomer gemaakt... onder de preek,' kwam de verklaring. 'Ze maakte met haar witte zakdoek een poppetje in een wieg.'

Nellie tilde Emma in haar armen. 'Natuurlijk.' Ze wist precies wat Suzy had gedaan om Emma bezig te houden tijdens de lange, hete zondagochtenden. Alle tienermeisjes en jonge moeders kenden die nuttige truc.

'Ik heb het poppetje in het wiegje bewaard, tante Nellie Mae.' Emma leunde achterover in het kussen.

'Heb je het meegebracht?'

Emma schudde haar hoofd, haar blauwe ogen knipperden slaperig. 'Het is thuis, in mijn kamer. De volgende keer als je komt zal ik het laten zien, goed?'

'Ja, hoor.' Ze voelde zich net zo afgemat als Emma, haar energie was voor die dag opgebruikt.

'Ik heb haar Elisabeth genoemd.'

Nellie glimlachte. 'Wist je dat *Mammi* Betsy ook zo heet?'

'*Jah.* Dat heeft mama me verteld.' Emma deed haar ogen dicht. 'Het is een hele mooie naam.' Ze deed haar ogen weer open. 'Maar ik wil toch dat tante Suzy naar huis komt.'

Nellie overwoog het standaardgebed dat ze elke nacht in bed in haar hoofd opzegde – een gebed dat ze als kind had geleerd toen ze nog kleiner was dan Emma.

Ik ga slapen, ik ben moe…

Ze vroeg zich af of Emma dat gebed nu ook zei. Of was ze al in slaap gevallen?

O God en hemelse Vader, is mijn zusje echt in de hemel? Of op die andere plaats…?

*

Betsy was blij met de hulp die ze vanmorgen kreeg bij de voorbereidingen voor het ontbijt. Rhoda neuriede zachtjes en tikte de eieren voorzichtig tegen de koekenpan om ze te breken terwijl Nellie het pannenkoekenbeslag roerde en de bakplaat werd verhit. Ze vond het amusant en verbazingwekkend dat een meisje dat zo dol was op het bakken van zoete lekkernijen zo mager kon zijn. Het zou wel komen doordat Nellie iedere dag zo vreselijk hard werkte.

Reuben had zijn eieren graag dubbel gebakken, met een stapel pannenkoeken ernaast. Emma trouwens ook, de appel valt niet ver van de boom. Ze zat te balanceren op haar *Dawdi's* knie, de handen verwachtingsvol op tafel gevouwen. James zou Emma halverwege de ochtend komen halen en Betsy vond het vervelend om straks alweer afscheid te moeten nemen.

'Hoeveel pannenkoeken kun je op?' vroeg Reuben aan Emma.

Ze draaide zich om in zijn armen. 'Ach, dat weet u best, *Dawdi*!' Ze giechelde.

Hij speelde mee, fronste een beetje. 'Nou, laat es kijken, was het zes of zeven?'

Emma grinnikte en sprong van zijn schoot. Ze ging staan kijken hoe de pannenkoeken rezen op de grote bakplaat. Toen Nellie haar waarschuwde deed ze een stap naar achteren.

Betsy liep de tafel rond en schonk vers geperst sinaasappelsap in de glazen. Ze kon haar ogen niet afhouden van James' op een na oudste, zo'n schatje was het. Emma was nog veel blonder dan hun Suzy en ze had een massa sproeten, eentje precies op de plek waar Suzy er ook een had gehad – net links van de punt van haar fijne neusje.

Emma kwam aanrennen. 'Ik wil afwassen, goed *Mammi*?'

'Dat zul je aan tante Rhoda en tante Nan moeten vragen. Tante Nellie gaat naar de winkel.'

Zoals gewoonlijk had Betsy Nellie Mae in de kleine uurtjes voor zonsopgang horen opstaan en zachtjes de vele pannen tevoorschijn halen die ze nodig had om haar koekjes, taarten en andere lekkernijen te bakken. Elke dag voerde ze hetzelfde ritueel uit, behalve op de Dag des Heren. Vandaag had Nellie ook een overvloed aan brood gebakken. Niemand begreep hoe het haar lukte met slechts een minimum aan hulp van haar zussen.

Rhoda werkte nu alweer een poosje voor de Kraybills, hun *Englische* buren langs de weg. Andere jonge vrouwen in hun kerkdistrict waren begonnen hetzelfde te doen, met de schoorvoetend gegeven toestemming van bisschop Jozef. Zelfs Reuben had zich uitgesproken tegen Rhoda's plannen, maar tegen de tijd dat hij ervan wist werkte Rhoda er al enkele weken. Als ongedoopte jonge volwassene was Rhoda tot op zekere hoogte vrij om te doen wat ze wilde.

Nan had tot voor kort Nellie redelijk vaak geholpen in de bakkerswinkel, zij het met tegenzin. Tegenwoordig was ze vaker met Betsy samen in huis aan het koken en schoonmaken. Ze was zonder ophef in Suzy's schoenen gestapt.

'Mag ik dan tante Nellie helpen, nadat ik afgewassen heb?' onderbrak Emma met haar vraag Betsy's gedachten.

Reuben glimlachte breed om de onverzettelijkheid van het kleine meisje. 'Je hebt het nogal druk vandaag, hè?'

'Alleen vandaag?' merkte Nellie Mae op vanaf de andere kant van de ruimte. 'U moest eens proberen samen met haar te slapen.' Ineens was ze verlegen, alsof ze niet op haar slapeloze nacht had moeten zinspelen waar Emma bij was. Maar eigenlijk lette Emma helemaal niet op haar.

Emma sprong van Betsy's schoot en ging weer naar Reuben toe. *Het is inderdaad een druk kind*, dacht Betsy, terwijl ze een paar papieren servetjes pakte voor Emma om rond te delen. 'Hier, meisje... help je ouwe *Mammi* maar.'

Emma stond op en pakte de servetjes aan. Ze hief haar gezichtje op en keek haar recht aan. 'Ach, u bent niet zo oud, *Mammi*. U bent alleen heel erg verdrietig.'

De onschuldige woorden ontsloten iets vanbinnen en om niet te huilen waar iedereen bij was, sloop Betsy naar de deur en stapte de woonkamer in. Achter haar hoorde ze haar echtgenoot Emma roepen. Ze ging uit gewoonte voor het raam staan, want ze zag haast niets door haar tranen heen.

*

Na het middagmaal ging Rosanna aan het werk om een babydekentje te haken van lichtgeel, groen en blauw. *Dat is leuk voor een jongen of voor een meisje*, dacht ze, ofschoon ze hoopte op een zoon voor haar man Elias. Een eerstgeborene hoorde een jongen te zijn. Bovendien, als ze maar één kind kregen, zou een zoon aardig zijn.

Ze drukte haar hand tegen haar hart. Sinds het bezoek van nicht Kate en het fantastische nieuws had Rosanna niet kunnen slapen van geluk. Te bedenken dat die lieve Kate haar eigen kind zou opofferen! En nu had Nellie Mae het blijde nieuws ook gehoord.

Het is door toedoen van God, had Kate meerdere keren tegen haar gezegd op die dag dat ze zo onverwacht met een stralend gezicht was komen aanzetten. Het was toch al een dag vol verrassingen geweest, te beginnen met Elias die een hele mand vol bovenmaatse komkommers en geplette walnoten kwam brengen. Rosanna was van plan om ze in te maken – zoet en met dille – toen nicht Kate was verschenen om haar met haar woorden verbaasd te doen staan.

'Ik wil je een baby geven, Rosanna,' had Kate gezegd. 'Ik vind het hartverscheurend om je zo te zien lijden... door het verlies van meerdere kleintjes aan een miskraam.' Verder had Kate gezegd dat John en zij het besproken hadden. 'John was het er meteen mee eens. En dat gebeurt echt niet vaak!'

Zuchtend van alle liefde die ze nu al voor Kate's kleintje voelde, betastte Rosanna met plezier het garen – het zachtste dat ze in de handwerkwinkel had kunnen vinden. Het was zo mooi, en de pastelkleuren gingen zo prachtig in elkaar over, dat ze hoopte dat dit dekentje net zo mooi werd als de dekentjes die ze bij Maryann had gezien. Nellie's schoonzus had veel slag van het maken van babydekentjes.

Net zoals ze haast op afroep kleintjes krijgt.

Rosanna duwde de gedachte weg; ze had vast niet gelukkiger kunnen zijn als ze een eigen kind verwachtte.

'Ach, Nellie Mae was vreselijk verbaasd,' mompelde ze terwijl ze met haar haaknaald lusjes maakte in het garen. Ze lachte vrolijk toen ze dacht aan Nellie, die grote bruine ogen opgezet had bij het nieuws. Nellie kende haar pijn... de smart van wachten en hopen, maand na eindeloze maand, op een baby die nooit bleef leven om het gezicht van zijn moeder te zien. Nellie was als een zus voor haar. Ze herinnerde zich de vele keren dat ze vroeger bij Nellie en haar familie had gelogeerd; en dat haar vriendin bij Rosanna's vader thuis bij Rosanna en haar broers had gelogeerd. Hoewel het leven hen tegenwoordig verder uit elkaar hield, was hun vriendschap sterk gebleven. Daarom had Rosanna gewild dat Nellie na Elias de eerste was die het wist.

Toen ze aan een nieuwe toer van het babydekentje begon, vroeg Rosanna zich af hoe het eigenlijk met haar vriendin ging de laatste tijd. Ze voelde een diepe droefheid als ze dacht aan haar eigen verliezen, vooral het verlies van haar moeder, die veel te jong was geweest om te sterven.

En nu is Suzy Fisher ook al gestorven...

Het verdrinken van Nellie's zus maakte Rosanna van tijd tot tijd nog steeds verdrietig, en ze stond op om naar de keuken te gaan. Ze legde haar haakwerk op de tafel en ging in de stoofschotel roeren die voor het avondeten stond te sudderen. De toedracht rond Suzy's dood was haar in het geheel niet duidelijk. De familie Fisher had alleen gezegd dat ze was gaan varen met een paar vrienden en dat er een ongeluk was gebeurd, maar Nellie had Rosanna iets meer verteld. Meer dan noodzakelijk was om rond te strooien, had ze eraan toegevoegd.

Dus een *Englischer* was Suzy's ondergang geweest – haar vriendje nog wel. Rosanna boog zich over de stoofschotel heen om te proeven en voegde nog wat kruiden toe. Wat bezielde een meisje om die kant op te gaan terwijl er zo veel aardige Amish jongens waren?

Nellie Mae wist beslist meer dan ze zei, maar het was niet aan Rosanna om nieuwsgierige vragen te stellen. Het strekte Nellie tot eer dat ze genoeg zelfbeheersing had om haar mond te houden – vooral omdat Nellie altijd had gezegd dat ze zich zo op haar gemak voelde bij Rosanna. Vanaf hun eerste ontmoeting als kleine meisjes tot nu toe hadden ze elkaar altijd alles verteld.

Toch had Rosanna opgemerkt dat Nellie ondanks haar verdriet soms straalde. Was Nellie op iemand verliefd? En zo ja, waarom had ze haar dan niet in vertrouwen genomen, zoals altijd met alle jongens die Nellie maar een heel klein beetje leuk vond? Er hing de laatste tijd iets geheimzinnigs om Nellie heen, wat niets voor haar was. Als er een jongeman was, had Nellie Mae duidelijk besloten hem geheim te houden.

Liefdevol streelde Rosanna het onvoltooide dekentje dat deze winter haar baby zou verwarmen. Ineens sprongen de tranen haar in de ogen. Ze dacht aan het laatste kindje dat ze had gezien, vorige week tijdens de kerkdienst, en de manier waarop de baby heerlijk in haar moeders armen genesteld lag. Hoe zou het zijn om het kleintje vast te houden dat van haarzelf werd?

'Wordt het een zoon voor Elias? Of een dochter voor mij?' zei ze zacht, terwijl ze het gehaakte dekentje naar haar wang bracht en daar vasthield.

★

Ze hadden zaterdagavond allemaal hun bad gehad, dankzij pa, die twee maanden geleden een kleine wasruimte had gebouwd aan de oostkant van de keuken. Nellie was heel dankbaar voor een badkuip met stromend water waar ze in een afgesloten ruimte in afzondering kon baden. En ze genoot heimelijk van het medicijnkastje met zijn spiegeltje dat aan de wand hing. Je raakte vlug verwend met zulke luxe!

Nellie en mama zaten na het Bijbellezen en het stille gebed op Nellie's bed. Hun lange haren waren nog nat. 'Het is beter om niet te hunkeren naar wat vroeger was,' zei mama. 'Al zou ik graag de klok willen terugdraaien.'

'Dat willen we allemaal wel.'

Mama knikte bedroefd. 'Elke dag.' Ze zweeg even en ze bloosde alsof ze graag iets vertrouwelijks wilde zeggen.

'Ach, mama.' Nellie streelde haar moeders hand.

Haar moeder snufte. 'Ik droom zo vaak van Suzy.'

Nellie stond op en pakte haar borstel van de ladekast. Ze voelde een steek van spijt. *Waarom droom ik niet van Suzy?*

O, wat zou ze dat graag willen. Het zat haar enorm dwars dat ze het niet kon. Overkwam dat ook anderen die treurden? Kwam het omdat ze het schuldgevoel weg wilde duwen? Duwde ze ook de herinneringen weg?

Haar moeder stak haar hand uit naar de borstel. 'Hier... kom even zitten. Ik zal je helpen de klitten uit te borstelen.' Ze stond op en begon Nellie's lange haren te borstelen.

Nellie zuchtte en genoot van mama's zachte borstelen. Ze durfde het aan niemand te vertellen, maar ze begon te vergeten hoe haar zus eruit gezien had. Hoe hard ze ook haar best deed, Suzy's trekken begonnen te verflauwen, en Nellie raakte in paniek bij de gedachte. Voor het eerst verlangde ze naar zo'n stadse foto. Maar hoe kon ze het gezicht van haar eigen zus vergeten ook al had ze dan geen foto? Zo veel dingen klopten niet... te beginnen met de onvolgroeide maïs... en nu al het gepraat in de Gemeenschap van Eenvoud.

Waren dit tekenen van wat er nog ging komen?

Hoofdstuk 7

De kerkdienst duurde langer dan normaal. Nellie en haar familie zaten opgesloten in het bedompte huis van de diaken, in plaats van te zitten in de schuur, waar de wind door de brede deuren kon waaien. Daar kwamen ze in de zomer 's zondags bijeen. Omdat het weer omgeslagen was, was het verstandiger om vandaag binnen samen te komen.

Vanwaar ze zat kon Nellie Mae Calebs achterhoofd zien. Susannah Lapp en haar moeder en drie jongere zusjes zaten met z'n allen zedig op een rij aan de ene kant. Normaal zou Nellie geen enkele aandacht hebben besteed aan de andere jonge vrouwen, maar Susannah zat almaar naar Caleb te kijken.

Zou ze niet verbaasd zijn dat Caleb mij leuk vindt? dacht Nellie. Ze voelde meer zelfvoldaanheid dan netjes was op de Dag des Heeren.

Ze dwong zichzelf om oplettend te luisteren en wenste dat ze de Schriftlezing kon verstaan. Beide preken, de korte eerste en de veel langere tweede, werden altijd gehouden in Hoog-duits, wat alleen de oudere mensen zoals haar *Dawdi* Fisher verstonden. Haar vader had het ook opgepikt door het jarenlang almaar opnieuw te horen. Maar Nellie had veel liever gehad dat de preek in Pennsylvania Dutch werd gehouden, hier en daar vermengd met Engels, zoals de mensen van de Gemeenschap van Eenvoud thuis en op het werk met elkaar communiceerden.

Omdat de preken niet te begrijpen waren, was een van de

weinige aanwijzingen die Nellie had betreffende het onderwerp de gezichtsuitdrukking van de prediker – op dit moment keek prediker Lapp, Susannah's oom, nors. Susannah's familie was goed vertegenwoordigd onder de oudsten, met een prediker en een diaken in deze generatie. Natuurlijk had dat alles te maken met het trekken van het lot, de praktijk waardoor God op goddelijke wijze Zijn dienaren aanstelde.

Wie zal God nog meer kiezen? Ze hoopte dat Caleb niet onder de uitverkorenen was, althans niet als Susannah's toekomstige echtgenoot. Ze vroeg zich weer af waarom Caleb haar had geschreven in plaats van Susannah. Elke jongen wist toch dat Susannah het mooiste meisje in het district was.

Nellie duwde de knagende gedachten weg. Langzaam ontspande ze zich, de monotone stem van de prediker stierf steeds verder weg, totdat...

Nellie knikkebolde, maar een harde por tegen haar arm van Rhoda deed haar opschrikken. In de hoop dat niemand het gezien had, ging ze rechtop zitten en haalde diep adem. Toen hield ze haar adem in en deed wat ze kon om wakker te blijven, van nu af tot het einde van de drie uur durende dienst. Waarom was het zo moeilijk?

Aan de andere kant scheen Nan een grinnik te onderdrukken; of ze moest hoesten. Nee, Nellie wist zeker dat Nan had gezien dat ze ingedommeld was tijdens de eindeloze preek – net als hun moeder, die ook zat te dutten. Daar was Nellie in elk geval blij om, maar ze was dankbaar dat ze tijdens deze kerkdienst niet in Calebs blikveld zat.

*

Tijdens het opruimen na de gemeenschappelijke maaltijd, toen de vrouwen en enkelen van de oudere tienermeisjes de keuken weer op orde brachten en de mannen de tafels opvouwden, stuitte Nellie op twee mannen die op de achterveranda verhit zaten te praten.

Omdat ze niet wilde afluisteren, liep ze langs hen heen met de zak vol afval die ze naar de vuilcontainer achter de schuur droeg, maar de boze woorden volgden haar over het stille erf. De meeste mensen van de Gemeenschap van Eenvoud zaten nog in huis.

'Hoor es hier, ik heb vijftien kinderen, en mijn zoons gaan alle acht met *Englische* meisjes om,' zei een van de mannen. 'Ik kan mijn jongens niet erg interesseren om te gaan boeren. Zodra ze zestien worden gaan ze op een auto uit... en tja, wie wil daarna nog lid van de kerk worden?'

'Het probleem wordt elk jaar groter,' zei de ander, een oudgediende. Hij trok aan zijn pijp en blies de rook uit voordat hij verder ging. 'Jij bent gewoon niet streng genoeg voor je kinderen.'

'Je bent vergeten hoe het is,' wierp de eerste man tegen. 'Al dat gepraat over auto's en elektriciteit en telefoons hier in de buurt doet ook geen goed.'

Nellie stond bijna stil, zo graag wilde ze de rest van hun scherpe discussie horen, maar ze liep door tot ze haar bestemming had bereikt. Als er mannen hier in hun midden waren die zulke dingen eisten – en ze had alle reden om te vermoeden dat het waar was, ondanks Ephrams weigering om commentaar te geven – dan zou de bisschop ze toch zeker wel op het rechte spoor zetten. En waarom zou een zoon trouwens niet bij zijn vader willen boeren? Zij begreep het niet en ze was er zo goed als zeker van dat Caleb nooit iets anders zou doen als de jongste zoon in het gezin. Volgens de Oude Orde erfde de jongste in het gezin de boerderij.

Ze dacht aan de meer dan veertig hectare die Calebs vader en grootvader hadden bebouwd en die hij zou krijgen – land dat helemaal terugging tot zijn overgrootvader Yoder.

Popelde Caleb om aanspraak te maken op het land van zijn voorouders?

Natuurlijk, dacht ze. *Net als elke zoon aan de vooravond van de ophanden zijnde pensionering van zijn vader.*

Maar voordat Caleb de familieboerderij kon overnemen, moest hij een bruid zien te vinden.

★

Caleb wist dat hij zich weken, misschien wel maanden, precies zou blijven herinneren hoe Nellie Mae Fisher eruitzag toen ze over het erf naar diaken Lapps huis toe kwam lopen. Haar gezicht was rozig, alsof ze een beetje te dicht bij een oud keukenfornuis had gestaan, en een verdwaalde lok haar in haar hals maakte dat ze er jonger uitzag dan zeventien.

Nellie was nooit een meisje geweest dat opviel in een menigte, althans niet voor deze afgelopen zomer. Alsof ze ineens tot bloei was gekomen, was ze ineens vrouwelijk en mooi op een manier die hij niet kon beschrijven. Ze bezat iets wat meer was dan de weelderige schoonheid van sommige meisjes met wie hij uit was geweest en van wie hij snel genoeg had gekregen. Door de vonk in haar ogen en haar geheimzinnige glimlach vroeg hij zich af waarom ze hem nooit eerder was opgevallen.

Hij was naar buiten gegaan om een frisse neus te halen, heimelijk hopend op een ontmoeting met Nellie. In plaats daarvan was hij op twee mannen gestuit die in een discussie verwikkeld waren. Gelukkig verplaatste het stel zich nu van de achterveranda naar buiten, bij de pomp, en ze ruzieden luidruchtiger. Onverwacht kwamen er nog drie mannen aan die zich bij de eerste twee voegden, terwijl de ene zijn vuist in de lucht zwaaide.

'Waar moet het allemaal heen!' hoorde hij zeggen.

Caleb wilde Nellie het tumult besparen, maar ze liep recht op het huis af. Ze moest door de achterdeur over de veranda om terug te gaan naar de keuken.

Hij riep haar. 'Nellie Mae!'

Toen haar grote ogen zijn blik vingen, spreidde zich een innemende glimlach over haar gezicht. 'Hallo, Caleb,' zei ze meteen, anders dan sommige meisjes die haast bang leken voor hun eigen stem. Natuurlijk had hij zo veel zelfbeheersing wel verwacht van een meisje dat zelfstandig een bakkerswinkel kon runnen. Stellig kon hij gauw een antwoord van haar verwachten op zijn geschreven uitnodiging.

Zijn hart begon sneller te slaan bij de gedachte dat hij, voor het eerst in meer dan een jaar waarin hij meisjes had gevraagd na de zangavond mee uit rijden te gaan, niet zeker wist wat het antwoord zou zijn.

'Wil je met me om het huis heen lopen, even maar?' Hij leidde haar weg van het groeiende groepje mannen.

'Ja, hoor.' Ze glimlachte om zijn verzoek en draaide zich meteen om, zonder op zijn glimlach te wachten. 'Hoorde je waar ze het over hadden?' vroeg ze.

'Voor een deel, *jah*.'

'Nou, het beviel me niet, totaal niet. Jou wel?' Ze was heel rechtuit en dat deed hem plezier.

Hij stond stil waar het *Dawdi Haus* uitstak buiten het grote huis, zodat ze zich erachter konden verbergen. Hij was blij dat zij hetzelfde deed, haar ogen vlak in de zijne terwijl ze zijn antwoord afwachtte. 'Er zijn mannen die zoeken naar mazen in de *Ordnung*,' zei hij. 'Sommigen zijn bereid om het geloof van onze voorvaderen achter zich te laten... wat zij hebben bepaald als de juiste manier van leven en werken.'

Een levensweg die betaald is met het bloed van onze martelaren...

Hij ging niet door; hij wilde haar niet vervelen met zijn

uitgebreide mening, nu ze voor het ogenblik op klaarlichte dag alleen waren.

'Nou, van één ding ben ik zeker,' antwoordde ze.

'Wat dan, Nellie Mae?'

'Mijn vader wil niets weten van die praatjes.' Ze knipperde niet met haar ogen en haar mooie, hartvormige gezicht stond heel ernstig. 'En de jouwe?'

Hij grinnikte om haar verfrissende eerlijkheid. Dit was een meisje dat zei wat ze dacht, zonder zich erom te bekommeren wat *zijn* mening was.

'Wij, Yoders, zijn door en door van de Oude Orde,' verklaarde hij.

Ze knikte en hij zag een spoor van een glimlach. 'Wonder-*gut*.'

Ze stonden elkaar aan te kijken. *Heeft een meisje me ooit zo geboeid?* vroeg hij zich af.

Toen Nellie weer sprak, was hij zich plotseling bewust van haar seringengeur. 'Het was aardig van je om langs te komen, Caleb, met je briefje.'

Hij wachtte op haar antwoord, maar ze liet niets merken. Ze glimlachte alleen, draaide zich om en wandelde weg. Hij zag haar naar de voorkant van het huis van de diaken lopen, naar de zelden gebruikte officiële ingang.

Was dat alles?

Nooit eerder had een meisje hem zo nonchalant behandeld – niet onbeleefd, maar ze hield hem op een bijna uitgemeten afstand.

Toen Caleb lang genoeg had gewacht om de mensen niet te doen vermoeden dat hij en Nellie Mae samen waren geweest, liep hij terug over het erf naar de veranda, zich alleen nog maar bewust van zijn grote nieuwsgierigheid naar Nellie.

*

Nellie was bang dat haar gezicht verdacht rozig was toen ze nonchalant via de voordeur het huis binnenwandelde. In gedachten ging ze haar eigen gangen na. Hoe was ze toch op Caleb gestuit? Was hij al buiten geweest toen ze over de veranda was gelopen en het trapje was afgedaald? Ze kon zich met geen mogelijkheid herinneren dat ze hem buiten had gezien. Was het per ongeluk geweest, of had hij haar opzettelijk opgezocht? Ze bloosde opnieuw bij de gedachte.

Nellie drukte zichzelf op het hart haar emoties onder controle te houden en ging op zoek naar Nan en Rhoda. Ze vond hen in de keuken, waar ze Susannah's moeder en andere vrouwen nog aan het helpen waren met opruimen.

En dan te bedenken dat ik bijna niet had aangeboden het afval naar buiten te brengen, dacht ze met een onderdrukte lach.

Hoofdstuk 8

Het aanbreken van maandag, wasdag, was vredig. Mama en Rhoda waren al druk bezig met de was. Nellie liet zeven broden in de buik van het fornuis glijden en vroeg zich af waarom Nan op dit uur nog in bed lag. Terwijl haar zus sliep, had Nellie haar ochtend goed gebruikt om twaalf taarten en tien dozijn koekjes te maken, voornamelijk met chocolade.

Even dacht Nellie het rommelen te horen van een trein in de verte. Ze hield op met werken en besefte dat het gerommel het geluid was van de wringer in de koude kelder onder de plek waar ze stond. Als ze vandaag een paar minuten overhad tijdens de gewone middagstilte in de bakkerswinkel, kon ze wel aan mama vragen om even op de winkel te passen – zonder er een woord over tegen pa te zeggen natuurlijk. Ze moest er even uit voor wat rust buiten in het veld, bij de suikerahorns, in de hoop een glimp op te vangen van een hert, wat tegenwoordig zeldzaam was. Ongetwijfeld waren zij ook getroffen door de droogte.

Vreemd hoe wilde dieren en mensen naast elkaar kunnen leven en toch zo veel afstand houden. Ze dacht na over dat mysterie, en zoals de laatste tijd vaak het geval was, maakten haar gedachten de sprong naar haar overleden zus, die zo dol was geweest op Gods schepping. *Waarom had Suzy geen grens getrokken... zichzelf apart gezet van de moderne wereld, zoals haar was geleerd?*

Nellie duwde de gedachte weg. Goed of fout, Suzy had altijd volgehouden dat haar vriendinnen wonder-*gute* mensen waren.

Hier zijn goede mensen, zusje… hier in het dal.

Nellie ging bij de afkoelende koekjes kijken. Als ze klaar waren om ze in haar grote rieten mand te stoppen, kon ze beginnen met haar vele tripjes over de laan naar de winkel, waar ze de gebakken lekkernijen van die dag zou uitstallen en het bordje *Open* ophangen.

'Een nieuwe dag, een nieuwe dollar,' mompelde ze, wat haar vader soms als grapje zei. Er zat veel waarheid in het gezegde.

Toen ze met haar eerste mand koekjes bij de winkel kwam, stond er al iemand te wachten tot hij openging. De vrouw draaide zich om toen zij eraan kwam – het was de vrouw van oom Joseph, tante Anna. Oom Bisschop, zoals zij en haar zussen de man van God soms noemden, was dol op zoetigheid. Anna was lopend gekomen door het maïsveld dat tussen de huizen van de twee gezinnen lag. 'Hallo, Nellie Mae,' zei ze meteen. 'Ik zag licht branden in je keuken en besloot wat gebak te halen voor onze reis.'

'O?' Dit was voor het eerst dat Nellie hoorde dat ze op reis gingen.

'Joseph zegt dat het hoog tijd wordt dat we samen op vakantie gaan,' legde Anna uit. 'Dus vanmiddag stappen we op de bus naar Iowa… naar Kalona, waar ik familie heb.'

'Amish?'

'Voor het grootste deel.'

'Nou, kom binnen.' Nellie hoefde geen moeite te doen met een sleutel, want ze deed de winkel nooit op slot; haar ouders sloten ook nooit het huis af. Ze deed de deur wijd open voor Anna, die erg mistroostig keek voor iemand die op reis ging. 'Ik heb koekjes in overvloed, allemaal nog lekker warm ook. De taarten en zo komen eraan als u wilt wachten.'

Anna schudde haar hoofd. 'Je oom zal in de wolken zijn

met koekjes.' Traag koos Anna een paar verschillende soorten uit – havermoutrozijnen-, pompoen- en de favoriete chocoladekoekjes van de bisschop – bijna alsof de inspanning van het kiezen haar vanmorgen al te veel was. Het was duidelijk dat ze haar hoofd bij andere dingen had.

'Het kost niets,' zei Nellie, toen ze Anna's keuze zorgvuldig had ingepakt.

'Ach, Nellie Mae, weet je het zeker?'

Ze knikte. 'Een wonder-*gute* reis gewenst.'

Anna klaarde even op. '*Denki*.'

'Hoelang blijft u weg?' vroeg Nellie.

'Dat is aan de bisschop.' *En aan God*, dacht Nellie Anna licht fronsend te horen mompelen.

Ze keek toe hoe de grijsharige vrouw haar zwarte wollen omslagdoek dicht om zich heen trok voordat ze de deur uitging. Anna liep naar het troosteloze maïsveld en zocht zich voorzichtig een weg tussen de overgebleven harde stompen door naar huis.

Nellie vroeg zich af of pa wist dat zijn oudste broer een poosje de stad uit ging. *Waarom nu, in vredesnaam?*

*

Toen *Nellie's Zoete Heerlijkheden* officieel open was voor die dag, kwam Rhoda om klanten te helpen voordat ze weg moest naar haar werk als huishoudster. Nellie was blij met haar hulp, al had ze graag wat privacy gehad toen haar vriendin Rosanna binnenstapte.

'Je verwent ons maar, Nellie Mae,' zei Rosanna toen ze twee taarten had uitgekozen. 'Deze zien er verrukkelijk uit.'

Nellie kwam achter de toonbank vandaan, dolblij haar zo gauw alweer te zien na haar bezoek van vorige week. 'Krijg je… de spullen klaar?' vroeg ze. Meer wilde ze niet zeggen nu Rhoda ook in de winkel aanwezig was.

Rosanna knikte. 'O, lieve help, zeker. Ik heb een dekentje gemaakt... vanmorgen vroeg had ik het af.' Ze fluisterde: 'Maar ik heb geen patroon voor babysokjes.'

'Ach,' zei Nellie gedempt. 'Loop even naar de overkant en vraag Maryann ernaar. Ze zal je met alle plezier helpen.'

'Denk je?'

'Ja hoor. Maryann is heel behulpzaam. En met zo veel kleintjes heeft ze vast wel een breipatroon. Ze zal ze zelf ook wel maken.'

Rosanna legde haar hand op haar arm. 'Hoe gaat het met je moeder?'

'Goede dagen en slechte.'

'Dat is te verwachten. Een kind verliezen is het ergste van alles.' Rosanna glimlachte zwak. 'Er wordt gezegd... nou ja, sommige goede vriendinnen van haar schijnen te denken dat ze rust en vrede nodig heeft.'

'*Jah*, dat zal wel.' Nellie fronste en keek uit het raam. 'Wie niet?'

Rosanna leunde op de vitrine. 'Gaat het wel goed met je, Nellie Mae?'

Ze wilde niet roddelen, maar ze dacht dat Rosanna er geen idee van zou hebben dat de bisschop van plan was om naar Iowa te reizen. 'O, prima, *jah*.'

'Nou, je ziet er niet goed uit, als ik het zo plompverloren zeggen mag.'

Nellie veegde haar schort af en keek haar vriendin aan. 'Wat is er dan met me?'

'Ik bedoelde er niets mee. Je lijkt niet helemaal jezelf.'

'Nou, op wie lijk ik dan?'

Hier moesten ze samen om grinniken. En omdat ze niet van plan was nieuws te vertellen waar Rosanna van streek van kon raken, of Rhoda, want die luisterde mee hoewel ze deed of ze het druk had aan de andere kant van de toonbank, hield Nellie voor zichzelf wat ze wist van de reis van oom Bisschop en haar tante.

Om over iets anders te beginnen vroeg ze: 'Wie weten het nog meer?'

'Alleen Elias en onze ouders. Dat is voorlopig alles.' Rosanna knikte in de richting van Rhoda. 'Dus als je het niet erg vindt...'

'Dat is prima,' stemde Nellie in. Ze wuifde Rosanna gedag toen die afscheid nam en vertrok.

Toen ze weg was, keek Rhoda Nellie strak aan. 'Vraag alsjeblieft niks,' flapte Nellie eruit.

'Nou zeg, wat ben jij gauw aangebrand,' snauwde Rhoda terug.

Nellie zuchtte. 'Ik neem aan dat mama de laatste broden nu wel uit de oven heeft gehaald. Ik ben zo terug.' Ze ging de deur uit en besloot de omweg door de weide te nemen waar ze zo naar verlangde, zonder zich erom te bekommeren dat Rhoda daardoor te laat op haar werk kon komen. *O, wat wou ik toch graag dat pa het goedvond dat mama weer op de winkel paste.*

Nellie tilde haar rok op en rende door het weiland, helemaal naar het uitgestrekte grasland aan de uiterste oostkant van haar vaders land. *Laat Rhoda maar eens een keer zien hoe het is als alles niet gaat zoals je wilt*, dacht ze. Haar oudste zus had nooit één keer een helpende hand toegestoken zonder dat pa haar daartoe had aangespoord. Rhoda kwam vaak niet thuis voor het eten, laat staan dat ze het hielp klaarmaken, en ze glipte het huis uit om de hele dag weg te blijven terwijl haar zussen en mama hulp nodig hadden om het huis klaar te maken voor de kerkdienst als het hun beurt was. En als de bakkerswinkel een grondige schoonmaakbeurt moest hebben, maakte Rhoda zich meestal ook uit de voeten.

Ondanks Rhoda's neiging tot egoïsme dacht Nellie niet dat ze zich in de nesten zou werken zoals Suzy had gedaan met haar *Englische* vriendinnen. Rhoda scheen bijvoorbeeld geen aanbidders te hebben. Nee, voor zover ze wist was Rhoda overgeslagen door de jonge mannen in het district – eenentwintig was haast voorbij de huwbare leeftijd. Ook zonder *beau* moest ze volgend jaar het dooponderricht volgen en lid van de kerk worden.

Iemand anders was ook nog geen lid van de kerk geworden, hoewel hij veel jonger was dan Rhoda. Caleb stelde het uit, wat interessant was na wat hij afgelopen zondag had gezegd. Waarom was hij niet van plan over een paar weken met de rest van de kandidaten de doopgelofte af te leggen? De dag zou stellig komen dat zij hetzelfde zou doen.

Ze rilde van geluk bij de herinnering aan het gesprek van gisteren met Caleb. Na maanden van wachten zou *zij* het meisje zijn dat Calebs hart won. Dat hoopte ze tenminste.

Ze moest lachen terwijl ze het bos in kuierde, ineens beseffend dat ze verder van huis was dan ze van plan was geweest. Ze genoot ervan dat ze even tijd voor zichzelf had en dwaalde maar verder op haar gemak... ze ademde diep de frisse, schone lucht in en bekeek de mooie patronen die het gefilterde zonlicht maakte op de grazige bodem. Ze fluisterde Suzy's naam. Konden de doden horen wat je zei? *God wel... dat zegt oom Bisschop.* Maar als dat zo was, waarom werden de gebeden in de Gemeenschap van Eenvoud dan niet hardop uitgesproken? Alleen de bisschop of de predikers baden weleens hardop, en dan nog alleen in de dienst.

Haar gedachten dwaalden terug naar Suzy, die zo vaak met haar hiernaartoe gewandeld was. Hoe was ze stiekem weggeglipt naar de wereld zonder dat Nellie het wist, terwijl Suzy zo lang de gewoonte had gehad er dingen uit te flappen die beter ongezegd hadden kunnen blijven? Tot de

Rumschpringa van haar zus hadden Nellie en Suzy elkaar alles toevertrouwd. Maar in het laatste jaar van haar leven had Suzy zich meer tot haar dagboek gewend dan tot de verlangende oren van haar zus.

Het dagboek...

Het was nooit iets voor Nellie geweest om stiekem te gluren en ze had het ook niet willen doen toen Suzy steeds geheimzinniger was gaan doen en haar gedachten verborgen had gehouden in haar kant van de ladekast.

Eén enkele bladzijde was het enige geweest wat Nellie zichzelf had toegestaan op de dag nadat Suzy was verdronken. Ze had het dagboek meteen dichtgeslagen na het lezen van de woorden: *Wat heb ik mezelf aangedaan? Ik zit er tot over mijn oren in.*

Nellie Mae verstrakte bij de gedachte dat Suzy wellicht op het punt had gestaan om het Amish leven te verlaten en de wereld te omhelzen.

Is ze door haar nieuwsgierigheid gestorven?

Nooit zou Nellie de langdurige vermaning vergeten die de bisschop na Suzy's begrafenis had afgestoken. Oom Bisschop had schallend als een trompet de jonge mensen voorgehouden dat het tijd was om 'de consequenties te overwegen' van het sterven zonder lid van de kerk te zijn geworden. Nellie was vervuld van afschuw bij de gedachte dat haar eigen lieve zusje te vroeg was gestorven.

Omdat ze haar ouders niet nog meer verdriet wilde doen, had Nellie besloten het dagboek en Suzy's vele geheimen te begraven – de bewijzen in Suzy's eigen handschrift omschreven. De behoedzame woorden en langdurige afwezigheid van haar zus, evenals haar opzettelijke weerstand tegen de kerkdiensten in haar laatste maanden, waren al belastend genoeg. Toch scheen het dat het begraven van Suzy's dagboek niet genoeg was geweest om de goede naam van de familie te beschermen. Nellie had vreemde blikken opgemerkt bij de grootste roddelaars, vooral Susannah Lapp en twee nichtjes van haar.

Het dagboek is voor altijd verdwenen, dacht ze, denkend aan de maanloze nacht waarin ze het begraven had. Ze had het niet kunnen verbranden, zoals Suzy had voorgeschreven. Toen ze bedacht hoe ze zorgvuldig het gat had gegraven en het in plastic verpakte dagboek teder in de grond had gelegd, wist ze dat ze de bergplaats niet meer zou kunnen vinden.

Even betreurde ze het dat ze het begraven had. Suzy's geliefde dagboek in haar handen houden – de laatste woorden die haar zus ooit had geschreven – had nu wat troost kunnen geven.

Waarom heb ik het niet in huis verstopt?

Ze duwde haar bedenkingen weg. *Opgeruimd staat netjes... een mislukt leven moet vergeten worden. Omwille van ons... en omwille van Suzy.*

Zittend op een gevallen boomtak bukte Nellie om aan de zoom van haar zwarte schort te trekken die haar voeten bedekte. Haar handen rustten nu plat op de bovenkant van haar werkschoenen. Ze had gezien hoe de grote tak de weg naar huis voor een deel blokkeerde. Het nauwelijks zichtbare paadje was overwoekerd.

Vogels vlogen laag over en het geluid van hun vleugels deed haar denken aan de vele keren dat Suzy en zij door deze bossen hadden gelopen. Suzy kende elke vogel aan zijn kleur en lied. Ze verrukte zelfs oudere mensen met haar kennis. Vaak keken ze naar herten, zwijgend verstopt in de struiken, en ze hielden bijna hun adem in zodat de dieren niet zouden schrikken van hun aanwezigheid. Suzy had vastgesteld dat de favoriete maaltijd van een hert bestond uit klaverbloemen of bessen van de jeneverbesstruik, maar nooit kruiden of kruidenbloemen.

Ach, wat hield Suzy van de natuur! Elk geluid, elke aanblik deed Nellie Mae aan haar denken.

Toen ze haar droefheid niet meer in kon houden, snikte Nellie in haar handen. Ze dempte het geluid van haar gebroken hart.

Hoofdstuk 9

Tranen wegvegend ging Nellie Mae het stille huis binnen om de resterende broden op te halen en keerde terug naar de winkel.

'Waar zat je?' snauwde Rhoda. Ze was kennelijk ongerust geweest.

'Sorry, Rhoda,' verontschuldigde Nellie zich. 'Ik moest even alleen zijn... ik had het moeten vragen.'

Rhoda klakte met haar tong en vloog zonder een woord de deur uit.

Ze is boos op me, dacht Nellie droevig.

Ze zag een paar verdwaalde kruimels van volkorenkoekjes op een van de planken van de vitrine liggen en veegde ze in haar hand. Rhoda hield de boel niet zo schoon als Nellie graag had, maar Nellie erkende dat het dom was om van haar zus te verwachten dat ze de dingen hetzelfde zag als zij. Het was per slot van rekening niet Rhoda's naam die buiten op het bord stond.

Ze ging de koekjesplanken inspecteren en telde hoeveel dozijn van elke soort er nog over was voor de dag. Er waren nog chocoladecakejes in overvloed. Sommige mensen noemden het woepietaartjes, omdat kinderen vaak 'woepie!' zeiden als ze voor het eerst het chocoladebrouwsel proefden. Nellie dacht glimlachend terug aan haar vroegste herinnering aan haar oma's versie. De dikke chocoladekoekjes waren gemaakt van cakebeslag en werden bij elkaar gehouden door een dikke laag verleidelijk romig glazuur.

Ze hing de bloemenkalender aan de muur recht en wenste dat de winkel minder spaarzaam gemeubileerd was. Nellie hoopte pa over te halen om een paar stoelen en een tafel te kopen of te maken, om bij het raam te zetten zoals ze in andere kleine winkels had gezien. Er was ruimte in overvloed. Ze vond het een leuk idee om het mogelijk te maken dat de klanten die dat wilden een kopje thee of koffie konden blijven drinken.

Ze had er een duidelijk beeld van in haar hoofd hoe ze het wilde hebben. Afgezien van deze veranderingen was de winkel precies zoals ze het graag had – ordelijk, netjes en – afgezien van de kruimels die aan Rhoda's aandacht waren ontsnapt – schoon.

Laat het maar aan mij over om me druk te maken over verdwaalde kruimels, dacht Nellie zuur.

De winkelbel rinkelde en Rebekah Yoder kwam vrolijk lachend binnen.

'Hallo, Nellie Mae!' Zedig in een donkergroene jurk en lange zwarte omslagdoek had Calebs oudere zus vandaag iets opvallends: een frambooskleurige brandwond merkte haar sierlijke voorhoofd. Het scheen haar niet verlegen te maken. Rebekah was in de afgelopen jaren een bekend gezicht geworden in de buurt, aangezien ze een baan had aangenomen als huishoudelijke hulp in een Amish gezin een kilometer verderop. Vooral Nan had er plezier van gehad dat ze Rebekah vaker zag. Jammer dat Nan vandaag thuis zat met een kou.

'Fijn om je te zien, Rebekah,' zei Nellie. 'Wat kan ik voor je doen?'

Rebekah keek naar de grond en friemelde aan de franje van haar omslagdoek voordat ze haar ogen weer opsloeg. 'Mama heeft geen tijd meer en ze heeft vanavond nog vier dozijn broodjes nodig voor een vergadering.'

'Vier dozijn, zeg je? Die bestelling kan ik leveren,' zei Nellie vlug.

Rebekah knikte. 'Mijn ouders zijn van plan om naar prediker Manny te gaan.'

Nellie dacht er niets van, maar toen ze de zachte witte broodjes in zakken begon te doen, vroeg ze zich af of het niet alweer een vergadering was over de opschudding van de laatste tijd in hun Gemeenschap. En nu waren oom Bisschop en zijn vrouw nog weg ook. Stonden de mannen nu al hun echtgenoten toe om hun zegje over de kwestie te doen?

Rebekah glimlachte en streek met haar hand langs de brandplek op haar gezicht voordat ze de zakken oppakte. '*Denki*, Nellie.' Even bleef ze Nellie aan staan staren.

Nellie vroeg zich af of Rebekah haar gezwollen ogen opmerkte en draaide zich met een ruk om naar de ouderwetse kassa. 'Anders nog iets? Taart? Koekjes, misschien?'

'Alleen de broodjes.'

Rebekah overhandigde haar stralend een knisperend vijfdollarbiljet. 'Ga je aanstaand weekend naar de zangavond?'

Nellie Mae's adem stokte. Vermoedde Rebekah dat Caleb achter haar aanzat? Ze stond met haar mond vol tanden en was blij dat de kassa op dat moment vastliep.

'Ach, er is iets mis met deze machine... ik moet Nan even gaan halen.' Daarop excuseerde ze zich en liet Rebekah zonder wisselgeld staan.

Nellie snelde naar huis om Nan te zoeken, die altijd wist hoe ze het ingewikkelde apparaat moest repareren.

Toen ze haar zus diep in slaap in bed aantrof, haar donkere haren uitwaaierend over haar kussen, had Nellie het hart niet om haar wakker te maken. Het was duidelijk dat Nan vandaag niet in staat was om te helpen.

Vlug keerde Nellie terug naar de bakkerswinkel, maar ze

ontdekte dat Rebekah al vertrokken was en een briefje had achtergelaten.

Nellie Mae,
Zet het verschil maar op mama's rekening, als je het niet erg vindt. Tot aanstaande zaterdag!
Liefs,
Rebekah

Liefs? Nellie lachte.

Rebekah scheelde het minst van zijn zussen met Caleb in leeftijd, en ze wist vast en zeker van zijn belangstelling voor Nellie, en misschien zelfs van zijn geschreven uitnodiging. Dat vond ze merkwaardig, want verkering en alles wat ermee te maken had werd geheel in het geheim afgehandeld, totdat een verloofd paar na de kerkdienst werd 'afgekondigd'. Op dat moment stond de vader van de aanstaande bruid op om de hele gemeente uit te nodigen voor de bruiloft.

Wat Rebekah ook wist, Nellie besefte dat ze glimlachte terwijl ze prutste aan de kassa, die zichzelf na een paar minuten op miraculeuze wijze repareerde.

Nellie keek naar de slinkende voorraad chocoladekoekjes en nam zich voor morgenochtend meer van die soort te bakken.

Zou Caleb van chocoladekoekjes houden? Ze giechelde, haar hart zong toen ze weer naar Rebekah's korte briefje keek.

Liefs, ja ja!

★

Caleb werkte samen met Ephram Fisher aan de bouw van een broodnodige houtschuur. Sinds zonsopgang waren ze ermee bezig.

Wat heeft me bezield om iets door te laten schemeren tegenover Rebekah? dacht hij.

Boos op zichzelf moest Caleb oppassen om niet te veel kracht uit te oefenen bij het inslaan van de spijkers. Hij had zijn emoties altijd onder controle en liet zijn werk niet lijden onder zijn ergernis over zijn eigen stommiteit. Maar hij voelde zich schuldig omdat hij zijn zus naar Nellie had gestuurd. Rebekah was na de lunch langsgekomen om Maryann een paar potten ingemaakte aardbeien te geven. Toevallig had hij gehoord dat de twee vrouwen het over de ontbrekende broodjes hadden en hij had Rebekah naar Nellie gestuurd om ze te kopen.

Hij had enkel gehoopt dat Rebekah misschien een discreet moment kon vinden om tegen Nellie over de overleden Suzy te beginnen, als het niet druk was met klanten in de bakkerswinkel. De geheimzinnige omstandigheden rond Suzy's verdrinking zaten Caleb dwars. Na de dood van haar zus had Caleb besloten zijn groeiende belangstelling voor Nellie op te schorten. Met wie zijn gezin omging was een belangrijk punt voor Calebs vader; een goede naam was alles. Caleb had zijn vader tevreden willen stellen door de waarheid rond Suzy uit te zoeken, samen met die over de rest van Reuben Fishers familie. Hij had verondersteld dat Rebekah's vriendin Nan de belangrijke informatie die hij zocht kon onthullen, maar Rebekah's subtiele vissen had duidelijk gemaakt dat Nan bijzonder weinig wist over de dag van Suzy's fatale ongeluk. Misschien kon Nellie Rebekah meer vertellen. Hij wist alleen dat hij er niet zelf naar wilde vragen.

Hij klopte op de zak waar Nellie's brief in zat, blij dat Rebekah de post had onderschept en hem het langverwachte antwoord had gebracht. Zijn hart sloeg sneller bij de gedachte dat Nellie ja had gezegd, maar het probleem van zijn vader bleef.

Je kunt het hem ook niet kwalijk nemen. Je kunt niet voorzichtig genoeg zijn in deze moeilijke tijden, nu zo velen zich uitspreken tegen ons erfgoed. Hun geloof had honderden jaren lang hun identiteit bepaald.

Ephrams vrouw bracht een kruik water naar buiten. Ze stopten even om te drinken. Maryann deed zenuwachtig. Toen ze genoeg gedronken hadden, nam Maryann de kruik aan en keek Ephram onderzoekend aan.

'Wat is er, Maryann?' vroeg Ephram.

'Ze zeggen dat er vanavond een vergadering is bij prediker Manny thuis. Beide kanten van de discussie komen.'

'Zo is het genoeg.'

'De echtgenotes mogen ook mee.'

'Nou, *wij* gaan niet!' snauwde Ephram.

Caleb schrok van zijn heftige reactie op Maryanns opmerking. Hij had altijd de indruk gehad dat Ephram nogal vastzat aan zijn mening, maar tot nu toe was hij altijd redelijk geweest. Waarom deze scherpe toon tegen zijn vrouw? Wist Ephram iets? Of wilde hij gewoon dat zijn vrouw zich buiten dergelijke discussies hield?

Ephram was zwijgzaam terwijl ze de laatste planken aan de binnenkant van het gebouw op hun plaats spijkerden. Nu de houtschuur voltooid was, gaf Ephram hem waarderend een klap op zijn rug, en Caleb liep naar de schuur. Hij bracht zijn mooie paard naar buiten en spande het voor het zwarte open rijtuig dat zijn vader vorig jaar voor hem had aangeschaft.

Caleb dacht weer aan Nellie's zusje. Wat was de waarheid over Suzy? Nu de geruchten nog volop de ronde deden, overwoog hij de voor hem dringender vraag: *wat is de waarheid over Nellie Mae?*

Meerdere keren had zijn vader hem onderhouden over het belang van 'netjes trouwen'. Volgens pa viel de appel zelden ver van de boom. 'Je verbindt je aan een familie, niet alleen aan de dochter... je trouwt hun reputatie. Wij, Yoders, verbinden ons niet aan slechtheid.'

Als pa enig idee had van zijn belangstelling voor Nellie Mae, zou hij hem vast en zeker apart nemen en krachtig waarschuwen. Het was duidelijk dat Reuben Fisher zijn jongste dochter niet had kunnen regeren. Was Nellie Mae uit hetzelfde dwaze hout gesneden?

Hoofdstuk 10

De kamer van Rhoda en Nan was ongeveer hetzelfde gemeubileerd als die van Nellie, maar hij leek anders toen Rhoda en zij woensdagavond na het eten zaten te praten. Nan was beneden, ze had graag haar kamer verlaten nu ze zich beter voelde, en Rhoda zat midden op het bed, haar voeten onder zich gestopt. Losse pieken blond haar staken onder haar hoofdbedekking uit. Nellie zat aan de andere kant van de kamer in de oude rieten stoel naast het raam. Ze kon er de vinger niet op leggen wat ze bespeurde. 'Er is hier iets verkeerd.'

Rhoda lachte en zette haar bril af. 'Er is niets veranderd, zus. Of zag je mijn nieuwe ketting? Kijk, daar hangt hij.'

Nellie keek naar de lange ketting met gele kralen die over één kant van de spiegel was gehangen. Ze stond op om te gaan kijken. 'Heeft mama hem gezien?' Toen ze hem aanraakte en met haar vingers over de stevige ronde kralen streek, besefte ze dat de ketting niet de enige verandering was.

'Mama stak haar hoofd om de hoek van de deur en keek boos.'

Nellie bekeek de verfijnde schoonheid van de ketting. *Werelds, absoluut. Hoe kwam Rhoda eraan?*

Dit bewees weer eens dat het een vergissing was dat Rhoda voor *Englischers* was gaan werken, precies zoals pa van begin af aan had gezegd.

Nellie deed een stap naar achteren en zag hoe sierlijk Rhoda hem over een deel van de ladekast had gedrapeerd.

Ze keek haar zus aan. 'O, Rhoda, je gaat toch niet...' Ze zweeg.

'Wat ga ik niet?'

'Je gaat toch niet dezelfde weg als...?' Nellie zweeg, ze weigerde Suzy's naam uit te spreken. 'Wat ik bedoel is, je gaat toch niet stads worden?'

Rhoda's mooie groene ogen straalden. 'Dat is wel het laatste waar ik aan denk.'

'Waarom dan die ketting?'

Rhoda bloosde. 'Als ik hem ophang, draag ik hem niet. Het is alleen maar voor de show.'

Nellie keek de kamer rond en probeerde nog steeds te bepalen wat ze voelde. Ze ging weer zitten. 'Heb je hier met iets zoets gespoten?'

'Vanmorgen.' Rhoda snoof met haar neus in de lucht. 'Ik geloof dat ik het inderdaad nog ruik.'

'Parfum?'

Ze knikte lachend. 'Wil je ook wat? Ik kan jou hetzelfde bezorgen... als je wilt.'

Nellie kon niet ontkennen dat de zoete geur heel verleidelijk was. 'Dat is eerlijk gezegd te sterk voor mij als het de hele dag blijft hangen. Ik houd me maar bij mijn seringengeur.'

'Jij je zin.' Rhoda streek haar jurk glad en verschoof haar benen onder haar. 'Vandaag kwam ik op weg van huis naar mijn werk Susannah Lapp tegen.'

'O ja?' Het noemen van Susannah's naam stoorde Nellie.

'Ze zat vol roddelpraatjes, nog meer dan anders. Ze zei dat er gisteravond een heleboel mensen bij hen thuis waren geweest. Mannen met hun vrouwen erbij nog wel.'

Nellie knikte en keek Rhoda recht aan. 'Ik hoorde van Rebekah Yoder dat er de avond daarvoor zo'n vergadering was bij prediker Manny. Wat denk jij dat er aan de hand is?'

Rhoda begon haar *Kapp* los te maken. Daarna maakte ze de haarspelden los en haar goudblonde haar viel als een waterval over haar schouders, langs haar middel. 'Het schijnt dat steeds meer mensen tractoren en andere moderne gemakken eisen – genoeg om een tamelijk grote groep te vormen. De vergadering bij de diaken was nogal eenzijdig, heb ik begrepen.'

'Welke kant?'

'Wat denk je?' Rhoda schudde haar haren los. 'De kant van de Oude Wegen... zoals we nu zijn. Maar die andere vergadering, die jij noemde, was open voor mensen van beide kanten van de kwestie.'

Rhoda scheen er alles van af te weten.

'Enig idee waarom pa en mama niet zijn gegaan?' vroeg Nellie Mae.

Rhoda pakte de zoom van haar schort en streek met haar vingers langs de rand. 'Ik denk omdat het huismussen zijn... net als jij, Nellie Mae.' Haar zus lachte plagend.

Nellie zuchtte. Het feit dat zij maar een paar passen hoefde te lopen naar haar werk, maakte haar in Rhoda's ogen tot een eigenaardigheid. 'Volgens mij is er nog een andere reden.'

'Wat dan?' vroeg Rhoda.

'Pa houdt altijd vast aan de dingen zoals ze zijn.'

Net als Calebs familie. Die gedachte troostte Nellie. Hoeveel mensen hun traditie ook verrieden, haar familie en die van Caleb bleef trouw en waar.

'Het schijnt zo,' zei Rhoda. 'Maar er komen veranderingen, en je weet maar nooit wat er kan gebeuren.'

Nellie wilde Rhoda vertellen dat de bisschop op reis was – en dat tante Anna van streek was geweest – maar ze hield haar mond. Het was niet aan haar om te zeggen wat ze dacht, en het was al erg genoeg dat er twee vergaderingen achter hun rug waren gehouden. Als Rhoda het niet al wist van oom Bisschop, dan hoorde ze het gauw genoeg via het roddelcircuit.

*

Nellie Mae ging naar haar kamer voor de nacht. Ze overwoog nicht Treva terug te schrijven, want de rondzendbrief die ze had verwacht was met de middagpost gekomen, vol nieuws over wie in Bird-in-Hand vorige week na de kerkdienst waren afgekondigd als bruidspaar, en Treva had ook geschreven wie de kandidaten voor de doop waren. Nellie vond het altijd leuk om nieuws uit Lancaster County te vergaren om aan Treva terug te schrijven. Haar nicht schreef er dan wat bij voordat ze de brief doorstuurde aan een andere nicht in Paradise, enzovoorts, tot de zich almaar uitbreidende brief na nog een dag of tien weer bij Nellie kwam. Rondzendbrieven waren een soort wekelijks dagboek en Nellie keek er altijd naar uit.

Dit keer had ze tot haar ontzetting van Treva gehoord over een groep in Bird-in-Hand die auto's en tractoren wilde hebben. 'Wat er onder ons volk gebeurt is besmettelijk als griep,' fluisterde ze bij zichzelf terwijl ze in bed stapte.

Ze overdacht wat ze terug kon schrijven, en achtte het niet verstandig het kleine beetje wat ze wist over de onrust hier in Honeybrook te vertellen. *Misschien wacht ik maar met antwoorden tot het hier een beetje gekalmeerd is.*

Ze voelde zich een beetje schuldig bij het vooruitzicht de rondzendbrief op te houden – het was nooit leuk als iemand treuzelde – maar ze was niet in de stemming om over de gewone dingen van haar leven te schrijven. En ging het wel iemand iets aan wat hier onder de broeders gaande was? Haar grootste zorg was dat zulke roddelpraat het vuur van het ongenoegen zou aanwakkeren.

Woonde Rosanna maar dichterbij. Het zou een opluchting zijn om openhartig met haar vriendin te praten, maar het was nu te laat. Sinds Elias voor Rosanna een mooier huis had gevonden om te huren, tegenover Ephram, had ze haar steeds minder gezien. Op momenten als deze zag ze in hoe heerlijk het zou zijn om een telefoon op te kunnen pakken om haar liefste vriendin te bellen.

Vlug duwde ze de gedachte weg. Hoewel sommige bisschoppen gezinnen toestonden een telefoon te installeren voor medische noodgevallen, kon Nellie zich niet voorstellen dat oom Bisschop dat goed zou vinden. Nee, hij en de predikers Lapp en Manny omhelsden de Oude Orde.

Susannah Lapp heeft vast nooit naar een telefoon verlangd, dacht Nellie. Denkend aan haar rivale vroeg Nellie zich af of ze het zaterdagavond zou wagen om een beetje met Caleb te flirten. Anders dan de meeste jongens die een meisje gewoon tijdens de zangavond vroegen, had Caleb op veilig gespeeld en van tevoren gepland waar Nellie hem naderhand moest ontmoeten. Op die manier zou niemand hen samen zien als paar. Er was natuurlijk een reden voor dat Caleb die ongewone geheimzinnigheid wilde.

Maar Nellie ging niet tobben over hun eerste afspraakje. Ze kon er toch op vertrouwen dat Caleb Yoder wist wat hij deed? Toch vroeg ze zich af of zijn reden iets te maken had met Suzy.

⋆

Donderdagavond klom Rosanna's nicht Kate moeizaam de achterveranda op. Na een korte klop en een zacht 'joehoe' verscheen ze in de keuken met een enorme glimlach op haar ronde gezicht. Ze was veel dikker dan bij haar vorige bezoek, dacht Rosanna, en ze probeerde niet naar Kate's vooruitstekende, ronde buik te kijken.

'Hoe voel je je, nicht?' vroeg ze terwijl ze haar vlug een stoel aanbood.

'O, dat gaat wel, hoor.'

'Wil je iets drinken? Een groot glas verse melk misschien? Wat je maar wilt.'

Kate wuifde het weg en liet zich in de stoel zakken. Haar hoofd scheen helemaal niet te staan naar een verfrissing. 'Eerlijk gezegd, Rosanna, kom ik om over de baby te praten.' Ze richtte haar blik op de tafel voor hen. 'John en ik hebben gepraat, en *wij* vinden het een goed idee om onze baby – jouw baby eigenlijk – te laten weten wie zijn ouders zijn. Of als het een meisje is...' Haar stem stierf weg en ze keek op om Rosanna in de ogen te kijken.

Rosanna kreeg een knoop in haar maag, maar ze glimlachte gedwongen. 'Ja hoor, dat vind ik best.'

Kate wuifde zich koelte toe en leek nogal opgelucht. 'Niet dat we veel te zeggen hoeven hebben in zijn of haar leven. Het is alleen... we denken dat het aardig zou zijn voor de broertjes en zusjes van de baby als ze hem ook kennen.'

Weer knikte Rosanna. 'Daar heb ik geen probleem mee, Kate. En Elias vast ook niet.'

'Nou, dat is heel fijn om te weten.'

'Weet je zeker dat je niets wilt drinken? Je ziet er moe uit.'

Kate's ogen glansden. 'Ach, ik weet het niet... misschien, *jah*.'

'Wat is er? Ben je wel in orde?'

Kate knikte dapper en glimlachte zwak. 'Het ene moment heb ik veel energie, en het volgende moment heb ik het helemaal gehad. Zo heb ik me bij mijn andere baby's nooit gevoeld.'

'Ach, misschien had je dat hele eind niet alleen moeten

komen.' Rosanna keek uit het raam en zag het grijze familierijtuig buiten geparkeerd staan. 'Wil je dat er iemand met je mee terugrijdt?'

'Nee, nee, over een paar minuten ben ik weer in orde.' Kate ademde langzaam in.

Rosanna moest zich wel afvragen of Kate's nu rozige wangen iets te maken hadden met het besef dat de baby die in haar groeide de ouders zou kennen die hem het leven hadden geschonken. Het was een redelijk verzoek.

Dat zal Elias vast ook vinden.

'De vroedvrouw zegt dat de baby misschien eerder komt dan we dachten,' merkte Kate op terwijl Rosanna warme pepermuntthee voor haar inschonk.

'Voor de Kerst zou aardig zijn.'

'Eerder half december, schijnt het.'

'Aha, precies in het bruiloftsseizoen dan,' zei Rosanna.

'*Jah*, en wat een drukte zal het zijn.' Kate vertelde dat er geruchten gingen dat verscheidene nichtjes en twee neven aan beide kanten van de familie van John en haar eind november of begin december zouden trouwen.

'Meer echtparen betekent meer baby's.' Rosanna glimlachte. 'Dan kunnen we in goed gezelschap onze kleintjes grootbrengen.'

De Gemeenschap van Eenvoud groeide door grote gezinnen. Tien tot vijftien kinderen was niet ongewoon.

Kate beaamde het, met een veelbetekenende blik in haar ogen. 'Binnenkort heb je een kleintje dat je je eigen kunt noemen.'

Rosanna pakte de hand van haar nicht, innig dankbaar voor Kate's grootmoedigheid. Maar ze hoopte dat haar nicht het ook echt een goed idee vond.

★

Nellie Mae zat in de hoek van de keuken, achter de tafel die het dichtst bij de muur stond, en probeerde haar jaloezie te onderdrukken terwijl ze keek naar Rhoda en Nan die op het grote kleed in het midden van de ruimte gezellig een spelletje zaten te dammen.

Ik ben nu altijd het vijfde wiel aan de wagen, dacht ze.

Dat Rhoda en Nan elkaar hadden stond vast, en nu Nellie hen verstolen zag grinniken voordat ze hun damstenen verplaatsten, voelde ze duidelijk dat zij niemand had. *Zelfs niet om mee te dammen.*

Geen van beide zussen had moeite gedaan om aansluiting bij haar te zoeken in haar verlies, hoewel ook zij om Suzy treurden.

Om haar gedachten te verzetten besloot ze de rondzendbrief te beantwoorden. Degenen die erop zaten te wachten, hoefden niet te lijden door haar uitstel. Ze rommelde in haar briefpapier en koos een lichtgeel velletje. Ze begon te schrijven.

Beste nicht Treva,

Groeten van Beaver Dam Road… en nicht Nellie Mae.
Heb je deze herfst veel wandelingen gemaakt? Ik kan het mooie weer niet weerstaan. Het is bij jullie vast net zo, al zegt pa dat je het hier in de buurt maar nooit weet. Kijk maar eens hoe vreemd het was dat al onze zoete maïs – en die van onze buren – onvolgroeid was, maar bij jullie niet. Ik blijf het raar vinden.
Ik vond het zo leuk om te horen dat je poëzie leest. Ik houd ook van de gedichten van Emily Dickinson, als ze niet te droevig zijn. Er is al genoeg verdriet zonder erover te hoeven lezen, vind ik. Mijn zus Rhoda leest De Pelgrimsreis *en als ze hem uit heeft, ga ik hem ook lezen. Pa zegt dat hij hem gelezen heeft in zijn tienertijd, dus hij zal het goedvinden.*

In de bakkerswinkel is het erg druk. Het zou heel leuk zijn als jij en je zussen eens konden komen om hem met eigen ogen te zien. Rhoda en Nan zouden het fijn vinden om je te zien, en hoewel mama de laatste maanden wat tijd alleen nodig had – begrijpelijk natuurlijk – zou ze ongetwijfeld blij zijn met jullie bezoek.
Ik heb onlangs geëxperimenteerd met een nieuw koekjesrecept, maar ik heb ze nog niet in de vitrine gedaan. Eerst wil ik zorgen dat ze lekker en smakelijk zijn. Ik heb ook nog niet besloten hoe ik ze ga noemen, maar ze zitten propvol met rode, groene en gele pindachocoladesnoepjes. Mama zegt dat ik ze wel opvrolijkkoekjes kan noemen, vanwege al die kleuren. Wat denk jij daarvan?
Zondag over een week houden we de kerkdienst bij Ephram, dus aanstaande vrijdag gaan we daarheen om Maryann te helpen schoonmaken in alle hoekjes. Het zal fijn zijn om weer eens wat langer bij haar en haar familie te zijn.
Ik hoop dat je gauw weer schrijft.

Je nicht en vriendin,
Nellie Mae Fisher

Nellie had zoveel meer kunnen schrijven. De volgende keer waren de zaken misschien zodanig bedaard dat ze de afgezonderde 'tractorvergaderingen' niet hoefde te noemen... of dat het erop leek dat hun bisschop ertussenuit geknepen was.

Hoofdstuk 11

Toen Nellie op de zangavond Iva Beiler in het oog kreeg, in een felrode pelerinejurk zonder een schort erover, dacht ze meteen aan aardbeien en zelfgemaakt ijs. Hoe kwam Iva in vredesnaam aan die gedurfde rode stof? Die had ze vast niet uit de manufacturenwinkel waar ze allemaal vaste klant waren. Hoopte ze Calebs aandacht te trekken?

De schuur vlak onder de hooizolder was doordrongen van een zoete muskusgeur. Er hing een lichte nevel van stof in de lucht door de flinke veegbeurt die de schuurvloer ongetwijfeld had ondergaan.

Nellie Mae was blij met de grote opkomst. *Een heleboel jongelui uit andere districten.* Ze zag veel nieuwe gezichten, maar niet het gezicht dat ze het liefst wilde zien. Ze wilde niet de indruk wekken dat ze op zoek was naar Caleb, of iemand in het bijzonder. Zo werd het gedaan, had ze geleerd in het jaar dat ze met Rhoda en Nan mee was gekomen. Een paar maanden geleden had Rhoda aangekondigd dat ze de bijeenkomsten beu was en ze was niet meer gegaan. Maar Nan scheen ervoor te leven, haar blauwe ogen straalden als jongensmagneten.

Nellie ging bij een paar andere meisjes zitten aan het uiterste einde van de rij smalle houten tafels. Nog steeds was er geen spoor van Caleb tussen de jongens aan de andere kant van de tafels. Nellie wees zichzelf erop dat ze zich geen zorgen hoefde te maken: Caleb had vanavond een afspraakje met háár. O, zoals hij op de Dag des Heeren naar haar had gekeken – de uitnodigende twinkeling in zijn hazelnootbruine ogen, ogen die in de hare keken alsof hij zijn hele leven naar haar op zoek was geweest.

Toen ze Caleb eindelijk zag aan de andere kant van de ruimte, sloeg Nellie Mae's hart een slag over. Hij kwam naar haar toe en vond een plekje aan de overkant van de tafel, een klein eindje van haar af. Op hetzelfde moment zag Nellie Susannah Lapp. Vluchtig ontmoetten hun ogen elkaar. Eén blik van begrip en ze zagen in elkaar de potentiële rivale.

Nellie keek nog een keer kort naar Caleb en herinnerde zich dat ze jaren geleden in de lente in de middagpauze met haar drie zussen op het schoolplein had gezeten om te kijken naar de jongens die aan het honkballen waren. Caleb was aan slag geweest, en in plaats van op het thuishonk met zijn knuppel te zwaaien en gek te doen, zoals de meeste jongens deden om zich uit te sloven, had hij zich met de knuppel naar voren gebogen en zijn lippen gelikt terwijl hij de worp afwachtte.

Kraak! Bij de allereerste worp had de knuppel de bal geraakt en hoog de lucht in gestuurd, over het dak van de jongenswc en over het witte hek het weiland daarachter in. Ze wist nog dat ze had gegild, haar ogen op Caleb gericht die langs alle honken rende en er in het voorbijgaan met zijn rechtervoet tegen stampte, op weg naar het thuishonk. Niet één keer had hij over zijn schouder gekeken naar de buitenvelder, die nog steeds achter de bal aanjoeg. Nellie had haar hand voor haar mond gehouden om haar vrolijkheid te smoren, zo blij was ze dat hij een homerun had gemaakt.

Nu lachte hij even naar haar over de tafel heen. Er moesten nog massa's liederen gezongen worden voordat ze met elkaar konden praten, gesteld dat Caleb dat wilde. Dat hij haar had geschreven, en plannen voor haar had gemaakt om elders te wachten tot hij haar ophaalde, bracht haar op de gedachte dat hij haar helemaal niet op zou zoeken waar de anderen bij waren. Dat vond ze allemaal best, zolang hij later maar verscheen in zijn rijtuig om haar op te pikken.

Nellie Mae voelde zich ineens een beetje verlegen en besloot contact te zoeken met een paar nichtjes van haar en haar zus Nan, ver van de tafel waar ze altijd zaten om de gewone liederen te zingen. Verrassend genoeg had iemand een gitaar meegebracht. Instrumenten waren gewoonlijk niet toegestaan, althans bij de zangavonden die alleen voor hun kerkdistrict bestemd waren. Begon alle rumoer over het oprekken van de grenzen van de *Ordnung* nu ook al tot de zangavonden door te dringen?

Tientallen jongens schaarden zich om de jongen heen en Nellie had zin om zich ertussen te dringen en de vingers te zien die de snaren bewerkten die zulke mooie muziek maakten. Deze zangavond was beslist heel anders dan anders – het was nog veel te vroeg in de avond, maar de jongens en meisjes begonnen al paren te vormen. Sommigen waren hoog op de hooizolder gaan zitten en lieten hun voeten over de zijkant bungelen, ze hielden elkaars hand vast en lachten.

Haar hart begon sneller te slaan toen ze zich afvroeg of Caleb vanavond in zijn rijtuig ook zo dicht bij haar zou komen zitten. Hoewel ze op andere avonden naast verschillende jongens had gezeten, had geen van hen het effect op haar dat Caleb nu al had vanaf de andere kant van de ruimte.

'Nellie Mae.' Ze keek om. Caleb glimlachte op haar neer. 'Laten we een eindje gaan lopen.'

Ze knikte en volgde hem, maar hij minderde vaart om haar naast zich naar de schuurdeuren te laten lopen, in plaats van achter hem zoals sommige jongens liever hadden.

'Wat een maan.' Hij keek naar haar en glimlachte openlijker, nu ze in de afzondering van de schemering stapten.

Ze wilde iets gedenkwaardigs zeggen, maar de juiste woorden kwamen niet. Het was niet dat ze te verlegen was om iets te zeggen; ze wilde alleen dat elk woord telde.

'Heb je die gitarist gezien?' vroeg hij. 'Is helemaal uit Georgetown gekomen. Mijn oudste broer kent hem. Hij krijgt er last mee.'

'Ongetwijfeld. Oom Bisschop is een paar dagen weg, en nu dit?' Zo, daar had ze iets belangwekkends gezegd, dat hoopte ze althans.

Caleb stond stil, met zijn rug naar de volle maan. Ze kon zijn gezicht niet onderscheiden in de schaduw. 'Is bisschop Joseph weg? Maar waarheen?'

De moed zonk haar in de schoenen. 'Wist je het niet? Ik dacht dat je vader of een van de andere mannen wel zou helpen met zijn vee. Tante Anna was maandag in de winkel om wat lekkers te kopen voor op reis. Ze zijn op bezoek bij haar familie in Iowa,' zei ze, het weinige vertellend wat ze wist.

Caleb stond afgetekend tegen het felle licht van de maan, langer dan ze zich herinnerde. En zwijgend.

'Ze hebben gewoon wat rust nodig,' probeerde ze.

'Nou, ik hoop dat ze het erg naar hun zin hebben.' Hij boog zich naar haar toe en pakte haar hand.

Zijn warme aanraking overrompelde haar en ze stond als aan de grond genageld. Hoe zou haar hand voor hem voelen – waarschijnlijk zweterig van de zenuwen, zelfs in dit frisse weer – maar hij liet haar niet los.

Het onmiskenbare geluid van levendige gitaarmuziek zweefde over het erf.

'Mijn vader zegt dat het beter is om te vluchten voor het kwaad, niet erheen te gaan.'

Caleb bedoelde natuurlijk de gitaarmuziek in de schuur, niet dat ze elkaars hand vasthielden. Nellie glimlachte, blij met de schaduw waarin hij haar door het dichte wilgenbosje leidde, ver van de schuur en de muziek van de duivel. Ze wilde niet toegeven dat ze zich aangetrokken had gevoeld tot het aangename geluid... peinsde er niet over iets te zeggen waardoor hij zou stoppen met wandelen, terwijl zijn duim haar hand streelde, zijn arm langs de hare streek. Ze moest helder kunnen denken, en de rest van hun tijd samen vanavond alert en op haar hoede zijn. Hoe aantrekkelijk ze Caleb ook vond, Nellie Mae zou haar mama niet teleurstellen door zich roekeloos te gedragen.

'We lopen naar die witte paal daar, en dan terug,' zei hij, wijzend.

'*Jah*, goed.' Ze moest glimlachen. Haar stem klonk zo zelfverzekerd dat ze zichzelf haast voor de gek hield.

⋆

Nu het lekker rustig was in huis – Betsy was druk met haar borduurwerk en de meisjes waren allemaal de hele avond uit – ging Reuben rustig zitten met de twee Bijbels, de oude Duitse familiebijbel en de Engelse. Hij zat veel liever in de voorkamer bij de open deur, maar nu de herfst in de lucht zat genoot hij van de warmte en het gemak van Betsy's keuken.

'Betsy,' zei hij, met een blik op zijn vrouw, die in de gouden ring van licht zat van de gaslamp die hij boven de tafel had gehangen.

Ze keek op van haar werk. '*Jah*?'

'Ik ga nu de Schrift lezen.'

Ze knikte.

Ze heeft geen idee wat ik van plan ben...

Vanavond zou hij het hele hoofdstuk drie uit het Evangelie van Johannes lezen. Sinds zijn bezoek aan neef Jonathan was Reuben uitgesproken nieuwsgierig naar de passage. Volgens zijn verstoten familielid viel er iets belangrijks – en krachtigs – te leren uit dit deel van de Schrift. En ook uit andere delen.

Hij voelde een steekje van schuld toen hij door de onbekende pagina's bladerde, vermengd met een spoor van stoutmoedigheid. Eerlijk gezegd had hij zich ontstemd gevoeld nadat prediker Manny hem zonder begrijpelijke reden ervan langs gegeven had. Manny wist precies waar hij stond. Waarom behandelde hij hem zo?

Nu al dat tumult gaande was, wat kon het voor kwaad als Reuben in de Schrift las waar hij wilde? Hij wilde dat Betsy het ook hoorde, halfhartig als het wellicht was.

Om die reden begon hij in het Engels – later zou hij voor zichzelf hetzelfde hoofdstuk in het Duits lezen. '*En daar was een mens uit de Farizeeërs, wiens naam was Nicodemus, een overste der Joden. Deze kwam 's nachts tot Jezus, en zeide tot Hem: Rabbi, wij weten, dat Gij zijt een Leraar van God gekomen; want niemand kan deze tekenen doen, die Gij doet, zo God met hem niet is.*'

Hij hield even op en keek naar Betsy. *Haar gedachten dwalen af, vast en zeker.*

Hij vervolgde: '*Jezus antwoordde en zeide tot hem: Voorwaar, voorwaar zeg Ik u: tenzij dat iemand wederom geboren worde, hij kan het Koninkrijk Gods niet zien.*'

Daar staat het, precies wat neef Jonathan zei: opnieuw geboren worden.

Reuben had niet geloofd dat deze woorden geschreven waren zoals zijn eigenzinnige neef had verklaard, maar daar stonden ze vlak voor zijn ogen. Had Betsy gehoord wat hij net had gelezen?

Hij ging verder naar het volgende vers, en het volgende, gretig om te zien wat de Schrift nog meer te zeggen had. Was dit wat Jonathan bedoelde met 'hongeren naar het Woord van God'? Hij duwde de herinnering weg. Laat het maar aan die openhartige Jonathan over om zulke dingen te zeggen. Reuben kon beter doen wat hem geleerd was, de dingen zo doen als de Gemeenschap van Eenvoud het altijd had gedaan. Hij moest luisteren naar de bisschop... en de Bijbel nu meteen dichtslaan.

Zwijgen en ja knikken.

Maar als het erop aankwam, wie had dan het beslissende gezag? God en Zijn Woord? Of de bisschop en de oudsten?

Reuben worstelde met alles wat hem was geleerd... de unieke manier waarop God de mannen nauwkeurig aanwees die de Gemeenschap moesten leiden... het ordinatieproces door het trekken van het lot. Alles.

Kan ik vertrouwen op wat ik weet... op wat altijd geweest is?

Zijn ogen volgden de omtrek van de gezette gestalte van zijn vrouw aan de andere kant van de kamer. Haar lichaam was uitgezakt van uitputting en verdriet. Ze werden er allebei niet jonger op. Hadden ze iets heel belangrijks over het hoofd gezien, zoals Jonathan had gesuggereerd? Stelde Reuben, omdat hij het waagde zo te denken, zich open voor alles wat niet was toegestaan? Liet hij de wereldlijkheid naar binnen sluipen? En als hij deze teksten uit zijn hoofd leerde, wat dan? Zouden ze echt in hem tot leven komen, zoals Jonathan had volgehouden?

Puh! Hij was door prediker Manny's vermaan beledigd genoeg om door te zetten. '*Hetgeen uit het vlees geboren is, dat is vlees; en hetgeen uit den Geest geboren is, dat is Geest. Verwonder u niet, dat Ik u gezegd heb: Gijlieden moet wederom geboren worden.*'

Zijn adem stokte. Hij las in stilte verder. Jezus leek oprecht verbaasd dat Nicodemus de essentiële dingen waarover Hij sprak niet kende.

Reuben las dezelfde teksten nog een keer. Ook hij had de waarheid niet gekend die Nicodemus over het hoofd had gezien. Reuben besefte op dat moment dat hij door de traditie van de waarheid afgehouden was – door zorgvuldig en behoedzaam te volgen wat zijn voorvaderen altijd hadden gedaan. Zonder ooit te aarzelen.

Indien Ik ulieden de aardse dingen gezegd heb, en gij niet gelooft, hoe zult gij geloven, indien Ik ulieden de hemelse zou zeggen?

Daar had je het weer. Hij was er net zo slecht aan toe als die Nicodemus. Dit had hij helemaal niet geweten.

... opdat een iegelijk, die in Hem gelooft, niet verderve, maar het eeuwige leven hebbe.

Stomverbaasd las Reuben het vers nog een keer. Stond het er echt zo duidelijk? Ja, hij had het goed gelezen. Toch geloofde zijn volk niet dat iemand de verzekering van verlossing kon hebben. Je moest wachten tot de Dag des Oordeels om te weten of je naar de hemel ging.

Hij dacht aan Suzy en beefde bij de gedachte aan haar sterven. Hij had vele nachten wakker gelegen door de dood van zijn jongste, gekweld door de wetenschap dat ze was gestorven voordat ze haar gelofte aan de kerk had afgelegd. Niemand wist van zijn diepe bezorgdheid. Zelfs Betsy niet, die lieve vrouw. Hij kon haar last niet verzwaren met zijn eigen zorgen.

Hij sloeg zijn Duitse Bijbel open, het stokoude, grote boek waar geboorte en dood van zijn voorouders door de geslachten heen in waren opgeschreven. Waarin hij met een bevende hand Suzy's sterfdatum had opgetekend.

Reuben bestudeerde elk vers van één tot vijftien, en vergeleek ze met wat hij in de Engelse versie had gelezen, met beide Bijbels balancerend op zijn knieën.

'Geen wonder dat sommige mensen op eigen houtje de Bijbel willen bestuderen, zonder de bisschop erbij,' mompelde hij.

'Wat zeg je daar?' Betsy onderbrak zijn gedachten met haar vraag.

Hij staarde haar aan, eerst haast zonder haar te zien, zo ging hij op in wat hij had gelezen.

'God zegt dat ik eeuwig leven zal hebben... als ik maar geloof.' Hij sloeg de Bijbels dicht en rees op van zijn favoriete stoel om bij de achterdeur te gaan staan en uit te kijken over de zomerveranda naar het weiland achter het erf en de kleine bijgebouwen.

'Reuben, is alles goed, lieverd?'

Hij hoorde de stem van zijn vrouw, maar de nevel in zijn geest was zo dik dat hij haast niet in staat was om antwoord te geven. Niet nu, terwijl de pijl van licht zijn ziel doorboorde.

'Hetgeen uit den Geest geboren is, dat is Geest...' fluisterde hij. Ineens besefte hij dat zijn handelingen verwarrend waren voor Betsy. Hij gedroeg zich vreemd, net als in de dagen vlak nadat hun Suzy was verdronken.

Zou zijn lieve dochter branden in de hel voor haar zonden, zoals de kerk leerde?

Om zijn eigen angst en pijn op een hanteerbaar peil te houden, moest hij Suzy's dood en haar eeuwige beloning overgeven aan God. Niet één keer, maar steeds weer, voor de rest van zijn dagen.

Misschien was Betsy daarom zo ingenomen met kleine Emma. Net als veel van hun andere kleinkinderen was James' enige dochter hun zonnetje geworden midden in het diepste verdriet. God wist stellig dat ze wat licht nodig hadden in hun duisternis van verlies.

De goede Heere Jezus...

Reuben pakte zijn zakdoek en veegde zijn ogen af; toen duwde hij de deur open en liep de nacht in, zonder zelfs maar de moeite te nemen zijn werkjas aan te trekken. Naar buiten, de meest stralende nacht in die hij in jaren had gezien.

Hoofdstuk 12

De maan was een lichtbaken. Bij Nellie's voeten scharrelden kleine onzichtbare wezentjes door het kreupelhout. Ze gluurde tussen de bomen en struiken door, wachtend tot Caleb kwam in zijn rijtuig. Ze voelde zijn hand nog om de hare, zoals het hun hele lange wandeling was geweest. Ze hadden maar weinig gepraat onder de hemel bij de wilgen. Ze kon haast niet wachten tot ze hem weer zag.

Zal hij mijn hand weer vasthouden?

Hoe zou het zijn om zijn favoriete taart of cake te bakken... en die aan hem op te dienen als hij glimlachend aan het hoofd van de tafel zat? Hoe zou ze zich voelen als hij hun eigen aardappels rooide en naar de markt bracht, zijn tabaksoogst al gesneden en opgeslagen in de schuur, voor de vorst uit?

Ze overpeinsde wat hun dagelijkse taken als man en vrouw zouden zijn. Maar nee, dit was nog maar hun eerste afspraakje; ze kon niet weten of er meer zouden komen. Toch gingen haar gedachten naar de toekomst, en aangename fantasieën vulden haar hoofd terwijl er tientallen rijtuigen langs haar verstopplaats vlak bij de weg reden.

Ze dacht aan Nan, die herhaaldelijk had gevraagd of alles in orde was, aangezien er geen jongeman in zicht was om Nellie naar huis te brengen. Nan had zoals altijd een uitnodiging om tot diep in de nacht uit rijden te gaan. *Ik ga een eindje lopen*, had ze tegen Nan gezegd. Meer had ze niet willen vertellen. En gelopen had ze. Een heel eind was het naar deze afgelegen plek die Caleb had gekozen.

Ze keek op en zag dat de maan maar een klein stukje was verschoven. Caleb zou toch wel gauw komen.

Ze stak haar hand in de zak van haar jurk, waar ze de bandjes van Suzy's *Kapp* bewaarde. Sommige mensen zouden het afkeuren dat ze de bandjes afgeknipt en gekoesterd had, maar Nellie vond troost in deze tastbare herinnering aan haar zus. In deze kleine stukjes Suzy leefde de herinnering aan haar korte leven voort. Beetje bij beetje merkte Nellie dat haar grote verdriet langzaam afnam, als ze zich wendde tot de goede dingen die het leven nog te bieden had. Eerst, in de dagen en weken nadat Suzy was gestorven, had ze gewoonweg in het maanlicht willen oplossen, verdwijnen als dauwdruppels in de hitte van de stralende zon.

Maar ze had toch nog veel om voor te leven... veel te doen voordat het haar beurt was om de brede Jordaan over te steken.

Ze hoorde een paard en rijtuig aankomen en vaart minderen, en ze gluurde tussen de takken door. Het was natuurlijk Caleb, maar ze moest meespelen met zijn vreemde spel en het zeker weten voordat ze zichzelf bekendmaakte.

⋆

Caleb speurde het overwoekerde terrein naast de weg af en toomde zijn paard in om naar Nellie uit te kijken. Het was duidelijk dat ze zich had verstopt. *Wunnerbaar-gut*, dacht hij.

Ondanks zichzelf was hij de avond begonnen met naar haar uit te kijken, maar hoe meer hij zag, hoe meer hij Nellie oprecht graag mocht. Het was moeilijk geweest om zich na de zangavond van haar los te rukken en ieder zijn eigen weg te gaan, zoals zijn plan was geweest. Toch wist hij dat hij zijn belangstelling voor haar het beste absoluut geheim kon houden, ten minste tot hij wist of hij haar het hof wilde maken. Na vanavond, als hij had vastgesteld of ze iets van Suzy had, zou hij weten wat hij wilde doen.

Met de teugels nog in zijn handen hield hij het paard stil en bleef staan zonder zich te verroeren. Hoelang zou het duren voordat Nellie opdook uit de duisternis? Was ze hier... vlakbij?

Eindelijk sprong Caleb ongeduldig van het rijtuig en liep naar het dichtste bosje, waarvan hij aannam dat ze zich er verstopte.

Op een zo maanverlichte avond kon hij bijna alles zien. De blauwzwarte omtrek van de iepen- en eikentakken en, als hij zich niet vergiste, de schaduw van een meisje, haar hoofd verwachtingsvol schuin.

'Nellie?' zei hij zacht.

Het meisje zei niets.

Was het Nellie die daar stond?

'Ik ben Caleb,' zei hij dringender en deed een stap naar voren.

Nog steeds gaf het meisje, dat hij duidelijk kon zien, geen antwoord.

Toen hoorde hij het... zacht gegiechel.

Hij snelde naar de struiken en stond ineens oog in oog met haar. Voordat hij besefte wat hij deed, had hij haar tegen zich aan getrokken. Ze lachte vrolijk in zijn armen. 'Wat een plaaggeest ben je,' fluisterde hij.

'En jij niet?' Ze wurmde zich los uit zijn greep en stapte naar achteren.

Hij lachte hartelijk en zijn paard hinnikte en stampte. 'Nou, vlug maar... anders moeten we straks lopen.'

Hij pakte haar hand en ze holden naar het zwarte open rijtuigje, dat glom als een spiegel, al zou ze dat in het donker misschien niet zien. Hij kalmeerde het paard, blij dat hij het tuig voorzien had van een heleboel zilveren knoppen. Die vingen het maanlicht nu Nellie met een stralend gezicht in het rijtuig sprong.

*

Reuben nam er de tijd voor buiten. Hij liep langs de rand van het weiland. De maan verlichtte elke stap. Hij had geen idee hoe hij voor zichzelf moest bidden, zijn gedachten verwoorden tegenover de Heilige van Israël. Natuurlijk, hij had alle formuliergebeden gezegd die hij als jongen had geleerd, maar nooit had hij de deur van zijn hart opengezet om God te laten horen wat daarbinnen was. Als de God van Isaäk en Jakob Zijn Zoon had aangewezen om vrijuit te spreken tegen een Joodse leider, wat zou Hij dan vandaag tegen de Gemeenschap van Eenvoud zeggen?

Ach, wat zou Hij tegen mij zeggen?

Reuben kon de opmerkelijke dingen die hij vanavond had ontdekt, niet van zich afzetten. En dan te bedenken dat ze daar al die tijd onmiskenbaar duidelijk hadden gestaan. 'En toch heb ik het nooit geweten,' mompelde hij.

Hij voelde een sterke drang om neef Jonathan op te zoeken en het hem te vertellen. Wat was er nou eigenlijk gebeurd? Kon hij er zelf zijn vinger op leggen?

'*Jah*... ik geloof de woorden van Jezus, de Christus.' Hij hief zijn hoofd naar de hemel. 'O God, Almachtige, ik geloof in Uw Zoon als mijn Verlosser. Mag ik de belofte van eeuwig leven die Uw vriend Nicodemus ontving?'

En zo zeker als hij Reuben Fisher was, omhelsde hij de dageraad in zijn ziel. Hij stak zijn handen voor zich uit, de palmen omhoog, de vingers wijd gespreid. 'Opnieuw geboren... door de Geest van de ware en levende God.'

Hij knielde neer op de aarde en vroeg God, de hemelse Vader, hem te ontvangen in het Koninkrijk. Intussen zag hij Nicodemus voor zich, die hetzelfde had gedaan.

Hij boog zijn hoofd diep en ademde de stilte om hem heen in, onzeker van zichzelf, in de hoop dat niemand anders dan de Almachtige God getuige was van zijn gebaar van boetvaardigheid en geloof.

Na een tijdje stond hij op en ging naar huis. Hij voelde de behoefte om het iemand te vertellen. Hij kon in de verste verte niet beschrijven wat hij ervaren had daarbuiten in het veld, alleen met God. Maar hij moest oppassen hoe hij het uitlegde, want als hij de verkeerde woorden gebruikte, kon hij verdreven en verstoten worden net als zijn neef.

Hoe groot het risico ook was, hij moest dit delen met zijn geliefde Betsy. Maar tegen de tijd dat hij de keukendeur opendeed, bleek dat het te laat was; Betsy had haar borduurwerk laten liggen om naar bed te gaan. 'Nou ja, dan morgen maar,' zei hij teleurgesteld.

Zijn blik viel op de Bijbel en Reuben ging weer zitten om erin te lezen. Nooit wilde hij de geweldige woorden vergeten die hij had gelezen, dus hij begon de uitspraken van zijn Verlosser uit het hoofd te leren, te beginnen met het eerste vers van hoofdstuk drie.

Hebben onze predikers dit hoofdstuk nooit gelezen en overdacht? En de bisschop?

★

Nellie's mama zou verbaasd staan als ze wist dat Caleb Nellie's hand kon vasthouden en vlak naast haar zitten in zijn mooie open rijtuigje, zonder een poging te doen andere romantische grenzen te overschrijden. Ze reden nu al twee uur lang onder de gloed van de mooiste maan die ze ooit had gezien, maar hij had nog geen arm om haar heen geslagen.

Mama zou hem een aardige jongen vinden, dacht ze en ze probeerde niet te breed te glimlachen.

'Heb je het koud, Nellie Mae?' Hij boog zich naar haar toe.

Hoe kon ze het koud hebben onder een stel schootdekens en met een knappe jongen naast haar? 'Nee, hoor,' antwoordde ze.

'Weet je het zeker?'

Ze knikte en vroeg zich af of hij soms hoopte dat ze het koud had. Aan de twinkeling in zijn ogen zag ze dat ze het goed geraden had.

Ze reden een heel eind zonder te praten en toen verraste hij haar door over Suzy te beginnen. 'Ik weet dat het te laat is, maar ik wil graag mijn medeleven betuigen.'

'Het is vreselijk moeilijk geweest… en dat is zacht uitgedrukt.' Haar keel werd dichtgeschroefd en ze hoopte dat hij niets meer zou zeggen.

'Dat moet wel, gezien de geruchten, *jah*?'

Ze verstrakte.

'Wat bedoel je?'

Hij haalde gegeneerd zijn schouders op.

'Ik heb praatjes gehoord over… nou ja, hoe ze verdronken is en zo.'

Wat?!

Haar ademhaling ging met horten en stoten.

'Sommige mensen in de Gemeenschap waren bezorgd over het gezelschap waarin ze verkeerde.'

Natuurlijk had hij ook de gekuiste versie van Suzy's leven gehoord die pa en mama naar buiten hadden gebracht. 'Dat gezelschap – ken je hen?'

Caleb keek haar aan. 'Heb je niet gehoord wat er gezegd werd, Nellie Mae?'

Ineens beviel zijn toon haar niet. Ze liet zijn hand los. 'Waarom vraag je dat?'

Hij lachte gedwongen. 'Ik vroeg het me alleen af.'

Ze liet een stilte vallen. Hij had het recht niet om haar zo te ondervragen; hij kende haar amper.

'Hoe was Suzy eigenlijk?' Caleb veranderde de loop van het gesprek enigszins.

'Ze was wat je voor je zag.' Nellie voelde zich gedrongen haar zus te verdedigen. 'Ik hield heel veel van haar. Ze was aardig en liefdevol...' Ze aarzelde, in het besef dat wat ze wilde zeggen een leugen was.

Gefrustreerd vechtend tegen de bekende droefheid begon ze opnieuw. 'De geruchten die je bedoelt, nou, die zijn vals. Suzy was een goed meisje.' De leugen was eruit.

Hij leunde met zijn hoofd tegen het hare. 'Sorry, Nellie. Natuurlijk zijn ze niet waar. Als jij het zegt, geloof ik dat. Ik had niet moeten...'

'Nee, nee, het is goed.' Maar het was niet goed en ze hield haar adem in om niet te huilen. Ze wilde dat hij haar meteen naar huis bracht.

'Het spijt me vreselijk,' zei hij en hij vertelde dat zijn zussen veel ophadden met al haar zussen, ook met Suzy. 'Ze hadden het vaak over jullie alle vier.'

Ze snufte en knikte.

'Een andere keer, Nellie Mae... als je voelt dat je me kunt vertrouwen, kunnen we er dan nog eens over praten?'

In plaats van zich uit te spreken, hield ze haar ogen gericht op de schootdekens en op haar gevouwen handen. 'Liever niet,' bekende ze uiteindelijk.

'Goed, dan. Jij je zin,' hoorde ze hem zeggen terwijl hij een beetje opschoof om afstand te nemen.

Die vraagt me nooit meer mee uit.

Woest op zichzelf dat ze zich zo in een hoek had laten

drijven, vroeg ze zich af of zijn nieuwsgierigheid de reden was dat hij met haar uit rijden had willen gaan. Ze hoopte van niet, maar ze was niet naïef.

Ben ik beetgenomen?

Hoofdstuk 13

Ik zie je wel weer, Nellie Mae…

Nellie lag in bed en Calebs laatste woorden weerklonken door haar hoofd. De slaap wilde niet komen. Ze was het huis binnengeglipt en had twee Bijbels naast elkaar op de keukentafel zien liggen. Ze had zich erover verwonderd terwijl ze zo zacht mogelijk de trap opging, met ingehouden adem.

Ze had in de kamer van haar zussen gekeken en gezien dat Nan niet thuis was en niet in bed lag, zoals Rhoda. Dat was een troost, omdat zijzelf ook na twee uur pas thuis was. Sommige meisjes bleven buiten tot het licht begon te worden, en ze had gehoord van stelletjes die stopten aan de kant van een verlaten weg, of in een overdekte brug, om meer te vrijen dan te praten. Ze vroeg zich af of Nan zich op dit moment ook zo gedroeg met haar *beau*. Misschien zou Nan zich binnenkort verloven en afgekondigd worden door de kerkenraad. Zoveel te beter dan, vooral als het degene was die Nellie vermoedde: David Stoltzfus, de leerjongen van de smid.

De sluimerende Rhoda zou wel een *maidel* worden, en dat was goed als het de wil van God was. Ze had niet het idee dat Rhoda erg verontrust was bij dat vooruitzicht.

Vermoeid strekte ze haar linkerhand uit naar de plek waar Suzy altijd had geslapen. Zo lang ze zich kon herinneren, hadden ze deze kamer gedeeld – evenals een heleboel andere dingen, waaronder geheimen. Maar niet alle geheimen, dacht ze verdrietig.

'Ik mis je nog steeds verschrikkelijk, Suzy.' Nellie drukte

haar hand stevig in de matras. Nooit eerder had ze het zo koud gehad in bed. Er liep een rilling over haar rug. Zo verkild zou ze zich vast niet gevoeld hebben als Caleb niet zo indringend naar haar overleden zusje had gevraagd.

Ondanks de onaangename wending hadden ze later over koetjes en kalfjes gepraat, en de avond was geen complete afknapper geworden. Caleb had zelfs gevraagd of ze aanstaande zondag weer met hem uit rijden ging. Ze was haar boosheid nog niet vergeten en overwoog even hem af te wijzen, maar de jongelui zouden samenkomen voor een zangavond voor hun eigen district en het zou erg leuk worden. Ze voelde een steekje van spijt dat er dit keer waarschijnlijk geen gitaarspelers bij zouden zijn.

Op dit moment was ze niet meer zo boos, maar ze voelde zich een beetje schuldig dat ze niet openhartig tegen Caleb was geweest. Wat zou hij ervan vinden als hij wist wat voor dingen ze vermoedde over Suzy? In het roddelcircuit was haar zus haastig voor vele zonden veroordeeld. Maar wat wisten de mensen nu eigenlijk zeker?

Ze kreeg het nog kouder toen ze zich Calebs eerdere opmerkingen weer voor de geest haalde. Was de lelijke waarheid bovengekomen, al had ze Suzy's dagboek begraven?

Hoofdschuddend verdedigde ze Suzy in haar gedachten. Wat voor geruchten Caleb ook had gehoord, ze konden niet allemaal waar zijn. Misschien wel geen van alle. O, wat hoopte ze dat...

Nellie Mae haalde diep adem en trok haar hand terug in de warmte van haar eigen lichaam. Ze vouwde haar handen in een eerbiedige houding voor haar formuliergebed. Toen ze klaar was, welde er een nieuwe vastberadenheid in haar op. *Ik zal Suzy's onschuld bewijzen.* Morgenochtend ging ze meteen naar het bos, nog voordat ze mama zou helpen met het ontbijt.

Nellie overdacht het risico – Suzy's verslag van haar laatste zes maanden kon iets nuttigs aanreiken, of het voerde geheimen op die beter onbekend konden blijven.

Is het wijs om het dagboek op te graven? Zal ik er spijt van krijgen dat ik het gelezen heb?

Ze draaide zich om en probeerde te rusten, blij dat het morgen een 'vrije' zondag was – geen drie uur durende kerkdienst om uit te zitten. Het werd een kort nachtje en ze had er een hekel aan als ze zich de hele dag voort moest slepen, verteerd door gedachten aan slaap. Morgen werden er veel bezoeken afgelegd, als het gezin de ronde maakte langs al haar getrouwde broers en hun gezinnen, te beginnen met Ephram. Dan door naar Jeremiah en Thomas; de tweeling deelde een grote, opgedeelde boerderij. Elke broer bewoonde met zijn vrouw en gezin een kant. Daarna reden ze een stukje verder langs de weg naar James en de dag eindigde met een bezoek aan Benjamin.

Voordat het die zondag te druk werd, hoopte Nellie Mae Suzy's dagboek op te graven en mee naar huis te nemen, waar het hoorde, naar de veilige haven van hun kamer, eindelijk veilig voor de elementen van de afgelegen bossen. Ze zou zichzelf bewijzen dat ze de waarheid had gezegd tegen Caleb.

Nellie herinnerde zich de weide met de vuurvliegjes en het geluid van krekels in haar oren op die midzomerdag dat Suzy erop had aangedrongen haar dagboek te verbranden, mocht haar iets overkomen. Eerst was ze verbijsterd geweest. 'Wat bedoel je in vredesnaam?' had Nellie geantwoord op het bizarre verzoek.

'Ach, je weet wel, als ik jong sterf of zo,' had Suzy schouderophalend geantwoord.

Nu vond Nellie het merkwaardig, en ze vroeg zich af of Suzy een waarschuwing had gekregen voor haar dood. Nellie had weleens gehoord van zulke dingen, maar ze had er nooit veel geloof aan gehecht.

Onwillig had Nellie haar zus haar woord gegeven, zonder ooit te denken dat ze zich eraan zou moeten houden.

Starend naar het plafond dacht ze aan de tocht naar het bos van drie maanden geleden, en ze besefte dat ze geen idee had van waar ze Suzy's dagboek precies had verstopt. Er vielen haar geen bijzondere landschapskenmerken in. Ze was destijds zo verdrietig geweest, het was geen wonder. Ze had zich toen niet voorgesteld dat er een dag kon komen dat ze het dagboek terug wilde hebben.

Ineens werd Nellie bang dat Suzy's laatste woorden evenzeer verloren voor haar konden zijn als Suzy zelf.

Ze stapte uit bed, liep naar het raam en keek uit over het land in het westen, overspoeld door maanlicht. Zouden Suzy en Caleb haar een hele nacht slaap kosten?

Zuchtend staarde ze naar de lucht. Was Caleb blij dat ze elkaar beter hadden leren kennen? Verkneukelde hij zich vol verwachting op het afspraakje van aanstaande zondag, zoals zij op dit moment? Ze lachte.

Ze sloot haar vermoeide ogen, het maanlicht op haar gezicht. *Als God het wil, zal ik me herinneren waar ik de waarheid van Suzy's laatste dagen heb begraven.*

Dezelfde vurigheid die haar had gedreven om het dagboek te verbergen, zette haar nu aan om de woorden van haar zus te vinden en te lezen. Omwille van haarzelf moest Nellie alles ontdekken wat er te weten viel.

*

Zelfs in de grijze schemering van hun half verduisterde kamer bespeurde Betsy dat er iets mis was. Reuben beende heen en weer door de gang alsof hij dodelijk ongerust was of te opgedraaid om zich te ontspannen. Was er iets prettigs? Of iets zorgelijks? Ze wist het nooit bij Reuben, omdat hij normaalgesproken zijn emoties zo goed verborg.

Op dat moment betrad hij hun kamer en ging op de stoel zitten. Hij bewoog zijn handen en het zag eruit of hij aan het bidden was. Betsy verhief zich op haar ellebogen. Ze duwde haar losse haar naar achteren, het stroomde over één schouder en haar witte katoenen nachtpon naar beneden.

'Je bent erg zenuwachtig, lieverd.'

Aanvankelijk gaf hij geen antwoord, maar toen hij het deed, hield hij zijn gezicht naar het raam gericht. De groene jaloezieën waren hoog opgetrokken. 'Ik wilde je niet wakker maken.'

'Ach, je kent me... ik slaap altijd licht.'

Hij stond op, kwam naar het bed toe en legde een hand op het voeteneind. 'Er is iets wonder-*guts* gebeurd, Betsy.'

'O?'

Hij knikte en liep naar haar kant van het bed. Hij pakte haar hand en klemde hem in zijn beide handen. 'Het is te mooi om voor mezelf te houden.' Zijn ogen straalden in de schemerig verlichte kamer.

'Ik weet wat we gemist hebben, lief.' Hij bukte en kuste haar wang, toen haar lippen, waar zijn mond bleef aarzelen. 'Al die jaren.'

'O, Reuben... wat dan?' Ze sloeg haar armen om zijn hals.

Hij kuste haar opnieuw, over haar heen gebogen. 'Nou, om het eenvoudig te zeggen... ik ben wederom geboren.'

Ontsteld voelde ze zich verstrakken. Ze had de passages gehoord die hij na het eten had voorgelezen, onmiskenbaar verschillend van de Psalmen of Spreuken of andere gedeelten uit het Oude Testament die hij gewoonlijk koos. 'Zeg dat maar niet tegen iemand anders, Reuben.'

Hij trok haar dicht tegen zich aan. 'Ach, ik ben zo blij! We moeten deze verlossing samen kennen.'

Ze voelde zijn vreugde in de kracht van zijn armen, in de manier waarop hij zijn hoofd naar het hare toe boog, in de manier waarop hij haar stevig, maar teder vasthield.

'Ik wil het hele Evangelie van Johannes met je lezen – ik heb het vannacht zelf al helemaal doorgelezen.' Reuben liet haar los, maar zijn adem was op haar gezicht en hij hield haar beide handen vast, kuste er een.

'Kan het wachten tot morgenochtend?' Ze lachte, meegesleept door zijn enthousiasme.

'In alle vroegte,' zei hij. Hij liep om het bed heen en stapte naast haar erin. 'Het komt goed uit dat we de hele dag voor onszelf hebben.'

Betsy wist niet of hij bedoelde dat ze de Bijbel zouden lezen in plaats van op visite gaan bij hun zoons. Ze wilde Emma zo graag weer eens knuffelen! Maar ze bespeurde ook iets geheel anders aan haar man. Hij praatte zo openhartig en opgewonden. Wat kon het voor kwaad dat zij ook meer te weten kwam?

*

Nellie knipperde met haar ogen en werd langzaam wakker. Ze was even in de war. Toen ze goed wakker was, zag ze aan de stand van de maan dat over nog maar een uurtje de dag zou aanbreken.

In de koude schemering van haar kamer borstelde ze haar haar en draaide de zijkanten in een lage, dikke knot achter haar hoofd. Vlug kleedde ze zich aan, ze koos haar grijze werkjurk en haar oudste zwarte schort.

Ze stak haar hoofd even om de hoek van haar slaapkamerdeur en stelde vast dat de gang leeg was voordat ze naar buiten glipte en de trap af sloop, op haar tenen, zoals zo vaak 's morgens als ze ruim voor zonsopgang opstond om te beginnen met bakken.

Ze snelde naar de zomerveranda, waar mama haar lange wollen omslagdoeken bewaarde, en de dikkere jassen voor werk en netjes. Gezeten op de houten bank die haar vader speciaal had gemaakt om schoenen aan te trekken, trok ze haar werklaarzen aan en ze vroeg zich af hoe koud het zou zijn nu de zon pas over een uur op zou komen. Ze kon zich beter maar warm inpakken – en vlug ook. 'De tijd vliegt,' zei ze tegen zichzelf toen ze naar buiten stapte in de vroege ochtendschemering.

Op dat moment hoorde ze gedempte stemmen op de weg. Een jonge vrouw zwaaide naar een zwart open rijtuigje. Meteen nam Nellie aan dat het Nan was die haar *beau* verliefd gedag zei. Ze had medelijden met haar zus dat ze de hele nacht in dit kille weer buiten was geweest – en tegelijk benijdde ze haar.

Nog even en Nan zag haar, en wat zou Nellie dan zeggen? *Ik ga graven naar Suzy's dagboek... zin om mee te gaan?*

Ze draaide haar hoofd in de richting van de schuur, maar Nan riep haar al. 'Nellie... wacht!'

'Hallo,' was het enige wat ze uit kon brengen toen haar zus bij haar was. 'Je komt nogal... nou ja, *vroeg* thuis, *jah*?'

Nan knikte en bracht beide handen naar haar gezicht. 'Ik ben zowat bevroren.' Ze keek Nellie Mae aan. 'En waarom ben *jij* nu pas thuis?'

Dit was haar uitweg als ze wilde liegen. Maar Nellie was wel wijzer. 'O, ik ben al een hele tijd thuis.'

'O?' Nan keek haar onderzoekend aan.

'Ik was laat, maar niet zo laat als jij.' Ze had geen idee wat ze anders moest zeggen. Ze bleef hier niet staan om een kletspraatje te maken, ze moest verder.

'Dus je bent het hele eind naar huis gelopen... na de zangavond?'

'Nee...'

'Aha, dus je bent iemand tegengekomen.' Nan was rap.

Nellie begon over iets anders, zoals elk verstandig Amish meisje zou doen. Op dit moment was ze dankbaar voor de geheimzinnige aard van hun afspraakje. 'Als je vlug bent, kun je nog minstens een uur slapen.'

'*Jah*, ik denk van wel.' Nan zag er ineens doodmoe uit.

'Gaat het?' Zacht legde Nellie haar hand op de arm van haar zus.

Maar Nan wendde zich af. 'Ik moet gaan slapen.' En ze liep in de richting van de achterdeur.

Nellie ging naar de schuur en koos een schop uit die niet te groot was om door het weiland naar het bos te zeulen. Ze hoopte dat Nan niet tegen Rhoda of mama zou zeggen dat ze haar zo vroeg buiten had gezien. Pa zou het niet erg vinden als ze in het donker buiten dwaalde, omdat hij zelf ook zulke dingen deed.

Ze pakte de schop en een kleine zaklantaarn. Ze nam de achteruitgang, over het erf, om niet betrapt te worden. Ze stak het bedauwde weiland over, sloeg af naar het noorden naar het beboste terrein, waar ze zich haar stappen van afgelopen juni probeerde te herinneren, na Suzy's overlijden.

Ze sloop behoedzaam verder, wetend hoe makkelijk je kon struikelen in het donker. Voor Suzy's dood had ze nooit last gehad van de duisternis, maar nu was ze zich ongewoon bewust van de eenzame nachtelijke uren. Ze huiverde en verlangde naar de warmte van mama's keuken.

In elk geval moest ze weer thuis zijn en opgefrist voordat de rest van het gezin wakker werd, klaar om op bezoek te gaan. Ze genoot van de vrije zondagen, als ze de ronde maakten. Eerlijk gezegd begon Nellie, hoe ze hun traditie van Eenvoud ook eerde en respecteerde, genoeg te krijgen van de kerkdiensten.

Ze scheen met haar zaklamp tussen de struiken. Ineens kreeg ze het idee dat ze gedroomd had dat ze Suzy's dagboek had verstopt. Was ze zo opgegaan in haar verdriet dat ze zich had ingebeeld dat ze hier was geweest?

Maar nee, ze wist nog dat ze het dagboek onder haar onderrok in een provisorische buidel had gedragen, gemaakt van quiltrestjes. Ze had gevonden dat ze ten koste van alles haar best moest doen om Suzy's verzoek althans voor een deel in te willigen. Misschien had ze het wel veel te goed gedaan.

Ze richtte de zaklamp op een rij struiken en zuchtte. *Ik kan me eindeloze recepten herinneren, maar niet waar ik Suzy's dagboek heb begraven. Hoe kan dat?*

Hoofdstuk 14

Voordat de zon boven de oostelijke bergkam uit gluurde, was Reuben op. Hij stak de hoge gaslantaarn op de ladekast aan. Zonder een woord ging hij naar beneden en haalde de bijbel om hardop te lezen. Betsy lag nog in bed, een beetje mismoedig, zoals vaak op dit vroege uur.

Ze sloeg hem gade, zoals zijn ogen aandachtig gericht waren op de woorden die hij haar voorlas. De lijnen om zijn mond waren zachter in het flakkerende licht, en halverwege het hoofdstuk zette hij zijn bril af om zijn ogen af te vegen.

Hij keek haar aan vanaf de andere kant van de kamer. De tranen welden weer op. 'Te bedenken wat Gods Zoon voor ons heeft gedaan – onze straf gedragen.' Hij sloeg zijn hand voor zijn mond, zijn emotie was te groot voor woorden. 'O, Betsy... ik wil dat jij ook deelt in deze blijdschap... deze gezegende verlossing.'

Zijn gezichtsuitdrukking was haast even overtuigend als de Schriftwoorden die hij las, want nooit, nooit had ze Reuben zien huilen – niet bij de begrafenisplechtigheid van Suzy, noch bij de teraardebestelling, toen ze hun geliefde dochter te rusten hadden gelegd op de begraafplaats van de Gemeenschap van Eenvoud. Nee, het was helemaal niets voor Reuben om tranen te vergieten.

'Mag ik je elke ochtend voorlezen, lief?' vroeg hij, omlopend naar haar kant van het bed.

'In het geheim?'

Hij zuchtte en legde zijn bril op het nachtkastje. 'Tja, ik

denk dat ik dat bedoel. *Jah*, voorlopig wel.'

Voorlopig?

'En het avondgebed dan? Ga je dit hoofdstuk dan ook voorlezen... waar de meisjes bij zijn?'

Hij sloeg de bijbel dicht. 'Daar zal ik over nadenken,' zei hij zacht. 'Mijn gebed is dat elk lid van ons gezin de Verlosser zal leren kennen, zoals ik.'

'Hem leren kennen?'

'*Jah*, lief.' Zijn gezicht was tegen het hare. 'We zullen samen Zijn wegen bestuderen.'

Ze ging rechtop zitten, nestelde zich tegen hem aan, haar hoofd op zijn borst. 'Zullen we niet betrapt worden?'

'Ik vertrouw op God voor onze toekomst, Betsy. Het is Zijn werk, dus we moeten het gebod gehoorzamen om niet te tobben.' Hij hield haar dicht tegen zich aan, zoals vaak in de ochtend. Maar vandaag was er meer aandrang in zijn armen om haar heen, alsof zijn omhelzing alleen haar kon overhalen om zich aan te sluiten bij zijn pas gevonden geloof.

Als ze eerlijk was, zou ze haar lieve man bekennen dat ze rondspartelde in een moeras van verdriet. Misschien was Reubens scherpe belangstelling voor de Schrift – voor verboden passages en anderszins – precies wat God voor haar bedoelde in deze tijd. Als haar betrouwbare Reuben bereid was om tegen de stroom die beslist zou komen in te zwemmen, was het voor haar ook goed om te overwegen.

'Laat me dat gedeelte voor mezelf lezen.' Ze stak haar hand uit naar de Bijbel, blij dat hij de Engelse mee naar boven had genomen.

'Hier, ik zal je laten zien waar je moet beginnen.' Hij bladerde.

'*Denki*,' fluisterde ze.

'Je hoeft me niet te bedanken.' Hij keerde zijn gezicht naar het plafond en sloot zijn ogen. Het leek wel een hemels licht dat van zijn geliefde gezicht straalde. Betsy had het gevoel dat ze een glimp van de hemel had gezien... waar ze met haar hele hart heimelijk hoopte dat haar lieve Suzy woonde.

★

Nellie Mae zette de zaklantaarn in de holte van een boom en liet hem een plek op de grond beschijnen. Haar derde poging bij de voet van de boom waarvan ze vermoedde dat hij Suzy's geheimen beschutte.

Hoeveel gaten moet ik graven?

Ze zette door, af en toe stoppend om op adem te komen, diep gravend met de schop in de grond. Het had nog niet erg gevroren, dus de grond was zacht. Ze werkte de hele plek af tot ze er zeker van was dat ze het dagboek daar niet zou vinden.

Ze richtte zich op en veegde haar gezicht af met een zakdoek, blij dat ze eraan gedacht had hem in haar zak te stoppen; haar gezicht was vast besmeurd met aarde. Ze stopte om de zaklantaarn te verplaatsen en stak de schop weer in de aarde om een nieuw gat te graven.

De dag brak aan en Nellie zag de zon boven de horizon uit komen. Haar gouden licht stroomde over de glooiende heuvels. Ondanks haar frustratie dronk ze het schouwspel in, omringd door bomen en de hele natuur. Normaalgesproken stond ze op dit uur tot haar polsen in het deeg, te druk aan het werk om de dag te begroeten.

Blij herinnerde ze zich de geur van de wilde bloemen aan haar voeten in de vroege zomer. Suzy had enthousiast gereageerd op de kleurrijke uitstalling toen Nellie en zij hier begin juni heen gewandeld waren. Ze waren zelfs nog verder gegaan om het terrein te vinden waar ze als jonge meisjes hun favoriete rode akelei – uit de boterbloemfamilie – hadden geplant om het plekje op te frissen en kolibries aan te trekken. Jaar na jaar hadden de vuurrode bloemen met vijf blaadjes zich snel voortgeplant over het zonnige stukje grond.

Als kind was Suzy vaak thuisgekomen met een handvol kleine bloempjes, voornamelijk wilde hyacinten en akeleien. Ze plaatste ze op de sierschaal op hun ladekast, in plaats van in een vaas met water zoals hun *Englische* buren zouden doen. Ze wilde ze drogen zoals ze waren. *In hun mooie jurkjes*, zoals ze dan zei. Helaas waren de bloemen nooit gedroogd zoals Suzy had verwacht, maar ze waren verlept en verwelkt. Toch was ze ze blijven plukken om mee naar huis te nemen, altijd in de hoop dat ze eens zouden drogen zoals ze waren.

De lichtblauwe schaal met de bloemetjesrand stond nu leeg op de eikenhouten ladekast, en Nellie wenste dat er een paar wilde hyacinten waren om te plukken ter herinnering aan haar zus, maar de koude herfst had ze weggerukt.

Ze richtte haar aandacht weer op haar zoektocht, zorgelijker dan ooit om haar onvermogen om de bergplaats van het dagboek te vinden.

Waarom heb ik de plek niet gemarkeerd?

Toen herinnerde ze zich dat er in de buurt een kamperfoeliestruik had gestaan die een overweldigend zoete geur had afgegeven. Zelfs terwijl het wegstervende zonlicht wazige prisma's had gemaakt van haar tranen, was die geur tot haar doorgedrongen.

Gefrustreerd hield ze op met zoeken en keerde terug naar huis. *Ik zal niet wanhopen*, hield ze zichzelf voor. *Hoe dan ook... ik zal het me herinneren!*

Weer thuis was er geen geluid te horen. Maar toen ze de trap opklom, hoorde ze de stem van haar vader die hardop voorlas uit de Bijbel. Dat was vreemd, maar Nellie durfde niet op de overloop te blijven staan om te luisteren. Ze snelde naar haar kamer, zette haar *Kapp* af en schudde haar haren uit, verrast door de kleine takjes en zelfs het blaadje die uit haar lange lokken vielen. Heftig borstelde ze haar haar, wond het weer in de stijve knot en stak haar hoofdbedekking weer vast. Toen schoot ze in een nette jurk voor hun bezoekdag.

Toen ze weer naar beneden ging, bracht ze een kort bezoekje aan de wasruimte om het vuil van die ochtend van haar gezicht te wassen. Gerustgesteld dat niemand haar ochtendlijke activiteiten zou vermoeden door alleen maar naar haar te kijken, zette ze de koude muesli, fruit en sappen klaar – op de Dag des Heeren werd niet gekookt of gebakken. Om die reden had Nellie op maandagmorgen vroeg zo veel in te halen.

Ze begon bananen in plakjes te snijden voor boven op de muesli en hoorde lachen, gevolgd door huilen. *Mama*? Ze voelde zich meteen terneergeslagen en wenste dat er iets gedaan kon worden om hun moeder door deze intens droevige tijd heen te helpen.

Nellie was blij dat pa bij haar was. Haar vader was tegenwoordig nog tederder voor mama, vooral als ze die droevige en afwezige blik in haar ogen kreeg. Een gekwelde, kommervolle blik.

'Misschien helpt het haar om er even uit te zijn,' zei ze, uitkijkend naar de bezoeken van vandaag.

*

Nadat pa na het ontbijt was voorgegaan in stil gebed, kondigde mama aan dat ze pas na het middagmaal het huis uit zouden gaan. Geen woord van uitleg werd gegeven voor deze afwijking van de gang van zaken op hun vrije zondag.

Nellie Mae liet haar teleurstelling niet merken. Maar het

was moeilijk om niet te denken aan de pret die ze op deze zondagen altijd hadden. Dus toen de keuken eenmaal was opgeruimd, ging ze naar boven om Rhoda en Nan, die op hun kamer zaten, te vragen of ze meegingen een eindje wandelen. Zonder na te denken schudde Rhoda haar hoofd. Met haar bril op het puntje van haar neus bestudeerde ze haar handwerkboek. Nan geeuwde en zei: 'Een andere keer, Nellie Mae,' voordat ze troosteloos op hun bed klom.

Nellie sjokte somber met slepende voeten naar haar kamer terug. Ze deed de deur dicht en ging op het bed zitten. Zou ze nog eens de kans krijgen om naar het dagboek te zoeken, als ze meer tijd had? *Een beetje zon zou ook helpen*, mompelde ze in zichzelf. Ze wist niet wanneer ze weer weg kon, met haar verplichtingen in de bakkerswinkel. Ze wist dat ze zich schuldig moest voelen omdat ze zich op de Dag des Heeren, wanneer zelfs naaien en handwerken verboden waren, had ingespannen door met een schop in de hand door de bossen te lopen. Op dit moment leek die regel onbeduidend. Ze verbaasde zich over haar eigen gevoelens. Hoelang koesterde ze al lusteloosheid?

Ze geeuwde, voelde de gevolgen van weinig slaap. Toch waren de uren met Caleb de gemiste nachtrust waard. Ze hoopte dat hij was zoals haar eigen vader, die altijd zo liefdevol en attent was voor mama.

Zo'n man wil ik ook.

Ze ondersteunde zich met een aantal bedkussens en pakte van haar eikenhouten nachtkastje de wekelijkse krant *The Budget*, die zich concentreerde op Amish gemeenschappen. Ze koos de pagina's over de gebeurtenissen in Kalona, Iowa, nieuwsgierig of de columns in dagboekstijl enig licht wierpen op wat oom Bisschop en tante Anna daar deden.

Lorena Miller, een Amish schrijfster uit dat gebied, begon haar column met opmerkingen over de regen, wind en dalende temperaturen. Er werd vorst voorspeld. Ook noemde ze de bezoekers aan een kerkdienst van kortgeleden – ene Jonas en Fannie Hershberger en de familie Beechy, allemaal van buiten de stad. Die namen zeiden Nellie niets.

Lorena schreef ook over nachtelijke opwekkingsbijeenkomsten.

Wisten oom Bisschop en tante Anna dat er zulke bijeenkomsten werden gehouden? Het gerucht ging dat er hier ter plaatse op vrijdag- en zaterdagavond dergelijke bijeenkomsten werden gehouden in de Tel Hai-tabernakel, een openluchtgebouw niet ver van de weg. Er kwamen soms hele menigten, had ze gehoord.

In de krant las ze de eerste regel van een column uit Mt. Hope, Ohio. *Loop niet op je tenen heen om datgene waar je naar smacht, kijkend en verlangend… straks mis je het leven dat voor je ligt*, las ze.

Ze vroeg zich af of zij niet hetzelfde deed, wachtend op Caleb. Ze had hem haar stekelige kant laten zien, dat was vast een vergissing. Maar ja, als hij ogen en oren in zijn hoofd had, wist hij wel dat ze altijd respectvol haar mening had gegeven op school en op andere plaatsen waar hij haar was tegengekomen.

Ze zuchtte, te moe om weer op te halen wat hij vond van haar weigering om over Suzy's dood te praten. Ondanks hun wankele begin scheen hij haar aardig genoeg te vinden om meer van haar gezelschap te willen.

Nog een week… een eeuwigheid.

Ze sloeg de krant dicht en vouwde hem netjes op, nog denkend aan de opwekkingsbijeenkomsten in Iowa. Wie ging er naar zulke bijeenkomsten? En waarvan moesten mensen worden opgewekt?

Ze stond op en stak luisterend haar hoofd om de hoek van de deur. Er klonken geen stemmen in de slaapkamer van haar ouders, dus misschien hadden ze hun gesprek afgerond.

Nellie was het nu al moe om thuis te zitten, ze deed de deur dicht en leunde er tegenaan. Waarom gingen ze niet op bezoek bij haar broers en hun gezinnen, zoals altijd voor het middagmaal? Zou Maryann niet een koude vleesschotel klaar hebben staan?

Te vermoeid om verder te peinzen keerde ze terug naar het opgemaakte bed en ging liggen om uit te rusten op deze uiterst teleurstellende zondag.

*

'Je bent nogal in je schik met de Bijbel, hè Reuben?' fluisterde Betsy op de tweezitsbank in hun slaapkamer.

Haar man hield de Bijbel eerbiedig op zijn schoot en ze merkte op hoe hij hem koesterde, met zijn grote handen langzaam over het leer streek. 'Meer dan ooit tevoren, *jah*.'

Zoals altijd genoot ze van zijn nabijheid. Ze kon zich niet herinneren dat ze ooit zo geluierd hadden op welke dag van de week dan ook, laat staan op een vrije zondag.

'Dit boek is levend voor me geworden, Betsy.' Er welden tranen op in zijn ogen. 'Ik kan het niet verklaren... maar deze woorden hebben me hier' – hij legde zijn hand op zijn borst – 'iets gegeven wat ik mijn hele leven nodig heb gehad.'

Geroerd door zijn antwoord knikte ze en gaf zijn hand een kneepje. Toch begreep ze niet wat haar man overkwam.

Hij pakte zijn zakdoek. 'Ik was er niet eens naar op zoek... ik wist het in elk geval niet.' Opnieuw huilde hij openlijk.

'Ach Reuben, gaat het wel met je?'

Hij knikte. 'Nooit beter, liefje. Het is alsof God Zelf naar me op zoek is gegaan.'

En Hij heeft je gevonden, dacht Betsy.

Hoofdstuk 15

Het ruime huis met dakspanen van James was de derde halte op hun gewone route om de andere zondag. En Nellie was dolblij de snoezige kleine Emma weer te zien, hoewel dat pas laat in de middag het geval was. Mama was nog blijer dan anders om haar kleindochter te zien. Het kind kwam recht op haar af gerend en sloeg haar mollige armpjes stijf om mama's knieën.

'Och, mijn lieve kind, wat heb ik je gemist!' Mama bukte om Emma op het blonde hoofdje te kussen.

Emma's broertjes – eentje ouder en twee jonger – Benny, Jimmy en Matty – renden op hun *Dawdi* Reuben toe, die hun een snelle knuffel gaf en peuter Matty op zijn hoofdje klopte. 'Ach, kijk toch eens, jongens. In een week tijd zijn jullie alweer gegroeid,' zei hij terwijl ze allemaal door elkaar praatten in Dutch.

Zoals beloofd toonde Emma graag haar poppetje aan Nellie en haar zussen, maar Rhoda en Nan zaten een beetje op afstand in de hoek van de voorkamer. Emma vertelde dat het zakdoekje een van Suzy's vele creaties was geweest. Met stralende ogen beschreef ze de denkbeeldige avonturen van het poppetje.

Rhoda klaarde een beetje op onder het vertellen. Maar Nan bleef in een sombere stemming.

Problemen met haar beau? vroeg Nellie zich af. Of was Nan geïrriteerd omdat ze vanmorgen zo lang thuis hadden moeten blijven?

Maar Emma's streken stonden Nellie niet toe er lang over na te denken.

Het meisje klom bij haar *Mammi* op schoot. 'Ik heb een geheim,' fluisterde Emma in haar oor.

Mama luisterde en sloeg speels haar hand voor haar mond. 'Lieve help, dat is wonder-*gut*!'

Rhoda zette haar stoel dichter bij mama. Ze trok haar schoenen uit, stopte een mollig been onder zich en zat erbij als een pompoen die op het punt stond van de stoel te rollen. Nan bleef waar zij en Rhoda hadden gezeten en scheen nauwelijks op te merken wat er om haar heen gebeurde.

Nellie was reuze nieuwsgierig naar Emma's zogenaamde geheim, vooral toen het kind zich van mama's schoot liet glijden en naar boven holde. Even later was ze terug, met een vierkantje van een pannenlap, voor driekwart voltooid.

'Ziet u, *Mammi*? Het is gehaakt... Mama heeft het me deze week geleerd.'

Martha glimlachte en knikte bevestigend. Ze zat op haar vaders oude hickoryhouten schommelstoel met de twintig maanden oude Matty op haar schoot. 'Ik heb haar alleen een paar lussen laten zien en ze ging gewoon door,' zei Martha met stralende blauwe ogen. 'Niet om op te scheppen, hoor, maar ze heeft er slag van.'

'Is dat zo?' Mama inspecteerde de pannenlap met zijn groene, blauwe en paarse strengen meerkleurig garen en prees Emma's creatie in alle toonaarden. 'Wat prachtig. Echt mooi, hoor. Misschien kun je er een heel stel maken, om weg te geven als kerstcadeautje.'

Emma glimlachte sluw en legde haar hand op mama's arm. 'Ik maak er een voor u, *Mammi* Elizabeth.'

'Dat zou ik heel fijn vinden,' zei mama, geschrokken bij het horen van haar officiële naam.

'Maar nu is het geen geheim meer,' lispelde Emma.

Hierop nam mama Emma's kin in haar hand. 'Wat een kletskous ben je vandaag, zeg.'

Rhoda lachte zachtjes.

Martha probeerde mama's aandacht weg te leiden van Emma naar de blonde Matty, die op Martha's schoot aan de haren van Emma's lappenpop zat te trekken. Nellie zag dat mama grote moeite had om haar ogen van Emma af te houden.

Na een tijdje gingen ze allemaal bij elkaar zitten om te genieten van Martha's heerlijke tapiocaparelkoekjes en chocoladekoekjes. Mama, Martha en Nellie ruimden de tafel af toen Emma aan mama's rok trok en naar haar opkeek. 'Komt tante Suzy echt helemaal nooit meer terug?'

Mama trok snelle rimpels in haar voorhoofd. Ze keek zenuwachtig naar Martha.

Maar er was geen tijd om het te bespreken, met Emma binnen gehoorsafstand. Mama glimlachte vriendelijk. 'Onze lieve Suzy is voor altijd weg, *jah*...' Haar lip trilde en ze wendde zich vlug af zodat Emma het niet zou zien.

Rhoda leidde Emma snel af en nam haar mee naar de kleinere zitkamer. Nellie en Nan bleven dicht bij mama en troostten haar door warme thee voor haar te halen en haar een poosje aan tafel te laten zitten.

Later, op weg naar het laatste bezoek van de dag – Benjamin en Ida – merkte Nellie onwillekeurig weer op hoe zorgzaam pa voor mama was toen hij vroeg of het ging met haar. Nellie vroeg zich af of Emma's vraag pa ook verdriet had gedaan... maar ze wist heel goed dat hij er zelfs dan nooit over zou praten.

⋆

Toen ze maandagochtend vroeg klaar was met bakken en haar zussen en mama had geholpen met het ophangen van de was, verdween Nellie naar de bakkerswinkel. Ze hielp meer *Englische* klanten dan anders, zo leek het in elk geval. Ze had geen bezwaar, zolang ze haar maar niet aanstaarden, zoals nu en dan gebeurde. Rosanna overkwam hetzelfde, in haar groentekraam langs de weg. Nellie gaf de voorkeur aan de vaste *Englische* klanten, die gewend waren aan de Amish kleding van Nan en haar.

Rhoda was al lopend naar haar werk bij de Kraybills gegaan. Ze was zo goedgemutst dat Nellie zich afvroeg of er iets gebeurd was tussen de bezoeken van gistermiddag en vanochtend.

Anderzijds was Nan nog steeds even *schlimm* – droevig – als gisteren. Nu Rhoda weg was voor de hele dag, kreeg Nellie misschien te horen wat eraan scheelde.

Maar Nan kwam pas halverwege de middag helpen in de bakkerswinkel. Toen was het te druk met klanten voor een zusterlijk gesprek.

Rond die tijd verscheen Rebekah Yoder. 'Pa heeft lang geaarzeld om onze oude rijtuigmerrie af te laten maken,' zei ze, kennelijk om een praatje verlegen. 'Elke keer als iemand erover begon, zei hij: "Ach, ze kan nog wel even mee. Zo'n goedhartig paard is vastbesloten om in het harnas te sterven." Maar goed, vanmorgen heeft hij haar ingespannen en is hij op weg gegaan naar de stad, over de eenbaansbrug op Beaver Dam Road.' Rebekah zweeg even om adem te halen, gretig om het hele verhaal te vertellen.

'Wat is er gebeurd?' vroeg Nellie.

De andere klanten luisterden mee.

'Nou, het paard is midden op de weg in elkaar gezakt!'

'Wat verschrikkelijk.'

'Het was natuurlijk verdrietig, maar ook wel grappig, volgens pa.' Rebekah schudde haar hoofd. 'Er stond een hele lange file achter pa's rijtuig... een heel stel rijtuigen en ook een heleboel auto's. Amish boeren en *Englische* chauffeurs sprongen naar buiten om te vragen wat dat dode paard op de weg deed.'

'En, *was* ze dood?' vroeg Nellie.

'Kennelijk niet. Een grote vrachtwagen was verdwaald op de smalle weg. Toen hij een paar keer hard toeterde, sprong het paard weer op de been en daar gingen ze weer.' Rebekah giechelde en Nellie lachte. Ze nam aan dat het verhaal uit was.

'Toen bleek dat ouwe Dolly op weg naar huis een laatste keer sidderde en dood neerviel midden op de afslag van Route 322. Het arme dier. Waarschijnlijk een hartaanval, zei pa.'

'Ach, Rebekah... wat een schrik voor je vader.'

'*Jah*, dat was het ook.' Ze zuchtte. 'Maar hij zei dat hij het aan niemand anders te wijten had dan aan zichzelf.'

'Gelukkig is er niemand gewond geraakt.'

'Of omgekomen,' voegde Rebekah eraan toe. 'Behalve het paard natuurlijk.'

Het groepje klanten begon mee te praten over het geval, maar aan Nan had Rebekah's verhaal een halfslachtig glimlachje ontlokt.

*

Toen ze de winkel aan het eind van de dag sloten, begon Nan erover tegen Nellie. 'Ik vind dat je overdreven reageerde op Rebekah's verhaal.'

'Vind je?'

Nan knikte. 'Er was niks grappigs aan wat ze zei.'

'Nou, *ik* vond van wel.'

Nan sloeg haar armen over elkaar. 'Je was nogal blij dat je Rebekah vandaag zag. Er gaan geruchten...' Ze lachte plagend. 'Je moet haar broer wel erg aardig vinden.'

'Daar weet je niets van.'

'Nou, Benjamins zwager vertelde prediker Manny's op vier na jongste dat hij jou en Caleb na de zangavond nota bene in de bosjes had gezien!'

Nellie stond verstomd. Ze staarde haar zus aan. Caleb had haar inderdaad tussen de struiken omhelsd, maar heel kort. De dochter van prediker Manny – de beste vriendin van Susannah Lapp – had te veel opgemaakt uit een onschuldig gebaar. O, wat had ze toch een hekel aan dat geklets!

'Benjamins zwager weet er niets van, en jij ook niet,' snauwde Nellie.

'Nou, je bent wel een jongen tegengekomen na de zangavond. Zeg niet dat het niet waar is.'

'Mijn lippen zijn verzegeld.'

'*Jah*, en je lot is bezegeld.'

'Je hebt geen idee waar je over kletst, Nan!' schreeuwde ze terug.

Rood aangelopen rende Nan naar huis en gooide de achterdeur achter zich dicht.

Hoe graag Nellie de snijdende woorden van haar zus ook wilde negeren, ze moest almaar denken aan de mogelijkheid dat Susannah haar door een familielid van haar eigen broer liet bespioneren. *Susannah is vast bang dat ze geen kans krijgt bij Caleb. Dat is het!*

Nellie volgde het voorbeeld van haar zus en ging naar binnen, waar ze opgevrolijkt werd door de geur van een van mama's lekkerste schotels, kalkoenstoofpot. Vlug hielp ze mama en Nan tafeldekken en alle schalen op tafel zetten, terwijl ze probeerde niet meer op Nan te letten.

Nellie was verrast door het feestmaal, dat ook gebakken bonen bevatte, worteltjes in roomboter en gesneden maïs, gelatinesalade en zelfgemaakte muffins. Nellie keek naar haar moeder en zag tot haar blijdschap een gezonde blos op haar wangen. *Voelt ze zich eindelijk beter?*

Toen pa binnenkwam nadat hij de muilezels naar de schuur had gebracht, friste hij zich vlug op. Handenwrijvend ging hij de Bijbel pakken van de hoge kast aan de buitenste kant van de keuken. 'Meteen na de maaltijd zullen we uit de Schrift lezen.' Hij nam plaats aan het hoofdeinde.

Nan en Rhoda wisselden een blik terwijl Nan de laatste waterglazen vulde. Ze ging naast Nellie zitten, tegenover mama, die op haar plaats rechts van hun vader zat.

'Laten we het hoofd buigen,' zei pa. 'Onze hemelse Vader, we danken U voor Uw zegen over dit voedsel, waar we heel dankbaar voor zijn... evenals voor Uw lieve Zoon, onze Verlosser, de Heere Jezus Christus. Amen.' In plaats van in stilte te bidden, had hij hardop om een zegen gevraagd.

Nellie had zo'n gebed nog nooit gehoord, laat staan aan tafel. Ze keek eerst naar mama, die naar pa zat te stralen als een schoolmeisje. Toen keek ze naar haar vader, die reikte naar de grote lepel die in de stoofpot stond.

Wat was er in vredesnaam aan de hand? Nellie vroeg het zich de hele maaltijd door af.

Toen ze klaar waren, boog pa het hoofd en ging dit keer voor in stil gebed.

Half Amish gebed... en half niet?

Nellie stond op om met hulp van Nan de tafel af te ruimen. Ze zei tegen mama en Rhoda dat ze konden blijven zitten. Terwijl ze eten wegzette en de borden schoon schraapte en Nan water opzette voor de afwas, bleef ze nadenken over wat er net gebeurd was. Met haar eigen oren had ze haar vader hardop horen bidden, God horen aanspreken als iemand die hij goed kende.

Toen de keuken eindelijk klaar was, vroeg pa haar en haar zussen om aan tafel te komen zitten, anders dan tijdens hun gewone avondlijke Bijbellezing, als ze mochten zitten waar ze wilden en soms zelfs schaak speelden of iets anders deden terwijl hij voorlas. Vanavond niet. Pa vroeg hen aandachtig te luisteren als hij passages voorlas uit het Evangelie van Johannes, dat ze nog nooit in haar leven had gehoord.

De Schrift vertelde over een man wiens naam ze niet kende: Nicodemus. Hij was vol vragen. *Net als ik, sinds Suzy is heengegaan*, dacht Nellie. Ze vond het een mooi nieuw verhaal, uit dezelfde oude bijbel waaruit pa had voorgelezen sinds zij geboren waren.

Hij wachtte even en liet zijn blik kort op hen rusten voordat hij doorging naar het volgende vers. '*Die in den Zoon gelooft, die heeft het eeuwige leven; maar die den Zoon ongehoorzaam is, die zal het leven niet zien, maar de toorn Gods blijft op hem.*'

Nellie moest vechten tegen haar tranen. Ze stak haar hand in haar zak en kneep in Suzy's *kapp*bandjes. Ze wilde haar vader wel vragen het vers nog eens te lezen. Als de arme Suzy het eeuwige leven maar had, dat beloofd werd aan wie in de Zoon geloofde. Was de toorn Gods op haar?

Nellie Mae wilde geen aandacht trekken en ging naar boven zo gauw pa hun permissie gaf en sloot de deur van haar kamer. Ze verlangde vrij te zijn van de schuld die ze meedroeg in haar hart, maar ze kon niet weten of dat mogelijk was.

Haar benen voelden te zwak om haar te houden, dus ze knielde voor de eerste keer in haar leven neer voor haar bed. Omdat ze niet wist wat ze moest zeggen tegen God de Vader, zo beschaamd en sprakeloos was ze, huilde Nellie alleen maar.

*

Pa maakte er een gewoonte van na het ontbijt en nog eens na het avondeten voor te lezen uit het Nieuwe Testament.

Tegen het eind van de week had hij hun het hele boek Johannes voorgelezen. Nellie had bijzonder genoten van het verhaal over de vrouw die naar de bron kwam om water te halen en vertrok met iets beters, haar ziel was tevredengesteld. *Het overvloedige water van God… leven schenkend.*

Hoe verleidelijk was het. Kennelijk vond mama dat ook, want Nellie Mae vond haar terwijl ze in haar eentje zat te lezen, precies waar pa zijn lange blauwe bladwijzer had gelegd. Hoe opgelucht Nellie ook was dat ze na al die deprimerende weken de roze gloed op mama's wangen zag terugkeren, ze durfde het niet te bespreken met haar moeder.

Blij, maar verward bereidde Nellie zich voor op haar tweede afspraakje met Caleb. Met extra zorg draaide ze de zijkanten van haar haar in de knot, zo glad als ze kon. Ze boende haar gezicht en koos haar helderste, witste *Kapp* uit. Ze wachtte tot het donker werd en glipte het huis uit, naar ze aannam onopgemerkt. Nellie was er zeker van dat mama en Nan wisten dat ze uitging, maar ze moesten ernaar raden met welke jongen het was.

Nellie liep langs de weg Caleb tegemoet en wenste dat Nan deze week niet zo uit haar humeur was geweest omdat ze veel in de winkel moest helpen – alles irriteerde haar eigenlijk. 'Dat kan binnenkort veranderen als mama zich beter begint te voelen,' fluisterde ze in zichzelf, verlangend naar de dag dat haar moeder weer in staat was naar de bakkerswinkel te komen.

*

Caleb had Nellie niet gevraagd vanavond op een bepaalde plek langs Beaver Dam Road te wachten, dus ze liep langs de grazige berm, zich bewust van de sombere rust van elke boom. De lucht was overspoeld met ijle wolken. Zo breekbaar leken ze... net zoals zij zich voelde als ze besefte dat haar woorden de macht hadden om haar vriendschap met Caleb te maken of te breken.

Ik kan dit keer beter het puntje van mijn tong afbijten.

Ze keek neer langs haar donkerpaarse jurk en schone zwarte schort, keurig gestreken voor de avond. Haar zwarte schoenen waren ook netjes gepoetst, alsof ze naar de kerk ging.

Op dat moment reed er een open rijtuig langs, en een paar minuten later nog een. Elke keer boog ze haar hoofd om niet herkend te worden. Ze zat niet te wachten op nog meer roddelverhalen van Nan over haar doen en laten.

Niemols – nooit meer!

Ze blies vol afkeer om de brutaliteit van de diakendochter, die de achterbakse weg had gekozen door haar vriendin over te halen om Nellie te bespioneren. Wat een lef; het was net wat voor Susannah om zo te doen. Toch wilde ze haar avond niet laten bederven door haar ergernis. Zou het zo gaan: een paar uur op de zangavond, dan een eindje rijden, en dan weer naar huis? Of zou hij haar de hele nacht mee uit nemen, zoals Nans *beau*?

Ze had geen idee wat Caleb van plan was. Ze hoopte vooral dat hij haar niet meer onder druk zou zetten over Suzy. Vanavond kon ze haar frustratie misschien niet meer inhouden. Ze zou doen wat ze kon om hem over aangename dingen aan de praat te houden.

Toen ze zijn open rijtuigje in het oog kreeg, zette Nellie Mae een brede glimlach op en zwaaide. Weids teruggroetend ging zijn hand hoog de lucht in en haar hart nam een hoge vlucht.

Lieve help... het is met mij gedaan!

Hoofdstuk 16

Betsy was dolgelukkig dat ze wat tijd voor zichzelf had. Reuben was het huis uit gegaan om het paard voor het rijtuig te spannen en een boodschap te gaan doen bij Ephram. Dat gaf haar ruimschoots gelegenheid om te lezen, nu Nellie uit was met een *beau* en Rhoda nog niet terug was van de Kraybills. Nan was een wandeling aan het maken, dat had ze tenminste gezegd.

'*Hij bedekt Zich met het licht, als met een kleed; Hij rekt den hemel uit als een gordijn…*'

Betsy las waar de Bijbel was opengevallen, toevallig bij de Psalmen. *Goedgekeurd door de bisschop*, dacht ze en ze was er blij om.

Ze voelde zich gedrongen de hele psalm uit te lezen en bekeek nieuwsgierig en nauwlettend de passage waar God Zichzelf beschreef als 'bekleed met majesteit en heerlijkheid'. Maar de verwijzing naar licht fascineerde haar het meest.

Betsy deed haar ogen dicht en stelde zich voor hoe een kleed van licht eruitzag… het kleed van de hemelse Vader, vol goedheid en liefde. Ze hield haar ogen stijf dicht en nam het beeld in zich op dat ze voor haar geestesoog zag.

De God van licht en liefde heeft ons Zijn Zoon gezonden… om een reden. Wat maakte die gedachte haar echtgenoot blij en vreugdevol. Betsy had de Schriften nooit gezien zoals Reuben ze onlangs beschreven had.

Leven schenkend.

Ze las verder. Wat had Reuben ertoe aangezet zo vaak in

de Bijbel te willen lezen... en zo lang achter elkaar soms? Hoe was hij op het hoofdstuk gestuit dat hij haar afgelopen zaterdag had voorgelezen? Had hij met opzet nieuwe gedeelten om te lezen opgezocht?

Ze begreep zijn verlangen niet naar wat hij de waarheid noemde. Hun erfgoed was haar houvast. Lag de waarheid niet in de lessen van hun voorvaderen – in hun *Ordnung*?

Ze deed haar ogen open en las het volgende vers en het volgende, tot ze de hele psalm uit had – alle vijfendertig verzen. Geboeid las ze hem nog eens, nu hardop. Terwijl ze elke zin overdacht, voelde ze de aandrang om door te gaan met psalm 105, maar toen kwam Nan snuffend het huis binnenrennen.

'Sorry, mama... ik, eh, ik moet alleen zijn.' Nan snelde de keuken uit en de trap op.

Ach... er zullen wel problemen met een jongen zijn.

Ze zou een poosje wachten en dan naar boven gaan, om te zien of Nan wilde praten zoals soms het geval was, maar vaak was deze dochter terughoudend en zei ze niet rechtuit wat haar dwarszat. O, maar Betsy wist het wel. Ze herinnerde zich nog goed haar eigen verkeringstijd. Al die pijn... en al die blijdschap.

Ze las psalm 105 twee keer en daarna voelde ze zich verscheurd – tussen blijdschap en het alarmerende gevoel dat ze gezondigd had.

★

Reuben zag ertegen op vanavond bij Ephram langs te gaan. Hij wist niet goed hoe hij zijn opgetogenheid moest verbergen om de verandering in zijn ziel. Die had hem op een vreemde manier aangegrepen; hij voelde zich weer een jongen en zo licht als graan op de dorsvloer. Het Evangelie had niets te maken met een geloofssysteem. Het was een liefdesverhaal... tussen God en de mens.

Hij had het punt bereikt dat hij wilde dat elk van zijn zoons deze zelfde vervoering kende die hij voor een deel al aan zijn dochters had laten zien. Betsy wist natuurlijk alles, en hij bad onophoudelijk voor haar dat ze tot het licht mocht komen, zoals hij. Zomaar uit het niets, als een klap tussen zijn ogen.

Maar hij had het niet gezocht, net zoals het handjevol broeders wier geestelijke ogen twintig jaar geleden waren opengegaan na het lezen van de Schrift. Net als hij hadden ze deze weg niet willen volgen... ze hadden altijd geloofd dat de waarheid letterlijk hun traditie was. Tot een week geleden had Reuben niet kunnen bevatten dat dit kon gebeuren zonder bewuste poging van hun kant. Zouden zijn zoons het van hem ook niet zo zien?

Met een zekere mate van onrust bracht Reuben diverse gereedschappen terug naar Ephrams schuur, in de hoop zijn zoon nog te kunnen ontlopen.

Toen Reuben de schuurdeur sloot, keek hij om naar het huis. Ephram kwam op hem toe met een lantaarn en zijn wandelstok. Zijn stevige schouders leken een last te dragen die hem oud maakte voor zijn tijd. 'Hallo, jongen!' riep hij.

'Pa... u had er niet speciaal voor langs hoeven komen, en nog wel na donker.'

Reuben wuifde het weg. 'Het is een mooie avond, dus waarom niet. Bovendien heb ik het morgen vreselijk druk.'

Ephram leunde op zijn wandelstok. 'Er is vanmiddag nog iemand anders onverwachts langs geweest.'

Hij wachtte tot Ephram verder ging. 'Wie dan wel?'

'Een hele stadse kerel met een das om – meneer Snavely, zei hij dat hij was.' Ephram haalde een wit visitekaartje uit zijn zak. 'Hij gaf me dit... en zei dat ik hem op moest zoeken.'

Reuben tuurde bij het licht van de lantaarn naar het kaartje en zag de afbeelding van een tractor.

'Hij zei nog iets anders.'

Het beviel Reuben niet zoals Ephram fronste. 'Wat dan?'

'Hij was bij u ook langs geweest... hij had mama gesproken.'

Het was voor het eerst dat hij ervan hoorde.

'Heeft mama niets gezegd?'

'Geen woord.'

'Dat is vreemd, hè?'

Reuben lachte. 'Je kent je moeder. Ze vertelt me alleen wat ze wil dat ik hoor.'

Ephram knikte naar het huis. 'Onze vrouwen...'

Maar Reuben wist niet wat hij ervan moest denken. Had Betsy een tractorverkoper gesproken? Hoelang geleden? 'Ik betwijfel of meneer Snavely er veel mee bereikt heeft zulke dingen met je moeder te bespreken.'

Ephram duwde weer op zijn stok en groef hem in de grond, als een paal. 'Eerlijk gezegd, pa, wil ik helemaal niks te maken hebben met dat tractorvolk.' Hij hief zijn lantaarn. 'Als u begrijpt wat ik bedoel.'

Dat begreep hij. En Ephram had natuurlijk gelijk. Reuben zou het volkomen met hem eens zijn geweest, en stevig hebben vastgehouden aan de Oude Wegen, had hij het Evangelie van Johannes niet gelezen... en zoveel andere onthullende passages. Vast en zeker had hij Ephrams kant gekozen als God zijn ogen niet had geopend.

'Nou, ik weet niet wat jij doet, maar ik ga maar weer eens op huis aan. Het wordt koud,' zei Reuben en hij liep in de richting van zijn paard en rijtuig.

'Tot ziens, pa.'

Reuben stapte in zijn rijtuig, verlangend om naar huis terug te gaan, naar Betsy, en naar de Bijbel. Jah, *het eeuwige leven.*

*Wat een wonder-*gut *geschenk van God.*

Te zijner tijd, op precies het juiste moment, zou hij een gesprek met Ephram hebben.

★

Caleb voerde het hoogste woord en Nellie luisterde verrukt. Hij vertelde haar over de nachtelijke plezierrit aanstaande zondagavond na de zang. 'Er zal een heleboel lekkers te eten zijn en er worden een hoop spelletjes gedaan en zo. Ga je mee, Nellie?'

Ze glimlachte, de avond was nog jong. Ze knikte, vergetend dat hij haar reactie niet kon zien; het was donker. Toen het tot haar doordrong dat hij op antwoord wachtte, zei ze vlug: 'Waar is het?'

'In het stenen huis aan Mill Road. Waar de zuster van de diaken woont.'

Susannah's tante!

Ze kreunde inwendig. Zou ze nooit ontkomen aan de speurende blikken van die meid?

'Tuurlijk, ik ga mee,' antwoordde ze, in zichzelf grinnikend. Ze was vanavond wel een open boek.

Hij verraste haar door haar hand te pakken. 'Ik wil je graag naderhand naar huis brengen... goed?'

Waarom vroeg hij haar zo lang van tevoren? Waarom niet een paartje gevormd op de bijeenkomst zelf, zoals de gang van zaken was? O, de opwinding elke keer als hij haar hand aanraakte!

'Best.'

Vanaf het moment dat ze vanavond in Calebs open rijtuigje was gestapt, had ze gevoeld dat het juist was, alsof het zo hoorde dat ze de avond met hem doorbracht. Alsof het zo hoorde dat ze genoten van de sterrenhemel en het gefluister van de donkere bomen. Iets vanbinnen drong aan: *vertrouw op je hart…*

'Wanneer denk je lid van de kerk te worden, Nellie?' De vraag maakte haar aan het schrikken.

Nou, hij haalde wel de onderste steen boven, deze jongen. Caleb boog zich een ogenblik dicht naar haar toe, alsof hij haar wilde laten weten dat ook hij overwoog zijn gelofte voor het leven af te leggen.

'Ik heb er nog niet erg over nagedacht.' Dat was de waarheid. 'Waarom vraag je dat?'

'Heb je het al overwogen?'

'Nog niet.'

Hij zweeg even. 'Ben je van plan om het uit te stellen?'

'Ik ben gewoon eerlijk. Het is nog vroeg in mijn *rumschpringa…* net als voor jou.'

Hij lachte en ze wist niet wat ze ervan moest denken.

'Lach je me uit?' zei ze.

'Een beetje.'

'Waarom?'

'Je bent zo makkelijk voor de gek te houden, Nellie.' Hij kneep in haar hand.

Hij vindt me goedgelovig…

'En wanneer word jij dan lid?' Ze betrad enigszins verboden terrein. Een meisje vroeg dat niet aan een jongen, omdat gedoopt worden in de kerk meestal een maand later werd gevolgd door een bruiloft. Maar hij had haar in het nauw gedreven, dus waarom niet?

'Over een jaar – de volgende herfst,' verklaarde hij.

'Weet je dat zeker?'

'Waarom uitstellen wat ik toch van plan ben?'

Het beviel haar niet wat hij leek te impliceren en ze fronste, blij dat hij haar gezichtsuitdrukking niet kon zien. Hier schenen geen straatlantaarns, zoals in de buurt van de hoofdweg. Deze achterafwegen waarop hij haar meenam waren heel geschikt om gezichtsreacties te versluieren.

Caleb vervolgde: 'Ik begin met het dooponderricht als het zover is. Als diaken Lapp volgende zomer lesgeeft.'

Susannah's vader...

De stilte die volgde vond Nellie Mae niet de moeite waard om in te vullen. Ze kon onmogelijk knielen voor God en de Gemeenschap van Eenvoud en alle dingen zeggen die vereist werden. Niet met alle schaamte die ze meedroeg in haar ziel.

'We kunnen samen naar de les gaan,' opperde hij.

Met haar hele hart wilde ze ja zeggen. *Natuurlijk, Caleb, dat doe ik met je... en ik zal je meisje zijn ook.*

'Nellie?' Zijn gezicht was dichtbij. 'Ik vraag je iets.'

De tranen kwamen te plotseling om tegen te houden. Was dit niet precies wat ze wilde... dat Caleb liet zien hoeveel hij om haar gaf?

'Ach, je huilt.' Hij nam de teugels in één hand en sloeg zijn arm om haar heen. 'Nellie... liefje... wat is er?'

Ze kon niets zeggen, al wilde ze. Hij moest het begrepen hebben, want hij drong niet verder aan, maar liet haar huilen tegen zijn schouder, haar gezicht tegen zijn zwarte wollen jas.

Toen, bijna voordat het tot haar doordrong, trok het paard het rijtuig van de weg onder een torenhoge oude boom. Hij wachtte tot het paard stilhield voordat hij de teugels op zijn knieën legde.

Caleb draaide zich naar haar toe en nam haar gezicht tussen zijn handen. 'Hoor es, Nellie... neem de tijd, hoor je? De gelofte is het heiligste wat je ooit zult doen. Het belangrijkste ook. Niemand kan je vertellen wanneer je er klaar voor bent.'

O, ik zal als een blok voor hem vallen als hij niet ophoudt zo te praten. Ze voelde zijn warme adem op haar gezicht – zijn intense, maar tedere nabijheid. Ze dacht dat hij haar wilde kussen, al was het maar om haar op te vrolijken.

Maar langzaam trok hij zich terug, met zijn ogen nog op haar gericht. 'We moeten niet...' Hij zweeg abrupt en zei niet wat ze wist dat hij bedoelde.

Hij is gek op me, dacht ze. Maar hoe gelukkig die wetenschap haar ook maakte, ze moest nog veel uitvechten voordat ze zich volledig kon wijden aan de doopgelofte.

Caleb Yoder scheen in elk opzicht precies te weten wat hij wilde.

Hoofdstuk 17

Betsy had meerdere pogingen gedaan om Nan uit te horen, zonder succes. Haar arme dochter schudde alleen haar hoofd en keek mistroostig. Eerlijk gezegd leek het wel of Nan pruilde, in haar hoek van haar slaapkamer.

Verbijsterd keek Betsy het gewoonlijk levenslustige meisje onderzoekend aan. Haar verfijnde trekken werden versterkt door het mooie blauw van haar grote ogen – een treffend contrast met haar donkerbruine haar. Ze had het vaak een mooie combinatie gevonden van Reubens donkerbruine haar en haar eigen blauwe ogen. Nans uiterlijk was van het soort dat vlot de aandacht van een jongen trok... maar kennelijk niet genoeg om die te houden.

'Dus je zit hier liever alleen?' zei ze in een laatste poging.

Nan knikte weinig overtuigend, er welden tranen op in haar ogen.

Betsy ging naast haar staan en sloeg haar arm om Nans tengere schouders. 'Je kunt me toevertrouwen wat je dwarszit, kind.'

Nans onderlip trilde. 'Het is gewoon niet eerlijk.'

Betsy liet haar hoofd een ogenblik op dat van haar dochter rusten, streelde haar rug en probeerde haar te sussen. '*Jah*, het leven kan soms heel oneerlijk lijken, dat staat vast.' Ze wist heel goed dat het geen zin had om grieven te bespreken, en ze zou niet informeren naar de jongen die haar verdrietige Nan de bons had gegeven. Dan zou haar dochter dichtklappen. Ach, zij was vroeger net zo geweest bij haar eigen moeder, toen ze zelf een keer afgewezen was.

Nan snikte in haar handen alsof ze alles verloren had waar ze om gaf. 'O, mama, ik hield van die jongen... echt waar.'

Zwijgend nam Betsy Nan in haar armen.

'En hij hield niet van mij, niet zoals hij zei.' Nog meer gesnuf.

Daar kun je beter nu achter komen. Maar die woorden sprak ze niet uit.

Ze hield Nan een hele tijd vast en was er voor haar, wat, zoals ze zich herinnerde van haar eigen liefdesverdriet, alles was geweest wat ze van haar eigen moeder nodig had gehad.

Eindelijk, toen Nans tranen waren gedroogd en haar neus rood was van het snuiten, verraste haar dochter haar met de onthulling dat haar *beau* van gedachten was veranderd *nadat* hij haar ten huwelijk had gevraagd.

Schandelijk, stelde Betsy meteen vast, vechtend tegen haar woede.

Maar er was nog meer. De jongen had zijn oog op een ander meisje laten vallen... de nicht van de diaken, zoals Nan haar noemde. 'Ze heeft mijn lieve *beau* ingepikt.'

'Er is weinig liefs aan hem, zou ik zeggen.'

'O, maar hij was lief, mama. Echt waar.'

Ze kon het niet verdragen Nan zo verdrietig te zien. Het werd tijd dat Betsy iets vertelde over haar eigen *Rumschpringa*.

'Joshua was mijn allereerste *beau*,' begon ze, in de hoop Nan af te leiden van haar droefgeestigheid. 'Hij was alles wat ik dacht te willen en veel, veel meer...'

Hun ouders waren er heel streng in geweest hoe vaak Joshua en Elisabeth elkaar mochten zien; alleen op zondagavond na de zang. Betsy was nog vreselijk jong, dat vond haar moeder tenminste, die bij haar vader aanvoerde dat Betsy weliswaar zestien was geworden, de leeftijd om aan verkering te beginnen, maar dat ze er nog niet klaar voor was. Maar de traditie won het van haar moeders volharding, en haar vader stond haar toe naar de verscheidene jeugdactiviteiten te gaan, waar ze Joshua Stoltzfus ontmoette, de knapste jongen van het hele kerkdistrict.

Ze hadden bijna zes maanden verkering en vierden elke maand met hevige emoties en beloften van liefde. Maar helaas, toen er een nieuw gezin in de streek kwam wonen, en een boerderij van *Englischers* huurde die al aangesloten was op elektriciteit, bood Joshua zijn hulp aan bij het demonteren. Daarbij ontmoette hij de tweede van hun zes dochters en werd verliefd op haar.

'Maar uiteindelijk was ik heel blij dat het zo gegaan was,' bekende Betsy.

'Waarom, mama?' vroeg Nan.

'Nou, bedenk eens... stel dat Josh zijn wilde haren niet was kwijtgeraakt voordat we trouwden? Wat dan?'

Nan knipperde met haar betraande ogen. 'Dan was ik bijvoorbeeld nooit geboren.'

Betsy lachte. 'Dat kun je wel zeggen.' Ze zuchtte bij de herinnering. 'Een paar jaar nadat Joshua en zijn familie verhuisd waren naar het gebied van Finger Lakes in New York om hun bejaarde familieleden te helpen, ben ik hen uit het oog verloren. Later hoorde ik dat hij en zijn vrouw nooit kinderen hebben gekregen.'

'O, wat ben ik blij dat u niet met die jongen bent getrouwd,' zei Nan en er verscheen een vluchtig lachje. 'U zou uw hele leven ongelukkig zijn geweest zonder ons allemaal, mama.'

'Dat is waar.' Ze gaf Nan een kus op haar voorhoofd. 'Ik zeg, wees blij dat die *beau* van je is vertrokken. Tel je zegeningen, kind. Goed?'

Nan knikte. 'Als u het zo stelt, *jah*, ik kan het wel zien... zoals het is.' Ze veegde een enkele traan weg. 'Of was.'

'Zo ken ik mijn meisje weer.' Betsy klopte op Nans hand en ging in de deuropening staan.

Glimlachend antwoordde Nan: 'Het was goed dat u uw verleden voor me heeft opgehaald.'

'Ach, ons kleine geheimpje. Wat zeg je daarvan?'

Nan glimlachte dit keer breed. '*Jah*, ons geheimpje.'

Daarop liep Betsy door de gang naar Nellie's kamer. Daar leunde ze tegen de deurpost en dacht aan Suzy en haar *Rumschpringa*. Haar geest hield haar nog steeds voor de gek, want als ze niet beter had geweten, had ze gedacht dat ze Suzy net door de gang deze kamer had zien binnengaan... haar taillelange haar met de kleur van maïspluimen achter haar aan zwevend.

Maar ze is voor altijd weg, bracht ze zichzelf onder het oog terwijl ze naar de antieke ladekast liep en staarde naar het blauwe schaaltje waarop Suzy en Nellie vroeger briefjes voor elkaar achterlieten. *Rozen zijn rood, viooltjes zijn blauw, dahlia's zijn groot en ik hou van jou!* had Suzy eens voor Nellie opgeschreven.

Ze ging op Suzy's kant van het bed zitten, blij dat ze Nan door haar liefdesverdriet heen had kunnen helpen. *Stemden de broeders er maar mee in de* Rumschpringa *vooruit te schuiven tot de jeugd ouder was... dan kon een deel van dit liefdesverdriet goed vermeden worden.*

Betsy wilde al haar meisjes zo lang mogelijk beschermen. Bijna alle vrouwen van haar leeftijd zeiden hetzelfde over hun dochters. Zo was het. De meesten waren volwassen geworden door zowel liefdesverdriet als blijdschap in de verkering te ervaren. Helaas zat er erg weinig tussenin.

*

Caleb wist zeker dat hij verdwaald was, al was hij minstens één keer eerder langs deze weg gekomen. Maar nee, hij moest de herinnering aan *die* avond compleet verdrongen hebben. Hij had zin om te lachen, maar hij deed het niet, want noch wilde hij bij dat speciale afspraakje blijven stilstaan, noch aan Nellie Mae uitleggen waarom hij ineens zo'n lol had. Het meisje dat naast hem zat was even zoet als de kersentaart die ze bakte. Ze was veel te goed om te verliezen – dat wist hij even zeker als dat hij een paar kilometer terug een verkeerde afslag had genomen.

De omheiningen rond paardenweitjes en de uitgestrekte maïsvelden langs de weg had hij gekend. Maar nu zag hij niets bekends, nu de maan zich verstopte achter een dik dek van hoge wolken. Toch had hij daarstraks het huis van prediker Manny herkend en ook prediker Lapps stuk grond… en dat van bisschop Joseph, die klaarblijkelijk naar het westen was gereisd om tot rust te komen. Het was geen wonder dat de bisschop ernaar hunkerde om even weg te zijn. Volgens de geruchtenmolen vonden er meerdere vergaderingen per week plaats. De andersdenkenden maakten gebruik van de afwezigheid van de bisschop.

Een paar ringnekfazanten vluchtten weg langs het lage kreupelhout en staken de greppel in de berm over. Caleb hield de teugels stevig vast en keek toe hoe het paar bijna verticaal opsteeg, met luid klapwiekende vleugels. Hij was er nu zeker van dat hij geen enkel landschapskenmerk herkende. Wel wist hij door de sterren dat hij op weg was naar het oosten, weg van het huis van Nellie's vader. Hoe verder weg ze gingen, hoe langer het zou duren om terug te keren. Hij was er tevreden mee maar door te rijden met Nellie knus naast hem, zo dichtbij dat hij de warmte van haar arm tegen de zijne voelde, hun handen waren ineengevlochten onder de zwarte schootdeken.

'Heb je weleens gedacht dat je wist waar je heen ging, om dan te ontdekken dat je er eigenlijk geen idee van had?' vroeg hij haar.

'Nou, dat kun je op twee manieren opvatten.' Ze ging rechtop zitten, haalde haar hand uit de zijne en rekte zich een beetje uit.

'Ik heb geen flauw idee waar we zijn.'

Ze lachte zacht. Haar lach was als de kabbelende muziek van de molenkreek, vlak bij de plek waar hij haar voor hun eerste afspraakje had ontmoet, en waar hij haar vanavond mee naartoe had willen nemen. Het leek of ze haast genoot van het vooruitzicht samen rond te dwalen.

Het gaf hem moed. '*Jah*, ik geef het toe: we zijn verdwaald.'

'We kunnen teruggaan en het punt proberen te vinden waar we de weg zijn kwijtgeraakt.'

Hij lachte. 'Maar dat is toch niet leuk? Wil je niet doorrijden en afwachten waar we uitkomen... uiteindelijk?'

'Als je de hele nacht de tijd hebt...'

'Alle tijd van de wereld.'

Ze lachten samen en hij leunde tegen haar arm. Kon hij haar hand maar vasthouden. Hij besloot te wachten tot later, bij de kreek, voordat hij hem weer pakte... aangenomen dat ze ooit de weg terugvonden. En anders, nou, dan reden ze gewoon helemaal door naar Delaware. Ze kwamen onderweg wel ergens een grote hoofdweg tegen.

De gedachte doelloos de nacht in te rijden met Nellie om mee te praten, was even heerlijk als zijn moeders appeltaart. Hoe had hij haar al die tijd kunnen missen? Het was alsof hij Nellie net had ontmoet, al waren ze in dezelfde Gemeenschap opgegroeid.

In het afgelopen jaar had hij verschillende meisjes voor korte tijd het hof gemaakt. Eentje maar had hij de moeite waard gevonden om mee te nemen naar het mooie, besloten plekje achter de molen, maar uiteindelijk was zelfs zij te gretig geweest en hij had zich gereserveerd getoond, steeds weifelachtiger met het verstrijken van de tijd.

Maar Nellie was onvoorspelbaar. Soms deed ze hartelijk tegen hem en dan weer afstandelijk, alsof ze de kat uit de boom keek. Maar ze konden gemakkelijk met elkaar praten, wat bij de andere meisjes anders was geweest. Snel had hij ontdekt dat hij van geen van hen hield. Caleb wachtte op het meisje met het ontbrekende puzzelstukje dat precies bij zijn hart paste. Was Nellie dat meisje? Te bedenken dat ze er al die tijd al was geweest, wachtend tot hij haar zag.

'Heb je het warm genoeg?' vroeg hij. De stenen die hij had verwarmd voordat hij naar Beaver Dam Road en Nellie's huis ging, hadden hun warmte niet vastgehouden, zoals hij had gehoopt. Maar dat had misschien meer te maken met de strenge koude dan met de korte tijd die de stenen in het vuur hadden gelegen.

'Ja, hoor, Caleb. En jij?'

'Mijn tenen zijn alleen een beetje koud,' zei hij. *En mijn handen*, dacht hij, terwijl hij de handschoenen onder de zitting vandaan pakte en aantrok. Hij was praktisch, zoals gewoonlijk. *Praktisch is handig*, had zijn vader altijd gezegd als het over vrouwen ging, hoewel zijn vader een heel ander soort meisje dan Nellie het hof had gemaakt en getrouwd. *Zijn keuze… we kiezen allemaal.*

In de verte zag hij een groepje lichten en hij besloot snel om te draaien. Toen hij bij een extra brede kruising kwam, manoeuvreerde hij het paard de waaiervormige bocht in, erop lettend het rijtuig niet te laten kantelen. Dat was hem overkomen toen hij het net van zijn vader had gekregen. *Die fout maak ik niet nog een keer.*

Nu reden ze naar het noordwesten. Caleb zette zijn paard

aan tot een galop. Hij wilde niet dat Nellie te moe werd voordat ze stopten bij de plek die hij gekozen had... als ze hem vonden. De vraag was hoe ze zou reageren op wat hij van plan was.

Als het niet was om de ontijdige dood van haar zus, dan was Nellie misschien openhartiger geweest. Hij begreep haar verdriet, want het was nog niet veel jaren geleden dat een jonge neef van hem in een silo was gevallen en de dood had gevonden. Er waren weken voorbijgegaan voordat Caleb aan veel anders kon denken dan aan Henry's ongeluk.

We mogen onze geliefden niet terugwensen. Suzy's vroege dood was Gods plan voor haar, dacht hij. Hetzelfde gold voor de jonge Henry.

Caleb had besloten vanavond niet over Suzy te praten – tenzij Nellie zelf over haar begon. Tot nu toe leek dat onwaarschijnlijk, vooral omdat hij vermoedde dat haar eerdere tranen in verband stonden met die zus.

Hij opende zijn handschoenenkastje en haalde er een tinnen trommel uit met meer dan een half dozijn koekjes, vanmiddag vers uit zijn moeders oven. 'Wil je wat lekkers? Mama's pindakaaskoekjes.'

Ze nam er een. 'Dus je moeder houdt ook van bakken.'

'Het schijnt zo. Elke keer als ik de keuken binnenkom, doet ze de ovendeur open en zet er iets in of haalt er iets uit.'

'Net als ik 's morgens vroeg. Mijn klanten hebben natuurlijk graag een breed assortiment. Ik houd een lijst bij van wat ze het lekkerst vinden.'

Hij werd in beslag genomen door Nellie's gepraat over bakken en de zaak die ze runde op het land van haar vader.

'Zijn de taarten weleens op?'

'Soms, als een klant een ongewoon grote bestelling plaatst, maar meestal kom ik pas laat in de middag krap te zitten.'

'Dus je schat alles in wat je op een dag zult verkopen?'

'O jazeker. Maar het leukste van het werk is het plezier dat ik heb in het praten met de klanten.'

'Hoeveel klanten zijn er *Englisch*?' Heimelijk verwonderde hij zich erover dat ze zo op haar gemak was met wereldse mensen.

'Tja, de vaste klanten die langs de weg wonen. Als ze visite hebben of familiebezoek, dan nemen ze die mee en ze raken door het dolle heen in mijn winkel.'

Hij hield ervan dat ze zich zo duidelijk uitdrukte. Nellie was niet verlegen en ze was niet alleen interessant, maar ook aantrekkelijk om naar te kijken. Onrust stak de kop op en Caleb hoorde in gedachten pa's woorden – mocht pa ooit twee en twee samenvoegen en beseffen dat zijn jongste met de zus van Suzy Fisher omging. *Je maakt Nellie Mae het hof, de zus van die verloren ziel? Ach, Caleb, gebruik je hersens... laat me niet in de steek. Wij zijn Yoder-mannen, trouwe volgelingen van* das Alt Gebrauch – *de Oude Wegen.*

Hij hoopte dat de geruchten over Suzy overwaaiden voordat zijn vader zulke harde woorden tegen hem kon spreken. Om aan plezieriger dingen te denken vroeg hij Nellie: 'Wat is je lievelingskoekje?'

'Om te eten of om te bakken?'

'Is er een verschil?'

'Ja, natuurlijk. Een heleboel koekjes mag ik graag bakken, vooral mijn dunne zandtaartjes, maar ik bijt veel liever in een dikker koekje.'

'*Jah*, een lekker koekje heeft substantie.' Hij bood haar nog een pindakaaskoekje aan. *Nu ik erover nadenk, Nellie heeft zelf ook substantie.*

'Wat is *jouw* lievelingskoekje, Caleb?'

'Eerst chocolade en dan pindakaas.'

Ze giechelde.

'Wat is er zo grappig?'

'Jij.' Ze lachte nog steeds.

'Even kijken... ben ik grappig omdat ik antwoord gaf op je vraag?'

'Nee, omdat je zo nauwkeurig bent.' Ze glimlachte naar hem. 'Je bent erg grappig.'

'Dat heeft nog nooit iemand tegen me gezegd.'

'Het is heel leuk, geloof me.'

'Als jij het zegt, dan moet het wel.' Hij wilde zich niet langer inhouden. Hij sloeg zijn arm om haar heen. '*Jij* bent erg leuk, Nellie Mae.'

Even liet ze haar hoofd op zijn schouder rusten.

'We zijn niet meer verdwaald, zie ik,' zei hij, toen hij een wegwijzer herkende. 'Wil je een eindje wandelen?'

'Ik heb extra sokken aangedaan, voor de zekerheid.'

'Ik ook,' bekende hij. Hij vond het bemoedigend dat ze had verwacht lange tijd met hem buiten te zijn op dit tweede afspraakje. Hij hoopte dat het er veel meer zouden worden.

Hoofdstuk 18

Toen Reuben haar erop aansprak, was Betsy onwillig om te erkennen dat er tien dagen geleden een vertegenwoordiger langs was geweest. 'Die man is hier maar een paar minuten geweest,' verzekerde ze hem.

'Wanneer had je het me willen vertellen?'

'Niet... denk ik.'

Hij schudde zijn hoofd en glimlachte naar haar. 'Je bent me er toch eentje.'

'Wat heeft Ephram je trouwens verteld?' Ze was nieuwsgierig, had onlangs wat roddelpraatjes van haar schoondochters gehoord op een quiltbijeenkomst. Volgens Martha was er een groeiende groep in de Gemeenschap die voorstander was van het gebruik van tractoren.

Reuben krabde in zijn lange baard. 'Ephram is totaal niet geïnteresseerd in moderne landbouwmachines, als je daar soms bang voor bent.'

'Niet bang, nee. Ik vroeg het me af.' Ze was klaar met het borstelen van het lange haar dat tot haar heupen kwam en zag in het spiegeltje op haar ladekast de grijze strepen tussen het blond... en de steeds breder wordende scheiding. Lieve help, ze haalde nu al haast achtenveertig jaar een kam door dat deel, in juli was ze jarig. 'Ik ben vreselijk moe,' zei ze.

'Ik zal voor je bidden voor je gaat slapen,' zei Reuben.

'Waarvoor?'

Hij haalde diep adem, zijn ogen stonden ernstig. 'Toe.'

Ze had meteen spijt en stak haar hand naar hem uit. 'Reuben...'

'Het geeft niet, lief. Ik bid wel in mijn eentje voor je.'

Ze wist dat hij het zou doen, want ze was 's nachts wakker geworden terwijl hij op zijn knieën voor het bed lag, de handen gevouwen, de lippen bewegend in het licht van de lantaarn. Ze had hem niet willen storen en was op haar tenen om hem heen gelopen naar de badkamer. Het leek erop dat Reuben de tekst 'bidden zonder ophouden' letterlijk nam.

Betsy wist eigenlijk niet goed hoe ze het moest zien wat er gebeurd was. Het was alomvattend – of hij zat met zijn neus in de Bijbel, of met zijn neus in zijn handen te bidden. Hoogst ongewoon, daar was ze zeker van. Ze vermoedde dat als ze lang genoeg nadacht over Gods Woord, zij zich er ook aan over kon geven, en de woede van de broeders over zich heen halen, zoals haar man stellig zou doen. Voorlopig voelde ze zich te uitgeput om die weg te bewandelen.

Nu overwogen werd dat Reubens ouders volgende maand al in het aangrenzende *Dawdi Haus* zouden komen wonen, zou Reuben het erg druk krijgen. *En minder tijd hebben om te lezen en te bidden...* Ongetwijfeld zou zijn vader ook tussenbeide komen, als Noah Fisher in de gaten kreeg wat Reuben elke dag bestudeerde.

Haar man was bijzonder zorgzaam geworden sinds hij de Schrift uit zijn hoofd leerde, en nog gekker op haar dan ooit. Er was geen twijfel aan dat Reubens toewijding aan zijn God hem zodanig had vervuld dat deze naar haar overstroomde.

Als de oudsten maar geen vragen komen stellen als hij de Schrift begint te bespreken met onze zoons...

Ze dacht aan Rhoda, Nan en Nellie. Ze had hun reacties waargenomen op het tweemaal daagse lezen van hun vader, en het hardop uitgesproken tafelgebed voor de maaltijd. Geen van hen had iets gezegd, maar als het zo doorging zou

Nellie waarschijnlijk iets zeggen – en niet al te vriendelijk, haar kennende.

Betsy stompte in haar kussen onder haar hoofd om een comfortabele houding te vinden. Nellie was vanavond weer uit met een *beau*, daar was ze haast zeker van. Ze keek naar Reuben, die nog op zijn knieën voor het bed zat te bidden. Moest ze hem vragen Nan en Nellie te gedenken als hij vanavond God, de hemelse Vader, zocht? De een voor een gebroken hart... de ander om kracht voor wat er zou komen.

*

Het lange ravijn in de richting van de oude korenmolen was bijna te donker om doorheen te lopen. Nellie zocht haar weg over de onregelmatige grond in de buurt van de oever van de molenbeek, blij dat Caleb een vooruitziende blik had gehad en een zaklantaarn had meegebracht. Tot nu toe had ze het naar haar zin, maar in haar blijdschap voelde ze ook een spoor van droefheid.

Ongeacht het verstrijken van de tijd vond ze het moeilijk om ergens van te genieten. Het was een merkwaardig gevoel, ze vroeg zich af waarom ze zich schuldig voelde dat haar leven doorging. Was dat normaal voor mensen die een dierbare hadden verloren?

Noch Rhoda, noch Nan had er iets over gezegd. Maar mama... die zou het begrijpen.

Nellie wilde volledig genieten van Calebs aandacht; hij was al zo lang de jongen van wie ze droomde. Soms voelde ze zich volkomen bij hem op haar gemak. Andere keren voelde ze zich bij hem minder ontspannen dan bij andere jongens. Zette ze zich schrap voor eventuele vragen over Suzy? Waarschijnlijk was ze nerveus over de leugen die ze hem had verteld. Als het inderdaad een leugen was, wat ze op de een of andere manier moest zien uit te vinden.

Ze ademde de koude lucht in en hield hem vast. *Afgelopen met dat denken.* Ze liet de lucht sissend ontsnappen en wilde zichzelf in de arm knijpen. Was het niet te mooi om waar te zijn, hoe Caleb naar haar keek? Zou ze ooit ontwaken uit deze wonder-*gute* droom?

Toen hij met zijn zaklantaarn recht voor haar voeten scheen, werd Nellie Mae uit haar dromerij gehaald. Och, duurde deze nacht maar door en door. Zo'n romantische omgeving had Caleb voor haar uitgezocht.

Hij lachte zacht. 'Het is zo mooi – en zo afgelegen. Mijn broers en zussen en ik gaan soms schaatsen op de vijver, daarginds.' Hij vroeg waar zij en haar zussen graag schaatsten, en ze noemde de vijver niet ver van hun huis. Hij knikte en zei: 'Ik wil hier graag nog eens met je naartoe als de zon schijnt. Ik denk dat je net zo veel van dit plekje zult gaan houden als ik.'

Ze wilde er niet over nadenken of hij andere meisjes had meegenomen om te wandelen op dit afgelegen terrein. Niet nu hij klaarblijkelijk volkomen tevreden was om bij haar te zijn.

Hij pakte haar hand en opnieuw kreeg ze een schok van zijn aanraking. *Zal dit me altijd zo blijven opwinden*? Caleb scheen met zijn zaklantaarn als een baken om haar voorzichtig te leiden en te zorgen dat ze niet uitgleed.

Algauw kwamen ze bij de levendige beek en ze stonden stil om te luisteren hoe hij over de rotsen ruiste en onder hen naar het zuiden stroomde. Nellie wenste dat de maan scheen. De bomen en struiken om hen heen leken ineens dreigend en te zwart. Ze huiverde angstig.

'Wat is er, Nellie?'

'Ik... eh, het is zo vreselijk donker buiten...'

Ze waren diep in een dichte bomengroep, het beekje aan

hun voeten. 'Ik ben hier bij je. Niet bang zijn.'

Ze hield zijn hand stijf vast. 'Echt, ik was vroeger nooit bang in het donker... nou ja, voordat...'

'Voordat Suzy verdronk?' Zijn vraag kwam onverhoeds.

Ze keek verbijsterd naar hem op en haalde haar schouders op, bang dat er weer een discussie over Suzy kwam.

'Ik snap waarom je dat zo voelt.' Hij leidde haar naar de molenbeek en maakte tot haar verrassing en opluchting geen verdere opmerkingen over Suzy.

Toen bukte hij zich om de zaklantaarn op de grond te leggen, hij liet hem naar het water wijzen. Hij richtte zich op en draaide zich glimlachend naar haar om. 'Ik wil je iets vragen, Nellie.'

Ze hield haar adem in.

'Wil je mijn meisje zijn? Wil je vaste verkering met me?'

Tijdens hun lange rit vanavond had ze zich aldoor voorgesteld hoe het zou zijn zonder Caleb, zoals vroeger... haar innige verlangen hem te leren kennen. Ze wilde niet terug naar die tijd.

'Wil je, Nellie Mae?

Haar lippen vormden maar één antwoord. '*Jah*, Caleb... ik wil.'

Hij boog zich naar haar toe en plantte een kus op haar wang. Toen uitte hij een juichkreet.

Ze lachte hardop, zijn verrukking vermengde zich met de hare.

De hele weg terug naar het rijtuig en ook tijdens de lange rit naar huis overdacht ze dat ze voor het eerst wist wat mama had bedoeld. *Je weet het als de juiste jongen voorbijkomt...*

Nellie Mae's hart zong en haar tenen wiebelden terwijl het rijtuig in de kleine uurtjes door de nacht vloog. Ze had verkering met Caleb Yoder en te zijner tijd zou ze zijn bruid worden. Niets kon hun in de weg staan.

Hoofdstuk 19

Op donderdagochtend bespeurde Nellie een verwachtingsvolle sfeer in het huis van Martha Glick. Het was er druk met geroezemoes en lekkere hapjes toen ze met mama en Nan arriveerde voor de quiltbijeenkomst, gretig om een trouwringquilt in elkaar te stikken voor een nieuwe aanstaande bruid. Het meisje was weliswaar geen familie van Nellie, maar een van de vele nichtjes van Rosanna en Nellie verheugde zich erop haar liefste vriendin hier vandaag ook te zien.

In de opgeruimde keuken, waar ze haar handen warmde bij het fornuis, hoorde Nellie de moeder van Susannah Lapp over hun bisschop praten. 'Hij voelt zich niet zo lekker daar in Kalona. Volgens mij zijn Anna en hij een beetje te lang weg, *jah*?'

'Ja, zeker,' kwam het antwoord. 'Straks blijft hij er nog, nu hij ziek is.'

Susannah's moeder zuchtte hardop. 'Het wordt tijd dat hij weer thuiskomt.'

Oom Bisschop moet wel erg in de war zijn dat hij zo lang wegblijft, dacht Nellie. *Of is het opzet?* Ze liep weg, om niet toe te geven aan de verleiding af te luisteren – een gebrek dat ze in anderen verafschuwde.

Martha Glicks voorkamer was gevuld met een groot quiltframe met twaalf stoelen eromheen. Er lagen zes stapels stof op de houten bank, netjes opgevouwen en gesorteerd op kleur. 'Zo te zien zal er nog een quilt gemaakt worden,' merkte Nellie op tegen Nan, die vandaag gezelliger en vrolijker was dan ze in tijden was geweest.

'Ik vraag me af wanneer ze met de lapjes beginnen.' Nan inspecteerde de felste kleuren en koos een diep donkerpaars dat ze omhooghield. 'Hoe zou ik eruitzien in een jurk van deze kleur?' Ze hield hem onder haar kin. 'Wat denk je?'

Het beeld van Iva Beiler op de laatste zangavond schoot door Nellie's hoofd. 'Nou, echt werelds, toch?'

'Amish vrouwen in Holmes County dragen pelerinejurken in die kleur,' zei Nan. 'In nog wel fellere kleuren.'

'Hoe weet je dat?'

'Uit mijn rondzendbrief.'

Nellie vond het raar dat Nan schreef met iemand die zo ver weg woonde. 'Wie komt daar dan vandaan?'

'Niemand.' Nan streek nog steeds over de stralende stof alsof ze haar zinnen erop gezet had. 'Een vriendin in Paradise schijnt alles te weten over het doen en laten in Berlin en Sugar Creek.'

Nellie knikte. Grappig hoe het roddelcircuit werkte. Maar de woorden die vlak achter haar klonken, waren op dit moment verrassender.

'Ik ben net groot nieuws te weten gekomen,' zei Kate Beilers moeder, Rachel Stoltzfus. 'Mijn dochter Kate verwacht een tweeling.'

'Ach, echt waar?' zei haar vriendin.

Rachel straalde. 'Wie had dat gedacht?'

'Een tweeling?' prevelde Nellie met een blik op Rachel. Wist Kate's moeder van de afspraak die haar dochter met Rosanna had gemaakt?

Dus daarom was Kate al zo vroeg dik geworden. En de laatste tijd zag ze eruit alsof de baby elke dag kon komen in plaats van tegen de Kerst. Nellie keek reikhalzend uit naar Rosanna, die nog niet gearriveerd was. Toen Nellie ernaar vroeg, had Nan noch mama haar gezien.

Het feit dat Rachel niet meer over de baby's sprak, en met geen woord repte over de afspraak van Kate en Rosanna, maakte dat Nellie zich afvroeg of Rachel meer wist.

Heeft Kate het wel aan haar mama verteld?

Algauw gingen ze allemaal zitten en Nellie hield een plaatsje vrij voor Rosanna, die volgens haar moeder beslist onderweg was. Vlak voor Nellie piepte een klein lapje stof met een ietwat afstekende kleur tussen twee andere uit. Deze traditie werd door nog maar een paar oudere vrouwen in leven gehouden; Martha bijvoorbeeld, had graag een kleine onvolmaaktheid in elke quilt.

Toen er een vol uur voorbijgegaan was zonder een spoor van Rosanna, veronderstelde Nellie dat ze niet meer kwam. *Is ze thuis alles dubbel aan het naaien? Of is ze zo verbijsterd over de tweeling dat ze liever thuisbleef?* Nellie hoopte dat alles in orde was met Rosanna.

Hoe dol ze ook was op baby's, ze kon zich in de verste verte niet voorstellen wat het betekende om voor twee pasgeboren kindjes tegelijk te zorgen. Natuurlijk wist mama daar alles van; ze had Thomas en Jeremiah eerst gekregen.

Ze vroeg zich af wat Rosanna zou doen met een tweeling in plaats van één baby. En Kate – zou ze van gedachten veranderen? Ze zou de baby's toch niet verdelen tussen de twee gezinnen. Nellie had er weleens van gehoord – ouders die niet voor hun drieling konden zorgen en hen verdeelden onder de broers en zussen van de moeder, zodat ze opgroeiden als neefjes en nichtjes.

Nellie deed haar best om zich te concentreren op de piepkleine quiltsteekjes die van haar werden verwacht, maar haar hand beefde als ze nadacht over Rosanna's reactie op dit nieuws.

Als ze het tenminste al weet…

★

Rosanna luisterde, maar was niet in staat een woord op te nemen. Tegenover haar zat Kate met glimnsterende ogen aan de keukentafel. 'Hoor eens,' bracht ze eindelijk uit, 'ik neem alle baby'tjes die je me wilt geven.'

Kate zette grote, ernstige ogen op. 'Echt?' Ze veegde haar tranen weg. 'Je hebt geen idee wat je zegt, Rosanna.'

'O, jawel.' Rosanna wist dat ze voor een tweeling kon zorgen. Ze zou zorgen voor alle baby's die God haar wilde geven. 'Ik ben zo blij dat je langsgekomen bent, nicht. Je was me bijna misgelopen.'

'*Jah*, er is een quiltbijeenkomst en het spijt me dat ik je daar weghoud.'

'Geeft niet.'

Rosanna zag hoe Kate haar buik vasthield. Hoe zou het voelen om twee baby's te dragen?

'Goed dan,' zei Kate. 'Afgesproken.'

Ze spraken verder over sokjes en dekentjes en alle kledingstukjes die de kleintjes nodig hadden. Rosanna vertelde dat ze tot nu toe één dekentje had gemaakt; er was garen in overvloed om er nog een te maken. 'Ik heb tijd genoeg om alles klaar te maken, Kate. Niet tobben.'

Kate zuchtte en keek naar het raam. 'Ik weet niet wat John zal zeggen… als het allebei jongens zijn.'

'Heb je dat niet met je man besproken?'

'O *jah*. Hij heeft alleen nog niet besloten wat we moeten doen, nou ja, of Elias en jij hen allebei krijgen.'

Rosanna snakte naar adem. *Wat zei Kate daar?*

'Ik weet dat we erover gesproken hebben, maar...'

'Nou, ik begrijp er niets van,' viel Rosanna haar totaal verward in de rede. Haar nicht was helemaal van de wijs. Hoorde dat bij aanstaande moeders, of was ze in de war door het nieuws van de tweeling? Ze kon zich niet herinneren dat Kate zich ooit zo had gedragen – zo aarzelend en heen en weer geslingerd. Nee, Kate was altijd besluitvaardig geweest.

'We moeten er nog verder over praten, John en ik.' Langzaam stond Kate op en liep naar de deur.

Rosanna slikte haar emoties in en volgde haar waggelende nicht door de achterdeur en het pad af. 'Zorg goed voor jezelf, hoor.'

Kate knikte.

'Kom nog eens langs.'

'Ja... om je te helpen babykleertjes te naaien.' Kate zwaaide met een halve glimlach.

'Dat is best.' De moed zonk Rosanna in de schoenen toen ze zich afvroeg hoe vaak Kate nog terug zou komen op haar aanbod.

*

Reuben hoorde niet dat prediker Manny de schuurdeur opende en naar binnen stapte. Hij was druk bezig de muilezels hooi te voeren toen hij opkeek en de prediker zag staan.

'Man, je laat me schrikken,' zei Reuben.

'Ik heb je meer dan eens geroepen. Heb je me niet gehoord?'

'Nee.' Toen viel het Reuben op dat prediker Manny eerder geschokt keek dan nors. Hij zag zo wit alsof hij een nachtmerrie had gehad.

'Reuben... ik weet niet aan wie ik dit moet vertellen,' begon Manny.

Leunend op zijn hooivork nam Reuben een trekking waar in Manny's kaak. 'Wat is er aan de hand, prediker? Heb je weer problemen met je hooipers?'

'Nee, dat is het niet.' Manny trok een grimas en wreef over zijn nek.

'Heb je pijn? Laat je vrouw dan je rug en schouders weer inwrijven met die hete olie.'

Manny zette zijn vilthoed af. Zijn pony zat platgedrukt tegen zijn voorhoofd en hij was vreselijk rusteloos en zorgelijk. 'Ik heb geen pijn in mijn nek, al zou je dat er wel van krijgen.'

'Is alles in orde?'

'Ik zit in een lastig parket.' Hij humde en kuchte. Toen keek hij Reuben aan en vroeg: 'Kunnen we ergens heen gaan om te praten?'

'Nou, ik...'

'Ik wil je spreken als neef en als vriend... laat dat prediker voorlopig maar achterwege.'

Reuben was onmiddellijk bezorgd. Hij hoopte dat er niet weer gesproken zou worden over welke landbouwmachines in hun *Ordnung* moesten worden toegestaan, als ze volgende maand moesten stemmen over toevoegingen. Aan Manny's sombere gezicht te zien, kon Reuben in de verste verte niet raden wat er aan de hand was, tenzij iets van dergelijke omvang. 'Ja, natuurlijk... laten we een eindje in de richting van het bos lopen.' Hij stak zijn hooivork in de losse baal.

'We hoeven geen aandacht te trekken, *jah*?' voegde Manny er vlug aan toe.

Onder het lopen verklaarde Manny dat hij tegenwoordig regelmatig in de Bijbel las, hem als het ware bestudeerde. Aarzelend voegde hij eraan toe: 'Ik weet niet hoe ik het anders moet zeggen, maar er is bij mij vanbinnen een licht aangegaan.'

Reuben voelde een huivering van herkenning... en opwinding. Aanmoedigend vroeg hij: 'Wat heb je gelezen, Manny?'

Hij keek Reuben strak aan. 'Bedoel je dat je niet gaat vragen wat me bezielde om de Bijbel te bestuderen?'

'Nee.' Reuben popelde om zijn familielid te vertellen wat hij zelf had gedaan, in de hoop dat Manny ook de kostbare, essentiële waarheid had blootgelegd.

Er verscheen een glimlach op het gezicht van de oudere man. 'Zo, Reuben Fisher, wat zeg je daar?'

'Alleen dat ik geloof dat ik het begrijp, prediker... eh... neef.' Hij haalde diep adem. 'Ik weet namelijk precies wat je bedoelt met dat licht dat is aangegaan.'

Manny stond stil. 'Ach, kan het waar zijn?' Hij sprak langzaam en plechtig. Hij staarde Reuben met open mond aan.

Reuben kon zijn lachen niet inhouden.

'Zo, dus jij bent ook verlost. Of niet soms?'

Reuben wilde het met alles wat in hem was toegeven, al wist hij dat er geen weg terug was. '*Jah*, en ik lees het hele Evangelie van Johannes, hoor. Heb je hoofdstuk drie weleens goed gelezen?' Hij wist niet waarom, maar hij fluisterde nu, terwijl hij het van de daken wilde schreeuwen.

Manny knipperde met zijn grote ogen. 'Ik geloof dat God me hierheen geleid heeft om met jou te praten, Reuben. *Jah*, dat geloof ik.'

Reuben luisterde begrijpend. 'Ik ben heel blij dat je dat hebt gedaan.'

'Ik heb dat hoofdstuk ook gelezen... en toen het hele Evangelie van Johannes.' Manny grijnsde breed.

Reuben greep hem bij de arm. 'Wat heerlijk om te weten dat we hierin broeders zijn.'

Toen begon Manny te vertellen over zijn meest recente rondzendbrief, waarin stond dat een stuk of zes predikers in het hele land – ook in Ohio – geloofden dat de ogen van hun begrip waren geopend. 'Allemaal binnen korte tijd.'

'Echt waar? Dan moet het een soort opwekking zijn.'

Manny's gezicht lichtte op. 'Bisschoppen dromen van de Heere, die hun met uitgestrekte armen Zijn doorboorde handen en voeten laat zien. "Voor jou ben Ik gestorven, zodat jij het eeuwige leven kon krijgen," zegt Hij tegen hen. Anderen worden getrokken tot de Schrift en verslinden de teksten als uitgehongerde mensen.'

Reuben knikte. 'Dat herken ik.'

'Zullen we een Bijbelstudie houden? Voor iedereen die erbij wil zijn.'

'Tja, ik hoef je niet te vertellen wat de bisschop daarvan zal zeggen.'

'De bisschop is weg... en blijft nog wel even weg, heb ik gehoord.'

Reuben bleef vinden dat ze een poging moesten doen om een wettige vergadering te houden. 'Of we al dan niet zijn zegen hebben is één ding...'

'Die krijgen we nooit, Reuben.'

'Ga jij hem schrijven om toestemming te vragen, of zal ik het doen?'

Manny schudde zijn hoofd. 'Voor mij is het tijdverspilling.'

Reuben begreep waar hij heen wilde. 'Tja, aangezien Joseph mijn oudste broer is, neem ik aan...'

Manny knikte lachend. '*Jah*, dat is precies wat ik dacht.'

Hij is blij dat hij de kastanjes niet uit het vuur hoeft te halen, dacht Reuben. Hoe moest hij bisschop Joseph uitleggen dat ze verlangden de Schrift te bestuderen?

Hoofdstuk 20

De vrijdagochtend na de quiltbijeenkomst voelde Nellie zich ontstemd door de gang van zaken in huis. Waardoor had haar vader die vreemde obsessie voor de Bijbel ontwikkeld? Ze lazen nu twee keer per dag als gezin, maar pa besteedde nog meer uren aan het lezen en studeren voor zichzelf. Haastig maakte hij zijn werk af om ermee te kunnen beginnen.

Eigenaardig... en zorgwekkend.

Ze wilde er met mama over praten, en over het hardop bidden, maar ze kon zich er niet toe zetten het onderwerp aan te snijden. Vreemd genoeg scheen haar moeder het ermee eens te zijn. Mama stond erom bekend dat ze vaak haar mening gaf, maar op zo'n vriendelijke manier dat pa haar nooit een standje kon geven dat ze niet volgzaam genoeg was.

Ze herinnerde zich de avond dat pa voor het eerst had voorgelezen uit Johannes – hoe kwetsbaar ze zich had gevoeld toen ze knielde voor haar bed en huilde in haar handen. Het was onmogelijk haar verlangen van dat moment te vergeten... dat ze gewenst had dat God haar schuldige hart kalmeerde en herstelde. Als een klein kind dat liefdevolle hulp nodig heeft.

Nellie dwong haar gedachten terug naar de voorraad verschillende soorten muffins, volkorenbroodjes en cakejes die vanmorgen al snel begon te slinken. Ze begon de tientallen koekjes te tellen.

Er stopte een auto op de laan en er kwam een groepje

van vijf vrouwen de winkel binnen. 'We zagen uw schattige bordje buiten,' zei er een.

'Ik hoop dat u het niet erg vindt als we even binnenkomen,' zei een ander.

'Doe alsof u thuis bent,' antwoordde Nellie Mae.

'Verkoopt u wel aan niet-Amish?' vroeg een derde vrouw, de langste en jongste van het stel.

'Iedereen is welkom,' zei Nellie.

Een roodharige vrouw van in de dertig was de eerste die bestelde. Ze wilde zes van Nellie's heerlijk gevulde ontbijtmuffins, met kokosnoot, appel, ananas, wortel en noten. De *Englischer* begon met haar drie vriendinnen over recepten te praten terwijl Nellie de bestelling inpakte.

'Anders nog iets, mevrouw?' vroeg Nellie.

Ze keek naar haar op. 'Ik vroeg me eigenlijk af hoe ik aan wat authentieke recepten zou kunnen komen.'

Nellie glimlachte. 'Nou, als u Amish recepten bedoelt, ik heb er genoeg in mijn hoofd zitten.' Ze tikte tegen haar slaap. 'Wat wilt u – ovenschotels, gebak... toetjes?'

Het gezicht van de vrouw klaarde op. 'Eerst een algemene vraag – gebruikt u bakvet of boter voor uw cakes en zoete broodjes?'

'Tja, dat hangt ervan af wat we in huis hebben,' antwoordde Nellie. 'Ik gebruik ook weleens varkensreuzel.'

De roodharige had haar oog laten vallen op de koffiebroodjes en ze tikte met haar lange roze vingernagels op de vitrine. 'En gebruikt u in de winkel gekocht meel of maalt u zelf?'

'O, het is allebei best,' zei Nellie. 'We hebben er geen bezwaar tegen om naar de kruidenier te gaan, maar we redden het graag met voedsel van het land.' Ze zweeg even om hun belangstelling te peilen voordat ze vervolgde. 'Elke familie bewaart elk jaar na de oogst zo'n duizend potten met groenten, fruit en conserven.'

'En die heerlijke taal van u?' vroeg de oudste vrouw van het groepje. 'Kun je die leren?'

Nellie haalde haar schouders op. 'Buitenstaanders noemen het Pennsylvania Dutch, maar het is eigenlijk een volkse weergave van het Duits. Voor zover ik weet is het nergens opgeschreven.'

'Zelfs niet in jullie bijbel?' zei er een.

'Ach, die is in het Hoog-duits of in het Engels.' Nellie voelde zich ineens een speldenkussen. Dit waren vast en zeker de meest openlijk nieuwsgierige *Englischers* die ze ooit had ontmoet.

'Mag ik u vragen naar uw geloof?' zei de jongste vrouw.

Mijn wat?

Nellie voelde zich in de val zitten. Zo'n gesprek had ze nog nooit gevoerd, en ze wenste met haar hele hart dat Nan vlug kwam.

'Of zijn uw... eh, gewoonten gebaseerd op...'

'Pamela, nee... niet zeggen.' Een vrouw die tot nu toe gezwegen had, sprak alsof Nellie er niet bij was.

'Let maar niet op haar,' zei de eerste vrouw tegen Nellie, en ze stak haar arm door die van Pamela.

Nellie keek langs de *Englischers* heen uit het raam. *Waar blijf je, Nan, als ik je nodig heb?*

'Sorry,' zei Pamela. 'Ik wilde u niet in verlegenheid brengen, juffrouw.'

Nellie probeerde iets te bedenken om te zeggen of van onderwerp te veranderen, maar er viel haar niets in. Eindelijk zei ze: 'Nou, *jah*, we hebben onze geloofsovertuiging... die van generatie op generatie is doorgegeven.' Pa zou een gepaster antwoord hebben geweten. Of zouden zijn antwoorden aan Englischers te vrij zijn, door het opslorpen van al die lange zinnen in de Bijbel?

Hoelang zal het nog duren voordat zijn liefde voor de Schrift de verkeerde persoon ter ore komt? Ze klemde haar kiezen op elkaar en hoopte dat Calebs vader het nooit te horen kreeg.

'Heus... ik wil mijn verontschuldigingen aanbieden.' Dat was de roodharige weer. 'We wilden niet onbeleefd zijn.'

Nellie lachte gedwongen. 'Geeft niet.' Ze nam het geld aan voor de muffins, blij dat de kassa het vandaag deed. 'Kan ik nog iets anders voor u doen?' bracht ze uit. 'Een geschreven recept misschien?'

De roodharige knikte en Nellie begon de ingrediënten en instructies op te schrijven van haar zoete brood – een koffiecakerecept van haar overgrootmoeder.

De vrouw bedankte haar herhaaldelijk, en toen bestelden de anderen om beurten koekjes en andere lekkernijen. Toen ze betaald hadden en terugliepen naar hun mooie rode auto, zuchtte Nellie van opluchting.

Niet veel later zag ze *Dawdi* en *Mammi* Fisher de laan oprijden in hun gesloten familierijtuig. Ze nam aan dat ze met mama wilden praten over de verhuizing naar het *Dawdi Haus* en het achterlaten van de boerderij op Plank Road, waar ze gewoond hadden sinds pa dit huis had gekregen nadat hij met mama was getrouwd. Nellie verheugde zich erop dat de ouders van haar vader dichterbij kwamen wonen, vooral *Mammi* Hannah, die bekendstond om haar verhalen over hun familie en hun doen en laten door de jaren heen. Alle vrouwen van de familie Fisher zouden er voordeel van hebben dat *Mammi* onder hetzelfde dak kwam wonen – vooral mama.

Maar Nellie's eerste zorg was tijd te vinden om Suzy's dagboek uit de bosgrond te redden, voordat de winter inviel. Bijna twee weken waren voorbijgegaan sinds haar eerste zoektocht, en tot nu toe had zich geen gelegenheid meer voorgedaan. Haar verantwoordelijkheid voor de bakkerswinkel en het altijd in de buurt moeten zijn voor haar klanten, lieten haar vrijwel geen tijd voor zichzelf. Dat, en het feit dat ze de precieze locatie van het dagboek niet wist, zat haar dwars.

Zal ik het ooit vinden?

Nellie Mae zag de vuurrode auto de laan weer oprijden. Pamela stapte uit en kwam naar de winkel terug. 'Dat vergat ik bijna: hebt u zoete strooptaart?' vroeg ze.

'Jazeker.' Nellie pakte een van de twee taarten die nog over waren en liet hem zien alsof het een kindje van haar was. 'Wij maken hier de soort met de vochtige bodem,' zei ze.

'Heerlijk.' Toen vroeg Pamela een beetje verlegen: 'Weet u toevallig de ingrediënten uit uw hoofd?'

'Ik zal ze met alle plezier voor u opschrijven.' Nellie wachtte tot de vrouw een opschrijfboekje uit haar bruine handtasje haalde.

'Het is eigenlijk heel makkelijk,' zei Nellie toen ze het had opgeschreven. 'Alleen eieren, maïsstroop, zuiveringszout, en kokend water voor de vulling. Maakt u veel zelf?' vroeg ze.

'Ik kan haast niet uit mijn keuken blijven.' De *Englischer* lachte en wees naar de zoete strooptaart met de vochtige bodem. 'Ik wil die, alstublieft.'

Nellie plaatste hem in een witte doos en plakte het deksel dicht met plakband. 'Anders nog iets?'

'Dit is het. Dank u wel!'

'Geniet van de taart,' riep Nellie, blij dat haar voorraad slonk. Ze zou morgen extra vroeg op moeten staan om te zorgen dat ze genoeg keus had voor haar klanten.

Dus voorlopig nog niet naar het bos.

Pamela aarzelde bij de deur en Nellie moest lachen. *Wat nou weer?*

'Weet u toevallig waar we een rijtuigtochtje kunnen maken?' vroeg de vrouw.

Nellie dacht na. Ze was er zeker van dat ze verwachtten ervoor te moeten betalen. 'Nee, ik weet niemand.'

Even was de teleurstelling van de vrouw zichtbaar voordat haar gezicht weer opklaarde. 'Nou, in elk geval bedankt. Een prettige dag!'

'Hetzelfde!' zei Nellie. Pas toen Pamela weg was, liet Nellie haar ingehouden lach ontsnappen. *Lieve help, wat een nieuwsgierige tante!*

★

Toen Nan klaar was met haar huishoudelijk werk, bracht ze de post naar Nellie. 'Hier is een brief voor je, zusje,' zei ze. Nellie zag dat het de rondzendbrief van nicht Treva was die ze verwacht had.

'Heb jij er ook een gekregen?' vroeg Nellie, die dacht dat een brief Nans humeur nog meer zou verbeteren.

Nan schudde met neergeslagen ogen haar hoofd. 'En dat verwacht ik ook niet.'

'Ach, Nan... dat spijt me. Echt.'

'Het hoeft jou niet te spijten. Het is mijn eigen *dumm* schuld.'

Nellie's hart ging uit naar haar zus. 'Ik kan toch goed luisteren?'

'Misschien wel. Toch wil ik er niet over praten.' Ineens draaide Nan zich om en vertrok naar huis.

Wanneer zal ze me ooit in vertrouwen nemen?

Toen besefte Nellie dat Nan haar verkeerd begrepen moest hebben en had gedacht dat ze het over haar vroegere *beau* had. *En nu heb ik haar boos gemaakt...*

Nellie stapte weer achter de toonbank. Omdat er geen klanten waren, maakte ze de envelop open en haalde de vier handgeschreven velletjes eruit.

Lieve Treva, Nellie Mae en nichten in Paradise,

Groeten uit New Holland! Ik hoop dat het goed met jullie gaat. Wij hebben hier ontzettend veel ingemaakt en sommigen zijn al aan het quilten voor het bruiloftsseizoen.
Er is hier nog meer gaande, en niet het gewone doen en laten. Ik kan het in de verste verte niet uitleggen, maar er zijn groepen mensen die op de vrije zondag bij elkaar komen voor een soort zondagsschool. Een paar mensen houden zelfs 's avonds Bijbelstudies – dat zegt mijn zus tenminste. Zij gaat er regelmatig heen. Tot nu toe schijnen de bisschoppen geen bezwaar te maken. Of ze weten het nog niet.

'O, maar dat komt wel,' mompelde Nellie in zichzelf. Het was onmogelijk om zoiets stil te houden.

Ze las door, ze vond het belangwekkend dat een groot aantal anderen net zo bezig was met de Bijbel als haar vader.

Toen ze de eerste brief uit had, had ze weinig zin om door te gaan met die van nicht Treva en de anderen. Ze voelde zich een beetje ziek toen ze ging zitten om het allemaal te verwerken.

Wat betekent dit?

Haar vader ging toch niet naar die bijeenkomsten?

Ze hoopte van niet. Niet omwille van de Gemeenschap van Eenvoud, maar ze werd volkomen door zelfzuchtige motieven gedreven. Ze moest haar dieper wordende relatie met Caleb met alles wat ze in zich had beschermen.

Nellie Mae liep de winkel uit en ademde buiten de frisse herfstlucht in. Ze huiverde in een windvlaag en wenste dat ze haar wollen omslagdoek had omgedaan. Ze keek naar de blaadjes die naar haar voeten dwarrelden en bespeurde een dreigend gevoel, zoals pa had bedoeld toen de maïs van de ene dag op de andere was opgehouden met groeien.

In de verte was de lucht bezaaid met een lange V-vorm van Canadese ganzen. Ze had zich altijd afgevraagd wat voor geheime boodschappen ze elkaar stuurden om zulke precieze vluchtformaties te creëren. Wist elke vogel precies waar hij moest vliegen in de opstelling? Gaf God hun aanwijzingen vanuit de hemel? Als het inderdaad iets goddelijks was, bekommerde diezelfde Schepper God zich dan ook om de loop van haar leven? En pa's leven?

Ze huiverde als ze bedacht wat hun familie kon overkomen als Nan of Rhoda over de Bijbel gingen praten tegen vriendinnen en nichten, hier in de buurt en elders. Geen zorgen dat mama iets zou zeggen. En Nellie piekerde er niet over iemand iets te vertellen over haar vaders rare gedrag, zelfs niet aan haar beste vriendin Rosanna.

Nee, de broeders mogen het nooit weten…

Hoofdstuk 21

Nellie vond het een kwelling om zondag tijdens de plezierrit in de groep meisjes te zitten. Omringd door zo velen – waaronder Susannah Lapp – kon Nellie maar nu en dan een glimp van Caleb opvangen. Ze deed of het haar niet kon schelen dat ze tijdens de lange, hobbelige rit gescheiden werden en dacht liever vooruit aan naderhand, als ze samen zouden zijn.

Susannah was vreselijk *bapplich* – spraakzaam – en keek steeds naar de jongens die aan hun kant van de hooiwagen op elkaar gepakt zaten. Ongetwijfeld zocht ze Calebs aandacht. Een paar minuten later waagde Susannah het zelfs om over haar schouder te roepen: 'Is het niet zo, Caleb Yoder?' voordat ze hem een glimlach als een regenboog schonk.

Ook Nan lachte almaar, en dat was een verrassing, want sinds vrijdag was ze weer teruggetrokken en somber geweest. Nellie had geen flauw idee waarom Nan zo vrolijk was, maar de wolken waren vanavond beslist verdwenen terwijl ze met Calebs zus Rebekah zat te fluisteren. Ze gingen zo op in hun vertrouwelijke gesprek, dat het onmogelijk voor Nellie was om met haar eigen zus te praten.

Met een snelle, speurende blik naar de jongens vroeg Nellie zich af of Nan al over haar vroegere *beau* heen was, en al verliefd op een ander. Maar Nan kennende leek dat niet waarschijnlijk. Nan was niet wispelturig, maar ze had de storm van een breuk niet goed doorstaan – en het was al twee keer gebeurd. Toch zou Nan mettertijd vast een andere huwelijkskandidaat vinden in hun menigte. Er was zeker geen gebrek aan jongens, en Nan had meer dan genoeg bewonderaars onder hen.

De avond was kil en er stond een vochtige wind. Sommige meisjes huiverden hoewel ze dicht op elkaar zaten, terwijl de jongens spraakzaam waren en in sommige gevallen luidruchtiger dan anders.

Nu Nan met Rebekah zat te praten, en Susannah duidelijk het middelpunt van de aandacht was, omringd als ze was door een stuk of twaalf andere meisjes, voelde Nellie zich een beetje alleen. Ze wist dat het maar voor even was en genoot van de gedachte aan de rijtuigrit met Caleb van straks.

Ze keek naar de sterren en begon ze zwijgend te tellen. Eerst de vage, over het hele uitspansel, en dan de schitterende, intens witte puntjes tegen de zwarte achtergrond van de ruimte.

Ontspannen leunde ze tegen een zachte hoop hooi, verloren in de enormiteit van de lucht boven haar. Ze voelde zich klein en onbeduidend en dacht terug aan een late zomeravond waarop Suzy en zij het huis uitgeglipt waren. Ze waren het weiland in gegaan en hadden geprobeerd het exacte midden van het veld te vinden, waar ze gingen liggen in een dicht klaverveld. Op de rand van hun adolescentie telden ze de sterren en dronken de sereniteit van de nacht in. Suzy raakte na tweehonderd of zo de tel kwijt, maar Nellie kwam tot vierhonderd, misschien omdat haar gezichtsvermogen scherper was dan dat van haar zusje.

Zuchtend voelde Nellie of haar hoofdbedekking niet scheef zat of bezaaid was met hooi. Dat was haar een keer eerder gebeurd op een van haar eerste hooiritten in de vorige herfst, toen ze nog geen echte belangstelling had gehad voor de jongens aan boord. Maar vanavond was het moeilijk om niet aan Caleb te denken, wiens heimelijke blikken haar hart verrukten en haar op dwaze, romantische gedachten brachten.

Nellie probeerde haar glimlach in toom te houden. Calebs hele gezicht lichtte op als hij naar haar keek.

Suzy en zij hadden nu en dan gepraat over jongens en liefde. Nellie herinnerde zich één middag in het bijzonder vlak na nieuwjaar, zes maanden voordat Suzy stierf. Op een troosteloze en koude middag hadden ze zich samen knus en lekker verstopt onder de oudste quilts die op hun bed gestapeld waren.

Suzy had barstende hoofdpijn en ze was misselijk. Nellie kon haast niet in de bakkerswinkel staan, nu Suzy ziek was en helemaal alleen. Ten slotte had ze mama gesmeekt haar een poosje bij Suzy te laten zijn, als ze beloofde zich niet te laten besmetten.

Toen ze onder de quilts naast Suzy was geglipt, had haar zusje gekreund en haar ogen geopend. 'Ach, nu kan ik vanavond mijn vrienden niet zien,' had Suzy gefluisterd. 'Met die afschuwelijke hoofdpijn.'

'Wie bedoel je?' Nellie had zich afgevraagd of ze een groep progressieve Amish jongeren bedoelde.

Suzy kneep haar ogen dicht tegen de pijn. 'O, Nellie, ik moet je iets vertellen... mijn grootste geheim.'

Nellie zette zich schrap en trok de bovenste quilt over haar hoofd, maar Suzy zuchtte en veranderde van gedachten. 'Misschien kan ik het maar beter aan mijn dagboek vertellen.'

'Ach,' zei Nellie, opduikend vanonder de quilt, 'ik luister, echt waar.'

Maar toen was Suzy uit haar humeur. Ze zweeg tegen haar, heel anders dan zoals ze zich gewoonlijk gedroeg. Altijd was ze vrolijk en enthousiast en levenslustig.

Te bedenken dat zo'n energiek, joviaal meisje was gestorven in de schemering, dat haar longen zich op het moment dat de zon onderging gevuld hadden met water uit het meer. Had Nellie Suzy ervan weerhouden die dag te gaan varen, dan zou Suzy nog leven en hier vlak naast haar zitten, achterovergeleund in het hooi, en zeggen dat ze het sterren tellen had opgegeven.

O, Suzy... zal ik binnenkort je grote geheim weten? De hele waarheid over je?

Nellie ademde de overweldigende geuren van de nacht in en dacht aan de avond dat ze het dagboek had begraven. Ineens herinnerde ze zich een detail dat ze was vergeten.

Ze drukte haar handen in het hooi en ging met open mond rechtop zitten. Bijna had ze iets hardop in de koude lucht gezegd, voordat het tot haar doordrong dat ze met dertig of meer tieners op de hooiwagen zat.

Ik weet waar ik Suzy's dagboek heb begraven!

⋆

Caleb zat in de uiterste hoek van de hooiwagen, zo dicht bij de rand als hij kon, en liet zijn benen bengelen. De weg gleed onder zijn voeten door. Hij droeg de schoenen van zijn oudere broer, omdat hij zich schaamde voor zijn eigen, zo dun waren de zolen. Zijn vader had hem gevraagd zich er nog een maandje mee te behelpen, 'tot de sneeuw begint te vallen', en hij had toegestemd. Wat pa betreft was hij overdreven inschikkelijk.

Het ratelen van de wagenwielen schoot hem in de heupen, maar Caleb gaf er niet om. Hij was gewend aan de schokken van wagens en landbouwmachines... en van het leven in het algemeen. Maar nu zou alles heel anders worden. Hij wierp een vluchtige blik op zijn lieveling. Nu al was Nellie Mae dat voor hem. Zo gauw ze volgend jaar achttien werden, zou hij haar liefhebben en koesteren tot de dood hen scheidde. Dan zou hij aanspraak maken op het land dat rechtmatig van hem was, en zijn ouders, die eraan toe waren om vrij te zijn van de harde arbeid van het boerenleven, konden in het grotere *Dawdi Haus* trekken, terwijl de ouders van mama naar de kleinere uitbouw konden verhuizen. Nellie en hij zouden samen als man en vrouw hun leven leiden in de grote boerderij, midden tussen de twee oudere generaties in. Daar zou hij zijn best doen om haar verdriet te verlichten en haar dagen op te fleuren, en ze zouden elkaar liefhebben en een gezin stichten als de goede God het wilde.

Caleb draaide een strootje tussen zijn duim en wijsvinger, staarde ernaar en stopte het tussen zijn tanden. Hij keek uit over het veld, zich bewust van de stilte daarachter. Ergens in de vage schemering was de stilte waar hij naar verlangde. Hier op de lawaaierige wagen was geen plaats om alleen te zijn met zijn meisje. Hij smachtte ernaar om Nellie in zijn armen te houden, maar hij moest zich inhouden om zijn hartstocht de baas te blijven. Zijn oudste broer had niet geluisterd naar die innerlijke waarschuwing en was gedwongen te trouwen voordat hij eraan toe was, opgescheept met voortijdig vaderschap. Het familiegeheim was goed bewaard en had gediend als krachtige waarschuwing voor Caleb en zijn broers en zussen. Er waren natuurlijk eerbare en minder eerbare jongens onder hen… zelfs op dit moment op deze wagen. Hetzelfde gold natuurlijk voor de meisjes.

Hij moest weer denken aan Suzy Fisher, maar duwde de gedachte meteen weg. Nellie had hem verzekerd dat Suzy onschuldig was aan de zonden die de geruchtenmolen aan haar toeschreef.

Caleb zette zijn vilthoed af en haalde zijn hand door zijn haar. Verkering, vond hij, was oefenterrein voor de verbintenis van man en vrouw onder God. Ondanks de verhalen over Suzy's *Rumschpringa* – wat er ook van waar was – hield hij van Nellie.

Caleb gooide zijn strootje weg zoals hij vroeger papieren vliegtuigjes naar klasgenoten had geworpen in het eenlokalige schoolgebouw op Churchtown Road, waar zowel Englische als Amish leerlingen op zaten. Waar de wereldse en de apart gezette kinderen samen leerden.

Hij zuchtte. De reputatie van zijn toekomstige bruid en haar familie was van cruciaal belang, voor zijn vader in elk geval.

Goed of fout, Nellie is mijn meisje, dacht hij. Over pa zal ik me later wel zorgen maken.

*

Caleb was vanavond spraakzamer dan anders. Nellie werd geboeid door zijn verhalen over paarden, vooral toen hij vertelde over Amish die bepaalde rassen verkochten aan renbanen in Florida. 'Kun je het je voorstellen?' vroeg hij, een lach onderdrukkend. 'Je zou er toch niet over piekeren om geld te betalen om zo'n race te zien?'

'Er zijn verstandiger manieren om geld uit te geven, lijkt me.'

Hij knikte. '*Jah.* Toch zijn er Amish mensen die erin handelen. Pa zegt dat het verkeerd is.'

'Ik denk dat de mijne hetzelfde zou zeggen.' Hoewel haar vader nauw verbonden was met de paardenwereld, had Nellie hem hier nooit over horen praten. Voor veel mannen van zijn leeftijd betekenden paardenrennen maar één ding: een enorme geldverspilling. Wedden en gokken waren van hetzelfde laken een pak... van de duivel.

Ze gingen rechtstreeks op weg naar de molenbeek achter de oude stenen molen, waar ze gingen zitten op de gietijzeren bank niet ver van de oever van de kreek. 'Het is hier zo heerlijk,' zei ze, nog steeds een beetje onbeholpen in het begin als ze alleen was met Caleb. Hoewel ze ernaar verlangde om met hem te praten en te lachen, moest ze de eerste ogenblikken samen steeds even wennen, vooral na het tumult van een jongerenbijeenkomst. Ze wilden zo graag dicht bij elkaar zijn, maar probeerden beiden dat verlangen in toom te houden.

'Ons plekje, *jah*?' Hij sloeg zijn arm om haar heen.

Ze knikte en liet blij haar hoofd op zijn schouder rusten.

Caleb praatte over het weer. Hij vroeg zich af of er voor de winterse sneeuwbuien nog wat hoognodige regen zou vallen. Toen begon hij over de varkensslacht*frolic* van zaterdagmiddag over een week bij zijn oom. 'Het is in de buurt van Cains, een klein eindje naar het zuiden. Verscheidene families schenken vlees aan de oudsten. Ik ga helpen de grote hammen en bouten op te hangen. Ga je ook?'

Ze ging wat meer rechtop zitten. 'Eh... dat zou kunnen.'

'Wat is er, Nellie? Houd je er niet van om naar het slachten te kijken?'

Ze huiverde. 'Ik kan niet tegen die lucht.'

Hij lachte: 'Ach, mijn broers zullen de darmen er wel uithalen en wassen, zodat *jij* ze kunt vullen om worst te maken.' Hij vond het kennelijk grappig.

'Ik zou het misschien niet erg vinden om te helpen met vlees malen. Maar worsten stoppen kun je beter iemand anders laten doen.'

Hij lachte zacht. 'Ik ken niet veel Amish mensen die daar misselijk van worden.'

Ook zij moest lachen. 'Ik ben geschikter om te werken met meel en specerijen en zo.' Ze keek hem aan; zelfs in het gedempte licht van de maan twinkelden zijn ogen.

'Zullen we een eindje gaan lopen?'

Ze stemde toe en hij pakte haar hand. Ze slenterden tussen de zwarte bomen door langs de oever van de beek, hun voeten maakten zachte geluiden op de grond.

★

Uren later, na Calebs tedere '*Gut Nacht*!' aan het eind van haar laan, was Nellie haast te moe om de ene voet voor de andere te zetten, zo veel hadden ze gelopen en gepraat. Maar diep vanbinnen, waar mama zei dat je ziel woonde, huppelde ze van verrukking. Caleb was weer zo attent geweest, en hij had haar laten weten dat hij haar bij alle aanstaande jeugdevenementen aan zijn zijde wenste. Ze had een echte *beau.*

Eentje die nooit mijn hart zal breken. Zoals bij Nan.

Ze dacht weer aan Nan en aan hoe gelukkig ze vanavond was geweest. Was het vanwege de vriendschap met Rebekah? Met Rebekah en Rhoda had Nan een keur aan vertrouwelingen. Nellie wenste dat haar oudere zussen haar er ook eens bij betrokken, ondanks het leeftijdsverschil. Nu Rosanna zich voorbereidde op een baby – *een tweeling!* – voelde Nellie zich nog meer alleen. Ze had natuurlijk Caleb, maar dat was een heel ander soort vertrouwelijkheid dan met een zus of een vriendin.

Er brandde licht in de slaapkamer van haar ouders en met schrik bedacht ze dat haar vader nog op was om te lezen. Daarom sloop ze helemaal achterom langs de schuur, om geen lawaai te veroorzaken waarop haar vader naar buiten zou komen.

Binnen zag Nellie Mae pa's lantaarn aan de hoge haak hangen, speciaal voor haar taak in de laatste uren van de nacht. Over een paar uur begonnen de plichten van morgen, met al het extra bakken dat nodig was na de zondag, en de was die aan de lijn moest.

Geen tijd te verspillen…

Hoofdstuk 22

Vaker dan hij wilde tellen was Reuben begonnen een brief aan de bisschop te schrijven. De verfrommelde velletjes gelinieerd papier lagen als popcornballen op de slaapkamervloer. Opmerkelijk genoeg was Betsy erdoorheen geslapen, die lieve vrouw.

Ik breng mijn gezin in gevaar, dacht hij. *We worden over één kam geschoren met degenen die tractoren willen!*

Reuben liep naar het raam en strekte zijn armen. Deed hij het juiste door de vermoeide man van God te schrijven? Er werd gezegd dat zijn broer ziek was geworden in Iowa. *Wat ben ik voor een man, dat ik hem hier ook nog mee belast?*

In de ogen van God deed hij er zeker goed aan om de Bijbelstudies te bezoeken. God behagen was nu Reubens belangrijkste doel. Met plezier zou hij alles geven wat hij had om Hem te volgen.

Mijn ouder wordende ouders komen in een huis wonen bij hun zoon die binnenkort verstoten zal worden. Hij slikte moeilijk en knipperde tegen de tranen, die zijn zicht dreigden te belemmeren. Hoe hadden neef Jonathan en zijn gezin het tot dusver overleefd? Zijn zoons, allen boer, hielden even standvastig als hun vader vast aan hun nieuw gevonden geloof. Toch waren Jonathans ouders en grootouders er vierkant tegen, trouw aan de traditie zoals je van de meeste oudere familieleden kon verwachten. Maar als een man ervoor koos om God geheel en al te volgen, zoals Jonathan, volgde de familie hem vaak op de hielen. Dat had Reuben wel vaker zien gebeuren in de Gemeenschap van Eenvoud.

Hij had veel om over na te denken en liep naar de gang om daar van de ene kant naar de andere heen en weer te benen. Toen hij langs haar kamer liep, hoorde hij zijn dochter Rhoda zachtjes snurken. Maar Nellie Mae scheen nog niet te zijn teruggekeerd van het feest van die avond. Kennelijk was ze nog bij een *beau.*

Hij glimlachte toen hij dacht aan zijn eigen verkeringstijd met zijn lieve Betsy. Alsof de zon opging was ze in zijn leven verschenen. Hij wist nog met hoeveel plezier hij die eerste keer haar ogen voor hem had zien oplichten.

Ik ben een gezegend man, God. En ik wil U vanavond om nog een zegen vragen...

Niet van plan om tumult te veroorzaken nam Reuben zich voor een gesprek te hebben met zijn vader waarin hij hem uitlegde wat hij te weten was gekomen over verlossing door genade. Nadat hij zijn hele leven had geloofd dat je je een weg naar de hemel moest werken, kende Reuben nu het standpunt van de Bijbel in de kwestie. Natuurlijk bleef er ruimte in overvloed voor de Amish manier van leven, die hem zo ingescherpt was, maar Betsy en de meisjes moesten op z'n minst de hele waarheid van het Evangelie aanvaarden. Hij bad dat het gauw zou gebeuren.

Wat zijn pa zou zeggen, maakte geen verschil voor Reubens weg, maar zijn vader zou voor de keuze staan: zijn ouders konden zoals afgesproken hier in het *Dawdi Haus* blijven wonen, of ze gingen liever naar een andere broer of zus van Reuben die in dit kerkdistrict zou blijven als de boel weer bedaard was.

Wat zullen mijn zoons kiezen? En hun vrouwen en kinderen?

Hij dacht weer aan de kleine Emma, die zo veel leek op Suzy op die leeftijd. Zou ze bij het opgroeien de Heiland leren kennen? En zijn geliefde kleinkinderen?

Die vragen hielden hem bezig en tergden Reuben terwijl hij het tapijt versleet.

★

Het was zinloos om nog te proberen te slapen na bijna een uur naar het raam van zijn kamer te hebben gestaard en de dag te hebben zien aanbreken. Caleb kon de slaap niet vatten. Dus stond hij op, kleedde zich aan en ging een eindje wandelen, zo'n anderhalve kilometer naar het oosten. Hij moest zijn opgekropte energie eruit lopen, al zou hij zo moe als een hond zijn als het licht werd. Het was tijd om zijn belangstelling voor Nellie Mae in een logisch perspectief te plaatsen. Maar hoe kon hij dat hopen te bereiken door naar haar huis te lopen en tussen de bomen langs de weg te gaan staan? Caleb keek op naar de vele ramen onder de dakrand en vroeg zich af welk van haar was. Om met zijn zaklantaarn het juiste raam te beschijnen, moest hij dat weten… mocht de dag komen dat hij Nellie Mae ten huwelijk vroeg.

Hij wist dat er jonge mensen waren in andere kerkdistricten verder naar het noorden die de bedverkering beoefenden – *Bundel*. Hier werd het afgekeurd, al had hij genoeg verhalen gehoord om te weten dat sommige oudere mensen hadden ge*bundel*d – grootouders en zo. Sommigen van hen probeerden nu met een grote mond tractoren en andere wereldse kwellingen tegen te houden.

Wat wel aanvaardbaar was voor een verloofd paar, was een bezoek aan de slaapkamer van het meisje, waar ze in de meeste gevallen een klein bankje in de uiterste hoek had staan. Hij had nog nooit een meisjeskamer gezien, behalve die van zijn zussen thuis. Hoogstwaarschijnlijk was die van Nellie heel netjes, net als zijzelf. Het zou er ongetwijfeld ook heerlijk ruiken.

Nellie had hem eerder vanavond toevertrouwd dat Suzy en zij als zussen bijna alles hadden gedeeld, ook hun kamer. Door die onthulling was hij nog nieuwsgieriger geworden. En door een terloopse opmerking van een vriendin van Susannah Lapp.

Hij hoopte dat Nellie Mae heel zeker was van het gedrag van haar zus. Suzy werd zelfs in het voorbijgaan genoemd onder de plaatselijke jongens.

Eerlijk gezegd werd Caleb door Reuben Fishers derde dochter aangetrokken als een uitgedroogd man door koud bronwater. Hij was dol op Nellie en wilde de tijd tussen hun afspraakjes verkorten. Vlogen de seizoenen maar voorbij, zodat de doopzondag van volgend jaar gauw kwam – en niet lang daarna de trouwdag van Nellie en hem, als God het wilde. Hij zag Nellie voor zich, lekkernijen bakkend in de keuken van zijn eigen moeder, hem begroetend met haar lieve glimlach, en eens met hun kleintjes in haar armen.

Ik zal haar een brief schrijven, besloot Caleb, die wist dat zijn vader hem zou aanraden om het rustig aan te doen – en heel gauw ook.

⋆

De boomstronk vormde een ideale lampstandaard. Nellie liet de zware lantaarn erop neer, blij met de brede strook licht die de lamp gaf. Het was relatief makkelijk geweest om de juiste kamperfoeliestruik te vinden, dankzij de oeroude stronk ernaast. De piramidevormige zoete gomboom, waarvan de bladeren sporen vertoonden van het paarsrood dat ze binnenkort zou kleuren, was het andere bekende landschapskenmerk.

Onder het graven dacht Nellie aan Caleb. Wat zou hij ervan vinden dat ze mannenwerk deed? Hij zou onder de indruk zijn van haar kracht, al was ze niet half zo sterk als haar vijf broers. *Hij zou natuurlijk heel nieuwsgierig zijn naar wat ik van plan ben.*

Steeds opnieuw beleefde ze hun samenzijn. Hoe moest ze de hele week doorkomen totdat ze hem weer zag? Ze vroeg zich af of het te voortvarend zou zijn om een briefje te schrijven, of een kaartje voor hem te maken. Maar als ze zichzelf toestond alles uit te spreken wat ze graag wilde zeggen, zette ze zichzelf voor schut.

Nee, laat ik de pen maar niet opnemen.

Nellie's schop stuitte op het met aarde aangekoekte plastic waarin ze het dagboek had gewikkeld. Vlug bukte ze om het uit zijn aardse rustplaats te halen. Voorzichtig veegde ze de aarde weg, pakte het boek uit het plastic en veegde het af met de zoom van haar schort.

Ze klemde het dagboek tegen haar borst, opgelucht dat het nog in goede staat was. 'Suzy... o, lief zusje. Wat de mensen allemaal over je zeggen.'

Een plotselinge angst welde op toen ze bedacht wat op deze bladzijden onthuld kon worden. Suzy had haar eerlijke gedachten opgeschreven en vast en zeker nooit gedacht dat iemand anders dan zijzelf ze zou lezen, zelfs niet iemand die innig van haar hield. Nellie was de enige bewaarster van Suzy's intieme overpeinzingen... van haar dromen. Misschien ook van haar zonden. Tussen de harde omslagen van het dagboek van haar zus lag de openbaring van wat een goed Amish meisje naar de wereld had getrokken.

Durf ik het wel te lezen?

Met het dagboek stevig in haar hand reikte Nellie naar de lantaarn. Ineens merkte ze de dansende schaduwen op; het licht, dat voldoende was geweest om bij te graven, was nu ontoereikend tegen het duister... het halfduister vóór het aanbreken van de dag. Ze liet haar hand zakken en bibberde onbedwingbaar, net als toen ze had gehoord dat Suzy was gestorven. Ze drukte het dagboek tegen zich aan, ze voelde zich dankbaar dat ze het gevonden had en dichter bij haar dode zusje. Ze maakte een buidel van haar schort en bond het boek zorgvuldig in de stof. Ze reikte opnieuw naar de lantaarn en zwaaide de schop over haar schouder voordat ze haar weg terug zocht door het bos. De vermoeidheid van de hele nacht op zijn – en de last van wat ze binnenkort kon ontdekken – kroop haar in de botten.

★

De zolder strekte zich uit over de hele lengte van het huis. Betsy had de krakende treden in maanden niet beklommen en ze besloot een beetje op te ruimen. Haar andere ochtendwerk moest maar even wachten.

Tijd om een paar spinnenwebben te verjagen.

Reuben was buiten zijn nieuwe veulens aan het trainen. Hij gaf hun commando's op het zandpad achter de schuur. De meisjes waren aan het werk in de bakkerswinkel, of zoals Rhoda bij hun *Englische* buren. Dus begaf Betsy zich naar de zolder om wat te redderen, in de hoop een paar oude quilts te vinden die nuttig konden blijken als Reubens ouders hier kwamen wonen. Natuurlijk zou haar schoonmoeder Hannah een heel stel quilts van zichzelf meebrengen, maar met de koude van de winter onderweg kon je er nooit te veel hebben.

Mammi Fishers veelkleurige antieke quilts waren van uitzonderlijke kwaliteit, vooral de *sixteen patch*-quilt, met zijn uitgesproken rode, paarse en diepblauwe kleuren, die aan de kant van de Fishers vanaf 1880 was doorgegeven, een handwerk van Reubens grootmoeder. Suzy had eens een paar dagen bij *Mammi* Hannah gezeten om de verhalen achter de quilts te horen, de quilt*frolics*, en over het vrouwvolk dat was samengekomen om ze te maken.

Betsy was nooit de ogen vol verwondering vergeten waar Suzy mee was thuisgekomen. 'Ik heb toch zulk wonder-*gut* steekjes maken gezien, mama!'

Suzy... mijn kleine quiltster.

Ze gaf toe aan haar tranen, daar op de smalle zoldertrap. Ze liet haar hoofd op de houten leuning rusten en snikte het uit. De laatste tijd had ze zich niet door verdriet laten overmannen, al dacht haar echtgenoot er waarschijnlijk anders over. Waarom zou hij anders zo bezorgd blijven dat hij haar uit de buurt van de bakkerswinkel wilde houden, waar ze misschien in tranen zou uitbarsten als ze de meelevende woorden van de plaatselijke klanten hoorde? Dat was vast en zeker de reden dat ze van Reuben Nellie niet mocht helpen.

Betsy droogde haar ogen met haar schort, klauterde naar het trapportaal de grote zolderkamer op. Ze legde haar plumeau neer en overzag de ruimte. In de verste hoek stond de oude familiehutkoffer, die ze wijd openzette. Ze tuurde in de diepte van haar verzameling geërfde quilts en zag tot haar verbijstering een envelop met in Suzy's handschrift *Voor mama* erop geschreven.

'Ach nee, wat is dit?' Ze reikte naar de envelop en even hield ze hem alleen maar vast. 'Allemensen,' fluisterde ze, meer tranen onderdrukkend.

Ze bekeek de achterkant en zag dat haar jongste erop had geschreven: *Gewoon een klein briefje van mij aan u. Liefs, Suzy.*

'Had ze me dit willen geven en is ze vergeten waar ze het had verstopt?' zei Betsy in het schemerlicht.

Het klopte niet... tenzij Suzy nog een briefje ergens had neergelegd – iets wat ze altijd graag had gedaan. Maar waarom zou Suzy het in de quiltverzameling achterlaten, alsof ze hoopte dat Betsy het daar eens zou vinden?

Ze kon zich er niet toe zetten het open te maken en ze legde de envelop opzij terwijl ze twee grote quilts koos voor de winter. Ze besloot Reuben te vragen ze later naar beneden te halen. Toen begon ze opgestapelde dozen recht te zetten. Ze zorgde dat de deksels stevig dichtzaten. Enkele oude kisten moesten afgestoft worden en dat deed ze vlug, waarbij ze de spinnenwebben in de hoeken van de dakkapelramen meenam.

Toen ze de dingen naar tevredenheid had geordend, keerde ze terug naar de quiltkoffer. Ze bekeek Suzy's briefje, overweldigd door dit onverwachte gebaar van liefde. Er voer een vreemde huivering door haar heen, alsof ze iets onder de leden had. Een van Suzy's lievelingsplekken om te spelen als kind, was naast buiten deze zelfde plek hoog in het huis geweest. Betsy bedacht zuchtend hoe haar jongste zich hier graag had verstopt met een boek of een handwerk. Of haar dagboek.

Al toen ze nog maar vijf was kon je Suzy hier vinden, kletsend tegen haar poppen zonder gezicht, allemaal op een rij op een koffer of een kist. Ze liet ze allemaal praten door de klank van haar eigen stem te veranderen.

Betsy staarde naar de envelop. Haar lip trilde als ze dacht aan alle avonden dat de zestienjarige Suzy niet had geweten hoe gauw ze van tafel op moest staan. *Waarom vluchtte je zo weg? Ik wist haast nooit waar je uithing.*

Ze dacht aan Rhoda, die nu net zo vaak wegging. Er scheen haar hetzelfde te overkomen, alleen wist Betsy meestal wel waar ze was – dat dacht ze tenminste.

'Ach, kom op, maak open,' zei Betsy tegen zichzelf. Ze moest even moed verzamelen, ondanks dat ze ernaar snakte Suzy's stem te 'horen' in de woorden die ze had geschreven.

Wanneer heeft ze dit neergepend?

Betsy pakte de envelop en maakte hem open.

Lieve mama,

Kijk eens onder de onderste quilt in deze koffer. Daar vindt u een verrassing... een 'vroeg' verjaarscadeau.

Veel liefs,
Suzy

Betsy glimlachte. 'Wat heeft ze daar neergelegd?' mompelde ze. Ze bukte en tilde de ene quilt na de andere uit de koffer. Ze rook het al voordat ze het paarse kussentje zag, waarvan de naden met de hand dichtgenaaid waren met piepkleine, regelmatige steekjes. Betsy besefte dat het een van Suzy's speciale reukkussentjes was, gevuld met lavendel, marjolein en geplette kruidnagels. Suzy had haar slimme uitvinding een 'hoofdpijnkussentje' genoemd, iets wat ze liefdevol had gemaakt voor verscheidene schoonzussen tijdens hun zwangerschap.

En nu dit, voor mij...

Geknield voor de houten hutkoffer drukte Betsy haar neus in het kussentje en huilde. *Suzy deed altijd zulke zorgzame dingen. Onze kleine schat.*

Na een tijdje stond Betsy op en begon alle handgemaakte quilts weer in de koffer te stoppen, oplettend om ze ter bescherming goed ingepakt te houden in zwaar vloeipapier. Toen sloot ze het deksel, ging zitten, keek eerst naar het mooie kussentje en toen naar het briefje.

Een tekst die ze in het geheim uit haar hoofd had geleerd schoot haar in gedachten. *Want God heeft Zijn Zoon niet gezonden in de wereld, opdat Hij de wereld veroordelen zou, maar opdat de wereld door Hem behouden zou worden.*

De betekenis was volkomen duidelijk – God zou Suzy niet tot de hel veroordelen als ze aan Hem had toebehoord.

Als...

Ze dacht aan andere teksten die Reuben haar had gevraagd te lezen, teksten die hij zelf in zijn geheugen prentte. Ze had het zorgvuldig gedaan, vaak vele keren. Ze was diepbedroefd – en het speet haar – dat ze zo lang in het duister had geleefd en had gedacht dat het harde werken dat ze deed voor haar gezin en de Gemeenschap haar kans vergrootte om later in de hemel te komen.

Vroeger kon ik alleen maar hopen... nu mag ik weten.

'Maar, o, lieve Suzy...' Ze zuchtte en wenste dat God haar Reuben vóór die vreselijke dag in juni dit geestelijke licht had gebracht. Ze was verscheurd en wist niet wat ze moest denken van alles wat haar vroeger was geleerd.

Betsy boog haar hoofd en bad: 'O God, ik wil geteld worden als Uw kind.' Ze drukte Suzy's briefje tegen haar hart. 'Neem mijn zonden ver van me weg. Ik wil Uw Zoon Jezus volgen, wat het ook betekent voor Reuben en mij. Of voor onze familie.'

Laat me alstublieft Suzy weerzien... eens.

Hoofdstuk 23

Vanaf het moment dat Rosanna bij het huis van Maryann Fisher was gearriveerd, was ze gespannen geweest. De beide peuters huilden – dreinden eigenlijk – en de vaat stond hoog opgestapeld in de gootsteen. Ze wist niet waarom ze vandaag zo *naerfich* was. Het was vast en zeker donderdag begonnen met het bezoek van nicht Kate, en al dat gepraat over de tweeling en Kate's klaarblijkelijke terughoudendheid. Sindsdien was het tot Rosanna's dromen doorgedrongen. Verlangde niet elke moeder naar een tweeling? Elias was opgewonden over de mogelijkheid van zoons. Natuurlijk was hij stilzwijgend bezorgd dat Kate's baby's dochters konden blijken te zijn. Elke Amish man wilde zoons, en zo veel mogelijk, maar Rosanna verlangde in het geheim naar een klein meisje.

Nu ze hier was, stak ze haar hand uit naar de snuffende Katie en probeerde het snikken te bedaren. Ze maakte de snotneus schoon met haar eigen geborduurde zakdoekje, zorgend dat ze het tere neusje niet wreef met de gestikte rand. 'Zo, popje,' fluisterde ze. Ze wreef het smalle ruggetje.

Eens zal ik hetzelfde doen om mijn eigen kinderen te sussen...

'Aardig van je om te helpen,' zei Maryann van de andere kant van de tafel, waar ze de nog kleinere Becky liet balanceren op haar rechterknie en haar op en neer liet schommelen terwijl ze het deeg uitrolde voor drie pasteikorsten. 'Zo gauw ik die pasteien in de oven heb, kom ik een praatje met je maken.'

‘O, het is niet mijn bedoeling om je op te houden,’ zei Rosanna vlug. ‘Ik wilde alleen even vragen of je een patroon voor babysokjes hebt.’

‘Ben je aan het breien voor de kleintjes van je nicht Kate?’

Rosanna knikte. Het was een raar gevoel om Maryann niet de hele reden te vertellen waarom ze het patroontje wilde hebben.

Het gezicht van Nellie’s schoonzus was rood en het zweet parelde op haar voorhoofd. Haar verwarde lichtbruine haar kon wel een goede wasbeurt gebruiken. Zelfs een stevige borstelbeurt zou al helpen.

Zal ik er als mama ook zo schtruwwlich *uitzien*? vroeg Rosanna zich af, terwijl ze bedacht hoe haar echtgenoot haar bewonderde. Ze wilde Elias’ enthousiasme niet temperen, zogezegd. Het was wel wat werk, maar ze hoopte aantrekkelijk voor haar lieveling te blijven, al had ze twee baby’s om voor te zorgen.

Maryann legde het deeg in drie vormen en kneedde de zijkanten. Ze keek met een ernstig gezicht naar Rosanna op. ‘Ik maak me zorgen over onze bisschop,’ zei ze zacht. ‘Stel je voor, de goede man is zo ziek terwijl hij zo ver weg zit.’

‘Is hij nog steeds niet goed?’

‘*Jah*, ze zeggen dat hij te ziek is om te reizen.’

Rosanna zag de zorg in Maryanns ogen. ‘Ik had niet begrepen dat het zo ernstig was.’

‘Ik heb het gehoord… maar ik weet niet veel. Alleen wat Ephram zegt.’

Rosanna was niet erg dol op Nellie Mae’s bezadigde grote broer. ‘Van wie heeft hij het gehoord?’

Maryann fronste haar wenkbrauwen. ‘Nou, dat mag ik eigenlijk niet zeggen.’

Rosanna knikte zonder door te vragen. Ze begreep die toon en die blik.

Maryann zette Becky neer om met haar zusje met een paar lege spoeltjes te spelen. Ze liet de pasteien in de buik van het fornuis glijden. 'Zo, dus je komt voor een sokjespatroon?'

'*Jah*.' Maar toen Maryann wegsnelde en haar achterliet met Becky en Katie, werd Rosanna ineens bezorgd. Ze voelde een onweerstaanbaar verlangen om God te vragen hun bisschop te helpen. Een paar vrienden van Elias in een andere kerk hadden op zo'n manier gebeden, en ze vond het een wonder-*gut* idee om God te smeken om bescherming en zorg. En in dit geval om de genezing van de bisschop.

Dus ze boog haar hoofd en bad in stilte, vertrouwend dat hun hemelse Vader het hoorde en verhoorde. Toen ze klaar was, zaten de kleine meisjes nog steeds aan haar voeten te babbelen en te lachen en met de spoelen te spelen.

Rosanna dagdroomde over hoe haar leven er over twee maandjes uit zou zien. Als moeder zou ze vast en zeker elke dag bidden voor haar kinderen, net als ze nu had gedaan voor de bisschop. Zelfs als het stiekem moest.

*

Reuben liet de lus van het touw over de zachte hals van het veulen glijden en leidde het langs de trainingsbaan. Opkijkend zag hij dat een van de huiszwaluwhuisjes hoog aan een paal bij de achterkant van het huis scheef hing. Dat moest hij voor de lente wel repareren.

Als jongen had Reuben zijn vader geholpen heel wat zwaluwhuisjes te bouwen; het huisje in zeskantige 'appartementstijl' was het populairst onder familie en buren. Ze hadden ze als cadeau weggegeven, maar Reuben wist dat sommige Amish ze tegenwoordig bouwden om winst te maken. Zijn vader had ook rondom dit huis enkele vogelhuisjes strategisch geplaatst om ongewenste insecten op afstand te houden. Het hele gezin had in de lente de mannetjeszwaluwen met hun blauwzwarte veren – ze glansden bijna paars in de zon – zien arriveren, later gevolgd door de grijze vrouwtjes met hun bleke buikjes.

Als nieuwsgierig kind mocht Reuben het liefst kijken naar alle piepkleine snaveltjes die naar buiten staken door de vele gaten in de vogelhuisjes die hij had helpen maken. En wat was het een plezier om de jongen uiteindelijk uit te zien vliegen.

Eens had hij samen met zijn vader een jong geringd om zijn levensduur te berekenen. Zeven opeenvolgende jaren zagen ze dezelfde vogel terugkeren, wat volgens zijn vader een record was. Sinds die tijd had Reuben gelezen over paarse zwaluwen die wel negen of tien jaar oud konden worden.

Negen of tien jaar... ongeveer de leeftijd van Suzy toen ze me hielp vogelhuisjes bouwen. Maar ja, dat was natuurlijk voordat ze meer van jongens hield dan van vogels, dacht hij treurig.

Reuben klakte met zijn tong tegen het veulen en keek toe hoe het aantrok. De herinnering aan het zij aan zij werken met zijn dochter stemde hem tot nadenken. Het was te lang geleden dat hij de traditie van vogelhuisjes maken had doorgegeven aan een kind. Hij had met de gedachte gespeeld een extra groot vogelhuis te maken met zijn kleinzoon Benny, de oudste van James. Misschien was er na de oogst en het bruiloftsseizoen tijd voor.

Een ambitieus project voor een kind van zes, maar met wat hulp uitvoerbaar.

Als zijn ouders besloten de verhuizing naar hun originele woonplaats door te zetten, kon hij zijn ouder wordende vader erbij betrekken. En als James meehielp met zagen of schuren of verven, dan werkten er vier generaties Fisher naast elkaar.

Dan is de cirkel rond.

Terwijl hij het veulen voor de laatste keer rond de baan leidde, dacht Reuben aan aanstaande zondag, wat wellicht de laatste vredige zondag zou worden die ze hier zouden krijgen. Prediker Manny had hem gisteravond verteld dat bisschop Joseph ernstig ziek was en dat Reuben ervan af moest zien hem te schrijven om toestemming te vragen om Bijbelstudies te houden tot hun leider wat beter was. Reuben was geschrokken van het nieuws, omdat hij het verzoek al aan de bisschop had verstuurd en hem en de oudsten had uitgenodigd om zich bij Manny en hemzelf te voegen. Reuben had gedacht dat er geen reden was om iemand uit te sluiten, al betwijfelde hij of ze zouden deelnemen. Integendeel, ze zouden ontzet zijn dat een van de predikers erbij betrokken was, evenals Reuben, een gerespecteerd lid.

'Alle tijden zijn in Gods hand,' had Manny gezegd. Hij had het nieuws van Reubens brief goed opgenomen.

Manny denkt dus dat mijn verzoek de gezondheid van mijn broer kan verslechteren, dacht Reuben nu. *Hoe ziek is Joseph?*

Hij keek naar de zijkant van de schuur, op een steenworp afstand van de trainingsbaan, en zag enkele plekken waar de zon de westkant zwaar geteisterd had. Hij zou zorgen dat Ephram of een van de tweeling hem vlug schilderde. Het was niet goed om de winter in te gaan met een afbladderende zijkant, nu de almanak zwaar weer voorspelde. En als ze toch bezig waren, kon een van zijn zoons meteen het vogelhuisje recht hangen. Hij was niet meer zo kras als vroeger op een ladder.

Het viel hem in dat zijn zoons misschien niet meer zo bereid waren om te helpen als vroeger, als ze hoorden van het nieuw gevonden geloof van hun vader. *Deze verlossing heeft de macht ons allen te verenigen of te verdelen...*

Reuben begon te bidden terwijl hij het veulen meevoerde, en vroeg God zijn hechte familie te beschermen. 'Breng hen allemaal veilig in de schoot van Uw genade.' Hij zuchtte en veegde zijn voorhoofd af met zijn hand. 'En mogen we er geen meer verliezen voor de eeuwigheid, o God.' Zijn stem werd schor toen hij weer aan Suzy dacht.

Hij haalde diep adem en voegde een gebed toe voor de bisschop, om herstel van gezondheid... en om een begripvol hart.

*

Betsy en Nan hakten bergen worteltjes, selderie, nieuwe aardappels en uien om een runderstoofpot te maken voor het middageten. 'Hoe gaat het vandaag met Nellie Mae?' vroeg Betsy, terwijl ze uit het raam keek naar de bakkerswinkel.

Nan haalde haar schouders op. 'Veel klanten voor het midden van de week, volgens mij.'

'Meer dan anders?'

'Het schijnt zo.' Nan schepte een handvol wortelstukjes op en liet ze in de zwarte ketel vallen. 'Zeker omdat de herfst in de lucht zit.'

'*Jah*, de toeristen zwermen binnen van overal vandaan.'

'Sommigen zelfs helemaal uit Londen,' zei Rhoda.

Hoe weet Rhoda dat? Betsy vond het een beetje vreemd dat Rhoda op de hoogte was van het komen en gaan van zulke stadse mensen. 'Hoort je zus dat van de *Englischers* voor wie ze werkt?'

Nan bloosde en knikte. '*Jah*... en Nellie en ik horen allebei heel wat van de *Englische* klanten in de winkel, mama.'

Betsy richtte zich op. 'Ach, daar ben ik bang voor.'

Nan liep van het aanrecht naar de gootsteen en waste vlug haar handen.

Haar dochter maakte vaak vlug een einde aan een gesprek als Betsy begon over iets wat te maken had met Rhoda en haar werk buitenshuis. Steeds meer jonge Amish vrouwen waren gretig om geld te verdienen, ze maakten schoon voor *Englischers* of werkten als kindermeisje, maar als moeder was Betsy bezorgd dat de Oude Wegen in gevaar kwamen als je die dingen toestond. Betsy wilde Nan vragen of zij ook een baan wilde gaan zoeken, maar ze voelde zich niet in staat het mogelijke antwoord te horen. Wat komen moest, kwam; je kon de jonge mensen niet tegenhouden als ze eenmaal iets in hun hoofd hadden.

Nan heeft tenminste belangstelling voor goede Amish jongens, stelde Betsy zichzelf gerust. Ze had op dat punt meer hoop voor Nans toekomst dan voor die van Rhoda. *Had*, althans. Nu wist ze echt niet meer hoe het met deze dochter ging.

'Ik geloof niet dat u zich veel zorgen hoeft te maken wat Rhoda betreft,' onderbrak Nan ineens haar gedachten.

'Waarom zeg je dat?'

'Omdat ik geloof dat ik haar ken.'

'Ze wordt niet al te erg in beslag genomen door de wereld; is dat wat je bedoelt?'

'Niet zoals Suzy was...' Nan zette grote ogen op en sloeg haar hand voor haar mond. 'Ach, mama, het spijt me zo. Het was niet mijn bedoeling om over Suzy te beginnen. Echt niet.'

Betsy had genoeg gehuild voor één dag. Ze liep naar de gootsteen om haar handen te wassen en hoopte dat Nan haar tranen niet had zien opwellen.

'Nellie lijdt er ook ontzettend onder... u weet wel waarom.' Nans stem beefde.

Betsy knikte, het brok in haar keel barstte bijna. 'We zullen allemaal nog lang, heel lang moeten lijden.'

Nan zuchtte. 'U en Nellie het meest.'

Betsy liet haar hoofd op Nans schouder rusten en haar dochter legde zacht een hand op haar rug. 'Nellie moet vreselijk pijn lijden.' Ze zei niet alles wat ze dacht. De twee meisjes waren onafscheidelijk geweest vanaf de tijd dat Nellie voor het eerst geprobeerd had haar zusje vast te houden; Nellie was zelf met haar elf maanden nog haast een baby. Het stel was net een tweeling geweest, zo weinig scheelden ze in leeftijd.

'Ik geloof dat Nellie iets aan het lezen is van Suzy,' fluisterde Nan.

'O?'

'*Jah*, het zou me niet verbazen als het haar dagboek is.' Nan keek verlegen.

'Weet je het zeker?'

'*Jah*, volgens mij was het Suzy's dagboekje.' Nan liep weer naar het aanrecht om de laatste aardappels te hakken.

Geschrokken overwoog Betsy of Nan wist waar ze het over had. Ze verjoeg de gedachte, droogde haar handen af en ging weer aan het werk. 'Het wordt tijd dat je weer teruggaat om je zus te helpen,' zei ze uiteindelijk.

Nan lachte. Ze maakte de aardappels vlug af en snelde naar de gootsteen om haar handen nog eens te wassen.

Betsy was blij dat de stoofpot klaar was om op het vuur te gaan. 'Dank je wel, Nan. Ik hou van al mijn meisjes... heel veel.'

Nan glimlachte. 'Dat weet ik, mama. Dat weet ik.' Toen ging ze helpen in Nellie's Zoete Heerlijkheden.

Die weet precies hoe ze me op de kast moet krijgen, dacht Betsy. Ze vroeg zich opnieuw af of het waar was wat Nan zei. Ze had geweten dat Suzy een dagboek bijhield, maar het was niet in haar opgekomen dat het er nog was.

Betsy dacht weer aan het briefje dat Suzy voor haar had achtergelaten. Wat had haar jongste nog meer geschreven voordat ze stierf?

Hoofdstuk 24

Na het eten en de avondschriftlezing van pa, deed Nellie haar slaapkamerdeur dicht en haalde het dagboek uit zijn bergplaats in de lade van haar zijtafel, onder een aantal zondagse zakdoekjes. Toen ging ze op haar bed zitten, stopte haar benen onder zich en legde het boek op haar schoot. Ze streek met haar hand over het omslag voordat ze het dagboek opensloeg.

Ik dacht wel dat ik het niet uit kon houden tot mijn verjaardag, daarom heb ik dit dagboek gekocht van het geld dat ik voor Kerst gekregen had. Nu ik bijna zestien ben, wil ik alles onthouden wat me overkomt. Vooral de jongens die ik ontmoet nu ik oud genoeg ben om naar de zangavond te gaan en zo.

Nellie glimlachte. Enerzijds schonk het haar voldoening Suzy's levendigheid op te merken in de woorden die ze had geschreven, anderzijds miste ze haar daardoor des te meer. Suzy's handschrift was klein en precies, net zoals Suzy zelf.

Zuchtend begon Nellie weer te lezen.

Het is vandaag nieuwjaarsdag 1966. Ik zal proberen om elke dag trouw te schrijven, hoe druk ik het ook heb met mijn karweitjes voor mama, of pa, die me nodig heeft om te helpen met het roskammen van de veulens en het verzorgen van de kippen. Natuurlijk is er ook altijd bakwerk te doen voor Nellie, en dat doe ik het liefst, want ik hou zo veel van Nellie Mae. Ze is de

liefste persoon die ik ken, behalve natuurlijk mama.
Als ik tijd heb, mag ik ook graag naaien en borduren. Op dit moment ben ik in het geheim een paar kussenslopen aan het stikken om cadeau te geven, en ik ben begonnen met frivolité. Onderleggertjes zijn aardige verrassingen voor de uitzetkist van mijn zus. Een hopeloze kist eigenlijk, voor Rhoda. Ik moet een beetje lachen terwijl ik dit schrijf, dat is niet zo aardig, hè? En nu ben ik in mezelf aan het praten! Ik begrijp gewoon niet waarom geen jongen haar heeft meegevraagd om uit rijden te gaan na een zangavond of een frolic *– ze is altijd lang voor Nan of Nellie Mae thuis. Rhoda is ontzettend aardig en knap, op haar manier. Ze kan ook lekker koken, dus ze zou een goede echtgenote zijn. Heel vreemd dat niemand anders er zo over schijnt te denken.*

Nellie wachtte even. Ze durfde Suzy's privégedachten haast niet verder te lezen. Ze stond op en liep naar de ladekast, waar ze de blauwe schaal oppakte. 'Dit voelt als verraad,' fluisterde Nellie met bonzend hart. 'Moet ik doorgaan?'
Na een tijdje begon ze de derde bladzijde te lezen.

Ik weet nog dat ik de sneeuwruimer hoorde voordat ik hem zag. Met afschuwelijk lawaai kwam hij achter me aan bolderen en veegde hij de weg schoon. In meer dan één opzicht heb ook ik een schoon pad nodig.
Maar het lijkt bijna onmogelijk om dat pad te vinden...

De lucht was een glanzende boog van wolkeloos blauw en aan weerskanten van de weg lagen bergen sneeuw die een brede tunnel vormden. Het kon Suzy niet schelen of de sneeuw kniediep was of geploegd; ze vond het een avontuur om op deze frisse januaridag op weg te zijn naar haar nieuwe vrienden. *Een wonder-*gute *manier om het nieuwe jaar te beginnen!* stelde ze vast.

Ze feliciteerde zichzelf met het feit dat ze zo uitgekookt was geweest om na het huishoudelijk werk van die middag het huis uit te glippen, en ze liep een stapje harder. Ze wilde op de afgesproken tijd op de afgesproken plek zijn om haar vrienden te ontmoeten, dus kloste ze de hele weg over de aangestampte sneeuw op de weg naar de kruising van Route 10 en Beaver Dam Road. Ze betrapte zich erop dat ze grinnikte, omdat de knappe, blonde Jay Hess vandaag zou rijden. Dat had ze van een paar schoolvrienden van hem gehoord. Ze had hem twee jaar geleden in de buurt van de school gezien toen ze nog jong genoeg was om erheen te gaan – de kinderen uit de Gemeenschap van Eenvoud gingen niet verder dan de achtste klas – maar ze had nooit naar hem omgekeken. Dat was veranderd toen de zeventien jaar oude Jay haar voor de Kerst op het plein van Honeybrook had zien lopen, genietend van haar vrijheid en de mooie versieringen. Hij had haar gevraagd of ze een ritje met hem wilde maken in zijn auto, en Suzy had lachend geaccepteerd, belust op een beetje opwinding.

Vandaag gingen ze met z'n allen naar dat plein om een beetje rond te lopen en een ijsje te eten, omdat Jay en zijn vrienden vandaag geen school hadden. Voor pa zou het gemak waarmee ze met *Englischers* omging ongetwijfeld een extra argument zijn dat Amish leerlingen er beter aan deden naar hun eigen scholen te gaan. *Een apart gezet leven.* Dat had ze zo vaak horen zeggen dat ze er genoeg van had. Ze had er ook genoeg van dat er van haar werd verwacht dat ze opgroeide 'in het geloof'. Kortom, Suzy was aan het moderne leven toe, net als sommige andere Amish jongeren van haar leeftijd, hoewel het meestal de jongens waren die de grenzen opzochten. Jongens konden dingen doen die een meisje niet hoefde uit te halen, zoals in een auto rijden en die verstoppen voor hun ouders.

Suzy vroeg zich vaag af waarom haar oudere broers nooit van de Gemeenschap waren afgedwaald. Of hadden ze het gewoon in de doofpot gestopt toen ze eenmaal voor de kerk hadden gekozen?

Maar nee, ze was er eigenlijk zeker van dat Benjamin, James en Ephram geen jeugdzonden hadden begaan. Van de tweeling was ze minder zeker, want Jeremiah en Thomas waren een stuk ouder, al bijna dertig. Maar ze waren net als al haar broers voor hun twintigste getrouwd. *Ze hebben het voorbeeld van onze ouders gevolgd door jong te trouwen.*

Suzy wist dat ze weggelokt werd van het Amish leven door haar eigen hunkering naar vrijheid. Ze reikte naar een klein paradijs op aarde en haalde wilde streken uit.

Ze mocht Jay en zijn vrienden graag – de jongens zowel als de meisjes. Geen een keek haar met een scheef oog aan omdat ze bescheiden kleding droeg en haar haren in een strakke knot naar achteren had getrokken. Ze aanvaardden haar volkomen.

Darlene Landis en Trudy Zimmerman waren de interessantsten van de meisjes. Jay had tegen Suzy gefluisterd dat ze 'alleen maar vrienden' waren, maar toen Suzy op een dag hoorde dat Trudy tegen een ander meisje zei dat ze wilde dat Jay haar nog eens zou kussen, had ze naar adem gehapt voordat ze het kon tegenhouden. Zelfs terwijl ze dat wist, was ze nieuwsgierig naar Jay en zijn extreem nonchalante manier van doen – wat sommige mensen een houding van 'ik lap alles aan mijn laars' noemden. Als ze om hem te leren kennen op moest trekken met Trudy of wie dan ook die hij misschien had gekust, dan zij het zo. Ze ging deze kans niet laten schieten.

Voorzichtig baande ze zich een weg over de dikke laag sneeuw, af en toe uitglijdend. Ze genoot van de knisperend frisse lucht en de zon op haar gezicht, en keek naar het bos ten zuiden van de weg. De lichte sneeuw op de bomen glinsterde in de late middagzon. Ze dacht dat de meeste schoolkinderen gisteren hadden gehoopt dat vandaag een sneeuwdag werd, maar ze was blij dat het weer hun plannen niet bedorven had.

Nu stond ze te wachten op de kruising van Route 10 met de weg waaraan ze woonde. Om zich te beschutten tegen de wind, drukte ze zich dicht tegen de brede stam van een oude eik, terwijl ze zich afvroeg hoelang ze zou moeten wachten op Jay en zijn kameraden. Ze nam aan dat ze zo wel zouden komen, ze ademde de ijzige lucht in haar longen en blies langzaam uit.

Ze begon te huiveren, maar niet van de kou. Onder het wachten voelde Suzy de rand van de afgrond waarop ze zich in evenwicht hield. Ze kon hem bijna voor zich zien toen ze zich zo ver als ze kon vooroverboog en wist dat er geen vangnet was als ze mocht vallen. Noch pa, noch mama zou haar plannen van vandaag goedkeuren, en Nellie ook niet. Evenmin zouden ze willen dat ze ergens heen ging met Jay's vriend, Dennis Brackbill, zoals ze de afgelopen twee weekends had gedaan. Twee lange afspraakjes – twee te veel. Dennis was een grappenmaker, maar hij had roekeloos gereden, ook al zat zij in de auto. *Geen oog voor de veiligheid van een meisje*, dacht ze.

Net als Jay was Dennis een schoolvriendje geweest voordat ze gedwongen was van school te gaan om bij haar mama op de boerderij te werken, zoals de Oude Wegen voorschreven. Niet de beste plaats om vriendschap te sluiten met jongens, zouden haar ouders stellig zeggen als ze het wisten. Maar ze wisten het niet, en ze zouden het nooit weten als ze het goed aanpakte. Als Jay er nu maar aan had gedacht...

*

Nellie sloeg het dagboek dicht. Ze staarde ernaar, onzeker of ze het wel kon verdragen om verder te lezen. De afgelopen dagen had ze het dagboek doorgekeken, en hier en daar een zinnetje gelezen – verhalen over quiltbijeenkomsten en wandelingen met nichtjes – maar tot vanavond had ze er niets abnormaals in gevonden. Totaal niet zoals Nellie net had gelezen – aan het begin van het dagboek nog wel.

Hoelang had Suzy's belangstelling voor Jay of Dennis – en Darlene en Trudy – geduurd?

Nellie wenste dat ze het dagboek in het bos begraven had gelaten, maar ze was deze moeizame reis begonnen en moest nu doorzetten. Een andere keer moest ze verder lezen.

Hoe is het mogelijk dat ik deze onbeschaamde kant van Suzy niet heb gezien?

★

Toen Nellie op donderdag vroeger wakker werd dan anders, voelde ze zich in staat om verder te lezen in Suzy's dagboek, maar toen ze het wilde pakken kwam Nan langs. Hoe Nellie ook had gehunkerd naar meer contact met haar zussen, ze moest zich wel afvragen waarom Nan haar hoofd om de hoek van de deur moest steken. Het was alsof ze iets vermoedde.

Heeft Nan me bespioneerd?

Nellie deed haar best om terug te denken. Was ze niet discreet genoeg geweest, had ze haar slaapkamerdeur niet dichtgedaan en er met haar rug naartoe gezeten?

'Ligt het aan mij, of ben je vandaag te vroeg op?' vroeg Nan, die nog dichter naar haar toe kwam in haar lange witte katoenen nachtpon. Ze had niet eens de tijd genomen om haar badjas aan te trekken en haar haar was nog niet gekamd.

Nellie vond het niet leuk en ze was blij dat ze Suzy's dagboek nog uit het zicht had gehouden. 'De vraag is, waarom ben *jij* vandaag drie uur voor het ontbijt al op?' vroeg ze. 'Was je van plan me te helpen met pasteien bakken?'

Nan trok een gezicht. 'Ik kon niet meer slapen.'

Nellie wist niet wat ze daarop moest zeggen. Nan had altijd langer en dieper geslapen dan iedereen die ze kende. Aan het ontbijt had Nan een keer verkondigd dat ze 's morgens langer uit wilde slapen, waarop pa zich zowat in zijn koffie had verslikt.

Toen Nellie niets meer te melden had, slofte Nan naar haar kamer terug. Nellie wachtte tot de slaapkamerdeur van Rhoda en Nan dichtging. Ze hoorde hun bed kraken en nam aan dat Nan nog een dutje wilde doen. Ze had niet veel tijd meer om te lezen voordat ze met bakken moest beginnen, dus zocht ze vlug op waar ze gisteren gebleven was.

Suzy's geschreven verslag nam Nellie mee naar februari en maart van de afgelopen winter, de tijd van het jaar waarin hun leven draaide om familiebezoek, de slacht en boerderijverkopen. Zelfs de openbare scholen sloten voor dat laatste, omdat de onderwijzers beseften dat een groot aantal Amish en *Englische* leerlingen betrokken waren bij de sociale aspecten van de veilingen.

Aldoor had Nellie's geliefde zusje verlangd naar de duisternis, en ze was steeds meer in de wereld opgegaan…

⋆

Suzy bracht in deze tijd al haar vrije ogenblikken door met Jay Hess en zijn 'kliek', zoals buitenstaanders van zijn groep de zes leerlingen noemden die bijna overal samen naartoe gingen. Suzy was gretig met hen meegegaan naar de bioscoop, naar bowlingcentra, en zelfs een paar keer naar een dansgelegenheid. Als Jay ergens heen wilde, was Suzy aan zijn zij, en dronk het moderne leven in als een uitgedroogde spons.

Ze wist nog hoe licht ze in haar hoofd geworden was, de eerste keer dat ze een trekje had genomen van Jay's half opgerookte sigaret, zijn gezicht dicht bij het hare, alsof hij deel uit wilde maken van haar eerste rookervaring. Ze hadden gelachen om haar korte duizeling en later had hij haar gekust, lang en traag. Binnen een paar dagen was ze eraan gewend en wilde ze een eigen sigaret hebben als ze bij Jay was. Hij was nu de hele tijd in haar gedachten als ze met mama kookte en schoonmaakte. In haar vrije tijd tekende ze kunstig zijn naam en wenste dat ze nog op school zat en na de bel op hem kon wachten.

Pa zou een ongeluk aan me begaan als hij het wist.

Om haar geheim zorgvuldig te bewaren nam Suzy zich voor niet te belust te worden op Jay's sigaretten; noch zou ze meer dan twee biertjes tegelijk drinken. Van zijn kant had Jay nooit voorgesteld dat ze andere kleren mee zou nemen als ze uitgingen, iets wat zij zag als een teken van zijn genegenheid; hij mocht haar graag genoeg om zich te laten zien met een Amish meisje, nota bene. Bovendien waren er meer zoals zij. Suzy stond niet alleen in haar zoektocht naar een uitweg uit de doodlopende straat waarin ze geboren was.

De twee andere Amish meisjes die optrokken met *Englischers* kleedden zich daarbij nooit van Eenvoud. Ook lieten ze hun haar loshangen, en knipten en föhnden het zelfs. Allebei hadden ze een uitgesproken oppervlakkig vriendje dat waarschijnlijk liever met een aardig *Englisch* meisje uit was gegaan als ze dat hadden kunnen krijgen. Zo zag Suzy het althans.

Jay was beter. Hij mocht haar zoals ze was… al was dat niet hoe ze wilde blijven.

Tegen eind maart wilde hij steeds vaker met haar alleen zijn. Ze reden naar achterafweggetjes en stopten vaak om te parkeren. Samen in het vertrouwelijke donker van zijn auto praatten en dronken en lachten ze tot Suzy huilde, en ze treuzelden elke keer langer.

Suzy voelde zich ontstellend levend bij Jay. De hele wereld stond stil als ze bij hem was. Hij bekende haar met zo veel woorden hetzelfde. 'Jij bent mijn schatje,' zei hij en hij pakte haar vast en hield haar zo dicht tegen zich aan dat ze geloofde dat hij haar nooit meer los zou laten.

Toen het tijd werd om alfalfa te zaaien in haar vaders tarweveld, was Jay boos om haar afwezigheid. 'Je moet geen jongenswerk doen,' had hij eerst gezegd. Maar algauw ging hij meer ontspannen om met haar werk. 'Ik wacht op je, Suzy. Doe maar wat je moet doen om je familie een plezier te doen.'

Ze was blij met zijn woorden. Hij kon haar zover krijgen dat ze alles vanuit zijn standpunt zag, alleen al door de vlotte manier waarop hij het bracht, al had ze niet alles gedaan waar sommige schoolmeisjes in naam van de liefde voor zwichtten. Maar ze wist dat ze zich op glad ijs begaf en het paard al bijna achter de wagen had gespannen.

Het was niet dat Suzy zichzelf niet vertrouwde om Jay te blijven weerstaan. Wat haar meer zorgen baarde dan de mogelijkheid van toegeven was de leegte die ze voelde, ondanks de spanning. Was dit alles waarvoor ze haar gezonde, saaie leventje wilde ruilen? Ze had verlangd naar vrijheid van de zwaarte die ze voelde in het Amish leven... voorbestemd om uiteindelijk zo te sterven, als er niets veranderde. Verveeld door het leven had ze gesmacht naar meer dan haar achtergrond haar kon bieden.

Maar hoe meer ze zich uitstrekte naar wat ze verwachtte dat haar zou vervullen, hoe leger Suzy zich voelde. Toch kon ze gewoon niet terug naar de onderdrukking die haar had weggedreven van haar familie en hun geloof, op zoek naar licht en liefde. De Oude Wegen waren onaantrekkelijker dan ooit.

Op een avond, nadat de raampjes van zijn auto flink beslagen waren geraakt, had ze Jay verteld dat ze van hem hield, en eraan toegevoegd dat ze met hem wilde weglopen als hij wilde. Razendsnel was hij ergens anders over begonnen, hij had iets gemompeld over volgend jaar naar het beroepsonderwijs of een hogeschool.

'Je wilt echt nog niet trouwen, hè?' had ze hem gevraagd.

'Ach, natuurlijk, schatje. Wacht maar.' Maar haast elke keer als ze elkaar zagen had hij een ander smoesje.

Begin april, toen de tabaksboeren hun gesteriliseerde tabaksvelden inzaaiden, had Suzy haar ouders en zussen geholpen met aardappels poten. Thuis kauwde ze nu bijna de hele dag door kauwgom. Om het halfuur stopte ze een nieuw stukje in haar mond om de geur van sigaretten te verbergen. Ze kauwde zo veel pakjes kauwgom, dat het was of ze daar ook aan verslaafd was.

Kauwgom, sigaretten en Jay Hess... maar niet in die volgorde.

*

Nellie sloeg het dagboek dicht. Ze voelde zich vies, alsof ze in bad moest. *Arme Suzy... helemaal de weg kwijt, op zoek naar aanvaarding ver weg van de Gemeenschap van Eenvoud.* Ze dacht terug aan Suzy's wilde dagen, verbijsterd door haar eigen naïviteit, zo weinig als zij als zus had vermoed. Als Suzy's kleren een beetje naar sigarettenrook stonken, had Nellie nooit kunnen dromen dat haar eigen zus degene was die rookte. Te bedenken dat drinken en vrijen – met een buitenstaander nog wel – ook geteld moesten worden onder de zonden van haar lieve zusje.

'Ach, waarom voelde ze toch de behoefte om mee te doen met de wereld?' Nellie Mae kon in de verste verte niet bevatten dat ze deze zelfde kamer – en bijna alles van haar eigen leven en dromen – met Suzy had gedeeld, zonder ooit te vermoeden dat haar zus zo *ferhoodled* was.

Ze staarde naar het dagboek. 'Dit zou mama's hart niet alleen breken... het kan haar wel ziek maken,' fluisterde ze.

De tranen stroomden haar over de wangen. *Je hebt me voor de gek gehouden, Suzy! Ik dacht dat je alleen maar kinderachtig was, niet dit.*

'Ik vertrouwde je. Ik dacht dat ik je kende.'

De waarheid die ze zo wanhopig had gezocht was te schandelijk om aan te nemen. Nellie gleed van haar bed op de vloer. Ze begroef haar gezicht in haar handen en snikte harder dan ze wilde.

Hoofdstuk 25

Vrijdagmorgen vroeg klopte Betsy aan Nellie's deur en vroeg of ze binnen mocht komen. Nellie mompelde van ja en wreef in haar slaperige ogen. Ze keek op van haar knusse plekje in haar grote bed toen haar moeder de kamer binnenkwam. Het trof Betsy dat het bed te groot leek zonder Suzy erin.

Ze had gehoord dat Nellie gisteren in tranen uitgebarsten was, maar voelde dat ze er minstens een nachtje overheen moest laten gaan voordat ze haar erover aansprak. Ze wist maar al te goed dat bedroefde mensen soms liever alleen zijn. 'Gaat het wel, kind?'

Nellie Mae knikte. 'En met u, mama? U bent vreselijk vroeg op.'

Betsy moest lachen. *Nellie, altijd attent...* 'Ik heb je gisteren horen huilen,' zei ze.

'O *jah...* dat.'

'We missen haar allemaal vreselijk,' zei ze.

Nellie zuchtte en rolde om. Ze trok de quilt over haar hoofd en zei niets meer.

'Ik zal je vandaag helpen met bakken,' bood Betsy aan, maar Nellie gromde alleen.

Betsy deed de deur zachtjes dicht en vroeg zich af of Nan gelijk had dat Nellie Suzy's dagboek aan het lezen was. Als het zo was, leek het niet zo'n goed idee voor Nellie Mae in haar gevoelige toestand. *Een les in doelloosheid.*

Niettemin kon Betsy niet ontkennen dat ze zelf ook nieuwsgierig was naar Suzy's *Rumschpringa.*

*

Terwijl Betsy en Reuben zich die dag aankleedden, wist ze dat het tijd was om haar man te vertellen over haar gebed op zolder. Ze had er toch al te lang mee gewacht. Ze had geaarzeld, het voor zichzelf willen houden, zo merkwaardig was de ervaring voor haar. Ze moest zich wel afvragen hoe Reuben en zij samen als nieuwe gelovigen hun weg moesten vinden.

Ze plaatste haar *Kapp* op haar hoofd en ging naar hem toe, pakte zijn grote, eeltige handen. 'Reuben, ik moet je vertellen dat ik begrijp wat je voelt als je in de Bijbel leest.'

Zijn ogen ontmoetten de hare. 'O ja?'

Ze kon haast niet verder. 'Ik geloof... net als jij,' fluisterde ze. 'Ik kon het niet uitstellen... ik wilde niet langer wachten om de gezegende verlossing te ontvangen.'

Op zijn verweerde gezicht, te vroeg gerimpeld door de lange uren in de zon, brak een brede glimlach door. 'Ach, wat een best nieuws, Betsy.' Hij sloeg zijn armen om haar heen en hield haar tegen zich aan.

'Ik ben zo blij dat je me aan het denken hebt gezet... ik moet je inhalen, lief.'

Reuben lachte hartelijk en boog zich voorover om haar op de wang te kussen. 'Onze ogen zijn wijd geopend door de genade van God.' Hij straalde. 'En al bijna een dozijn van onze uitgebreide familie.'

'Volgens mij kunnen er best meer zijn dan wij weten,' voegde Betsy eraan toe. 'Wat moet er van ons worden?'

'We gaan gewoon onze gang en vertrouwen erop dat God de weg vrij en recht voor ons zal maken.'

'Gaan we van de kerk af?'

Hij fronste zijn wenkbrauwen. 'Al die opschudding van de laatste tijd in ons midden... laten we onze tijd afwachten, tot de dingen een beetje bedaard zijn voordat we onze wortels uit de grond trekken.'

'Niet dat we ons schamen...'

'Helemaal niet, Betsy. Waarom zeg je dat?'

'We kunnen gewoon van de kerk af gaan en de *Bann* trotseren. Kijk maar naar neef Jonathan en bijna al zijn kinderen... allemaal verstoten.'

'Ontmoedigend om te bedenken dat wij allemaal – de hele Gemeenschap van Eenvoud – hem zo behandelen.'

'We zijn nog vriendelijker voor buitenstaanders die onze schuren afbranden en onze rijtuigen overrijden met hun auto's – we doen nooit aangifte – dan voor onze eigen mensen.' Haar woorden stokten in haar keel.

'Vergeving wordt van ons verwacht.' Hij pakte de Bijbel van haar ladekast. 'Onder ons gezegd, Betsy, ik heb nooit echt achter die verstotingspraktijken gestaan. Daar heb ik zo mijn eigen mening over.'

'O?'

'Onze jongens weten het. De tweeling is geneigd het met me eens te zijn, maar Ephram is uitgesproken tegen mijn standpunt.' Reuben keek naar de grond en sloeg zijn ogen op om haar aan te kijken. 'We snijden onze eigen mensen af... en waarom? Een man die zijn haar te kort heeft laten knippen... de rand van een hoed die te breed is? Wat maakt dat voor verschil in de ogen van God?'

'Ach, Reuben, dat heb ik nooit van je geweten.'

'Nou, ik ben het niet eens met sommige van onze regels, om het zachtjes te zeggen. Maar ik heb zo lang mijn mond gehouden, lief. Het wordt tijd dat ik iemand eens ga vertellen wat ik geloof, te beginnen met jou. Vasthouden aan de regels van de *Ordnung* is niet essentieel voor de verlossing.'

Betsy draaide zich om naar het raam en keek naar de paarden die in de verte stonden te grazen in de wei. Hun huid glansde in de vroege ochtendzon. 'We hebben ons hele leven geleerd dat het niet Gods wil is dat mensen bij elkaar komen om de Bijbel te bestuderen... maar ik heb er oprecht behoefte aan.'

Reuben stemde met haar in. 'Ik heb er met prediker Manny over gepraat.'

Haar adem stokte. 'Weet je neef Manny hiervan af?'

Hij pakte haar hand en nam haar mee naar de tweezitsbank bij het raam, waar hij haar alles vertelde over zijn gesprekken met Manny en neef Jonathan. 'Of we de goedkeuring van de bisschop krijgen of niet – en die krijgen we niet – we gaan hier een Bijbelstudiegroep opzetten.'

Reuben was een man van verrassingen, dat stond vast. Ze voelde meer liefde voor hem dan ooit tevoren... Rustig, maar vasthoudend, had hij haar de waarheid getoond. Te bedenken dat ze een kind van God was, net als haar man – deze man die haar van het levende water had laten drinken, zoals de vrouw die bronwater putte in de Bijbelse stad Samaria.

'Ik kan me haast niet inhouden om aan onze meisjes te vertellen wat er gebeurd is,' zei ze zacht.

Reuben grinnikte. 'We kunnen het samen aan ons gezin vertellen.'

'Aan allemaal?'

'Wat hebben we te verliezen?'

Ze streelde zijn hand. 'O, mijn lieveling... zo'n beetje alles. Kijk maar naar neef Jonathan en zijn familie.' Ze zweeg even, haar ogen bleven rusten op haar geliefde man. 'Jonathan woont in de Gemeenschap van Eenvoud, maar hij en zijn gezin staan alleen in hun geloofsovertuiging.'

Reuben schudde zijn hoofd. 'Jonathan zal niet lang meer alleen zijn.'

Er volgde een diepe stilte waarin Betsy nadacht over alles wat haar man had verteld.

*

Aan het ontbijt bood Betsy aan haar man te helpen met maaien. Gisteravond had Reuben aangekondigd dat het er een mooie, heldere dag voor zou zijn.

Tegen het eind van de ochtend lag het hooi te drogen in de zon. Haar man had inderdaad een uitstekende dag uitgekozen; zonnig, maar koel genoeg om het harde werken gemakkelijk te maken.

Tijdens het middagmaal zat Reuben haar almaar lachend aan te kijken. Zijn ogen vonkten gewoon van blijdschap.

Nan stond op om het toetje te serveren dat ze had gemaakt en drong erop aan dat ze bleven zitten.

Het viel Betsy weer op hoe leeg hun lange tafel er nu meestal uitzag, nu de jongens volwassen waren... en Suzy er niet meer was. Maar ze was vastbesloten het leven anders te bekijken. In plaats van stil te blijven staan bij wat ze niet had, wilde ze omhelzen wat ze wel had, en volledig. Sinds ze haar leven overgegeven had aan God, voelde ze vanbinnen iets roeren.

Helpt God me hoop te vinden te midden van mijn verdriet?

Ze keek naar Nellie Mae, die er volslagen ellendig uitzag. Ze had haar vermoeide ogen neergeslagen alsof ze haar uiterste best deed om haar verdriet niet te laten zien. Betsy's hart ging naar haar uit.

Nan was spraakzamer dan anders en vertelde over de klanten van die ochtend in de winkel. Hoe Betsy er ook van genoot haar de vaste klanten te horen beschrijven, ze hoopte maar dat ze niet te belangrijk werden in Nans ogen. Ze moest niet in dezelfde nieuwsgierigheid vervallen die Suzy naar beneden had gehaald.

Rhoda begon te praten over de vele hoge zwaluwhuisjes in de tuin van de Kraybills.

'Net zoals wij hebben,' zei Betsy, die het een interessant nieuwtje vond.

'Nou ja, mevrouw Kraybill is zelf zowat Amish,' zei Nan.

'Wat bedoel je, kind?' vroeg Betsy.

'Ze kookt alles zelf, net als wij,' zei Nan, met een blik naar Rhoda die zat te knikken. 'En ze naait zelf de kleren van haar kinderen.'

'Meestal met de hand,' zei Rhoda.

'Zo, dat verbaast me,' gaf Betsy toe.

'Ze heeft zelfs geprobeerd zelf papier te maken – stel je voor!' Nan lachte zachtjes.

Betsy glimlachte naar haar dochters en naar Reuben, die keek of hij zin had om zijn bretels te laten knallen. Onder het eten gaf hij haar zelfs twee keer een knipoog! Eén keer pakte hij haar hand en bedekte hem met de zijne, gaf een vlug kneepje voordat hij losliet.

Zo'n geweldig geheim dat we delen, dacht ze, met een blik vol genegenheid naar haar dochters. *O God, toon alstublieft Uw smalle pad aan onze lieve meisjes…*

★

Nellie Mae wilde niet staren, maar ze kon er niets aan doen dat ze de liefdevolle blikken en aanrakingen van pa en mama tijdens de maaltijd had gezien. Wat was er gaande tussen die twee? Met alles wat ze te weten was gekomen over Suzy's leven, tobde ze nog meer over pa's onafgebroken lezen in de Schrift. Zijn eigenzinnigheid trok hem weliswaar in een andere richting dan Suzy, maar hij volgde toch niet de traditie.

Voordat ze vanmorgen uit bed stapte had ze er niet over gepiekerd Suzy's dagboek open te slaan. Nee, ze wilde haar gedachten rust geven, in de hoop de zorgwekkende beelden uit te wissen die haar scherpe verbeelding haar verschafte.

Haar eens zo onschuldige zusje had zich gewillig gebaad in de zonde, en waarom? Simpelweg omdat het leven van Eenvoud haar verveelde?

Die gedachte maakte Nellie boos, en ze hoopte dat wat ze voelde eerder gerechtvaardigde verontwaardiging was dan wrok. Het had geen zin om boosheid toe te laten om Suzy's zondigheid. Gelukkig was het niet aan haar om het uiteindelijke oordeel te vellen.

Ze kon niet langer stil blijven zitten en haar gevoelens verbergen, en Nellie stond abrupt op van tafel. 'Wie wil er ijs bij Nans cake?' vroeg ze.

Nan fronste, duidelijk niet blij met Nellie's poging om haar rol van serveerster over te nemen. Rhoda's mond viel open en ze stond klaarblijkelijk op het punt om Nellie een standje te geven. Daar had ze natuurlijk het volste recht toe, omdat ze ouder was.

'Meisjes, ga alsjeblieft zitten, jullie allebei,' zei pa, waarmee hij Nellie overviel en kennelijk ook mama, die een bezorgde trek in haar lieve gezicht kreeg.

'Ik heb iets op mijn hart,' vervolgde hij toen Nellie en Nan hun plaats weer hadden ingenomen. 'Iets wat de richting van ons leven zal veranderen.'

De woorden van haar vader ten spijt bleef Nellie in gedachten hangen bij Suzy's streken. Wat kon haar leven meer veranderen dan wat ze al had ontdekt? 'Jullie mama en ik hebben de hele leer van Jezus aangenomen.' Pa keek eerbiedig terwijl hij het zei, en Nellie's maag trok samen. 'We willen meer weten, we willen het Nieuwe Testament bestuderen met anderen die net als wij verlost zijn.'

Rhoda trok haar wenkbrauwen op en Nan werd wit.

'Verlost?' flapte Nan eruit.

Nellie snakte naar adem en dacht meteen aan Caleb. *Ach nee, niet dat!*

Hoofdstuk 26

Nellie had het gevoel of ze heen en weer dreef. Haar gedachten trokken haar mee terug naar pa's angstaanjagende aankondiging... en dan weer naar de toekomst, die minder duidelijk leek dan ooit. Die hele vrijdagmiddag deed ze haar best om zich staande te houden te midden van een gestage stroom klanten. Maar haar inspanningen om in het hier en nu te blijven waren tevergeefs.

Het leek onvermijdelijk dat de Gemeenschap van Eenvoud zich als één man tegen pa's ideeën zou keren en de bisschop zou volgen in de kwestie van verlossing. Het was trots om die als voltooid te beschouwen, hadden ze altijd geleerd. Maar volgens haar vader wilde een van hun eigen predikers bijeenkomsten beleggen om met alle geïnteresseerde families de Bijbel te bestuderen.

Pa had de tekst *Aangaande mij en mijn huis, wij zullen de Heere dienen* aangehaald als gebed voor zijn gezin. Natuurlijk wenste hij dat zijn nageslacht hem zou volgen in zijn geloof, maar het zou een echt wonder zijn als al haar vijf broers hiervoor hun doopgelofte afvielen. Ephram was bijvoorbeeld halsstarrig en zat erg vast aan de Oude Wegen. Benjamin ook. Moest de *Ordnung* niet worden gehoorzaamd, zonder uitzondering?

Ach, hoe kan pa verwachten dat we hem hierin volgen?

Toen het een moment stil was in de winkel, ging Nellie naar buiten om even in de zon te zijn en kreeg prompt hoofdpijn. Het was alsof er een drukkende, brede rubberen band om haar hoofd zat. Toch bleef ze buiten en ademde diep de kruidige geuren van de herfst in. De lucht glansde of hij was schoongespoeld.

De eerste herfst die Suzy mist...

Nellie zag verscheidene suikerahorns waarvan de blaadjes roodachtig oranje werden aan de randen. Ze putte moed uit de belofte van de laaiende pracht die binnenkort zou komen.

Haar gedachten dwaalden naar mama. Er kon niets goeds van komen om het dagboek aan haar moeder of iemand anders te geven. En Nellie wist dat ze gisteren niet aan die impulsieve huilbui had moeten toegeven.

Toen ze een auto vol klanten de laan op zag rijden, besefte ze ineens dat hun *Englische* buren, of zelfs mensen uit de Gemeenschap van Eenvoud, Suzy in haar wilde ogenblikken moesten zijn tegengekomen in de stad. Je kon haar moeilijk over het hoofd zien tussen zo'n menigte in haar kleding van Eenvoud.

Suzy deed niets om haar opstandigheid te verbergen. Hoe ver is het gerucht verspreid?

Nellie was bang dat dit, samen met pa's aankondiging aan tafel, nog maar het begin was van hun moeiten. 'Dus de geruchten klopten,' zei ze bij zichzelf.

Durf ik dat aan Caleb toe te geven?

Nellie kon niet anders dan denken dat door het leven dat Suzy had geleid – en het leven dat pa vastbesloten was om te gaan leiden – haar relatie met haar *beau* zou instorten.

*

Betsy had nooit kunnen dromen dat ze zoiets zou doen als de privacy van een slaapkamer van een dochter schenden. Toch was ze ervan overtuigd dat deze zoektocht naar Suzy's dagboek gerechtvaardigd was. Toch wist ze niet hoe ze deze daad aan Nellie Mae moest uitleggen. Op een vreemde manier ervoer ze Suzy's dagboek als Nellie's rechtmatige bezit.

Van de ene dag op de andere had ze een verandering in Nellie bespeurd. Haar dochter scheen vreselijk terneergeslagen, en dat baarde Betsy grote zorgen. Ze voelde de spanning in haar nek en schouders als ze weer dacht aan het hartbrekende huilen van haar lieve meisje.

Betsy stond op de drempel en speurde Nellie's kamer door – het bed, de ladekast, het grote lappenkleed. *Ben ik sterk genoeg om dit te doen? Wil ik echt Suzy's verhaal lezen?*

Betsy wist waarnaar ze moest zoeken, want ze had Suzy in haar boekje zien schrijven... haar hoofd over het blad gebogen, haar hand als een vuist rond een stomp potlood. O, de herinnering alleen al deed pijn. *Wil ik wel weten onder wier invloed Suzy stond?*

Ze vroeg zich af waar Nellie Mae zo'n boekje vol geheimen zou bewaren... en waarom Nellie zelf de aandrang had gevoeld om meer te weten te komen over Suzy's ongehoorzaamheid.

Betsy ging op de bedquilt zitten en legde haar hand op het tafeltje waar Suzy elke avond de lantaarn had neergezet. Ze dacht aan de vele keren dat zijzelf op dit plekje had gezeten en Suzy's koortsige voorhoofd verkoeld met haar hand of zelfgemaakte maïskippensoep had gebracht voor een van de dochters als ze ziek was. Ze voelde een steek in haar hart bij de herinnering aan Nellie Mae en Suzy die op het bed zaten en met bengelende beentjes elkaar knuffelden en giechelden om hun kleinemeisjesgeheimen.

Deze kamer bevat zoveel herinneringen. Ze stond op en liep naar de ladekast, waar ze een onafgemaakte rondzendbrief aan Nellie's nicht Treva zag liggen. Ze pakte de kleine handspiegel op en keek er fronsend in. Ze zag nieuwe lijntjes in haar gezicht; alle weinig subtiele veranderingen die het verdriet veroorzaakt had rond haar mond en ogen.

Ze legde de spiegel neer en wilde ineens niets liever dan weten waarom Nellie hier in deze kamer had gehuild.

Nellie en ik willen kennelijk allebei antwoorden hebben, dacht ze. Zelfs Reuben had zoveel onbeantwoorde vragen; hij had ze alleen niet uitgesproken, tenminste niet tegen haar.

Betsy liep terug naar het bed en tilde voorzichtig beide kussens op om eronder te kijken. Ze kreunde zachtjes zonder het te willen, en tobde erover dat ze over Nellie Mae's nog rauwe emoties heen walste als ze doorzette. Het was niets voor haar om het vertrouwen van haar dochters te beschamen. Nellie zou met afschuw vervuld zijn als ze wist dat haar moeder rondsnuffelde terwijl zij de bakkerswinkel aan het afsluiten was.

Zo'n hardwerkend meisje is het.

Ze schudde de kussens op en streek de bovenste quilt glad, en keek nog eens naar het nachtkastje. *Zou Nellie de moeite nemen om het dagboek te verstoppen? Of het gewoon in de buurt houden?*

Toen ze de lade van het tafeltje opende, snakte ze naar adem. Langzaam nam ze het in handen, bracht Suzy's dagboek naar haar lippen en hield het daar lang tegenaan gedrukt alsof ze een edelsteen koesterde.

Het was genoeg om het boek in haar handen, tegen haar wang te voelen. 'O, Suzy, had ik je maar kunnen helpen om onschuldig te blijven...'

Ze legde het dagboek weer in de la. Ze was niet zozeer boos op zichzelf omdat ze binnengedrongen was in de speciale band die Nellie met haar zus had, als wel vol verdriet om een leven dat voor de eeuwigheid verloren was.

Betsy bleef nog even zitten met haar ogen op het dagboek

gericht. Ze besloot geen bladzijde te lezen, tenzij Nellie het haar aanbood. *Anders raak ik haar ook nog kwijt.*

★

Caleb tilde de teugels op en klakte met zijn tong. *Deze week is het vier maanden geleden dat Suzy Fisher is verdronken*, dacht hij. *Hoe neemt Nellie Mae die vreselijke gedenkdag op?*

De hooiwagen schoot vooruit en hij herinnerde zich de precieze plek waar hij had gestaan in de schuur waar de tabak gedroogd werd toen het verbijsterende nieuws zijn oren bereikte. *Een stel zorgeloze* Englischers *reed naar het meer in Marsh Creek State Park voor een dagje plezier. Geen van hen droeg een zwemvest. Eén Amish meisje is verdronken…*

Dagenlang had hij in een kringetje rondgedraaid, bezorgd om het meisje dat met één blik zijn hart gestolen had, en beseffend dat hij haar voorlopig niet het hof kon maken. Hij had destijds gedacht dat het er niet toe deed wat je had gedaan tot het moment van je dood – als het je tijd was, dan ging je.

Maar diep vanbinnen, waar hij de belangrijkere vragen het zwijgen oplegde, was Suzy's dood voor hem als een nacht zonder één enkele ster. Venus uitgedoofd, om nooit te stralen als een witte diamant.

Zijn blik dwaalde over het alfalfaveld. Hij had er altijd van genoten als de wind het in golven deed rimpelen. Al die hectares om hem heen spraken tot zijn gevoel voor schoonheid… en trots. Te bedenken dat dit prachtige stuk land eens van hem zou zijn. Hij was er klaar voor om aanspraak te maken op zijn erfenis, hoewel het nog wel een jaar zou duren voordat hij dat deed, met Nellie Mae aan zijn zijde. Pa had aan het ontbijt gezegd dat ze binnenkort een gesprek zouden hebben over het plan om de boerderij aan Caleb over te doen. Hij kon niet dankbaarder zijn voor het geschenk dat van hem zou zijn. Om die reden alleen al zou hij zijn vader altijd eerbiedigen en hem betrekken bij het dagelijkse bestuur van de boerderij. Pa en mama zouden goed verzorgd worden. Daar zou hij op toezien.

Hij lachte hardop. Zijn hoop Nellie Mae deze week een brief te schrijven was in deze drukke week niet uitgekomen. Er was geen tijd geweest om in afzondering in de keuken te gaan zitten, mama en zijn zussen waren steeds in de buurt geweest. Bovendien zag hij er meer wijsheid in Nellie Mae de dingen die hij op zijn hart had rechtstreeks te vertellen.

Jah, *alle dingen…*

Hij verheugde zich op de dag dat hij haar tot zijn bruid zou maken… maar andere dingen gingen voor; hij moest de precieze locatie van haar slaapkamerraam nog vaststellen, voor als de grote dag daar was. Natuurlijk kon hij die te weten komen door gewoon te blijven wachten als hij Nellie morgen langs de weg had afgezet, na de varkensslacht*frolic* – om te kijken welk raam verlicht werd. *Goed plan.*

Caleb bedacht hoe belachelijk hij eruit moest zien midden op het veld met een span muilezels en een grote grijns op zijn gezicht.

Pa zal wel denken dat ik een verliefd man ben… of een dwaas.

⋆

Na een vroege avondmaaltijd op zaterdag reed Reuben hard langs Ephrams huis naar zijn oudste zoons. Jeremiah en Thomas kregen vandaag van hem te horen over Gods plan voor de verlossing van de mens, zoals in de Bijbel verklaard.

Hoewel hij al een poosje had gebeden om deze ontmoeting, vroeg hij nu om goddelijke wijsheid en de juiste woorden om te zeggen.

Van zijn volwassen kinderen waren Thomas en Jeremiah het best om mee te beginnen, want als hij hen kon overhalen naar een Bijbelstudie te gaan, zouden ze hun jongere broers aanmoedigen om in hun voetsporen te volgen.

Reuben had een loflied in zijn hart terwijl hij naar de ondergaande zon toe reed, over Beaver Dam Road, en in zuidelijke richting afsloeg op Plank Road. God had al een wonder gedaan door Betsy's hart zo snel tot Hem te keren. En Manny's hart ook. Hij zag enkele tientallen afgedwaalde vogels hoog op een telefoondraad zitten. Als alles achter de rug was, hoeveel leden van de Gemeenschap van Eenvoud zouden dan luisteren naar prediker Manny en de verlossende genade najagen? Hoe zou hij zich voelen als hij en neef Jonathan de enigen waren die hun nek uitstaken; hij was innig dankbaar dat ze Manny hadden om leiding te geven.

Hij dacht aan bisschop Joseph, bezorgd om de gezondheid van zijn oudere broer. Zou hij spoedig reageren op het verzoek van Manny en hem? Misschien was het voldoende dat ze een oudste hadden die de studies leidde. Hij kon alleen maar hopen op een ja.

Alles is in Gods hand…

De grote boerderij van zijn zoon kwam links in zicht en hij liet het paard vaart minderen toen hij zijn oudste zoon de maaimachine weg zag zetten. Dus zij hadden vandaag ook hooi gemaakt. *De appel valt niet ver van de boom.*

Hoe graag Reuben ook de dingen wilde delen waarvan hij wenste dat hij ze jaren geleden al geweten had, hij nam er de tijd voor om de oprijlaan in te draaien. Hij verwonderde zich over de schitterende oranje, gouden en witte chrysanten in de bloembedden voor de veranda en langs het huis; bijna dezelfde kleurenschikking als in Betsy's bloementuin. Esther en Fannie – de echtgenotes van Thomas en Jeremiah – konden goed samenwerken en planden nauwgezet het kleurenschema. Ze lachten samen altijd heel wat af, vooral met hun dochters erbij.

O God, help ons de hechtheid als familie te bewaren ondanks de komende opschudding.

★

'Zo erg was het niet, hè Nellie?' vroeg Caleb toen ze terugreden van de varkensslacht.

Nellie moest toegeven dat ze het naar haar zin had gehad, wat voor een groot deel aan Rhoda te danken was. Haar oudste zus had met haar samen kruiden door de worst gemengd, terwijl Nan Rebekah Yoder had geholpen het vlees te malen.

Voor de verandering leek Rhoda eens een keer geen vreemde, dacht Nellie, blij dat ze wat tijd met haar had doorgebracht.

Nu leunde ze dicht tegen Caleb aan, haar hand in de zijne. 'Gelukkig stond er een flinke bries... die ruimde de vreselijke stank op.'

'Jij met je stank.'

'Het moet in de familie zitten,' zei ze, denkend aan Suzy's beroemde gevoelige neus, waarmee ze snel kon genieten van een heerlijke geur, en die ze vlug optrok voor stank.

'Ach, lief, misschien houd je daarom wel zo veel van bakken – al die wonder-*gute* geuren.'

Lief? Haar hartslag versnelde. *Dat zegt pa tegen mama!*

Hij liet haar hand los en sloeg zijn arm om haar heen. 'Kom eens dichterbij.'

'Dichterbij?' Ze giechelde. 'Dat is haast onmogelijk, Caleb.'

Hij kuste haar wang. 'Nou, het hoeft niet voor altijd zo te blijven.'

Hij denkt aan trouwen, echt!

Hij liet zijn hoofd op haar kruin rusten. 'Je bent mijn meisje, Nellie Mae. Vergeet dat niet.'

Ze zuchtte, volkomen tevreden hier met hem in de schemering te rijden. Ze wilde het speciale moment niet bederven, maar ze vond dat ze rechtuit moest zijn over de dingen die met haar ouders gebeurden, en hoe sneller hoe beter. *Beter dat hij niet nog meer geklets over onze familie uit het roddelcircuit hoort.*

'Eh, Caleb, vind je het goed als we eerlijk met elkaar praten?'

'Ja, natuurlijk. Wat heb je op je hart?'

Ze haalde diep adem om moed te scheppen en hoopte dat wat ze te zeggen had geen wig tussen hen zou drijven.

'Mijn vader wil gaan... nou ja, studeren.' Dat was alles wat ze uit kon brengen.

'Je maakte me toch even ongerust. Ik dacht dat je over die tractorpraatjes ging beginnen.' Hij keek haar aan.

'*Jah*, maar pa wil niet stads worden. Waar hij zo veel belangstelling voor heeft, is de Bijbel.' Ze praatte door, met het hart in de keel. 'Hij wacht op bericht van oom Bisschop of hij met prediker Manny samen op de vrije zondagen bijeenkomsten mag houden.'

'Waarvoor?'

'Bijbelstudie.'

Caleb zweeg.

Hij is verstoord. Ze kon in de stilte bijna het slaan van haar eigen ongeruste hart horen.

'Ik heb gehoord van Amish in andere districten die dat willen,' zei hij eindelijk. 'Maar ik kan me niet voorstellen dat onze bisschop het toestaat. Het is niet in overeenstemming met de Oude Wegen.'

'Tja.' Ze zuchtte bedroefd. 'Wat denk je dat ervan zal komen, Caleb?'

Hij gaf haar hand een kneepje. 'Hoe dan ook, jou en mij zal het niet raken. Of wel?'

Ze hield van Caleb en dat wilde ze zeggen, maar het was niet het juiste moment. Zo'n liefdesverklaring moest het eerst van hem komen. 'Ik hoop van niet,' zei ze zacht.

Eerlijk gezegd kon het best een probleem worden dat pa vastbesloten was om de hele familie zijn geloof te laten volgen. Ze hoopte van harte dat de relatie tussen Caleb en haar daar niet onder zou lijden.

Hoofdstuk 27

Het was een dag van wonderen, zo zag Reuben het. Niet alleen de tweeling had zich gretig bij hem aangesloten, maar ook James en Benjamin – zijn jongste met iets meer aarzeling – hadden erin toegestemd gezamenlijk uit de Schrift te leren op de bijeenkomsten die prediker Manny zou beleggen. Ze hadden ook een hartstochtelijke belangstelling aan de dag gelegd voor tractors en elektriciteit, maar Reuben hoopte dat dat niet de motivatie was voor het vlotte akkoord gaan van zijn vier zoons. Niettemin was hij allesbehalve onnozel.

Ephram was degene die mettertijd het licht zou moeten zien, hield hij zichzelf voor toen hij onderweg was naar het huis van zijn vader. Ephram had hem niet laten uitspreken, zoals Reuben wel een beetje had verwacht; zijn zoon had geen last willen krijgen met de bisschop. Reuben kon alleen maar bidden dat zijn vader dit onverwachte nieuws niet op dezelfde manier zou ontvangen. Hij was zo zenuwachtig als een kleine jongen.

Zijn moeder liet hem in de voorkamer, waar pa *The Budget* zat te lezen. Reuben ging tegenover hem zitten en bad in stilte om wijsheid.

'Hoe gaat het met Betsy?' vroeg pa meteen.

Reuben vermoedde de reden van zijn vraag. 'Tja, ze mist Suzy erg.' Hij zweeg even. 'Wij allemaal.'

'Het is een handeling van God, en we moeten het aanvaarden als Zijn plan.' Pa liet zijn hoofd een ogenblik hangen.

'Maar het is heel moeilijk te begrijpen waarom ze met die wereldse lui omging.'

'Pa...' Reuben wilde niet dat zijn vader zich al opwond voordat hij zelfs nog maar begonnen was. 'Ik ben gekomen om over andere dingen te praten.'

'O?'

Reuben boog zich naar voren. 'Ik wil dat u het van mij hoort... van uw zoon, die van u houdt en respect heeft voor alles wat u voor mij hebt gedaan.' Hij zweeg even. 'U en mama, tja, jullie hebben me opgevoed in de vreze van de Heere God. Dat waardeer ik. Maar er is meer te vinden bij God.'

'Wat zeg je daar, jongen?'

Even woog hij het gewicht van het moment, en vervolgde toen: 'Ik ben een gelovige, pa – verlost door het bloed van de Heere Jezus Christus.'

Pa rees met een asgrauw gezicht overeind. '*Nee*, Reuben! Dat is het laatste wat ik van je wil horen.' Hij liep weg en bleef met zijn rug naar Reuben voor het raam naar buiten staan kijken.

'Laat me uitpraten, pa. Ik wil uitleggen wat ik heb geleerd... alles wat God me leert door de Schrift.' Reuben liep naar zijn vader toe en legde een hand op zijn schouder.

'Ga uit mijn ogen!' Pa draaide zich met een ruk om. Hij keek boos en er glinsterde een traan in zijn oog. 'Weg!'

Reuben wilde zijn vader niet verder van streek maken, hij had graag een conversatie gehad zonder zo veel beroering van pa's kant.

Hoe had ik verwacht dat hij zou reageren? vroeg Reuben zich af. Voordat hij via de achterdeur vertrok, kuste hij zijn bevende, verbijsterde moeder op de wang.

*

Lang na het eten en het hardop uitgesproken avondgebed zat Reuben met Betsy in hun slaapkamer. 'Ephram heeft grofweg geweigerd naar een Bijbelstudie te gaan, precies zoals ik had gedacht,' zei hij tegen haar. 'Hij zei dat hij geen last wilde krijgen met de bisschop, en dat is begrijpelijk.'

'Die heeft zich altijd vastgeklampt aan de Oude Wegen... net als onze Nellie Mae. Ze heeft uitdrukkelijk gezegd dat ze tegen alles is waarbij verandering komt kijken,' merkte Betsy op.

'Ik bid dat ze mettertijd zal bijdraaien,' zei Reuben, blij met dit ogenblik met Betsy. Hij had haar troostende aanwezigheid nodig na een dag als deze. 'Nan toont tenminste wat belangstelling, maar Rhoda is moeilijker te doorgronden. Denk je dat ze het Evangelie aan zal nemen?'

Betsy haalde haar schouders op. 'Ze is nog zoekende, denk ik,' zei ze.

'Het schijnt zo.' Hij pakte haar hand. 'Laten we bidden dat God al onze geliefden tot Hem leidt.'

Ze knikte, met tranen in haar ogen. '*Jah*, bidden zal ik.'

Reuben hield haar hand vast en keek neer op hun in elkaar gevlochten vingers. 'We hebben samen vreselijk moeilijke dingen meegemaakt, lief.' Hij zweeg even om zijn zelfbeheersing te hervinden. 'Ik zeg het niet graag, maar de dagen en maanden die voor ons liggen zouden weleens heel zwaar kunnen zijn.'

Betsy's ogen vulden zich met tranen. 'Ik weet niet hoe ik het moet redden. En toch...'

Ze perste haar lippen op elkaar. '*Jah*, we zullen het redden.'

'We hebben ons vertrouwen op onze Heiland gesteld... en ik zal alles doen wat ik kan om je meer pijn te besparen.' Reuben ging er niet op in wat hij in de nabije toekomst voorzag, maar hij voelde dat het er aankwam. Als vuur uit de hemel zou de bliksem inslaan en de Gemeenschap van Eenvoud dwars doormidden delen.

★

Het eerste teken van ernstige moeilijkheden kwam in de vorm van een brief van bisschop Joseph, op de dinsdag bijna twee weken nadat Reuben zijn verzoek had gestuurd. Het scheen dat de gezondheid van zijn broer plotseling ten goede was gekeerd, en Anna en hij kwamen meteen naar huis. *Het is maar dat je het weet – en prediker Manny ook – maar het kan niet Gods wil zijn dat jullie bij elkaar komen om de Bijbel te bestuderen, prediker of geen prediker,* had de bisschop geschreven. *Mensen die dat doen blijven niet Amish. Dat heb ik vaak genoeg gezien…*

Reubens moed wankelde korte tijd toen hij het scherpe briefje las. Dus dat was dat: zijn broer weigerde. Dat had Reuben wel verwacht, maar hij had nog een klein sprankje hoop gehad.

Reuben wist precies wat er zou gebeuren als Manny en hij doorzetten, en geen acht sloegen op de wensen van de bisschop. Reuben had gehoord van families elders die zonder toestemming te vragen Bijbelstudies hadden gehouden en betrapt waren. Als ze weigerden 'onder de *Ordnung* te komen' werd hun een voorwaardelijke verstoting van zes weken opgelegd. Dat zou hun leren, en anders werden ze verstoten voor het leven. De enige manier om terug te komen in de kerk en door de broeders in genade te worden aangenomen, was berouw te tonen en te zeggen dat je weer terug was op het rechte pad.

De Schrift zaaide tweedracht; daar was geen twijfel aan – de oudtestamentische verhalen zelf maakten dat in het bijzonder duidelijk. In sommige gevallen sneed het volgen van God ouders van kinderen af, en echtgenoten van elkaar. Abraham bijvoorbeeld, had God gevolgd uit zijn vaders huis en land, voor altijd weg van zijn verwanten.

Ben ik bereid God tegen elke prijs te gehoorzamen?

Hij besloot met een zucht dat hij, zodra zijn hooi van het land was, de zaken zou bespreken met prediker Manny, die ook gevaar liep om afgezet te worden als hij deze grens overschreed.

Maar stilstand is achteruitgang, besefte Reuben.

★

Nellie oefende geduld aan de kassa, terwijl hun *Englische* buren, mevrouw Landis en haar dochter Joy, op sluitingstijd eindeloos bleven staan kletsen. Nellie had de hele dag op haar benen gestaan en verlangde ernaar aan mama's eettafel te kunnen zitten om te genieten van de sappige ham die in de oven stond.

Mevrouw Landis streek een lok ravenzwart geverfd haar naar achteren in haar keurige schouderlange kapsel. 'Joy vertelde me dat haar nichtje Darlene je zusje Suzy kende van school,' zei de vrouw, waarmee ze Nellie Mae aan het schrikken maakte. 'Nogal goed zelfs.'

'O ja?' Nellie's keel werd dichtgeschroefd. *Wat weet ze allemaal?*

De dochter van de vrouw bloosde en schudde haar hoofd. 'Mam, begin daar *alsjeblieft* niet over.'

Dat bracht mevrouw Landis tot zwijgen en toen de twee de winkel uit waren, piekerde Nellie erover wat Joy gedacht had. Maar haar nieuwsgierigheid was niet groot genoeg om Suzy's dagboek weer open te slaan. Nee, *die* wond ging ze vanavond niet openrijten. Ze was veel te moe om na te denken over de verdere zonden van haar zus. Was haar lusteloosheid, haar zwaarmoedigheid zelfs, te wijten aan wat ze door Suzy's woorden had ontdekt, of had ze iets onder de leden? Het kwam wel vaker voor dat ze spanning op zo'n manier verwerkte dat ze ziek werd. *Nu ik eraan denk, is dat wat oom Bisschop is overkomen?*

Ze vroeg zich af wat hij wel zou denken als hij eindelijk terugkwam, nu pa – een trouw kerklid – trots sprak van 'verlost' te zijn. Wat zou hun bisschop daaraan doen?

Ze liep naar de winkeldeur, ging op haar tenen staan en draaide het bordje *Open* naar *Dicht.*

O, wat zou ze graag troost putten uit Rosanna's gezelschap. Hoe zou het gaan met haar vriendin, nu ze haar huishouding klaarmaakte voor de komende baby's? *Wat zal ze een pret hebben, met twee kleintjes om voor te zorgen!*

Nellie dacht vooruit aan hoe het zou zijn om een eigen baby in haar armen te houden... een baby van Caleb en haar. Ze glimlachte ondanks zichzelf. Zij en haar *beau* waren van plan om aanstaande zondagmiddag op klaarlichte dag naar de molenbeek te rijden, dat had Caleb voorgesteld.

Hij wordt erg brutaal. Nellie lachte zachtjes en trok de deur dicht voordat ze naar huis liep.

★

Het eten stond klaar: varkenskarbonaden, gebakken aardappels met uien, en beboterde limabonen, met een klein schaaltje ingemaakte groenten. Rosanna had veel moeite gedaan om een lekkere warme maaltijd voor haar man klaar te maken.

Maar voordat ze konden beginnen met eten, liet ze Elias vlug de twee omkeerbare wiegquilts zien die ze voor de baby's had gemaakt. De ene kant vertoonde een patroon van pastelroze en groen, de andere van blauw en lavendel. 'Als we dan twee jongens krijgen, of twee meisjes, of een van elk, is het goed,' zei ze terwijl ze ze weglegde voordat ze ging zitten.

Aan het hoofd van de tafel fronste Elias zijn wenkbrauwen. 'Twee meisjes, zeg je?'

Ze knikte, in de hoop dat haar man niet gekant was tegen dochters.

'Dit worden onze eerstgeborenen, Rosanna.'

'*Jah*.'

'Ik bedoel, willen we eigenlijk wel meisjes... als wij het voor het zeggen hebben?' Zijn frons werd dieper.

'Tja, als we geen kinderen van onszelf kunnen krijgen, waarom zouden we dan niet aanvaarden wat we krijgen? Bovendien, hoe meer, hoe beter.' Zo – eindelijk had ze gezegd wat ze al dagenlang had willen zeggen.

Elias stond abrupt op. 'Waarom wachten we niet en beslissen we als de baby's van je nicht geboren zijn? Eerst maar eens kijken wat het zijn, jongens of meisjes.'

'Wachten tot ze geboren zijn? Maar, Elias...'

'Nee, je luistert niet.' Hij stond met beide handen op de rugleuning van de stoel. 'Het is mijn bedoeling om een zoon te krijgen. Minstens één.'

Ze begreep niet wat hem zo dwarszat. Het ging toch niet alleen om de mogelijkheid dat ze twee meisjes zouden grootbrengen.

Hij beende naar de achterkant van het huis, waar ze hem op de zomerveranda hoorde mopperen. Ze was wel wijzer dan naar hem toe te gaan. Hij probeerde duidelijk zijn mond ergens over te houden. Elias was normaalgesproken geen man om ergens omheen te draaien, en aanvankelijk was hij even dankbaar geweest als zij voor Kate's aanbod. Misschien nog wel dankbaarder. Maar de afgelopen weken waren een beproeving voor hem geweest.

Was het de magere oogst? Zelfs nu er minder hooi viel binnen te halen dan anders, was hij al te vermoeid. Dat was iedereen, ze werkten allemaal van de vroege ochtend tot de late avond.

God, wilt U mijn man zegenen... hem vrede geven?

Ze wist niet wat haar bezielde, om zo'n gebed te denken. Misschien was ze een keertje te vaak in het geheim bij Jonathan Fisher op bezoek geweest. De verstoten Linda was een bron van informatie over het inmaken van gepureerd babyvoedsel, maar Rosanna had nooit één keer laten doorschemeren dat ze al die vragen stelde voor zichzelf.

Er valt zo veel te leren... en Linda bidt veel.

Voor zover zij wist, had nicht Kate aan niemand verteld dat ze van plan was om haar baby's weg te geven. *Hoe zullen de vrouwen reageren, vooral nu het een tweeling is? Iedereen vindt het prachtig, twee kleintjes naast elkaar in een kinderwagen.*

Zuchtend at Rosanna het verrukkelijke maal alleen, ongelukkig dat zij hier zat terwijl Elias ziedde van woede. *Zal hij vanavond kalmeren en zijn bord leeg eten?*

Zijn gezonde eetlust bracht hem wel weer terug aan tafel.

Jah, *hij komt zo wel terug. En als hij voldaan is, zal hij me vertellen wat hem echt dwarszit.*

⋆

Caleb liep naar de schuur om het stro voor de dieren te controleren, vooral dat van het nieuwe kalf. Hij floot een wijsje dat hij in de stad had gehoord, een pakkend melodietje dat hem meteen beviel. Zijn mennonitische neef Christian Yoder had hem verteld dat het een 'jingle' was, die radiozenders vaak gebruikten vlak voor het nieuws of een sportverslag. Caleb was niet vaak bij radio's in de buurt geweest en wist zulke dingen niet. De wijsjes die neef Christian floot, waren Caleb even vreemd als de wereldse jingle die hijzelf vanavond herhaaldelijk liep te fluiten.

Het jonge kalf scheen het wel een prettig geluid te vinden toen Caleb bij haar in het hok kwam en haar zachte vacht streelde. Hij gaf haar nog wat stro en verdeelde het in haar hok. Toen hij klaar was om naar huis te gaan, hoorde hij zijn vader praten tegen iemand in het bovendeel van de twee verdiepingen hoge schuur.

Het was niets voor hem om af te luisteren en hij was al bijna de schuur uit, toen hij stilstond omdat het onderwerp van het gesprek hem tot andere gedachten bracht. Een man wiens stem Caleb niet kon plaatsen, sprak over iemand die jaren geleden vervangende dienstplicht had gedaan. In die tijd was de jongeman geïntroduceerd bij levendige gebedsbijeenkomsten en Bijbelstudies. 'Hij ging zelfs televisiekijken,' zei de man op verontwaardigde toon. 'Tja, en die jongen heeft natuurlijk zijn bedenkingen gekregen over de afwezigheid van een tractor op het land van zijn vader, en het ontbreken van elektriciteit in huis.'

'Ik heb meer van die verhalen gehoord,' antwoordde Calebs vader. 'Te veel omgang met *Englischers* moet altijd verkeerd aflopen.'

'Geen twijfel aan, David. En hetzelfde kan gebeuren als de jeugd naar bijeenkomsten gaat waar de Bijbel van alle kanten wordt besproken. Er is een opmars naar dat verlokkende nieuwe pad – een nieuwe orde, zoals sommigen het noemen – en je hoort ieder denkbaar excuus om van de Oude Wegen af te wijken. Het is moeilijker om "zo zegt de Heere" de rug toe te keren, dan "zo zegt de kerk", zeggen sommigen. Let maar op, David, zover komt het hier ook… die tabernakel hier in de buurt is vragen om moeilijkheden.'

Caleb merkte dat hij zijn adem inhield. Hij blies langzaam

uit en wachtte af wat pa hierop zou zeggen.

'We zijn allemaal jong geweest, dus ik kan de jeugd niets verwijten. Maar om als gedoopt kerklid tegen de *Ordnung* in te gaan? Er is gewoon geen excuus voor om die grens te overschrijden.'

'*Jah*, kijk maar eens waar ons dat heeft gebracht,' raasde pa, en Caleb rende de schuur uit nu hij zijn kans schoon zag. Hij voelde zich erg schuldig voor het afluisteren, maar nu de familie van Nellie Mae zo dicht bij die gevaarlijke rand balanceerde, was hij gretig om zo veel mogelijk te weten komen.

Hoofdstuk 28

Zoete broden en alles wat gemaakt was van pompoen waren de meest gevraagde artikelen in *Nellie's Zoete Heerlijkheden* nu oktober al een eind gevorderd was. Het was zo veel werk voor Nellie en Nan om de almaar toenemende bestellingen bij te houden, dat mama soms hielp met bakken. Als Halloween naderde, was er altijd meer vraag naar lekkernijen die smeuïg waren van de pompoen, maar Nellie Mae gaf niets om die dag. Ze begreep niets van het spel om snoep op te halen langs de deuren en ze vond het uiterst merkwaardig dat volwassen mensen zich verkleedden in een kostuum. Ze zag het niet voor zich, grote mensen die verkleed waren als sprookjesfiguren of favoriete dieren, zoals buurvrouw Diana Cooper beschreef.

Ze verwachtte dat de vraag naar herfstgerelateerde toetjes zou duren tot diep in november en het begin van het bruiloftsseizoen. Ze kon de tel niet bijhouden van het aantal pompoenpasteitjes dat ze maakte tussen haar afspraakjes met Caleb. Ze waren van plan elkaar om de paar dagen te zien als de silo's gevuld waren.

Caleb had haar deze week twee keer verrast met attente briefjes, zonder afzender. Omdat hij achteraf toch niet kon wachten tot zondagmiddag, had Caleb haar gisteravond meegenomen naar hun plekje bij de schilderachtige stenen molen. Daar waren ze op de gietijzeren bank tegen elkaar aan gekropen tegen de kou, zo dicht dat ze zich samen in Calebs zware wollen jas hadden kunnen persen. Na een tijdje hadden ze langs de molenbeek gewandeld, terwijl ze praatten en probeerden warm te blijven naast het kabbelende water.

Nellie had gemerkt hoe Caleb bijna afwezig haar hand had gepakt. *Alsof ik een deel van hem ben.*

Maar er waren gisteravond ogenblikken geweest dat Caleb weifelachtig deed, alsof hij iets belangrijks verzweeg. Ze dacht er niet over aan te dringen. Hij zou het haar vertellen als hij er klaar voor was, en tot die tijd moest ze haar angst inslikken dat het over haar ouders ging, die een bijeenkomst aan het beleggen waren bij prediker Manny… zonder de zegen van oom Bisschop. Had Caleb daarvan gehoord?

Ze begreep de beslissing van haar ouders niet, maar het was niet aan haar om die te betwisten. Pa en mama hadden langgeleden hun gelofte afgelegd aan de kerk en aan God. Wie was zij om hen daarop te wijzen? Volgens Caleb zelf, en volgens haar klanten in de bakkerswinkel, waren er meer dan genoeg mensen die streng vasthielden aan de traditie.

Ze was de laatste tijd blij dat ze niet als jongen was geboren en daardoor meer bekend met de woede van de bisschop als zijn wil botste met die van de mensen die aandrongen op verandering. Precies zo had ze het pa en prediker Manny horen beschrijven toen ze gisterochtend openhartig praatten terwijl ze koffiedronken bij mama in de keuken. Ze hadden niet gedaan of ze het over iets anders hadden toen Nellie binnenkwam om een baksel pompoenkoffiebroodjes te halen voor mevrouw Kraybill.

'Hoor es, Manny, de grenzen zijn door de jaren heen talloze keren getrokken en uitgewist en opnieuw getrokken,' had pa er uitgeflapt. 'Zie je de tegenstrijdigheden niet?'

Prediker Manny had van harte met hem ingestemd, wat kennelijk een deel van de reden was geweest dat die twee zo vastbesloten waren gebleven om hun Bijbelstudies door te zetten, die op de aanstaande vrije zondag zouden beginnen.

In Nellie's oren klonk het hele geval erg gevaarlijk, alsof ze niet alleen de *Ordnung* betwistten, maar ook regelrecht weigerden de bisschop te gehoorzamen.

Ze doen alsof ze God zijn…

Nellie huiverde en keek de winkel rond om haar waren te inventariseren. De doorwaakte afgelopen nacht had haar energie uitgeput… al zou ze minder last hebben van de vermoeidheid als het thuis rustiger was. Ze kon zich in de verste verte niet voorstellen waarom pa en prediker Manny weloverwogen tegen de draad in wilden gaan.

*

Op deze eerste vrije zondag in november hield Elias Rosanna in zijn armen en terwijl ze samen rustig lagen te wachten tot de zon opging, zei hij: 'Het is niet zo belangrijk of we jongens of meisjes of van elk een krijgen, schat. Eerlijk gezegd hoop ik nog steeds dat we er zelf een paar krijgen.'

Ze koesterde zijn nabijheid, opgelucht dat ze eindelijk wist wat hem had dwarsgezeten. '*Jah*, dokters hebben niet altijd gelijk… en we zijn ook nog jong.'

'We hebben nog jaren de tijd om op een klein houthakkertje te blijven hopen.' Hij streelde haar lange, dikke haar. 'Is het al bijna vier jaar geleden dat we getrouwd zijn?'

'Ik heb er geen spijt van dat we niet langer hebben gewacht, jij?'

Hij kuste haar nog eens, langer nu. 'Wie zou het spijten dat hij zo'n knappe vrouw had?'

Ze glimlachte. Elias kon de juiste dingen op het juiste moment zeggen. 'Nou ja, misschien krijgen we als God het wil eens een baby. Maar lijkt het je niet leuk om binnenkort al twee kleintjes te hebben? Een speciale bezorging, zogezegd.'

'Het kan jou niet gauw genoeg zijn, dat staat vast.' Elias

grinnikte zachtjes in het schemerlicht.

'Tja, aangezien tweelingen vaak eerder komen, is het goed dat we alles klaarhebben, met de wiegjes en zo.'

Hij steunde op zijn elleboog en keek liefdevol op haar neer. 'We vullen dit oude huis met een heel stel kleintjes, *jah*?'

Ze hoopte het maar, voor een deel om Elias te plezieren. Eerlijk gezegd zou ze nu liever een baby in haar armen houden dan wat ook. Maar voorlopig wiegde Elias haar in de zijne en hij trok haar dicht tegen zich aan. Zijn lippen vonden de hare weer en Rosanna lette niet op de dageraad die onder de rolgordijnen door kroop en licht verspreidde over hun bed. Zelfs het kraaien van de haan slaagde er niet in die twee te laten opstaan.

*

Met een gevoel van blijdschap vermengd met schroom reed Reuben met Betsy naar de boerderij van prediker Manny. Bisschop Joseph was helemaal van streek teruggekeerd uit Iowa. Zijn woede ging veel verder dan de spreekwoordelijke gerechtvaardigde verontwaardiging. Manny werd nu door zijn eigen oudsten in de gaten gehouden voor de *Bann*. Ze hadden hem gewaarschuwd dat hij voor de lidmaten zou worden gebracht als hij zijn activiteiten niet staakte.

Maar Manny had zijn mannetje gestaan – hij was onverzettelijk. Tot op zekere hoogte was het Manny's vasthoudendheid om 'door te zetten met Gods roeping' die hen vandaag hier had gebracht.

Op de achterstoep stond Reuben even stil, met zijn Bijbel in de hand. 'O God, ga voor ons uit,' fluisterde hij.

Er stonden zeven rijtuigen aan de zijkant geparkeerd. 'De Gemeenschap van Eenvoud is hongerig, zo te zien,' zei Betsy zacht toen ze de ruime keuken van de prediker betraden.

Een stuk of twaalf mensen zaten op vouwstoelen in de aangrenzende kamer, niet op de lange houten banken die in de kerkdiensten werden gebruikt. Velen hadden hun Bijbel opengeslagen op schoot; prediker Manny kon beginnen. Onder hen waren Reubens eigen vier zoons. Ephram was de enige die ontbrak.

Toen hij zijn neef in de hoek van de keuken zag zitten, snelde Reuben naar hem toe. 'Manny, ben je er klaar voor?'

De ogen van de prediker waren bloeddoorlopen. 'Ik ben het grootste deel van de nacht op geweest om te bidden,' zei Manny. Hij had zijn beste witte overhemd aan en een wijdvallende broek. 'Wil je een paar woorden spreken voordat ik zeg wat God op mijn hart heeft gelegd?'

Reuben schrok. 'Wil je dat ik spreek?' Hij schudde zijn hoofd. 'Ik ben geen prediker, hoor.'

Manny greep zijn arm. 'Ik zei niets over prediken, Reuben. Praat gewoon even over wat God je heeft laten zien in Zijn Woord.'

'Nou ja, ik denk...'

Manny boog zich dichter naar hem toe. 'Er is niks moeilijks aan. De kracht die de Zoon van God uit de dood heeft opgewekt leeft binnen in je.' Manny wees naar Reubens hart. 'Denk daaraan.'

Meteen haalde Reuben verlicht adem. Als je het zo stelde, tja, dan kon hij de groep wel vertellen hoe God in hem aan het werk was. Op de drempel tussen de keuken en de grote zitkamer, herkende hij nog enkelen van zijn familieleden, waaronder neef Jonathan en zijn vrouw Linda. Deze goede mensen waren zijn broeders en zusters in de familie van God.

Ik kan het, besloot hij. *Met de hulp van God.*

Prediker Manny ging voor hen staan en heette ieder opgewekt welkom. Toen boog hij zijn hoofd om een zegen te vragen en bemoedigde iedereen om hun hart open te stellen voor de aanwezigheid van de Vader in hun midden.

Dit was heel iets anders dan wat ze gewend waren 's zondags in een gebed te horen, en Reuben was dankbaar voor dit wonder-*gute* begin van de bijeenkomst. Hij zat met Betsy vrij vooraan, ze lazen samen uit de Bijbel de teksten mee die Manny voorlas en die zijn leven in de afgelopen weken zo hadden veranderd. Het raakte Reuben met kracht in zijn hart, evenals de anderen, sommigen snuften. De tranen stroomden Betsy over de wangen. *Ze hongeren hiernaar, net als ik*, zag Reuben, en zijn hart werd vol.

Hoofdstuk 29

Op de dag voordat ze Reubens ouders naar het *Dawdi Haus* naast hen zouden verhuizen, kreeg Betsy onverwacht bezoek.

Er was die nacht veel sneeuw gevallen, zeker vijftien centimeter zo te zien. Over de slapende velden hing als een donkere deken een grijze novembernevel, die het zicht bemoeilijkte.

Betsy was zowel verrast als verontrust toen ze op de laan een paard hoorde hinniken. Ze snelde naar buiten en zag Reubens moeder naar de achterdeur komen. 'Hallo, zeg. Wat brengt u hier op zo'n woensdag?' vroeg Betsy.

Hannah leunde op haar stok, warm ingepakt in haar dikste wollen jas. '*Wie geht's*?'

Betsy holde over het geruimde pad en pakte Hannah's arm om de arme vrouw het trapje op te leiden het huis binnen. 'Wilt u iets warms drinken?' vroeg ze.

'Dat zou me een beetje opwarmen, *jah*.'

'Bent u dat hele eind alleen gekomen?'

'Ik, mijzelf en het paard.' Hannah glimlachte kort terwijl ze zich steunend in Reubens schommelstoel liet zakken.

Betsy vroeg zich af waarom ze het risico had genomen om alleen te komen. 'Hoe waren de wegen?'

'Verschrikkelijk.' Ineens glinsterden er tranen in Hannah's ogen. 'Ach, Betsy, we moeten praten.'

De arme vrouw keek zo radeloos van verdriet dat Betsy dacht dat er iemand was overleden.

Ongerust trok ze een stoel van bij de tafel en ging naast Hannah zitten. 'Wat is er, *Mamm*?' Ze legde haar hand op haar arm.

'O, Betsy, ze zeggen dat jij en Reuben...' Hannah zweeg en liet haar hoofd hangen. Haar schouders beefden. 'O, lieve help.'

'Wat is er met Reuben en mij?'

Langzaam hief Hannah haar hoofd op. 'Horen jullie niet bij die lui die van plan zijn over te stappen? Daar bij prediker Manny?'

Betsy zei: 'Nou, mama, we zijn allemaal oprecht... we groeien samen in God.'

'Dan groei je regelrecht de Amish uit...' Hannah sloeg hoofdschuddend haar ogen neer. Ze begon te schommelen in haar stoel. 'Jullie gaan ver weg van de kerk van je doop. Het is precies zoals Noah zei.'

'Ach, mama, niet zo bedroefd. Ik ben nog nooit zo gelukkig geweest.'

Hannah haalde een opgevouwen zakdoekje uit de mouw van haar jurk en bette haar ogen. 'Jullie worden verstoten als je hiermee doorgaat.'

Dat wist Betsy. Reuben en zij verwachtten elke dag de diaken aan de deur met een waarschuwing.

'Ik vind het heel erg, maar ik betwijfel of wij uiteindelijk bij Reuben en jou in zullen trekken.'

'O, mama, dat hoeft toch niet.' Alle plannen die ze hadden gemaakt – alles was in gang gezet om Noah en Hannah onder dit dak te brengen. 'Nee... nee, daarin moeten jullie niet van gedachten veranderen.'

'Ik heb er niets over te zeggen.' Hannah huilde openlijk. 'En jij ook niet.'

Betsy stond op om water op te zetten. *Nou ja, we zijn nog niet verstoten!*

‘Dat wij afgelopen zondag naar de bijeenkomst bij prediker Manny zijn geweest, hoeft Noah en u toch niet te deren.’ Betsy besefte dat ze smeekte. Hannah was net zo koppig als Reuben en zijn broers altijd waren geweest. Dat hij verlost was had geen verandering gebracht in Reubens hardnekkigheid, en ze wist wat hij over het bezoek van zijn moeder zou zeggen.

Toen de theeketel floot, schonk ze kokend water in haar mooie gele theepot. Toen kwam ze weer naast Hannah zitten. ‘Het zou wonder-*gut* zijn als jullie kwamen luisteren naar wat we daar leren,’ opperde Betsy. ‘Ik had nooit gedacht dat ik dit zou zeggen, maar er is zo veel... nou ja, voor ons verzwegen.’ Zo. Ze had rechtuit gezegd wat ze op haar hart had.

‘Dat zullen we beslist niet doen,’ zei Hannah. Haar ogen schoten vuur. ‘En ik krijg de indruk dat we hiermee *naryets* – nergens – komen.’

‘Reuben zei al dat het geloof waarschijnlijk scheiding teweeg zou brengen.’ Ze legde haar hand op haar hart. ‘Maar ik was zo vol hoop...’ Ze kon haar zin niet afmaken, anders ging ze huilen.

Hannah schommelde nog harder en greep met opeengeklemde lippen beide armleuningen vast. ‘Geef me nou die thee maar, Betsy.’

Ze stond op en ging inschenken, deed een extra schepje suiker in Hannah’s kopje. Toen nam ze de kop en schotel en gaf ze haar voorzichtig in haar gerimpelde handen. ‘Zo, *Mamm*.’

Hannah nam de thee aan, dronk een slokje en knipperde met haar ogen tegen Betsy. ‘Over scheiding gesproken, heb je gehoord wat Kate Beiler van plan is?’

Betsy schudde haar hoofd. Ze vond het merkwaardig dat Hannah de kwestie zo vlug had laten varen. ‘Wat is er met Kate?’

'Het is heel vreemd.' Hannah trok diepe rimpels in haar voorhoofd. 'Ze gaat haar baby's aan Elias en Rosanna geven, maar het is allemaal geheim.'

Betsy was stomverbaasd en had bijna gevraagd of Hannah het wel zeker wist... of ze niet een beetje in de war was, zoals ze soms kon zijn.

'Het schijnt dat jullie Nellie Mae het al een poosje weet. Rosanna heeft het haar verteld, begreep ik van Kate's vroedvrouw, Ruth Glick.'

Mijn meisjes en hun geheimen...

'Nellie heeft er geen woord over gezegd.'

'Nou, Ruth denkt dat de tweeling eerder komt dan eerst werd gedacht.'

Lieve, lieve Rosanna, straks pakt ze een paar kleintjes lekker warm in tegen de kou. 'Wat zal Rosanna blij zijn. Ze heeft het er moeilijk mee gehad, *jah*?'

Hannah knikte en nam nog een slok thee voordat ze antwoord gaf. 'Volgens mij moet Elias maar een poosje in de logeerkamer slapen.'

Beide vrouwen glimlachten.

'De arme man heeft geen idee van wat hem te wachten staat,' verklaarde Hannah botweg.

'Weet u waarom Kate haar baby's weg wil geven?'

'Kate houdt van haar nicht, dat is het enige wat ik weet. Net wat ik zei, het is een geheim... Rachel weet het niet eens.'

'Kate's eigen mama weet het niet?' Betsy schudde haar hoofd. 'Dat is verrassend, hè? Laten wij het dan maar voor onszelf houden.' Betsy moest er niet aan denken dat Rachel het nieuws van iemand anders dan Kate zou horen. De vroedvrouw zou toch echt wijzer moeten zijn dan er met anderen over te praten.

Hannah knikte. 'Als het nieuws naar buiten komt, zullen

sommigen het voor kennisgeving aannemen; anderen zullen verstomd staan.' Ze veegde haar ogen weer af met haar zakdoek. 'Ik vind het eerlijk gezegd heel aardig van haar. Rosanna krijgt haar hartenwens, twee kleine, mooie baby'tjes.'

Met 'mooi' moest Betsy het weleens zijn, want al Kate's spruiten waren de knapste kinderen die ze ooit had gezien, die van haarzelf inbegrepen. 'Het is erg grootmoedig, *jah*?'

Hannah dronk de rest van haar thee op en keek Betsy over haar kopje heen aan. 'Ik vraag me af of de baby's zullen weten wie hun echte ouders zijn.' Haar hand trilde.

'Dat lijkt me wel beter, aangezien het allemaal neven en nichten zijn.'

Maar Hannah dacht er anders over. 'Maar die arme kleintjes weten toch niet naar wie ze moeten luisteren?'

Daar had Betsy niet aan gedacht. Ze kon zich niet voorstellen wat Rosanna te wachten stond als dat zo was. 'Ik hoop dat het allemaal goed gaat, maar ik zou nooit kunnen wat Kate doet. En ik zou buiten mezelf zijn als mijn kinderen mijn kleinkinderen aan een ander zouden doorgeven!'

Hannah knikte traag, eindelijk was ze het eens met iets wat Betsy had gezegd. Ze praatten een poosje over minder omstreden dingen; de volgende quiltbijeenkomst en hoeveel bruiloften er deze week aankwamen.

'Hebt u zin in een vlug bezoekje van Nan en Nellie Mae?' Betsy keek uit het raam. Tenzij er iemand te voet was gekomen, scheen er geen enkele klant in de bakkerswinkel te zijn.

'Jazeker.' Hannah klaarde zienderogen op.

'Ik zal hen gaan roepen.'

Onverwacht merkte Hannah op: 'Als haar zussen niet van plan zijn om te komen, zal jullie Nellie aanstaande zondag erg eenzaam zijn in de kerk.'

Betsy stond met een ruk stil. Ze staarde Hannah met verbaasde ogen aan. 'Waarom zegt u dat, mama?'

Hannah negeerde haar vraag. 'Volgens mij gaat die verstandige Nellie Mae met een jongen van de Oude Orde trouwen, en Reuben en jij zullen niet eens welkom zijn op de bruiloft.'

Meer hoefde Betsy niet te horen. 'Allemensen, nee toch.'

'Denk er nog maar eens lang en goed over na, Betsy. Reuben en jij moeten goed bedenken wat je opgeeft.' Hannah was naar het puntje van de schommelstoel geschoven. 'Denk er goed over na, hoor je?'

Betsy beet op haar tong en ging vlug haar omslagdoek halen. Ze stapte de kou in en besefte dat ze grondig onderhouden en vernederd was door haar schoonmoeder. In het verleden had ze de vrouw een grote mond teruggegeven, maar nu besloot ze Hannah de uiterste vriendelijkheid te betonen en daar bad ze voor onderweg naar de bakkerswinkel.

*

Vlak nadat Nellie tegen Nan had gezegd dat ze even naar huis moesten glippen om te kijken waarom *Mammi* Fisher was gekomen terwijl de wegen zo slecht waren, zag ze mama naar de bakkerswinkel komen. Ze snelde naar de winkeldeur, haar gezicht roder dan je zou verwachten na de korte wandeling.

'Meisjes, jullie grootmoeder wil jullie graag zien.' Mama glimlachte gedwongen. 'Ga maar meteen naar haar toe.'

Nan pakte haar omslagdoek en rende de deur uit, maar Nellie wachtte even. 'Waarom dat... juist vandaag met dat slechte weer?'

'Voor een bezoek.' Betsy wendde zich af.

'U bent boos, hè?' Nellie liep op haar toe.

Mama haalde zichtbaar adem. 'Je pa zei dat zulke dingen

zouden gebeuren. Ik had nooit kunnen dromen...'

Nellie liet haar hoofd tegen dat van haar moeder rusten. 'Wat heeft *Mammi* gezegd?'

'Zij en *Dawdi* komen hier niet meer wonen. We zijn zo ongeveer verstoten.'

Nellie worstelde met het brok dat haar keel dreigde af te sluiten. Ze werd bang als ze bedacht dat haar ouders zoiets kon overkomen... hun familie als geheel, zoals waarschijnlijk het geval zou zijn. 'Is er geen manier om het tegen te houden?' fluisterde ze.

Mama schudde haar hoofd en probeerde zich te beheersen. 'Ga maar gauw bij *Mammi* op bezoek.'

Nellie knikte en dwong zich haar moeder hierin te gehoorzamen. Maar hoewel ze nog niet gedoopt was, piekerde ze er niet over de Oude Wegen te verlaten – voor geen goud, noch voor het geloof van pa.

Hoofdstuk 30

De sneeuw viel in dikke, wollige vlokken toen Nellie Mae die woensdag de bakkerswinkel sloot. Ze hunkerde naar een wandeling en aangezien ze *Mammi* Fisher al even gezien had, liep ze langs het huis heen naar de weg om wat frisse lucht te happen, blij dat ze even alleen was. Door het raam zag ze dat mama en *Mammi* in de keuken nog steeds de problemen zaten te bespreken.

Mama is heel boos, dacht ze, terwijl ze de aanblik van de vergane glorie van de suikerahorns afgetekend tegen het vrieskoude gordijn van sneeuwvlokken in zich opnam. Dawdi *en* Mammi *weigeren hier te komen wonen. Dat is toch het toppunt!*

Nellie trok haar omslagdoek dichter om zich heen tegen de kou. Ze vroeg zich af hoeveel mensen getroffen werden door de opschudding in hun midden. Hoe ver zou de onenigheid over de regels van de *Ordnung* zich verspreiden?

Ze zette het uit haar hoofd en ademde de verfrissende vrieskou van de late middag in, keek naar de zware sneeuw en dacht aan de vele keren dat Suzy en zij sneeuwvlokken hadden gevangen op hun tong. In hun wonder-*gute* kinderjaren.

Het verhaal van Suzy's afglijden in de zonde knaagde aan Nellie en het hield haar 's nachts uit de slaap. Ze had nog niet besloten of ze het dagboek weer wilde begraven of volkomen vernietigen, maar iets ging ze doen. Ze kon het niet riskeren dat iemand anders van hun gezin over Suzy's schandelijke gedrag las.

Op dat moment moest ze weer denken aan mevrouw Landis' opmerking over Joy's nichtje Darlene en Suzy. *Suzy's verleden is niemands zorg meer.* Toch was het afschuwelijk te weten dat anderen maar al te goed op de hoogte waren van het verdorven gedrag van haar jongste zusje.

Ze dwong haar gedachten terug naar *Mammi* Fisher en het plotselinge besluit van haar grootouders om hier niet te komen wonen. Had *Dawdi* haar gestuurd om mama aan te spreken?

Nellie ploegde door de sneeuw, sneller naarmate haar hoofd opklaarde. Ze had deze week nog niets van Caleb gehoord, al had hij haar vorige week drie brieven geschreven. Nu het zo koud was, hadden ze elkaar zeven dagen lang niet gezien, ondanks hun aanvankelijke plan om de afgelopen vrije zondag naar de molenbeek te gaan. Ze miste hem. Wanneer zou hun speciale nacht komen? Wanneer zouden ze in haar kamer zachtjes zitten praten op de kleine tweezitsbank? De vader en broer van neef Jonathan stonden in de streek bekend om het stofferen van deze prachtige stukken liefdesmeubels met hun delicate eiken armleuningen en poten.

Ze glimlachte kort. Wat zou ze gedaan hebben als Caleb met zijn zaklantaarn haar raam had beschenen toen Suzy nog leefde en heerlijk bij haar in de kamer lag te slapen? Ze had haar zusje kunnen vragen die speciale avond in de logeerkamer te gaan slapen. Van Maryann en haar andere schoonzussen had ze gehoord dat de meeste meisjes het voelden wanneer hun *beau* van plan was om hen ten huwelijk te vragen.

Caleb houdt van me. Wat houdt hem tegen om me te vragen zijn bruid te worden?

Ze was bang geweest dat Caleb boos was geweest om wat ze hem had verteld over pa's hevige belangstelling voor de Bijbel. Zeer waarschijnlijk wist hij onderhand van haar vaders band met prediker Manny. Het scheen dat bijna iedereen het wist die afgelopen zondag bij de bijeenkomst was geweest.

En wie was er niet geweest?

Ze voelde zich de laatste tijd verscheurd. Ze hield van Caleb, maar ze wilde haar vader gehoorzamen, zoals haar geleerd was. Rhoda en Nan waren van plan om aanstaande zondag met hun ouders en oudere broers mee te gaan naar het huis van prediker Manny. Wat een brutale en roekeloze stap, om een bijeenkomst te houden op de dag dat er nota bene een kerkdienst werd gehouden!

Nellie was van plan om alleen naar de kerkdienst te lopen, waar ze aannam dat oom Bisschop de hoofdpreek zou houden, de eerste sinds zijn terugkeer.

Wat zal Calebs familie wel denken als ik in mijn eentje verschijn?

Hoewel verkering gewoonlijk geheimgehouden werd tot het geplande huwelijk werd aangekondigd, was Nellie er tamelijk zeker van dat op z'n minst Rebekah vermoedde dat Caleb met haar omging. Dat meisje scheen niet veel te ontgaan.

Verderop glansde het dak van een schuur waar tabak lag te drogen dankzij een overvloedige laag sneeuw, en het trof haar hoe schilderachtig het was, al moest ze dezelfde schuur honderden keren hebben gezien.

Ze wandelde energiek door, de hevige kou drong door tot in haar botten. Als ze zuchtte, bevroor haar adem haast in de lucht, en ze wenste dat ze een sjaal bij zich had om rond haar gezicht te wikkelen.

Een kilometer verder zag ze Rhoda's onmiskenbare silhouet aankomen langs de kant van de weg. Ze riep 'hallo', blij dat ze haar tegenkwam. Ze woonden weliswaar in hetzelfde huis, maar ze had de laatste tijd nauwelijks twee woorden met haar oudste zus gesproken. 'Hallo!' riep ze nog een keer.

'Nellie Mae... waar ga jij naartoe?' Rhoda stak de weg over naar haar toe.

'Ik had een beetje frisse lucht nodig.'

'Nou, je hebt vrieslucht gekregen.' Rhoda lachte.

Nellie glimlachte. 'Je werkt veel de laatste tijd.'

Rhoda sloeg haar armen om zichzelf heen en wreef haar armen met haar gehandschoende handen. 'Het lijkt de laatste tijd het beste om zo veel mogelijk weg te zijn van thuis.'

'Ga je echt met pa en mama mee naar prediker Manny?' vroeg Nellie.

'Alleen uit respect voor pa. Jij niet?' vroeg Rhoda.

'Ik kan het niet.'

'Dus je hebt een *beau*?'

Rhoda klonk net als Nan een paar weken geleden. Maar Nellie liet zich niet uithoren; ze zou geen woord over Caleb zeggen.

'Nou?'

'Hoor es, Rhoda, ik vraag jou toch ook niet naar je vrienden of wat je doet als je niet thuis bent?'

Rhoda haalde haar schouders op. 'Ik zou het je wel vertellen, hoor. Stel één vraag waar je dolgraag het antwoord op wilt weten.'

'Goed.' De kou prikte in Nellie's longen. 'Waarom is het zo belangrijk om weg van huis uit werken te gaan... voor *Englischers* nog wel?'

'Dat zijn er twee. Ik zei één,' snauwde Rhoda.

Nellie keek haar aan en was geschokt door Rhoda's kattige, zelfs wereldse reactie. Ze deinsde achteruit. 'Laat maar zitten.'

'Ach, kom, Nellie Mae. Wat is er met je?'

Met mij? Nellie keek haar aan.

Rhoda zuchtte. 'Pa is de laatste tijd *ferhoodled*.'

'Ach, nu ben je onbeleefd.'

'Nou, jij en ik zijn wel wijzer dan te zeggen dat we *verlost* zijn. Het verbaast me dat mama het pikt, en zelfs zegt dat ze het ook gelooft. Wat gebeurt er toch met ons gezin?'

'Ik zou jou hetzelfde kunnen vragen, Rhoda. Je bent heel vaak weg.'

Rhoda's ogen vlamden van frustratie. 'Ik hou van werken... een beetje geld verdienen.'

'Spaar je ergens voor?'

'Misschien wel.' Rhoda keek haar aan. 'Maar niet voor wat jij misschien denkt.'

Nellie Mae had geen idee van wat ze bedoelde. 'Ik wilde niet nieuwsgierig zijn.'

Rhoda liep snuivend langs haar heen. 'Ik zie je thuis wel weer, zus,' riep ze. 'Blijf niet te lang weg, anders vat je kou en kun je aanstaande zondag niet naar je geliefde kerkdienst.'

Nellie sputterde, haar adem veranderde voor haar mond in ijskristallen. *Ze snakt gewoon naar elektriciteit.*

Hevig geërgerd liep ze hard door. 'Wie denkt ze wel dat ze is, meten met twee maten?'

Iets verderop kwam een rijtuig met grote vaart haar kant op, door een sluier van sneeuw en mist. 'Hallo, Nellie Mae!' klonk een bekende stem.

Ze herkende de vrouw in het rijtuig als de vroedvrouw – Martha Glicks kleindochter Ruth. 'Wat een haast,' riep Nellie naar haar.

'De kleintjes van Kate Beiler komen eraan!'

Nu al? Ze keek naar het gesloten grijze rijtuig dat langs haar heen stoof. 'Ach, Rosanna. Dit is jouw grote dag.' Kon ze maar hard rennen en het rijtuig inhalen om mee te rijden naar haar liefste vriendin, maar het paard was al langs gegaloppeerd.

Nellie stond verbijsterd te kijken. 'Ik hoop dat de baby's van Kate – en Rosanna – gezond en veilig ter wereld komen.'

Ze snelde naar huis terug om het schokkende nieuws te onthullen, blij dat ze iets had wat het schrijven waard was in de rondzendbrief aan nicht Treva. Buiten adem zag ze dat *Mammi's* rijtuig nog steeds bij de achterdeur geparkeerd stond.

Misschien mag ik het lenen om naar Kate te rijden, waar Rosanna natuurlijk ook zal zijn.

Maar toen ze slechts enige ogenblikken na Rhoda binnenkwam, stond mama over *Mammi* Fisher heen gebogen. Ze legde een natte doek op haar voorhoofd en kalmeerde haar met zachte handen en stem. Rhoda knielde aan haar voeten.

'Wat is er gebeurd?' Nellie snelde naar de schommelstoel, geschokt door het rode en aangedane gezicht van *Mammi*.

'Wil een van jullie naar de dokter rijden?' vroeg mama.

Nan bracht nog een vochtige doek. 'Wat is er met Mammi?'

'Ze stortte zomaar in,' verklaarde mama. 'Ze is zo slap als een vaatdoek.'

'Ik ga de dokter halen.' Nellie draaide zich om en rende naar de achterdeur, haar winterjas aantrekkend. Ze was blij dat paard en rijtuig al ingespannen waren toen ze naar binnen sprong en de teugels oppakte.

Al dat gepraat over verstoting... geen wonder dat Mammi *ziek is*, dacht ze. Ze voelde zich zelf ziek, op weg naar een compleet andere bestemming dan de kleine baby'tjes van Kate en Rosanna.

★

Toen Nellie de dokter had gewaarschuwd, sprong ze de trap af van de zomerhuisachtige dokterspraktijk, verlangend om terug te gaan naar *Mammi*. Ze zag de auto van de dokter vanachter het huis wegscheuren. Op het pad kwam mevrouw Landis aanlopen, haar arm in een mitella. 'Hallo, buurvrouw,' zei ze tegen de oudere vrouw. 'Wat is er met u gebeurd?'

'O, het is eigenlijk zo dom. Ik ben gevallen op de stoep voor mijn eigen huis. Ik kom alleen om een nieuwe afspraak te maken,' vertelde mevrouw Landis. Toen dempte ze haar stem. 'Ik ben zo blij dat ik je tegenkom, Nellie Mae. Mijn dochter voelde zich erg opgelaten in je winkel, moet je weten.'

'O?' Nellie zat op hete kolen, maar ze luisterde beleefd.

'Het zit zo, dat je zus Suzy mijn nichtje Darlene het leven heeft gered. Suzy heeft veel betekend voor een meisje dat snel aan het wegzinken was.'

Haar het leven gered? 'Uw nichtje... ging ze met verkeerde mensen om?' Nellie voelde dat ze haar nek uitstak door het te vragen, maar ze moest het weten.

'Och, heden, ja! Maar Suzy deed Darlene voorzichtig het verkeerde van haar wegen inzien.'

Als door de bliksem getroffen vergat Nellie bijna waarom ze daar stond. 'Ach... het spijt me vreselijk dat ik moet gaan, maar mijn grootmoeder is ziek. De dokter is al onderweg naar ons huis.'

'Nou, ik hoop dat ze beter wordt,' zei mevrouw Landis. 'Ik zal voor haar bidden.'

Nellie bedankte haar en zwaaide groetend terwijl ze over het pad wegrende. *Mijn zusje moet mevrouw Landis flink voor de gek hebben gehouden. Wat bedoelt ze als ze zegt dat Suzy Darlene heeft geholpen?*

Nellie was er zeker van; mevrouw Landis had de verkeerde Suzy voor.

Hoofdstuk 31

Tegen de tijd dat Nellie met paard en rijtuig weer thuiskwam, stond de auto van de plattelandsarts al op de laan geparkeerd. Vlug bond ze het paard vast en haastte zich naar binnen, waar ze tot haar opluchting *Dawdi* Fisher en haar vader vond.

Dawdi Noah boog zich over *Mammi* heen. 'Arme, arme schat,' zei hij terwijl hij haar koelte toewuifde. Allemaal stonden ze eromheen tot de dokter iedereen naar de voorkamer stuurde zodat hij haar bloeddruk kon meten om vast te stellen of ze een beroerte had gehad.

Ongerust, maar opgelucht dat *Mammi* weer een beetje bij was, ging Nellie op zoek naar rust naar haar kamer. Het was angstaanjagend geweest om haar grootmoeder daarstraks zo uitgeschakeld te zien. Ze zou blijven tot de dokter klaar was met zijn onderzoek.

Bezorgdheid om *Mammi* streed om voorrang met nieuwsgierigheid naar de tweeling die Rosanna spoedig in haar armen zou houden. Het was natuurlijk te donker om zich er nu heen te wagen. Bovendien zou de vroedvrouw bij John en Kate Beiler thuis wellicht hetzelfde zeggen als de dokter hier, en iedereen de kamer uit sturen tot de baby's er waren. Ze kon alleen maar hopen en bidden dat de kleintjes sterk genoeg waren, nu ze zo vroeg geboren werden.

Met zorgelijke gedachten in haar hoofd besloot ze nicht Treva te schrijven. Om deze tijd van het jaar, als de oogst binnen was, vlogen de rondzendbrieven zo'n beetje heen en weer, en Treva wachtte op antwoord.

Nellie Mae haalde het gelinieerde briefpapier uit haar ladekast. Ze voelde een sterke behoefte om haar dag te beschrijven, om haar geest bezig te houden.

Ze pakte haar beste pen op en begon te schrijven.

Beste nicht Treva,

Groeten uit Honeybrook.

Er is zo veel te vertellen, te beginnen met het mooiste nieuws: de tweeling van Kate Beiler wordt binnenkort geboren. Ik heb niet gehoord of ze inderdaad vandaag zijn gekomen, maar de vroedvrouw vloog langs me heen toen ik daarstraks een wandeling aan het maken was. In mijn volgende brief zal ik je alles precies vertellen. Goed?

We hebben hier nog meer interessant nieuws. Onze bisschop is terug van een lange vakantie in Iowa. Zijn uitstapje heeft langer geduurd dan de bedoeling was, vanwege ziekte, maar ik hoor dat hij nu weer beter is.

De baby van mijn schoonzus Maryann is de volgende die komt, in onze familie tenminste. Er zijn natuurlijk massa's kleintjes onderweg. En, o, al die bruiloften! Mama zei dat we volgende week voor drie trouwerijen op één dag zijn uitgenodigd. Ik weet niet welke ze zullen kiezen, maar het wordt vast leuk.

Ze hield even op met schrijven om zich af te vragen naar welke bruiloften Caleb en zijn familie zouden gaan. Als Caleb toevallig aanwezig was bij dezelfde als zij en haar zussen en ouders, zou ze dan misschien aan het feestmaal tegenover hem komen te zitten?

Zuchtend peinsde Nellie over het plezier om Caleb tijdens een trouwfeest dat de hele dag duurde te kunnen zien, nu ze echt een paar waren. Maar dat soort dingen vertelde ze niet aan nicht Treva en de anderen die deze brief uiteindelijk zouden ontvangen.

Haar gedachten dwaalden weer naar de zieke *Mammi* en ze worstelde om opgewekt te blijven, om de toon van de brief niet te bederven. Even later begon ze weer te schrijven en vertelde verontschuldigend het droevige nieuws over *Mammi* Fisher. *We wachten nog op de uitspraak van de dokter over wat ze nu heeft.* Ze voegde er nog een paar regels aan toe voordat ze ondertekende en vroeg Treva en de anderen om snel terug te schrijven. Toen vouwde ze de brief op.

Nellie Mae liet de opgevouwen brief in de lade van het nachtkastje glijden. Haar oog viel op Suzy's dagboek en ze pakte het op. Ze voelde de schuld weer knagen die nog steeds in haar verborgen lag, en ook de boosheid, die maakte dat ze impulsief de matras aan één kant optilde en Suzy's dagboek eronder stopte.

Zo. Daar blijft het liggen totdat ik het verbrand.

Ze trok de quiltsprei recht en ging de kamer uit om te gaan kijken hoe het met Mammi ging.

★

De weeën waren zwaar voor haar nicht, en elke keer als Kate weer begon te kermen kromp Rosanna in elkaar. Rosanna zat in de hoek van de grote slaapkamer van Kate en John, niet dichtbij genoeg om de hoofdjes van de baby's te zien verschijnen en ze geboren te zien worden. Ze had geaarzeld of ze erbij wilde zijn. Maar Kate had erop gestaan dat ze in de kamer kwam zitten, toen het nieuws Rosanna had bereikt dat de baby's vandaag waarschijnlijk zouden komen. Ephram had een telefoontje gekregen via de gemeenschappelijke telefoon verderop aan de weg waar Rosanna en Elias woonden, en Maryann was gauw naar haar toe gegaan om de boodschap door te geven. Rosanna had nauwelijks een woord van uitleg gegeven, maar alleen gezegd dat haar nicht stellig haar hulp nodig had bij de bevalling.

Wanneer zal Kate haar plan met haar baby's bekendmaken? vroeg Rosanna zich af. Misschien had haar nicht besloten dat het beter was om te wachten tot de baby's daadwerkelijk geboren waren.

Een paar keer schokten Kate's kreten Rosanna zo erg dat ze haar adem inhield en steeds meer het gevoel kreeg dat ook zij deel uitmaakte van het geboorteproces. En alsof zij, op een bepaalde vreemde manier, de moeder van de baby's was.

O God, laat ze alstublieft veilig ter wereld komen...

Kate kermde weer en Rosanna's hart ging uit naar haar lijdende nicht. Zo lang als het nodig was, zou ze bij Kate blijven en geduldig wachten op de geboorte van de tweeling.

*

Reuben had niet meer zo veel mensen in zijn huis gezien sinds James en Benjamin getrouwd waren en het huis uit gegaan. Er waren er meer aanwezig dan van nut konden zijn, maar toch was hij dankbaar voor hun aanwezigheid, die een teken was van hun bezorgdheid om zijn moeder. Nu probeerde hij de aandacht van zijn vader in beslag te nemen, maar het was onmogelijk om Noah Fisher weg te houden van zijn nu ernstig zieke bruid met wie hij meer dan zestig jaar getrouwd was. Reuben was blij dat hij zijn pa meteen was gaan halen toen hij was thuisgekomen en had gehoord van *Mammi's* toestand.

Reuben worstelde met een brok in zijn keel toen zijn vader voor de tiende keer in een uur bij de dokter ging vragen hoe het ervoor stond. Eindelijk besloot de dokter dat zijn moeder niet vervoerd moest worden, in elk geval niet vanavond. Nu *Mammi* bedrust voorgeschreven had gekregen, zouden zijn ouders in de slaapkamer beneden logeren, of ze het nu prettig vonden om met de 'prediker Manny-club' om te gaan of niet.

Samen met de dokter hielp Reuben zijn moeder naar de logeerkamer, en zette haar op de rand van het bed. Ze was nu beter bij en haar gezicht had weer kleur. De dokter had haar een urinedrijvend middel gegeven om haar bloeddruk te verlagen, en medicijnen om haar bloedvaten te openen. Hij had hen verzekerd dat ze mettertijd en met rust zou herstellen.

Als altijd attent en vriendelijk hielp Betsy Reubens moeder een van haar eigen nachtponnen aantrekken. Toen ze eenmaal onder de dekens lag, liet ze haar schoonmoeder alleen met haar man, die daar tijdens de hele avondmaaltijd bleef zitten.

Na de afmattende gebeurtenissen van de dag wilde Reuben graag vroeg naar bed en dat zei hij tegen Betsy. Maar hij vertelde haar niet over zijn aanvaring van vanmiddag met de heethoofdige Ephram, want dan zou ze nog meer van streek raken. Ephram was vreselijk driftig geweest en had een paar heel krenkende dingen gezegd. 'U moet de banden met prediker Manny verbreken en terugkomen naar waar u thuishoort,' had zijn zoon hem toegevoegd, met een diepe, verontwaardigde frons op zijn verweerde gezicht. 'U maakt uw familie te schande... door het middelpunt te zijn van de kritiek van de Gemeenschap.'

Ongetwijfeld hadden Ephrams boosheid en teleurstelling hem aangezet tot deze respectloze, grove woorden. Maar Reuben had ongeveer hetzelfde te horen gekregen van een hele groep mannen in de schuur van bisschop Joseph, die wraakzuchtige bedreigingen hadden geuit. Prediker Lapp in eigen persoon had Reuben onder druk gezet om de band met prediker Manny te verbreken en terug te keren naar de

Gemeenschap van de broeders. Maar dat had niet zo veel pijn gedaan als zijn intimiderende opmerking: 'Als je niet oppast, zullen we je uithongeren, Reuben Fisher!'

Nooit had Reuben gedacht dat iemands geloof zo veel afkeer kon veroorzaken. Hij was naar huis gevlucht, waar hij zijn moeder had gevonden, lijdend onder de nawerking van klaarblijkelijk een beroerte.

Wat hij vooral nodig had, was Betsy's tedere hand op zijn voorhoofd, de liefdevolle manier waarop ze zijn zorgen wegstreek. Reuben ging rond om de gaslampen te doven en nam Betsy bij de hand om haar mee te nemen naar boven.

*

'O, wat is hij klein,' zei Rosanna toen Ruth Glick, de vroedvrouw, Kate's zoon in haar armen legde. Ze vocht tegen haar tranen, omdat ze zijn rode gezichtje, rimpelig en lief, duidelijk wilde zien.

'Zeg je eerste zoon maar gedag,' zei Kate zwakjes tussen nieuwe weeën door. De tweede baby kwam er snel achteraan.

Rosanna was verrast hoe heel licht hij voelde in haar armen. Hij was bijna zo klein als een babypop. O, wat heerlijk om hem zo dicht tegen zich aan te houden! En te bedenken dat er nog een broertje of zusje onderweg was.

Algauw ging haar aandacht weer naar de lieve Kate, die met deze tweede geboorte duidelijk zwaarder worstelde. Tegen de tijd dat er een nog kleiner meisje in haar armen werd gelegd, kon Kate haar trieste kreten niet meer bedwingen, en korte tijd later gilde ze gesmoord van pijn.

Er is iets vreselijk mis, dacht Rosanna ze wilde het kindje in haar armen beschermen en de pijn van haar arme, lieve nicht stillen.

*

Rosanna deed haar best om haar emoties te bedwingen en hield Kate's hand vast. Haar nicht zat een beetje onderuitgezakt op de achterbank van de auto van de *Englische* buren. Ze kermde en hield haar buik vast terwijl Rosanna en Ruth Glick elk een baby vasthielden. Rosanna wist niet eens welke van de tweeling in de holte van haar arm lag; zo veel leken ze op elkaar. Maar hoewel de baby's een roze gezichtje hadden, waren ze te vroeg geboren en te klein, en hun longetjes hadden moeite met ademhalen. In het ziekenhuis zouden ze een paar dagen of langer in een couveuse worden gelegd.

Dit was niet zozeer teleurstellend als wel zorgelijk, maar Rosanna wilde zich niet meer zorgen maken dan ze al deed, nu Kate naast haar zo'n ondraaglijke pijn leed.

Kate's buren hadden vriendelijk aangeboden hen met z'n allen naar het ziekenhuis te rijden. Zo veel mensen in één auto! Op een dag als deze was Rosanna dankbaar voor de snelheid en de warmte van de auto die naar het ziekenhuis racete. Alles om Kate's leven te sparen.

Was er maar een manier om Elias te waarschuwen, dacht Rosanna. Ze zou graag willen dat hij in het ziekenhuis bij haar kwam, om kennis te maken met hun volmaakte kindjes. Waarschijnlijk begreep hij wel dat er iets aan de hand was, nu ze nog steeds niet thuis was op dit late uur.

Hebben andere echtparen ook zo'n sterke band? vroeg ze zich af.

Buiten vlogen het schimmige landschap en nu en dan een lichtje letterlijk voorbij... ze was nog nooit van haar leven zo hard gegaan. Lieve help, ze kon haar ogen haast niet gericht houden op de verlichte huizen en andere auto's. Was het zo om stads te zijn?

Ze had horen vertellen over een groep mensen die bij

elkaar kwam in het huis van prediker Manny, straks gingen die ook nog allemaal autorijden. Tractoren, vast en zeker, die waren *es Gschwetz* – het gesprek – van de dag. Misschien had Elias zich een paar weken geleden aan de avondmaaltijd wel bozer gemaakt om al dat tumult, dan over het krijgen van een zoon.

Nou, nu heeft hij toch nog een zoon... en ik een dochter.

Als de artsen Kate nu maar konden helpen... en de kleintjes op een gezond gewicht krijgen, dan konden Rosanna en Elias hen mee naar huis nemen om hen in de knusse eikenhouten wiegjes te leggen die de vader van Elias had gemaakt. Dan, en pas dan, was alles goed.

Hoofdstuk 32

Een uur voor zonsopgang stond Nellie Mae op en kleedde zich aan om te gaan bakken wat voor die dag nodig was. Toen de laatste vijf pompoenpasteien uit de oven waren en stonden af te koelen, begon ze eieren te kloppen met melk om voor iedereen roereieren te maken.

Ondanks *Dawdi's* protesten liep *Mammi* Fisher leunend op haar stok langzaam van de slaapkamer naar de keukentafel. Ze zag er vanmorgen veel beter uit, maar ze scheen grote tegenzin te hebben om met hen allen aan dezelfde tafel te zitten, al waren ze familie en hadden ze haar die nacht een slaapplaats gegeven. Nellie vond het belachelijk, maar ze had geen zin om te lachen. Wie was haar grootmoeder in vredesnaam om hen allemáál eigenmachtig de *Bann* op te leggen?

Dawdi was vandaag minder geneigd om haar te betuttelen, merkte Nellie op, en na het ontbijt ging hij samen met pa naar de schuur, waarschijnlijk voor een gesprek van man tot man.

Rhoda en mama begonnen de vaat van het ontbijt af te wassen en *Mammi* ging weer naar haar slaapkamer om nog wat te rusten. Nan bood aan op de bakkerswinkel te letten zodat Nellie kon gaan kijken of ze bij Kate thuis kon helpen. Nellie popelde om de baby's te zien, dus ze reed met de ponykar naar de Beilers, blij dat haar zus vandaag zo gemakkelijk in de omgang was.

De ponykar schoof en danste over de sneeuw, en ze wilde dat ze pa's oude slee genomen had. Toch waren de stilte en de kou rustgevend, net als haar wandeling van gisteren – voorafgaand aan de ruzie met Rhoda. Ze schudde haar hoofd. Wanneer was Rhoda zo kattig geworden?

Net als Mammi *Fisher deed tegen mama...*

Toen Nellie bij de Beilers arriveerde, zag ze tot haar stomme verbazing geen enkel rijtuig op het erf staan. Ze wilde geen overhaaste conclusies trekken, maar ze moest wel denken dat Kate medische hulp nodig had gehad bij de geboorte van de tweeling.

Nieuwsgierig gluurde ze door de achterdeur naar binnen en zag Kate's nicht Lizzy met twee van de kleinste kinderen spelen.

'Kom erin,' riep Lizzy toen ze geklopt had. Ze kwam naar de deur. 'Als je voor Kate komt, die is gisteravond met de baby's naar het ziekenhuis gegaan.'

'Is alles in orde met de tweeling?'

Lizzy grinnikte. 'Ach, maar ze zijn zo klein... een jongen en een meisje.'

O, wat heerlijk, van elk een!

'Is Rosanna King toevallig langsgekomen, dat je weet?' vroeg Nellie.

Er spreidde zich een warme glimlach over Lizzy's gezicht. 'Ja, hoor. Rosanna zei dat de vroedvrouw de eerste – het jongetje – meteen na zijn geboorte in haar armen had gelegd.'

Nellie kon wel huilen. 'Wat lief, hè?' Ze nam aan dat Lizzy wist waarom Rosanna aanwezig was geweest bij de geboorte.

Lizzy beaamde het met een knik. 'Maar over Kate maakte ze zich de meeste zorgen, geloof ik.'

'Nee, toch. Wat is er met haar?'

'Het enige wat ik weet is dat ze met de baby's mee moest naar het ziekenhuis, en vlug ook.'

‘Nou, het is fijn dat jij hier bent,’ zei ze tegen Lizzy.

Een van Kate’s peuters begon achter hen in de keuken te brullen. ‘Ik ga maar weer,’ zei Lizzy. ‘Kom nog eens langs, als je wilt.’

Nellie nam afscheid en keerde terug naar de ponykar. Het ziekenhuis was veel te ver voor deze jonge pony, al was het een van de best getrainde. Als ze met het gesloten familierijtuig was gekomen, dan had ze kunnen overwegen naar de stad te rijden. Bovendien waren de wegen verraderlijk, vooral met al het verkeer en ongeduldige *Englischers*.

Enigszins teleurgesteld reed Nellie naar huis, en wenste dat ze iets meer te bieden had dan het formuliergebed dat haar nu in de gedachten schoot.

⋆

Bij het aanbreken van de dag werd Nellie Mae gewekt door het kraaien van een haan, en ze sprong uit bed. Op de Dag des Heeren had ze zich verslapen.

Mama wachtte in de keuken, ze had al fruit en koude graanproducten neergezet. Haar gezicht stond donker. ‘Pa en ik zouden graag willen dat je met ons meegaat naar prediker Manny.’

‘Ik ga echt liever naar de kerkdienst.’ Nellie vond het naar om tegen mama in te gaan, ze werd verscheurd tussen trouw aan haar familie en de liefde voor haar *beau*.

‘Denk eraan dat je onder het dak van je vader leeft, kind.’

Nellie verbaasde zich niet over mama’s woorden. Van een jonge vrouw van haar leeftijd werd per slot van rekening verwacht dat ze zonder morren de regels van haar vaders huis volgde.

Mama ging achter pa’s stoel aan het hoofd van de tafel staan. Haar ogen werden zacht bij de gedachte dat Nellie misschien wel een *beau* had gevonden. 'Ik hoop dat we op zondag niet verdeeld zullen zijn... dat jij, en pa en ik, elk aan een kant zullen staan,' zei ze droevig.

Maar pa en zij hebben de goede kant verlaten, dacht Nellie. Ik ben helemaal nergens heen gegaan.

Zonder nog een woord te zeggen liep mama vlug naar de zomerveranda om haar werkjas aan te trekken. Ze ging vast de kippen voeren.

Mistroostig liep Nellie naar het raam. *O, de last die mama moet dragen, en nu draag ik nog bij aan haar verdriet.*

Later, na het wassen en aankleden, kreeg Nellie een soortgelijke reactie van Nan, die haar woedend aankeek toen ze in de gang langs elkaar heen liepen. Niets van haar gewone vrolijke: 'Lekker geslapen?' of '*Gut mariye*, Nellie Mae!' Nan had van Rhoda wat te horen gekregen.

Ze voelde zich verschrikkelijk alleen toen ze het huis verliet voor de lange wandeling naar het huis van Calebs oom voor de kerkdienst, blij met haar warme sneeuwlaarzen en gebreide wanten. Net zoals haar grootouders hadden geweigerd bij hen te wonen vanwege het geloof van haar ouders, liet Nellie haar ouders in de steek door vandaag alleen haar eigen weg te gaan en haar hart te volgen. *En de traditie van de Gemeenschap van Eenvoud*, dacht ze terwijl ze over de aangestampte sneeuw van de weg glibberde.

Wat zal het raar staan als ik daar helemaal alleen zit zonder mama en mijn zussen, besefte ze. Raar... en een magneet voor aandacht, waar ze een gruwelijke hekel aan had.

Ze had nog geen kilometer gelopen toen Ephram en Maryann met hun kinderen aan kwamen rijden en het paard met de slee voor haar lieten stoppen. 'Hallo, Nellie Mae! Wil je meerijden?' Dat was Maryann, met een meelevende blik.

Nellie stapte aan boord en de mollige Katie kroop naar haar toe om lekker op schoot te komen zitten.

'Wat een mooie zondag, *jah*?' zei Maryann. Ze keek Nellie aan, maar haar bedroefde ogen en opgetrokken wenkbrauwen schenen te zeggen: 'Wat naar dat je vandaag helemaal alleen bent...'

Nellie liep met Maryann en haar kleintjes op een rij het huis binnen, ze voelde zich haast even opvallend als wanneer ze alleen was geweest. Ze zag dat John en Kate Beiler er niet waren, en ze hoopte maar dat Kate gauw beter werd en dat met de baby's ook alles in orde kwam. Er bleken enkele tientallen mensen afwezig te zijn, en ze nam aan dat de meesten bij prediker Manny zaten en niet in het ziekenhuis bij de Beilers. Zelfs Nellie's eigen grootouders waren afwezig, zij het op doktersvoorschrift. *Lieve, lieve* Mammi, dacht ze, ze hoopte dat haar grootmoeder een tijdje bedrust zou houden. *Dan komt het allemaal wel weer goed.*

Lichamelijk althans, maar anderszins? Hoe kunnen mensen hun eigen zoon en zijn familie afwijzen, zoals Dawdi *en* Mammi *deden?*

De dienst begon en Nellie Mae zong alle liederen mee, zoals altijd; maar tijdens het stille gebed, toen ze knielden voor de houten banken, voelde ze almaar een brok in haar keel. En ze was zich heel bewust van Caleb... en zijn familie. Wat moesten die wel denken?

Na de eerste preek, gehouden door prediker Lapp, stond de bisschop op en begon te spreken op een meer conventionele toon dan ze ooit in een kerkdienst had gehoord. Hij las zelfs de Schrift voor in het Engels in plaats van in het Hoog-duits, zodat iedereen het kon begrijpen. Ze besefte meteen waarom hij daarvoor gekozen had toen hij voorlas uit het derde hoofdstuk van Colossenzen: 'En de vrede Gods heerse in uw harten, tot welken gij ook geroepen zijt in één lichaam...' Vervolgens baseerde hij zijn preek op die tekst en vermaande de gemeente verdeeldheid te vermijden en uit de buurt te blijven van hen die 'een vreemd geloof' verkondigen.

Nellie vond het belangwekkend dat de hele preek in feite met de vinger wees naar prediker Manny en zijn groep. De grimmige woorden van de bisschop – 'zij die een dergelijke denkwijze voorstaan, nemen een verraderlijke trots aan... tot de dood' – echoden in haar hoofd tijdens de hele gemeenschappelijke maaltijd.

Aan tafel bij Ephram en Maryann had ze het gevoel dat alle ogen op haar gericht waren. Een paar oudere mensen kwamen naar haar toe om naar *Mammi* Fisher te vragen, wat een deel van de spanning wegnam.

Maar het opgelaten gevoel keerde terug toen Maryann de kinderen meenam naar de wasruimte en Nellie alleen liet met haar klaarblijkelijk tobbende broer.

'Pa is behoorlijk dwaas, moet ik zeggen. Ik heb medelijden met jou, dat je thuis moet wonen.'

Ze wilde zijn boosaardige woorden niet beamen. 'Het ziet ernaar uit dat onze grootouders ten slotte toch niet bij ons komen wonen.'

'Tja, dat is pa's schuld, weet je dat niet?'

'Wij kunnen er niets aan doen.' Ze keek hem aan. 'Toch?'

Hij negeerde haar. '*Dawdi* Fisher moet helemaal terug verhuizen naar Bird-in-Hand, hoor.' Hoofdschuddend mompelde hij iets wat ze niet kon verstaan. Zat hij zachtjes te schelden?

'Bekijk het van de vrolijke kant,' zei ze zacht. 'Ze gaan wonen waar ze tussen passen.'

'Ach, kom! Ze horen in Honeybrook, en niet helemaal daar, waar wij dan weer helemaal heen moeten reizen om hen te bezoeken en zo.'

'Dus je vindt het eigenlijk ongerieflijk?'

Nu was het zijn beurt om te verbleken.

'Je denkt helemaal niet aan *Dawdi* en *Mammi*.'

'Net zoals pa niet denkt aan de problemen waar hij in zit,' snauwde hij terug. 'Of aan hoe dit ons allemaal treft.'

Dus het irriteert hem dat wat pa doet weerslag op hem heeft.

'Trouwens,' voegde Ephram er vlug aan toe, 'ik ben erg blij om jou hier te zien, Nellie Mae. Jij houdt tenminste stand.'

Dat laat je wel op een interessante manier zien, dacht ze, blij dat tante Anna Fisher naast haar kwam zitten. Anna vroeg of het mogelijk was dat Nellie bij een van de komende bruiloften kwam helpen met het schoonmaken van de keuken en Nellie stemde vlug toe. Niettemin hoopte ze heimelijk dat deze bruiloft niet die was waar Caleb en zijn familie heen zouden gaan. Dan zou ze hem niet veel kunnen zien.

Toen tante Anna opstond en naar een ander deel van de lange tafel liep, zag Nellie dat haar broer verdwenen was. Ze zuchtte van opluchting, zich bewust van haar onevenwichtige gevoelens vandaag... het leek wel of ze tegen een stroom op zwom, zo sterk dat hij haar dreigde naar beneden te trekken.

Ze dacht aan prediker Manny, haar eigen bloedverwant nota bene – de man die God gekozen had voor de Gemeenschap van Eenvoud. Ze voelde zich vreselijk gefrustreerd en vroeg zich ineens af of ze niet naar hem moest gaan luisteren. Hij was per slot van rekening aangesteld door God, dus wat had het te betekenen dat hij afweek van zijn aanvankelijke roeping? Hier, waar zo veel mensen nog steeds hun levenslange gelofte aan God en de kerk nakwamen.

Prediker Manny was gedeeltelijk de reden dat haar ouders de kerk van hun kindertijd en de hare hadden verlaten. Waar moest ze nu haar gelofte afleggen voor de Gemeenschap van Eenvoud? Waar moest ze eens haar huwelijksgelofte afleggen, om een goede Amish vrouw te worden voor haar geliefde Caleb?

Hier, zei ze tegen zichzelf. *Ik blijf op mijn plaats.*

Ze wilde net gaan helpen tafels afruimen toen Calebs vader ineens met een woedende blik op haar af kwam stormen. Ze keek achter zich, in de veronderstelling dat zijn blik voor iemand anders was bedoeld.

Ze wilde net opstaan toen hij haar overviel door haar aan te spreken. 'Nellie Mae, vind je het goed als ik even bij je kom zitten?'

Het was hoogst ongewoon voor een getrouwde man om met een alleenstaande jonge vrouw die geen familie was te praten. Hitte kroop omhoog in haar hals en haar hart begon te bonzen. En Caleb... waar was hij?

'Nellie Mae,' begon hij, 'ik ben heel benieuwd... waar je ouders vandaag zijn? Je hele familie?'

Ze wilde hem onder het oog brengen dat Ephram er was met zijn gezin, maar ze schaamde zich om tegen deze man in te gaan.

'Mijn vader is...' Als ze de waarheid vertelde, zag ze Caleb misschien niet meer, en ze was er vrij zeker van dat het gesprek daarheen leidde. O, ze wilde haar lieveling zoeken met haar ogen. Waar was hij?

'Nellie?' David Yoder boog zich met een ernstig gezicht naar voren. 'Heeft je vader zich bij prediker Manny aangesloten?'

Ze keek hem aan, bang dat ze in huilen zou uitbarsten.

'Zou u het erg vinden om dat aan pa zelf te vragen?' Het was een hele inspanning, maar ze had precies gezegd wat ze wilde – wat ze *moest* zeggen. Ze moest hem op de een of andere manier afschepen. Zou dit volstaan?

'Nou, Nellie Mae Fisher, ik dacht toch echt dat ik het nu tegen jou had.'

Ze kon haar tranen niet langer bedwingen. Haar lip begon te trillen en ze kreeg het gevoel dat ze op zou staan en iets ongepasts zeggen, of gaan huilen als een klein kind, toen Caleb haar kant opkwam.

Ach, gelukkig!

Zonder angst, alsof hij zelf vaak dergelijke aanvaringen had meegemaakt, liep Caleb recht op de tafel af en ging links van zijn vader staan. 'Nellie? Ik zou je graag even spreken.'

Hij is net zo direct als zijn vader. Maar ze wist zonder twijfel dat hij haar kwam redden en ze had hem er des te liever om.

'Pa,' zei hij, zich naar hem toe wendend, 'Nellie Mae gaat een poosje met me mee.'

Ze wilde lachen, ze wilde in haar handen klappen. Die *beau* van haar, was hij niet onbetaalbaar? Ze wist dat ze hem zou volgen waar hij ook heen ging, en dat bleek helemaal naar het einde van het maïsveld te zijn en verder, naar de hoge rotswanden die uitkeken over Honeybrook. Het was een plek waar ze altijd van gehouden had, en daar stond ze, hand in hand met Caleb... en toen was ze in zijn armen.

'Je bent een dapper meisje,' fluisterde Caleb in haar oor voordat hij haar een kus op haar voorhoofd gaf.

'Ik was zo... sprakeloos,' bekende ze.

Hij knikte en drukte zijn voorhoofd tegen het hare. Hij begreep kennelijk wel wat zijn vader haar had gevraagd. 'Voel je niet aangevallen, Nellie Mae. Alsjeblieft niet.'

Zo had ze zich inderdaad gevoeld, maar nu niet meer, bij Calebs vriendelijke en troostende manier van doen. Lieve help, ze geloofde dat ze met hem naast zich, met zijn aanmoediging, alles kon doorstaan. Ze merkte aan zijn bewonderende blikken en het kneepje van zijn hand dat hij haar des te meer bewonderde omdat zij vandaag voor de Oude Wegen had gekozen. En voor hem.

Maar uiteindelijk moest Nellie weer naar huis om de afkeurende blikken van haar familie te verdragen, in de wetenschap dat pa vroeg of laat een goed gesprek met haar zou willen hebben. Ineens leek een vol jaar wachten om met Caleb te trouwen veel te lang.

Hoofdstuk 23

Het enige waar pa over kon praten toen hij thuiskwam, was de bijeenkomst bij prediker Manny... en dat de opkomst op deze zondag bijna twee keer zo groot was geweest. 'Hoe zal het dan aanstaande zondag wel niet zijn, als het nieuws zo snel de ronde doet?' vroeg hij zich hardop af. Mama straalde gewoon. En Rhoda en Nan leken na één enkel bezoek al overgehaald.

Met z'n vieren praatten ze opgewonden aan de avondmaaltijd, maar Nellie voelde zich door Calebs steun niet buitengesloten. Ze zou het 'vreemde geloof' waartegen oom Bisschop in zijn preek twee volle uren gefulmineerd had niet aanvaarden.

Nu het gezin kennelijk nog maar één gespreksonderwerp had, kon het haar niet snel genoeg avond worden, en Nellie glipte weg naar haar kamer. Onderweg zag ze Rhoda en Nan in hun eigen kamer zitten, met hun hoofden gebogen over pa's King James Bijbel. Nellie was jaloers toen ze dit nieuwe bewijs van hun saamhorigheid zag. Was het niet erg genoeg geweest om Suzy te verliezen? Moest ze ook nog de rest van haar familie kwijtraken... en nog wel aan een vreemd geloof?

Ze ging liggen om uit te rusten, zich vastklampend aan de hoop op gezellige omgang met Maryann. En met Rosanna, als de baby's eenmaal veilig thuis waren. Misschien kon ze eens naar Kate toe gaan als ze weer helemaal beter was. Van Ephram hoefde ze niet veel te verwachten, want bij hem leek het weinig uit te maken aan welke kant je stond. Wat ze ook deed, *die* broer kon ze niet plezieren!

Ze draaide zich op haar zij in een poging lekker te gaan liggen, en dwong zich niet te denken aan Calebs vader die haar benaderd had. Ze putte troost uit het feit dat ze binnenkort een eind zou maken aan Suzy's duistere geheimen... morgen, nadat ze de winkel had gesloten, zou ze het dagboek vernietigen.

Suzy's slechte leven zal nooit meer iemand raken...

★

Het was alweer wasdag, en aangezien mama niet lekker was en in bed lag, viel het tijdrovende werkje toe aan Nan en Nellie, omdat Rhoda vroeger dan anders naar haar werk moest. Rhoda zei niet waarom, wat Nellie ergerde, omdat ze zich moest verdelen tussen de was en de grotere hoeveelheid brood en lekkernijen die 's maandags gebakken moesten worden.

In de kelder zei Nan dat ze graag een elektrische wasmachine zou willen – 'misschien ook ooit een droger. Een heleboel mensen op de bijeenkomst gisteren zeiden dat zulke dingen niet zo belangrijk zijn in de ogen van God.' Nellie zuchtte inwendig en bedacht dat haar zus iets gemist had door gisteren niet aanwezig te zijn bij de waarschuwing van de bisschop. *Lieve help, het lijkt wel of ze nu al stads begint te worden.*

Zo vriendelijk mogelijk nam ze Nans kennelijke enthousiasme voor moderne gemakken op, en spitste haar oren toen Nan zei dat ze op Manny's bijeenkomst twee nieuwe groepen had zien opkomen.

'Wat bedoel je?'

'Precies wat ik zei.' Nan duwde nog meer kleren in de

door gas aangedreven wringer. 'Eén groep gaat het voornamelijk om de verzekering van verlossing, zoals pa. En een andere groep wil tractoren en auto's en andere nuttige dingen bezitten.'

'Wat vindt prediker Manny daar allemaal van?' Nellie had gedacht dat de splintergroep van Manny helemaal zou opgaan in Bijbelstudie, zoals haar ouders, en niet smachtte naar wereldse zaken.

'Ik weet het niet precies,' bekende Nan. 'Hij had het eigenlijk alleen over de Schrift.'

'Kun je je pa in een auto voorstellen?' moest Nellie vragen.

Nan schudde haar hoofd. 'Nooit.'

'Maar hij zou toch uiteindelijk ten prooi kunnen vallen aan de andere groep – net als de Beachy Amish – en naar die dingen gaan verlangen?'

Nan lachte. 'Daar zal mama wel een stokje voor steken, denk je niet?'

Nellie beaamde het.

'Ik heb horen zeggen dat pa's neef Jonathan wel belangstelling heeft voor auto's,' voegde Nan eraan toe.

'Heeft hij er al een?'

'Binnenkort, denk ik... volgens de geruchten. Ongetwijfeld neemt hij daarna elektriciteit en een tractor met rubberbanden. Waarom niet, hij is toch al verstoten.'

Nan ging verder. 'Je moet echt eens met ons meegaan naar prediker Manny om het zelf te horen, Nellie Mae. Misschien zou je verbaasd staan.'

Ze verstrakte. 'Ik heb geen zin om de Oude Wegen de rug toe te keren.'

'Ach... de Oude Wegen.' Nan lachte. 'Stel je voor dat je niet al die kleren aan de lijn hoefde te hangen, en op zo'n ijskoude dag nog wel.' Daarop beende ze driftig naar boven met een nieuwe lading nat wasgoed en liet Nellie achter om hun gesprek te herkauwen. Ze was in elk geval blij dat Nan weer tegen haar praatte.

*

Rosanna zat in het ziekenhuis in de wachtkamer en wachtte ongeduldig op bericht over de toestand van nicht Kate. Ze was de enige Amish in de ruimte en voelde zich niet op haar plaats, maar ze was vastbesloten Kate te bezoeken. Helaas wist ze niet precies hoe ze het moest regelen om een bezoek af te leggen, met al die drukte in de gangen van komende en gaande dokters en verpleegsters.

Na een tijdje stond ze op en ging op zoek naar een informatiebalie om naar haar nicht te vragen.

'Bent u familie van mevrouw Beiler?' vroeg de vrouw met een blik van herkenning.

Dat komt door de hoofdbedekking natuurlijk.

'Ik ben haar nicht,' antwoordde Rosanna.

De vrouw zweeg even en bekeek een lijst met namen. 'Mevrouw Beiler is kennelijk een populaire vrouw. Ze heeft in totaal al negen nichten op bezoek gehad.'

Rosanna wist niet hoe ze haar ervan moest overtuigen dat ook zij een nicht was. Ze zou weggegaan zijn zonder Kate gezien te hebben, als tante Rachel niet op dat moment op haar af was gekomen. Rachel sloeg haar arm om Rosanna's middel en nam haar mee de gang in. 'Houden ze je weg bij Kate?' vroeg ze.

'Dat weet ik eigenlijk niet.' Rosanna zweeg even. 'Wordt ze beter?'

'Nou, ze is vreselijk zwak... ze houden haar goed in de gaten. Ze heeft ontzettend veel bloed verloren. Heb je het niet gehoord?'

Rosanna schudde haar hoofd. 'Wat erg. Zal ze gauw naar huis mogen?' Ze durfde niet naar de tweeling te vragen, want ze wist niet of tante Rachel wel wist dat haar kleinkinderen door Rosanna zouden worden opgevoed.

'*Jah*... gauw.' Rachel keek haar ernstig aan en fluisterde toen: 'Ach, Rosanna, onder ons gezegd vind ik het maar raar wat Kate doet. Ik heb gisteren pas van John gehoord wat Kate en hij besloten hebben te doen voor Elias en jou.' Haar tante leek een beetje geërgerd; toen klaarde haar blik ietwat op. 'Maar ja, de tweeling zal weten wie eigenlijk hun pa en mama zijn, *jah*?'

Rosanna herinnerde zich het pijnlijke gesprek en knikte. 'Dat wil Kate.'

Tante Rachel pakte haar hand. 'Ik zal mijn kleinkinderen vaak willen zien, dat weet je natuurlijk wel.'

Rosanna stemde met haar in en had medelijden met Rachel, die nu pas moest wennen aan het idee dat haar bloedeigen kleinkinderen met iemand anders mee naar huis gingen. 'U mag hen altijd komen opzoeken. Ik zal blij zijn met de extra hulp.'

Ineens glimlachte Rachel. 'O, je zult allerlei hulp krijgen, geloof mij maar.'

'*Denki*,' fluisterde Rosanna, dankbaar dat Rachel het plan kennelijk accepteerde. 'Heel hartelijk bedankt.'

⋆

Nellie was blij toen Nan halverwege de ochtend naar de winkel kwam met de laatste baksels, en zelfs zover ging ze in de vitrine te leggen. Maar toen haar zus vertrokken was om het middagmaal voor mama te gaan koken, schikte Nellie met grote zorg opnieuw de gemberkoek en havermoutcakes. 'Ik ben een pietlut,' mopperde ze.

Ze liep om de voorkant van de vitrine heen en deed of ze een potentiële klant was die de winkel bekeek. Op dat moment kwam de donkerharige Joy Landis binnen. Het verbaasde Nellie haar te zien op een schooldag. 'Hallo,' zei ze. 'Kan ik je helpen?'

Het meisje lachte verlegen en Nellie zag de piepkleine Amerikaanse vlaggetjes in haar oren. Nellie had vast te lang naar haar oorringen gestaard, want Joy bracht haar hand omhoog om haar oor aan te raken en vroeg: 'Vind je ze mooi, Nellie Mae?'

Nellie werd rood en glimlachte gedwongen. '*Jah*, ze zijn mooi.'

'Ik draag ze omdat het Veteranendag is. We hebben vandaag geen school.'

Nellie herinnerde zich vagelijk dat ze op een maandag in november een dag vrij had gehad toen ze nog op school zat. De juf had haar verteld dat de feestdag bedoeld was om de soldaten te eren die in de oorlogen van Amerika hadden gevochten, dus geen feestdag die een vredelievend Amish meisje zou gedenken.

Joy keek ineens opgelaten en wendde haar blik af alsof ze iets op haar hart had, maar niet wist hoe ze moest beginnen.

'Wil je iets proeven?' bood Nellie aan, die dacht dat ze het misschien niet durfde te vragen.

'Nee... maar toch bedankt.' Joy liep dichter naar de vitrine toe, en bekeek de verschillende soorten koekjes.

Nellie ging achter de toonbank staan en wachtte. Ze wilde dat ze iets kon bedenken om te zeggen om de stilte op te vullen. Ze overwoog over Joy's nichtje Darlene te beginnen, en te vragen hoe ze het *dit* jaar deed op school, maar ze vond dat ze er eigenlijk niets mee te maken had.

Juist toen ze dacht dat Joy een gat zou staren in de pindakaaskoekjes, keek ze op. 'Ik ben vandaag niet gekomen om iets te kopen, maar omdat ik mijn moeder heb beloofd dat ik het recht zou zetten.'

Nellie verroerde geen vin.

'Ik weet dat sommige mensen in de stad vonden dat je zus een wilde was, maar Suzy heeft een heleboel kinderen van school geholpen. Dat is geen grapje.'

Nellie keek haar onderzoekend aan. 'Waarom zeg je dat?'

Joy keek over haar schouder naar de auto die buiten geparkeerd stond. 'Mijn moeder dacht dat je haar niet geloofde.'

'Waarom zou ik?' Nellie flapte de woorden er te vlug uit. Daardoor wist Joy natuurlijk dat Nellie ervan uitging dat haar eigen overleden zusje net zo onhandelbaar was geweest als de roddels beweerden.

'Dacht je dat ze een rebel was?' vroeg Joy.

Dat kon Nellie niet toegeven aan een *Englischer*. 'Ach, dat heb ik niet gezegd.'

'Nou, je moet weten dat Suzy het beste was wat Darlene ooit was overkomen.' En zonder gedag te zeggen draaide Joy zich om en liep de winkel uit.

Nellie keek het tengere meisje na, dat bij haar moeder in de auto stapte. Het was duidelijk dat Joy gedwongen was om hier te komen, en Nellie had medelijden met haar. Toch was ze ook blij dat Joy de moed had gevonden.

'Lieve help,' mompelde Nellie Mae verbaasd hardop. 'Het wordt tijd dat ik de rest van je dagboek lees, Suzy... niet dan?'

Hoofdstuk 34

Nellie Mae tilde de matras op en trok aan Suzy's dagboek. Ze zou er nog één keer naar kijken, in de hoop iets goeds te vinden in haar verhaal. Maar ze zag ertegen op nogmaals door de modder en het slijk van Suzy's *Rumschpringa* te waden.

Bladerend vond ze de plek waar ze het de laatste keer had opgegeven en ze begon weer te lezen.

> *Vandaag zag ik de sporen van een wezel in de modder langs de stroom aan de andere kant van de weg. Natuurlijk moest ik ze volgen. Wat vind ik de natuur toch mooi. Echt, het lijkt wel of er twee van mij zijn...*

Suzy's werklaarzen maakten een zuigend geluid in de vochtige aarde langs de kreek toen ze de sporen volgde en zich afvroeg waar ze heen zouden leiden. Ze was weg gedwaald van huis en wenste dat Nellie met haar was meegegaan op verkenningstocht, maar er waren klanten, dus Suzy had niet de moeite genomen om het te vragen. Ze volgde de sporen van de wezel helemaal door het uitgestrekte veld dat grensde aan het land van de buren.

Intussen peinsde ze over de wezelachtige manier waarop Jay Hess zich de laatste weken had gedragen. Deze kant van hem had ze niet eerder gezien, een verwend kind dat een driftbui krijgt... en alleen omdat hij zijn zin niet kreeg bij haar.

Als klap op de vuurpijl was ze een paar kortgeknipte jongens tegengekomen die uitnodigingen uitdeelden voor een 'levendige bijeenkomst', zoals ze het noemden. Het was erg verleidelijk, vooral omdat de uitnodiging kwam van de lange, blonde Christian Yoder. Zijn gezicht deed haar aan iemand denken, maar ze kon hem niet thuisbrengen. Als hij niet zo aardig en spraakzaam was geweest, had ze de uitnodiging misschien niet aangenomen.

Natuurlijk was ze wel wijzer dan Jay over haar plannen voor vrijdagavond te vertellen, om hem niet in woede te doen ontsteken zoals zo vaak als zij maar naar een andere jongen kéék. Ze wenste dat hij voor zichzelf even streng was, want *hij* flirtte eindeloos met andere meisjes. Tot haar eigen verrassing verheugde ze zich op een avond zonder hem.

*

Toen die vrijdag daar was, glipte Suzy na het avondeten weg naar de bijeenkomst. Ze nam de ponykar. Er waren veel jonge mensen aanwezig, *Englisch* en van Eenvoud. Niet velen waren Amish gekleed zoals zij.

Slechts in het voorbijgaan had ze weleens eerder opgemerkt hoe mooi het openluchtterrein Tel Hai was. Het cederhouten tabernakelgebouw, met de open zijkanten, trok haar aan toen ze naar binnen wandelde achter een groepje mennonitische meisjes, met glad achterovergekamd haar met hun komvormige, geplooide witte hoofdbedekkingen erop.

De muziek was zo levendig als Christian gezegd had – en bezielend. Een jonge evangelist in een zwart pak bediende Gods Woord en drong vurig aan op bekering. Er waren honderden mensen, onder wie veel echtparen en families gezeten op tuinstoelen. Er stonden zelfs rijtuigen langs de weg geparkeerd zodat de inzittenden mee konden luisteren. De mensen luisterden hevig geboeid naar de sobere woorden van de jonge dominee en velen moesten hun tranen drogen.

Suzy zat op het puntje van haar stoel, gefascineerd door de hartstocht die de jonge prediker achter het houten spreekgestoelte midden op het lange podium uitstraalde. Ze begreep niet waarom aan het eind van de preek tientallen huilende mensen naar het getimmerde altaar stroomden. Of waarom zo veel tieners hun vrienden aan de hand meevoerden naar voren.

Christian in zijn gele overhemd kon ze niet over het hoofd zien. Hij zat vlakbij met drie andere jonge mannen, allemaal kennelijk zonder vriendin. Geen van hen gaf gehoor aan de oproep om naar het altaar te komen, dus Suzy nam aan dat ze al tot de 'verlosten' behoorden. Christian hield zijn Bijbel opengeslagen om de jongen naast hem iets te laten lezen, en boog nu en dan het hoofd in gebed terwijl de evangelist zich richtte tot de groep die geknield vooraan lag.

Met een naam als Christian moet hij een Amish achtergrond hebben, vermoedde ze, maar zijn felgekleurde overhemd wees op iets anders. *Tenzij hij net zo tegendraads is als ik.* Maar ze betwijfelde of een onhandelbare jongen een bijeenkomst als deze zou aanprijzen – een kerkdienst in een mooie, vredige omgeving zoals ze nog nooit had meegemaakt.

De evangelist verliet het spreekgestoelte om heen en weer te lopen. 'Luister naar de Bijbel: *Deze dingen heb Ik u geschreven, die gelooft in den Naam des Zoons van God; opdat gij weet, dat gij het eeuwige leven hebt, en opdat gij gelooft in den Naam des Zoons van God.* Merk op dat er staat: *opdat gij weet*.'

Ik wil het weten.

Suzy dacht aan haar vriendje, aan zijn roekeloze gedrag en de wilde vrienden met wie Jay en zij omgingen. Toen dacht ze aan haar familie, ondergedompeld in traditie. Waren ze allemáál verloren, zoals deze prediker verklaarde? Wat stond er eigenlijk in de Bijbel?

Ze klemde haar handen tot vuisten en onderdrukte haar verlangen om op te staan en naar voren te lopen, wees af wat de evangelist 'de overtuigende macht van God' noemde. De tranen dreigden haar over de wangen te stromen en ze kwam overeind en glipte door de achteruitgang weg.

De volgende dag dwaalde ze na het huishoudelijk werk naar het beboste gebied achter de wei om naar de lentevogels te kijken.

Overal waar ze keek, zag ze het handwerk van God. De waarheid van Zijn schepping was om haar heen; zelfs de kruisvormige takken van de oudste eikenboom deden haar denken aan de preek van de jonge dominee. 'Genageld aan het hout, is de Heiland voor u gestorven. Door het offer van Zijn leven, kunt u in Zijn naam behouden worden.'

Ze dacht weer aan de betraande gezichten van de jonge mensen die naar het altaar snelden, hun duidelijke opluchting en blijdschap als ze gebeden hadden met de evangelist. Misschien wist de jongensachtige predikant inderdaad waar hij het over had.

Suzy had het altijd gevoeld, maar op deze dag zag ze een fundamentele orde in het bos, van de hoogste, statigste boom tot de kleinste bosmuis.

Overal is orde, dacht ze, kijkend naar een groepje tulpenbomen. Hun hoogste takken deinden samen één kant op en ze deden de esdoorns en eiken klein lijken.

Tjonge, God wekt zelfs de kleinste spruit uit zijn winterslaap, dacht ze terwijl ze liep en de schoonheid indronk, dankbaar voor het wonder-*gute* nieuws van Gods liefde. De woorden van de jonge predikant waren haar bijgebleven. 'Leest u het zelf – neem het niet op mijn gezag aan,' had hij gezegd.

Suzy werd heen en weer geslingerd, ze wist dat ze op een

kruispunt stond. Ze kon doorgaan op de weg die ze ingeslagen was met Jay en zijn vrienden, of ze kon de hand van de Heiland vastgrijpen en uit de duisternis te voorschijn komen.

Ze verlangde ernaar deze Jezus te leren kennen over wie de predikant had gesproken. In haar hele leven had ze zulke dingen nog nooit gehoord.

★

Toen Suzy dinsdags boodschappen deed in de stad, werd ze ingehaald door Jay. Hij vroeg waar ze vrijdagavond had gezeten en waarom ze niet op de afgesproken plek was verschenen. Ze nodigde hem uit met haar mee te gaan om 'iets heel goeds' te horen, maar ze zei niet dat het een kerkelijke bijeenkomst was, in de hoop hem over te halen door te vertellen over de opwindende muziek.

Toen hij vroeg waar dat wel mocht zijn, zei ze: 'Ten oosten van Route 10 op Beaver Dam Road.' Hij moest het begrepen hebben, want hij grijnsde spottend en zei: 'Je denkt toch zeker niet dat ik gek ben, Suzy. Ik wil niet dood gevonden worden bij dat stelletje fanaten.'

'Dan zie je mij niet meer!' Ze draaide zich op haar hakken om en liep weg.

Daarop begon Jay haar heftig te bespotten en alle denkbare verdachtmakingen te uiten. Nooit had ze zo'n behandeling verwacht van iemand die eens beweerd had dat hij van haar hield. Nu twijfelde ze eraan of hij ooit iets om haar gegeven had.

Toen Darlene later vroeg of ze het uitgemaakt had met Jay, gaf Suzy het toe. Hoe graag ze ook een vriendje wilde, de aantrekkingskracht van de rustieke tabernakel was sterker.

*

Met het verstrijken van de week wierp Suzy nu en dan een blik in pa's *Englische* Bijbel en ze legde er stukjes papier in om aan te geven waar ze gebleven was, vooral in het Nieuwe Testament, waar haar vader ze niet zou zien. Ze vond verschillende teksten die de evangelist had genoemd en schreef ze zorgvuldig over in haar dagboek. Ze was verlangend om meer te leren, maar het verlies van Jay knaagde in haar achterhoofd. Ze dacht aan alle stukjes van haar hart die ze hem gegeven had en wilde wel alles doen om ze terug te krijgen.

Hoewel Suzy haar verlies graag wilde delen met de zus van wie ze het meest hield, vertelde ze Nellie niet wat er was gebeurd, bang dat Nellie het niet zou begrijpen, omdat de jongen om wie het ging *Englisch* was. En omdat haar hart een nieuwe, eveneens verboden kant op werd getrokken... weg van wat ze altijd had geleerd.

Ze wenste hevig dat haar familie meer godsdienstig begrip had. Voor zover zij wist, leefden ze gewoon volgens de leer van hun voorouders. Natuurlijk, pa en mama namen het gezin om de andere zondag mee naar de dienst, maar Suzy had het gevoel dat ze gewoon hun drie uurtjes uitzaten. Er werd niet gesproken over een relatie met Gods Zoon, er was geen aandrang in de richting van Christus. Nee, zoals zij gebonden waren door de regels van de kerk en de bisschop zou er niet minder dan een goddelijk wonder voor nodig zijn om haar familie te redden.

Ze zijn verloren aan de traditie.

De tweede vrijdagavond in de tabernakel was Suzy een van de eersten die naar 'het zondaarsaltaar' liep. Hoewel de predikant dit keer ouder was, en misschien wel wijzer, was de boodschap dezelfde. 'Gods belofte van verlossing is betrouwbaar,' verklaarde hij. 'Het is duidelijk. *Voorwaar, voorwaar zeg Ik u: die Mijn woord hoort, en gelooft Hem, Die Mij gezonden heeft, die heeft het eeuwige leven, en komt niet in de verdoemenis, maar is uit den dood overgegaan in het leven.*'

Niet in de verdoemenis... Ze huilde als ze eraan dacht. *Heere Jezus, ik stel mijn vertrouwen op U als mijn Verlosser*, bad Suzy in haar hart. Ze stond met een betraand gezicht op van het altaar.

Meteen de volgende dag vatte ze het plan op om haar *Englische* vrienden te vertellen over haar nieuwe geloof. Ze nodigde Darlene uit om mee te gaan naar het restaurant in Honeybrook om een ijsje te gaan eten. Darlene had meteen toegestemd – verrassend, want ze had nooit op willen trekken met wie zij 'heilige boontjes' noemde.

'Je bent niet gelukkig met je leven op dit moment, hè?' vroeg ze Darlene.

De tranen sprongen haar vriendin in de ogen.

'Wil je niet met me meegaan naar de bijeenkomsten?' vroeg Suzy.

'Kan ik niet.'

'Je zult er geen spijt van krijgen,' drong ze aan. 'Eén keertje maar?'

Darlene schudde haar hoofd. 'Ik ben met dingen bezig waar jij geen weet van hebt.'

'Hoeft ook niet... en God weet het toch al.'

Ze praatten samen tot hun ijs in soep was veranderd. Al had Darlene haar uitnodiging niet aangenomen, Suzy bad dat ze van gedachten zou veranderen.

★

Bij de volgende opwekkingsbijeenkomst zag Christian Yoder Suzy zitten en ging naar haar toe. Ze raakten aan de praat en het bleek dat hij een neef was van Rebekah Yoder. Christians familie had de Amish tientallen jaren geleden verlaten. Algauw had Suzy zijn broers en hun vrienden ontmoet en ze vond voldoening in het gezonde gezelschap van deze nieuwe groep.

In dit fascinerende nieuwe hoofdstuk van haar leven bracht Suzy veel tijd door in gebed. Ze vroeg God haar familie tot verlossing te brengen. 'Wat het ook kost om hen tot U te brengen, God, ik ben bereid.' Ze hunkerde ernaar dat haar familie deze wedergeboorte zou ervaren en elke avond bad ze voor hen in James' oude slaapkamer, de meest afgelegen plek in huis.

Een paar weken later hield Darlene haar aan op straat. 'Heb je tijd om wat te gaan drinken?' vroeg ze. Suzy knikte en toen ze in het restaurant op hun gewone plekje zaten, stortte Darlene in en onthulde hoe hopeloos haar leven was. 'Ik heb je de laatste tijd gadegeslagen, Suzy, en... wat jij hebt, dat wil ik ook,' bekende ze.

Suzy danste over straat. Nu al verhoorde God haar gebeden!

Ze had zelfs een nieuw vriendje; Christians broer Zachary. Zachary's doel in het leven was naar het zendingsveld te gaan, een idee dat Suzy enorm aantrok.

Het was Zachs idee om op zaterdagmiddag 9 juni met de hele groep te gaan roeien. Suzy besloot dat het de perfecte gelegenheid was voor Nellie Mae om de gebroeders Yoder te ontmoeten. Voor deze vriendenkring hoefde ze zich warempel niet te schamen.

Toen Suzy namens Christian Nellie uitnodigde om mee te gaan, werd ze verrast door de sterke onverschilligheid van haar zus. Nellie was duidelijk geïrriteerd door het voorstel en Suzy vroeg zich af of haar zus soms een *beau* had waar ze niets van afwist. Ze kibbelden over Suzy's plannen, Nellie was verontwaardigd tekeergegaan: 'Je gaat toch zeker niet met een groep jongens uit, *Englischers* nog wel! Wat haal je in je hoofd, Suzy?'

'Maar de jongens zijn allemaal broers en er gaan ook meisjes mee. Ik vond het aardig van Zachs broer om je mee te vragen, al ben je Amish. Het is gewoon als vrienden. Hij is heel leuk... hij heet Christian, en hij *is* ook een christen.'

'Ik ga niet uit met iemand die ik niet ken,' antwoordde Nellie boos. 'En zeker niet met wereldse jongens.'

Suzy had geweten dat het behoorlijk optimistisch was om te denken dat Nellie mee zou gaan, maar ze had oprecht gehoopt – en gebeden – dat haar zus ja zou zeggen. Ze was verrukt van het idee haar mee te nemen op het water, omringd door haar gelovige vrienden. Per slot van rekening had Jezus Zijn discipelen onderwezen in een boot op het Meer van Galilea. Ze voelde zich oprecht geroepen tot deze dag.

Als Nellie Mae het maar niet had bedorven door zo koppig te zijn!

★

Nellie stond op en drukte het dagboek hard tegen haar borst. Ze wist niet wat ze ervan moest denken, maar haar tranen stroomden. *Suzy is een poosje wild geweest, maar ze heeft iets veel beters gevonden in het heel vreemde geloof waar onze eigen bisschop tegen is*, dacht ze.

Het was onmogelijk om voorbij te zien aan Suzy's enthousiasme. En te bedenken dat God Suzy's voortdurende gebed voor pa en mama had verhoord... lieve help, haast de hele familie scheen dezelfde kant op te gaan.

Wat het ook kost, God, had Suzy gebeden.

Nellie keek met betraande ogen naar het dagboek in haar handen. Had Suzy zonder het te weten haar eigen leven opgeofferd voor haar familie? Kon zoiets bestaan?

Het verdriet van pa en mama om Suzy had hun harten wijd geopend. Ze hadden het ergst mogelijke verlies gevreesd; de eeuwigdurende straf voor hun jongste. Als het waar was wat pa en mama geloofden, dan was Suzy bij God. *O, te bedenken…*

Nellie liep naar het raam en sloeg de laatste bladzijde van het dagboek op. Ze veegde haar tranen weg zodat ze de woorden kon zien, de laatste geschreven woorden van een meisje dat was gaan houden van de Zoon van God.

Ik wou dat Nellie en ik vanmorgen geen ruzie hadden gemaakt. Ik wou dat ze van gedachten veranderde en meeging met Zach en mij en de anderen. Jay en zijn vrienden had ze niet gemogen, dat weet ik. Maar mijn nieuwe broeders en zusters, zogezegd? Geen twijfel aan dat ze dol op hen zou zijn.

Misschien ontmoet ze de Yoders toch eens… op Gods tijd.

Ach, maar ik hou zoveel van Nellie Mae. Ze gedraagt zich gewoon als een grote zus en probeert me veilig te bewaren. Ze maakt zich altijd druk over de uiterlijke schijn en zo.

Dus het is goed, ik vergeef Nellie, mijn lieve zus.

Nellie barstte in tranen uit. ‘O, Suzy, wat wens ik nu dat ik was meegegaan. Ik wist niet dat het zo belangrijk voor je was, dat dit niet de roekeloze *Englischers* waren over wie geroddeld werd.’ Haar schouders schokten toen het verdriet haar opnieuw overspoelde. ‘Ik zal nooit begrijpen waarom je zonder zwemvest op zulk diep water bent gaan varen… dan had ik wel gezorgd dat je er een had.’

Nellie gooide zich op het bed en huilde, en met elke snik liet ze langzaam de schuld los die haar gebonden had. Suzy’s kostbare, levenschenkende woorden weerklonken in haar hoofd: *Het is goed. Ik vergeef Nellie…*

Hoofdstuk 35

Op dinsdag hield bisschop Joseph toen het licht begon te worden een vergadering in de schuur. Aanwezig waren zij die 'overlast gaven', en een groep mannen die de Oude Wegen aanhing. De dag ervoor had hij het bericht verspreid, en Reuben nam waar dat, wat hun mening ook was, de mannen van de Gemeenschap gehoor hadden gegeven door te verschijnen.

Bij zijn weten was de sfeer ruzieachtiger dan de andere waar hij bij was geweest, inclusief de vergadering van een paar jaar geleden toen het kerkdistrict was opgedeeld, toen het te groot was geworden om huisbijeenkomsten te kunnen houden. Die dag was er ook een verhitte discussie gevoerd, door mensen die met dat familielid of die vriend mee wilden gaan.

Maar dat was haast komisch vergeleken met dit, dacht hij toen hij de ongeveer dertig mannen zag die op een rij aan één kant stonden. Als Reuben niet al had geweten wie van hen bij Manny's groep hoorden, had hij de gelovigen eruit kunnen pikken door hun gedweeë manier van doen, en de tractorliefhebbers door hun strakke gezichten en hun over elkaar geslagen armen, klaar voor de strijd. Het onbuigzame stel van de bisschop bestond in het algemeen uit de ouderen onder hen, en sommigen stonden verward aan hun lange baarden te trekken.

De bisschop begon met een verklaring. 'Sommigen van jullie zijn hier omdat jullie vrouwen elektriciteit willen en jullie een auto om in te rijden. Anderen willen zendingswerk doen overzee en je naasten winnen voor een nieuw evangelie.' Hij zweeg even om hoorbaar adem te halen, alsof hij daarmee een punt maakte. 'Al jullie andersdenkenden zijn niet tevreden met hoe het altijd is geweest. Zeg niet dat het niet waar is!'

Reuben zag het vuur in de ogen van zijn oudste broer en vroeg zich af of zijn relatie met Joseph nog te redden viel na deze weken van onderlinge strijd.

Toen de bisschop klaar was, gaf hij ruimte voor discussie. Iemand nam het woord, toen iemand anders, op een ordelijke manier, tot Old Joe Glick zich aansloot bij prediker Manny. Ineens viel Reubens vader scherp tegen hen uit en hij liep zo rood aan dat enkele mannen aan zijn kant hem in bedwang moesten houden. In de vroege ochtend was het oproer ontstoken.

Reuben had er geen speld tussen kunnen krijgen, al had hij gewild. Graag had hij zijn neef Manny verdedigd, en graag had hij gezien dat zijn oudste broer een liefdevol hart had voor de Heere Jezus.

Een plotseling vleugelgefladder deed de aanwezigen opschrikken en alle ogen gingen omhoog naar de houten dakspanten, waar twee boerenzwaluwen wild in het rond vlogen, uitzinnig op zoek naar een uitweg.

'Kijk daar eens.' Prediker Manny wees naar boven. 'Die vogels zijn net als ik... en net als sommigen van jullie. Ze voelen zich gevangen alsof ze in een silo zaten, en ze kunnen de deur niet vinden.'

'Nou, daar is het gat van de deur!' schreeuwde iemand, wijzend naar de schuurdeuren. Er werd bulderend gelachen.

'*Jah*, wegwezen... ga weg achter mij, satan!' zei een ander, zwaaiend met zijn zwarte hoed.

Manny probeerde de menigte tot bedaren te brengen. 'Kom nu toch, broeders...'

Hierop begon de bisschop met zijn armen te zwaaien. Hij boog zijn hoofd en zijn kaakspieren bewogen. De menigte werd stil. Toen hij eindelijk opkeek en sprak, waren zijn woorden nauwelijks hoorbaar. 'Is het niet belangrijk, geliefden, dat u gevaar loopt uw eigen ziel te verliezen?'

Ineens moest Reuben aan Suzy denken. Hij legde zijn hoofd weer in zijn nek om naar de lange dakspanten te kijken die daarboven de schuur ondersteunden, en vroeg zich af wanneer de zwaluwen waren weggevlogen. En waarheen?

De bisschop vervolgde: 'U laat me geen andere keus dan...'

'Wilt u ons allemaal verstoten?' vroeg een man die vlak naast prediker Manny stond. 'Dan nemen we onze families mee!'

Een gebrul van bijval klonk op.

Reuben zette zich schrap. Er was geen uitweg... niet zoals dit ging. Ze verslonden elkaar.

De bisschop deed een stap naar voren. 'Maar je neemt niet je *hele* familie mee. Veel van hen zijn al van je vervreemd. Wil je de omgang met je uitgebreide familie ruilen voor tractoren en auto's?'

Het gebrul stierf weg.

De bisschop wendde zich tot prediker Manny. 'Wil je je kleinzoons verlaten voor een aanmatigend evangelie?'

Reuben sidderde. *Aanmatigend*?

David Yoder legde met vlammende ogen een hand op de schouder van de bisschop. 'Kijk eens hoe verdeeld jullie onderling zijn. Hierom verlaten jullie de traditie van onze voorouders? Hierom nemen jullie het risico je familie kwijt te raken?' grauwde hij. 'Aangaande mij en mijn huis, wij zullen de Heere dienen.'

Reubens gezicht brandde van verontwaardiging. Kiezen voor de traditie was niet kiezen voor God. Tot Reubens ontzetting begon de menigte mannen opnieuw luid te ruziën.

Uiteindelijk stapte de bisschop met opgeheven handen naar voren.

Het werd stil in de schuur toen hij rondging en elke man aanwees om naar zijn beslissing te informeren. Na de eerste man hield de bisschop alleen nog maar de *Ordnung* omhoog en vroeg om een ja of een nee. Sommigen voelden zich duidelijk in het nauw gedreven en Reuben, om er maar een te noemen, beviel de benadering van zijn broer niet.

Toen Joseph als laatste bij Reuben kwam, trilden zijn kaakspieren. 'Waar sta jij, broeder?'

Reuben fixeerde zijn ogen op de bisschop. 'De *Ordnung* is niet de weg naar behoud. Ik zeg nee.'

Zijn oudste broer knikte met korte rukjes van zijn hoofd. 'Zo, dan. Er loopt een scheuring midden door ons heen... bijna half-om-half.'

Een nieuw tumult brak los.

Na verscheidene pogingen om de boel in toom te houden, schudde de bisschop alleen maar zijn hoofd. Ontstemd draaide hij zich om en liep naar de schuurdeur, maar de ruzie ging door.

Dat was het, dacht Reuben. *We zijn zo goed als uitgestoten!*

Hij had vandaag gebeden voordat hij hierheen ging en God gevraagd om hem inzicht te geven en de wijsheid om op het juiste moment de bisschop een suggestie te doen, als het ogenblik zich voordeed. Hij deed een stap naar voren en vroeg om stilte. 'Mijn broer – onze bisschop – heeft een adempauze nodig.' Hij wachtte tot ze naar hem keken voordat hij eraan toevoegde: 'Zien jullie niet dat we zo nergens komen?'

'Wij volgen de wegen van onze voorvaderen,' schreeuwde David Yoder.

Hij werd toegejuicht.

'Laten we hier respectvol mee omgaan, broeders. Omwille van onze gezinnen en ons erfgoed, zo niet voor de Almachtige God.' Daarop vertrok Reuben om Joseph te gaan zoeken.

De bisschop beende heen en weer in het houtschuurtje. 'Bisschop Joseph,' zei Reuben. 'Mijn broeder in het bloed en onder God, mag ik iets zeggen?'

De bisschop keek hem met vochtige ogen aan. 'Wat is er, Reuben?'

'Ik doe een beroep op alles wat goed is en juist. Niet alleen worden families uit elkaar gereten, maar het conflict zal ons allemaal in deze Gemeenschap levend verslinden.' Hij zweeg en bad in stilte, toen vervolgde hij: 'Als ik zo vrijpostig mag zijn, een wijd verbreide verstoting is wellicht niet het antwoord. Het is toch nooit bedoeld om op die manier gebruikt te worden?'

Joseph fronste zijn wenkbrauwen.

'De beste kans om hen die zich vergissen het licht te laten zien – als wij ons inderdaad vergissen – is niet ons te verstoten, maar om de communicatielijnen open te houden, *jah*?'

'Wat stel je voor?'

Vraagt de man van God dat aan mij? 'Waarom zou je geen eensgezindheid stimuleren… die zo gewenst is onder ons?' zei Reuben.

De ogen van de bisschop stonden vriendelijk; het vuur was bedwongen.

'Toen ik de afgelopen weken in gebed was,' vervolgde Reuben, 'heeft God me een plan geopenbaard. Ik heb het aan niemand verteld… alleen nu aan jou. Waarom zou je niet een vredige scheiding aanbieden? Laat elke man zijn eigen weg kiezen, onder God, voor zijn eigen gezin.'

'Dat klinkt als de kinderen van Israël: elke man doet wat recht is in zijn eigen ogen.'

Dat had Reuben kunnen weten.

De bisschop richtte zich hoog op en klemde zijn kaken op elkaar. Hij tuurde naar een groot houtblok, pakte zijn bijl op en dreef hem diep in het hout, waar hij bleef zitten. 'Ik moet vandaag losse stenen van mijn velden slepen, ik heb werk te doen. Kom. Ik moet afmaken wat ik ben begonnen.'

De mannen onderbraken onmiddellijk hun gesprek toen de bisschop de schuur binnenwandelde met Reuben aan zijn zijde. Reuben voegde zich bij zijn neven Jonathan en prediker Manny, niet wetend hoe het zou aflopen.

Zijn oudste broer richtte zich op, zijn mond was een dunne streep. 'Wie van jullie volhardt in het volgen van je eigen weg naar het verderf, het zij zo. Als jullie vragen om mijn toestemming om het geloof van je vaderen te verlaten, en God, onze hemelse Vader Die onze voorvaderen uit het martelaardom heeft verlost, dan heb je drie maanden de tijd om zonder de straf van de *Bann* te kiezen aan welke kant je staat. Ga of blijf – verlaat het Oude of omhels het geloof van je vaderen. Als je langer wacht dan die negentig dagen, word je verstoten. En nu was ik dit van mijn handen.'

Verbijsterd, maar dankbaar snelde Reuben naar huis om met Betsy te gaan ontbijten. *Het lijkt wel een wonder…*

*

Aan het ontbijt van gebakken eieren, Duitse worstjes, wafels en zwarte koffie vertelde Reuben aan Betsy en de meisjes welke verrassende aankondiging de bisschop had gedaan. Zijn vrouw zei weinig, maar hij zag aan haar opgetrokken wenkbrauwen dat ze net zo geschokt was als hij.

Maar Nellie zei iets. 'Het wordt tijd dat dit alles weer tot rust komt, hè?'

Dat is waar, dacht hij opgelucht. Nu kon hij goed blijven

omgaan met Ephram en anderen, waaronder zijn ouders, die morgen naar Bird-in-Hand zouden verhuizen. Hij had aangeboden te helpen bij de verhuizing van zijn ouders, maar nadat het laatste bezoek van zijn moeder hier niet goed was verlopen, had Reubens jongste broer het beter gevonden om de boel maar met rust te laten.

Zijn gedachten dwaalden naar aanstaande zondag, en hij voelde nieuwe energie elke keer als hij dacht aan het horen van de leer van de Bijbel met gelijkgestemde zielen.

Nu hun weg duidelijker was, verwachtte Reuben op zeker ogenblik een roep om de wijding van een tweede oudste naast prediker Manny. En jaren later zou er misschien ook behoefte zijn aan een bisschop. Hoe raar het ook was, voorlopig zou zijn broer ongetwijfeld toezicht op hen blijven houden.

In stilte zond hij een dankgebed op voor Gods leiding om hem een vredige breuk te laten opperen. Wie had ooit van zoiets gehoord? Maar de bisschop had er gehoor aan gegeven, en dat was reden tot lofprijzing.

Hoofdstuk 36

Nellie was de dag na de verklaring van de bisschop zowel geïntrigeerd als zenuwachtig om naar het huis van prediker Manny te gaan. Suzy's dagboek had een intense nieuwsgierigheid in haar gewekt en ze was van plan meer te weten te komen over de reden van haar zusjes toewijding aan haar geloof.

Pa had geen woord gezegd, maar mama glimlachte en knikte toen Nellie Rhoda en Nan volgde in de slee die door het paard getrokken werd. Het was een koude dag en donkere wolken dreigden met sneeuw, maar Nellie voelde zich verwachtingsvol toen ze over de aangestampte sneeuw op de weg reden, al zwaar gegroefd door stalen rijtuigwielen.

Toen ze bij Manny aankwamen, zag ze meteen de ongeveer vijftien grijze familierijtuigen langs de zijtuin staan. Het was vreemd om niet achter de mannen en jongens aan naar binnen te stromen, zoals de vrouwen gewoonlijk deden. Maar in andere opzichten leek de huisbijeenkomst minder op de informele Bijbelstudie die ze zich had voorgesteld, en meer op een dienst van de Oude Orde. De mannen en jongens zaten rechts en de vrouwen, jonge kinderen en baby's links.

De woorden van prediker Manny en de teksten die hij las en verklaarde in zijn stampvolle huis, roerden Nellie, die tussen mama en Nan inzat, tot tranen.

Voel ik me nu zoals Suzy zich voelde... bij haar eerste bezoek aan de tabernakel?

Het zingen was stevig – twee liederen uit het hoofd uit de *Ausbund*, hun oude liedboek, en een ander lied dat ze alleen bij de meer levendige zondagse zangavonden had gehoord: 'Welk een vriend is onze Jezus.'

Prediker Manny noemde kort de komende kerkscheuring en adviseerde de aanwezigen hun harten te onderzoeken voor de toekomst. Hoogstwaarschijnlijk zou de groep uiteindelijk een nieuwe orde worden en een nieuwe naam krijgen die Nellie nog nooit had gehoord. 'Elke man en elke vrouw moet dit tot een zaak van gebed maken.'

Elke vrouw? Nou, dat vond Nellie interessant.

Suzy had voor zichzelf de verlossing aanvaard, zonder op een man te wachten – de broeders of haar toekomstige echtgenoot – om haar die te verlenen. De weg van Suzy's leven had een bocht gemaakt en was toen weer teruggekeerd.

Nellie Mae probeerde discreet om zich heen te kijken. Ephram en Maryann waren er niet. Pa moest het nog erger voelen, met zijn gezin incompleet hier in dit ontmoetingshuis. Nellie zelf smachtte nog meer naar Calebs aanwezigheid. Wat zou hij ervan vinden om de Schriftgedeelten te horen 'voorlezen in de context' zoals prediker Manny aldoor zei? Ze wenste ook dat Caleb het enthousiasme kon zien dat van hun prediker afspatte terwijl hij hun leerde. Zijn gezicht straalde als een lichtbaken.

Hoe langer de bijeenkomst duurde, hoe beter Nellie begreep waarom deze mensen Gods genade zochten te ervaren, iets wat ze niet had kunnen bevatten voordat ze Suzy's dagboek had gelezen. Ze bekende zichzelf dat ze ook zoiets wilde kennen met Caleb; een eenheid van hart die het glazuur op de taart van hun relatie zou zijn. *En voor onze toekomst*, dacht ze.

En toch wilde Nellie weten of zichzelf overgeven aan dit nog onbekende geloof de enige manier was om de genade te kennen die haar lieve zusje – en haar ouders – schenen te hebben gevonden. *Is dit voor mij?*

Toen de tijd was gekomen om te bidden, draaiden ze zich om en knielden neer voor hun stoelen zoals de gewoonte was, maar prediker Manny ging hardop voor. Zou ze durven leren zo te bidden, net zoals pa bad, niet zozeer om een antwoord te ontvangen als wel om haar hart uit te storten?

Hoe aarzelend ze er ook tegenover stond om zich af te keren van wat haar was geleerd, Nellie Mae wilde meer weten. Het was onmogelijk de blijdschap van deze bijeenkomst niet te voelen. Caleb kon het met eigen ogen zien.

Vanmiddag zou ze hem schrijven om hem uit te nodigen de volgende zondag met haar mee te gaan.

*

Caleb was niet verrast toen hij dinsdagmiddag een brief van Nellie Mae in de brievenbus vond, maar hij stond versteld van haar brutale verzoek.

Lieve Caleb,
Wil je erover nadenken om aanstaande zondag mee te gaan naar prediker Manny voor de kerkdienst? Ik wil je eerlijke mening weten…

Caleb kon zijn ogen niet geloven. Waar was het meisje gebleven dat hem verzekerd had van haar trouw aan de Oude Orde? Hoe kon ze belangstelling hebben voor het opstandige gepraat van prediker Manny?

Het bloed bonsde in zijn slapen. Hij las de brief nog een keer en zag dat ze ondertekend had met *Liefs, Nellie Mae.* Daar putte hij hoop uit.

Onze liefde is nog in leven, stelde hij zichzelf gerust, en hij nam zich vast voor dat impulsieve idee uit haar hoofd te praten.

Hij stopte de brief in zijn broekzak en ging terug naar de schuur, denkend aan hun wandeling naar de rotsen achter de boerderij van zijn oom, nadat zijn vader Nellie Mae na de gemeenschappelijke maaltijd had aangesproken. Hoe was het mogelijk dat ze zich had opengesteld voor een verandering, terwijl ze die dag zo sterk op haar standpunt had gestaan?

Als pa hier lucht van krijgt...

Caleb wist niet goed hoe hij zijn vader moest overtuigen van de diepte van zijn liefde voor Nellie... de juistheid van zijn keuze. Het week sterk af van de norm dat een zoon zijn vader zulke zaken toevertrouwde, maar zijn vader was er kennelijk achter gekomen met wie hij omging; waarschijnlijk dankzij Rebekah. 'Ik hoef mijn voorkeur voor een huwelijkspartner toch zeker niet te verdedigen,' mopperde hij, op weg naar het verste weiland om te zorgen voor het water voor het vee.

Hij moest Nellie zien, en wel voor aanstaande zondag. Ongetwijfeld verwachtte ze enige weerstand van hem. Misschien had ze gehoopt dat hij over de brief zou nadenken en toestemmen, al was het maar voor een enkele zondag.

Caleb had geen idee wat er in haar omging. Maar één ding wist hij: tot elke prijs zou hij de verordeningen van de *Ordnung* volgen... en als hij Nellie wat gezond verstand had ingepraat, zij vast en zeker ook.

*

Nellie Mae rook nog de zoete geuren van de bakkerij toen ze de trap op rende naar haar kamer. Dinsdag werd er altijd uitzonderlijk veel gebak verkocht. De meeste mensen in deze streek deden op maandag de was – ook de *Englischers*

– zodat dinsdag een goede dag was om uit te gaan en wat lekkers te kopen bij Nellie's Zoete Heerlijkheden.

Ze stak de lantaarn aan en trok zich terug in haar kamer voor de nacht. Ze maakte haar haar los en borstelde het, denkend aan Caleb. Haar brief was natuurlijk al aangekomen bij haar lief, en ze kon er alleen maar naar raden wat hij ervan vond. De trieste waarheid was dat de geplande opsplitsing van de Gemeenschap van Eenvoud geweldig ingewikkeld was, vooral nu haar vader en Caleb afzonderlijke wegen gingen. Maar oom Bisschop vond het klaarblijkelijk het beste, al gaf hij zijn macht op door de uiteindelijke beslissing aan de gezinshoofden over te laten.

Lieve oom, hij moet in zekere zin opgelucht zijn. Ze zou niet graag in zijn schoenen staan, noch in die van tante Anna. De goedgekeurde scheuring kon onmogelijk goed verlopen. Via het geruchtencircuit had ze al gehoord dat sommigen zich begonnen te gedragen als schapen die een herder nodig hebben. *Auto's zijn een vreselijk grote verlokking*, dacht ze.

Ze was blij dat oom Bisschop de mensen negentig dagen had gegeven om een besluit te nemen. *Zullen Caleb en zijn familie ook overstappen?*

Gezien de scherpe manier waarop Calebs vader haar onlangs had benaderd, was de kans dat hij ooit de Oude Orde zou verlaten buitengewoon klein. Nellie Mae kon alleen maar hopen op een vredige oplossing, ondanks de ellende voor Caleb en haar.

★

Nellie Mae lag lekker knus in haar warme katoenen nachtpon in bed, maar ze kon niet slapen. Ze was vroeger naar bed gegaan dan de rest van het gezin, en ze lag maar naar het plafond te staren en telde geen schapen, maar dagen.

Wat zou Suzy van dit alles hebben gevonden?

Ze opende de lade naast haar. Suzy's *Kapp*bandjes lagen in haar dagboek als een soort boekwijzer. Nellie had de plek willen markeren waar Suzy's leven een wending ten goede had gekregen. *Is ze bij God omdat iemand haar heeft uitgenodigd een andere kant van de dingen te horen? Kan dat waar zijn?*

Ze dacht erover na en stelde zich Caleb voor tussen pa en haar broers, allemaal op een rij in de dienst bij Manny. Wat zou er gebeuren als hij kwam?

Met dat tafereel in gedachten viel ze in een diepe slaap.

Een tijdje later hoorde ze toevallig een tik tegen haar raam.

Toen ze rechtop ging zitten, dacht ze ook een lichtflits te zien.

Droom ik?

Met het hart in de keel snelde Nellie Mae naar het raam en keek naar buiten. Beneden in de sneeuw stond Caleb en hij scheen met zijn zaklantaarn in haar ogen.

Ach, is dit de avond? Komt hij me ten huwelijk vragen?

Ze schoof het raam omhoog en stak haar hoofd naar buiten. 'Ik ben zo beneden,' fluisterde ze. 'Wacht je op me bij de achterdeur?'

Meteen knipte Caleb zijn zaklantaarn uit en ze duwde het raam naar beneden. 'O, lieve help... wat moet ik doen?'

Bijna in paniek strompelde ze rond, stak de lantaarn aan, greep haar witte badjas en slippers – maar nee, ze kon niet in haar nachtgoed naar beneden. Wat bezielde haar?

Razendsnel trok ze haar zondagse jurk aan en borstelde haar lange haar, streek het over haar schouders naar achteren. Alleen familieleden mochten het los zien hangen, maar ze had Caleb al lang genoeg laten wachten. Ineens lachte ze zacht toen ze bedacht dat Caleb haar nog vele jaren zo zou zien. *Ik word zijn bruid!*

Nadat ze even de tijd had genomen om haar bed op te

maken, griste Nellie de lantaarn mee en droeg hem de lange trap af, blij dat het stil was in huis. Ze dacht aan Maryanns nadrukkelijke opmerking – dat het meisje altijd wist wanneer deze avond was gekomen. *Zij* had geen flauw idee gehad.

Klaarwakker nu, begon ze zich zorgen te maken dat Caleb verstoord was geweest door haar brief. Geërgerd, zelfs.

Maar hij is hier! Wat betekent dat?

Nellie Mae snelde op haar tenen over de keukenvloer naar de zomerveranda, verlangend om haar *beau* mee te nemen naar haar kamer, waar ze samen hand in hand op de mooie tweezitsbank zouden zitten, terwijl hij tedere woorden van liefde sprak.

Nellie hield de lantaarn hoog terwijl ze glimlachend naar de achterdeur liep. 'O, Caleb... wat fijn om je te zien!'

'Jou ook, Nellie Mae.' Hij keek verbaasd naar haar loshangende haar en wendde zijn blik af. Hij wreef zijn handen, zijn wangen waren rozerood en hij keek haar in de ogen.

'Kom binnen, dan kun je warm worden,' bood ze aan. 'We kunnen in mijn kamer praten, als je wilt.'

Zijn gezicht betrok, hij keek ernstig. 'Nellie, daarvoor ben ik niet hier...'

Haar mond viel open. 'Goed,' zei ze.

Hij gaat me niet ten huwelijk vragen.

'We moeten praten, Nellie Mae.'

Ze zweeg even. 'Waar?' Ze keek over haar schouder. De keuken was leeg en donker.

'We kunnen beter niet je pa wakker maken.' Caleb keek weer naar haar en zijn blik volgde bewonderend de lengte van haar haar. 'Kun je je warm inpakken en mee uit rijden gaan? Ik heb een paar zware schootdekens meegebracht... en een paar hete stenen.'

Ze bracht een klein gedwongen lachje op. Hij wachtte tot ze haar haar provisorisch in een knot had gedraaid, zodat ze het in haar zwarte wintermuts kon stoppen. Toen trok ze haar dikste jas aan en nog meer winterkleren, terwijl de moed haar in de schoenen zonk.

Wat gaat hij zeggen?

Langzaam reden ze de laan uit, zonder iets te zeggen. Toen ze eenmaal op de hoofdweg waren, begon Caleb te praten. 'Ik heb je brief gelezen, Nellie.' Hij reikte naar haar hand, maar zijn handschoen voelde stijf tegen haar wanten. 'Begrijp je niet wat dit betekent… wat je vraagt?'

Ze slikte moeilijk. '*Jah*, maar het was een heel interessante bijeenkomst. Helemaal niet wat ik had gedacht.'

'Het is dwaasheid, dat is het! Ketterij – wat prediker Manny leert.' Zijn stem klonk ernstig en smekend.

Ze kon wel door de grond zinken. Zij had hetzelfde geloofd voordat ze Suzy's dagboek had gelezen, maar nu wilde ze de leer die het leven van haar zusje had omgevormd niet zomaar afwijzen. 'Maar, Caleb, als je maar kon horen wat ik heb gehoord… als je me maar kon helpen het te begrijpen.'

'Ik hoef er niet heen. Ik weet wat ze daar zeggen.'

Ze zuchtte. 'Vel je een oordeel naar wat anderen zeggen? Ach, de geruchtenmolen wordt onze dood nog eens.'

'Ach, Nellie… lief.'

Ze werd verscheurd tussen de onderdanigheid waarmee haar geleerd was tegen een man te praten, en wat ze voelde dat ze zeggen moest. 'Wil je niet eens luisteren naar prediker Manny, Caleb? Eén keertje maar?'

Eén keer was voor Suzy genoeg.

Hij draaide zich naar haar toe, haar hand nog in de zijne. 'Ik heb je vannacht wakker gemaakt om een reden. Ik ben hier om je te vragen vast te houden aan de Oude Wegen.' Hij verhief zijn stem, die schalde in het donker. 'Ik heb je vertrouwd toen je zei dat Suzy een goed meisje was, wat de geruchten ook zeiden, en ik heb je het hof gemaakt terwijl ik wist dat mijn vader zich zorgen maakte. Ik heb het voor je opgenomen tegen mijn vader, Nellie. Ik heb hem gezegd dat jij het soort vrouw bent dat hij hoort welkom te heten als schoondochter.'

Ze zweeg. Ze had inderdaad tegenover Caleb volgehouden dat de geruchten over Suzy vals waren, maar dat was voordat ze alles over haar zusje had ontdekt. 'Ik heb je de waarheid verteld over Suzy,' wierp ze tegen. 'Ze was niet onhandelbaar toen ze stierf... ze was...'

'Ik wil dat je je afkeert van die onzin, Nellie. Hoe gauwer, hoe beter.'

'Dus je hebt je hoofd en je hart afgesloten?'

'Mijn hart is voor *jou*, Nellie Mae. Ik wil dat je mijn bruid wordt. Trouw volgend jaar met me, na de doop.'

Trouwen?

De woorden die ze zo graag had willen horen, maar nu had hij ze midden in een woordenwisseling uitgesproken. Maar hoe kon ze hem afwijzen? Ze kon haar tranen niet bedwingen. 'Ik hou ook van jou, Caleb. Echt waar. En ik *wil* ook met je trouwen... maar...' Ze kon niet verder.

'*Jah*, we houden van elkaar,' antwoordde hij. 'Daarom ben ik hier, om je te beschermen... om je ervoor te bewaren dat je de grootste fout van je leven maakt.'

'Ik weet niet of ik het zo zie.' Ze veegde haar tranen weg. 'Wil je niet gewoon meegaan om het zelf te horen?'

Hij schudde zijn hoofd. 'Ik weet wat ik geloof.'

'*Jah*, in de traditie. Eenvoudig en simpel.'

'Ik ga niet naar een rare bijeenkomst.'

'Je zet je hakken in het zand als een koppige muilezel, Caleb Yoder.'

'Je noemt me maar wat je wilt, maar ik verander niet van gedachten.'

'Je oren zijn toegesloten, hè? Je wilt niet méér weten dan

we altijd hebben geloofd.' Ze zuchtte. 'Nou, ik wil graag weten of er meer is dan dat. Of achter de prediking van Manny Gods eigen waarheid is.'

Hij liet haar hand los en boog zich naar voren, de teugels over zijn schootdeken gelegd. 'Nellie, het komt allemaal hierop neer: mijn vader zou me verstoten als ik de kerk verliet voor dat nieuwerwetse gedoe. Dan kan ik de kost niet verdienen... voor ons. Ik zou alles kwijtraken. Het land, mijn directe familie. Pa's respect.'

'Nou ja... je zou *ons* hebben. We zouden wel een weg vinden. Liefde kan toch overwinnen?' zei ze aarzelend, maar zelfs in haar eigen oren klonken de woorden hol. Ze legde haar hand op zijn arm. 'Je land is heel belangrijk, natuurlijk. Maar hoe kan land meer voor je betekenen dan ons leven samen?' Haar stem beefde van droefheid en frustratie.

'Ik kan jou hetzelfde vragen. Hoe kan het meer voor je betekenen dat ik meega naar een bijeenkomst dan dat ik bij mijn vader in de gunst blijf... en meer dan het leven dat we ons hadden voorgesteld?' Hij leunde achterover en keek haar met nu zachtere ogen aan. Toen staarde hij recht voor zich uit en zweeg een hele tijd. 'Ik heb je uit laten spreken, Nellie Mae. Nu zal ik zeggen wat ik moet zeggen. Ik heb nooit meer om een meisje gegeven dan om jou.' Hij keek haar weer aan, zijn gelaatsspieren trilden. 'Ik wou dat we geen ruzie hadden gemaakt.'

'Het spijt mij ook.'

Hij trok haar in zijn armen. 'Ik ben bang, lief. Ik ben bang voor wat er van ons worden kan.'

'Is het niet genoeg dat we van elkaar houden?'

Hij sloot zijn ogen en zuchtte. 'Ik denk dat ik je nu beter naar huis kan brengen.'

'*Jah*, het is goed,' stemde Nellie Mae toe. Ze hadden met hun ruzie niets bereikt.

Hoofdstuk 37

's Nachts stak de wind op en bracht ijskoude regen en sneeuw. Het bruiloftsseizoen had een bittere start gemaakt.

Nellie kwam met plezier haar belofte aan tante Anna na om in de keuken te helpen bij de bruiloft die ze had genoemd, en vulde de week ervoor met zo veel werk als het daglicht toestond. De trouwfeesten werden gevierd op dinsdag en donderdag, en duurden de hele dag. Bij geen enkele bruiloft die pa en mama hadden uitgekozen om naartoe te gaan, kruiste haar pad dat van Caleb. Daar was ze oprecht verdrietig om.

Wel zag ze Caleb 's zaterdags bij een cider*frolic*. Hij wierp haar een heimelijke blik toe. Hij wilde haar nog net als vroeger uitnodigen om mee uit rijden te gaan in de avond, maar hij wilde haar niet horen praten over de komende jeugdbijeenkomsten van de Nieuwe Orde. Er had zich al een groep jongeren gevormd, dankzij de beslissing van veel families om het aanbod van de bisschop onmiddellijk aan te nemen. Nan had besloten vanavond naar de eerste bijeenkomst te gaan, en voor het eerst was Nellie zonder zussen aanwezig op een *frolic*.

Nellie was zich bewust van een verdrietig gevoel dat in haar groeide, als ze zich afvroeg hoe Caleb en zij zich ooit als man en vrouw konden verenigen terwijl iedereen om hen heen uit was op scheiding. Ze was volkomen eerlijk tegen hem geweest en moest nu proberen op God te vertrouwen voor de afloop, zoals Suzy had gedaan. Maar ze merkte dat ze steeds meer geneigd was tot zwijgen, opdat hun relatie niet gespannen zou blijven. Er stond simpelweg te veel op het spel.

*

Rosanna paste op om niet uit te glijden op het broze ijs op de stoep terwijl ze baby Rosie naar de wachtende auto droeg. Elias bood haar zijn vrije arm en droeg kleine Eli in de andere.

'We hebben een mennonitische taxiservice.' Hij glimlachte naar haar.

'*Jah*, dat zie ik.'

'Ik wilde dat de eerste rit naar huis voor onze zoon en dochter lekker warm zou zijn,' voegde hij eraan toe. 'Ze lijken me een beetje te klein voor deze kou.'

'De artsen zeiden dat ze allebei volkomen gezond zijn, en sterk ook. Het duurt vast niet lang voordat je die zoon van ons achterna zult zitten.' Rosanna wierp hem een liefdevolle blik toe. 'Wat moet je gelukkig zijn met je zoon.'

'Nou, ik had ook genoegen genomen met twee meisjes, nu ik die prachtige lach op je gezicht zie, schat.'

'Ach, Elias.' Ze liet niet los dat ze op hete kolen had gezeten of Kate een jongen zou baren. 'Dank God.'

'*Jah*, dat kun je wel zeggen.'

De chauffeur stapte uit om hen in het knusse busje te helpen, en Rosanna gleed voorzichtig naast haar stralende echtgenoot. Ze boog zich over Rosie's roze gezichtje heen om haar een kus te geven en haar hart stroomde vol van een liefde die verder ging dan alles wat ze ooit had gekend. Ze was tevreden.

*

Op de eerste dag van december werd Nellie wakker in een wit landschap. De lucht had dezelfde kleur als de grond. Het hek om het land van de paarden en alle bomen die ze kon zien – zelfs de zijkant van de schuur – waren helemaal bedekt met sneeuw, dankzij een scherpe noordooster.

Nellie kleedde zich vlug aan en rende naar beneden om mama en haar zussen te helpen met het ontbijt.

'Kijk eens aan, je hebt een dag vrij van het bakken,' begroette mama haar met een glimlach.

'Ik ga in elk geval niet naar mijn werk in dit weer,' zei Rhoda treurig.

'O, dat begrijpen de Kraybills wel als ze uit het raam kijken,' zei mama om haar op te vrolijken.

'*Jah*, zeg. We zijn gewoon ingesneeuwd,' verklaarde pa en daar moesten ze allemaal om lachen terwijl ze aan tafel gingen zitten.

Tijdens de maaltijd van roereieren, ham en fruit, excuseerde Nellie zich en snelde naar boven om Suzy's dagboek te halen. *Dit is het juiste moment*, dacht ze terwijl ze haar lade opentrok.

Ze sloeg de bladzijde op die haar ideeën over Suzy had veranderd. Er waren massa's bladzijden die verhaalden over Suzy's zonden, maar de blijdschap lag in waar haar zoektocht haar had gebracht.

Nellie ging terug naar de keuken en liep naar het hoofd van de tafel. Ze haalde diep adem en zei: 'Suzy geloofde net als u, pa.'

Pa morste met zijn koffie.

Mama hapte naar adem. 'Wat?'

'Hier staat het allemaal... in haar dagboek. Ze wilde dat ieder van ons de God leerde kennen die zij liefhad.'

Ze vertrouwde haar stem niet en overhandigde het boek aan pa. 'Wilt u deze bladzijde lezen?' fluisterde ze.

Pa's vragende blik hield de hare vast. Kennelijk gerustgesteld dat het haar ernst was, knikte hij en begon in stilte te lezen.

Nellie Mae keerde terug naar haar plekje aan tafel en dronk van haar sinaasappelsap. Ze zag zijn lippen bewegen en kon haar ogen niet afhouden van haar vaders verbaasde gezicht. Algauw stroomden de tranen over zijn wangen.

Mama keek Nellie met opgetrokken wenkbrauwen aan.

Toen pa klaar was met lezen gaf hij het dagboek aan mama. De blijdschap straalde van zijn gezicht.

Mama begon ook te lezen en tastte naar pa's hand. 'Suzy's gebeden zijn verhoord,' zei ze eerbiedig. 'Haar geloof... en Gods grote genade heeft ons op de knieën gebracht, nietwaar Reuben?'

Pa, die zijn stem duidelijk nog niet helemaal had teruggevonden, bracht fluisterend uit: 'Het was Suzy inderdaad... en onze God.'

Toen vroeg Nan of ze het dagboek mocht zien, gevolgd door Rhoda. Nan kreeg tranen in haar ogen en Rhoda schudde verwonderd haar hoofd.

Mama kon haar blijdschap niet langer inhouden. 'O, wat heerlijk! Onze Suzy is behouden... en niet voor altijd verloren, zoals we dachten.'

'Ze is bij God,' zei pa, die vocht tegen zijn tranen.

Om de tafel heen hielden ze elkaars handen vast en pa dankte de levende God voor het goede nieuws.

*

Meteen na het eten verliet Reuben de keuken en ging naar de schuur om alleen te zijn met zijn gedachten. Hij ging tussen de paarden staan en gaf speciale aandacht aan de jonge dieren, terwijl hij almaar de verrassende onthulling in Suzy's dagboek overpeinsde.

Hij streelde de manen van zijn favoriete veulen. 'God heeft al die maanden over mijn kleine meisje gewaakt,' mompelde hij alsof hij tegen het dier sprak. 'Wat vind jij daar nou van?'

In de stilte van de schuur wandelde Reuben naar de achterkant. Hij keek in noordelijke richting naar het uitgestrekte wit van de weilanden, verborgen onder zware sneeuw. Vol ontzag voor de grimmige schoonheid dankte hij God voor Zijn zorg over Suzy. 'Ik zal niet aan U twijfelen, o, God... ik weet dat ik erop kan vertrouwen dat U over mijn hele familie waakt,' bad hij. 'Over allemaal.'

*

Rosanna was na de eerste week thuis met de tweeling vermoeider dan ooit. Ze zat op bed, borstelde haar lange haar en praatte met Elias over hun baby's – het vasthouden, verschonen, het koesteren, het voeden – allemaal even kostbaar voor haar. 'Had je ooit gedacht dat we het zo druk zouden krijgen?' vroeg ze. 'Sommige mensen noemen het een dubbele zegen, omdat we zo lang hebben gewacht en er nu twee hebben.' Ze glimlachte.

Toen Elias niet antwoordde, keek ze over haar schouder. Hij sliep als een roos, met zijn werkkleren nog aan, zijn mond hing wijd open. En hij lag nota bene boven op de sprei... met Eli in zijn armen. Het roze gezichtje van het kindje gluurde boven de handgemaakte deken uit, de roze kant van de quilt per vergissing naar buiten.

Ze liep op haar tenen om het bed heen en bleef bewonderend staan kijken naar deze fantastische man, die erin had toegestemd om vader te worden van de kinderen van iemand anders. Zacht dekte ze hem toe met een reservedeken voordat ze naar de aangrenzende kamer ging, een kleine zitkamer waar ze de zelfgemaakte wiegen hadden neergezet. *Gezellig dichtbij…*

Voorovergebogen keek ze in het perzikgezichtje van kleine Rosie, die eigenlijk zowel haar nichtje was als haar dochter, net als Eli haar neefje en haar zoon. De flauwe lachjes in de slaap, de kleinste handjes die ze ooit had gezien tot piepkleine vuistjes geklemd… de zoete melkgeur van hun adem… o, wat hield ze van hen!

'U heeft dit heerlijke voor Elias en mij gedaan, Vader in de hemel. Ik ben innig dankbaar,' fluisterde ze.

Ze had van Linda Fisher gehoord dat prediker Manny bad alsof hij een persoonlijk gesprek voerde met een vriend. Elias had er geen idee van dat de nicht van Nellie Mae in de afgelopen week sinds de baby's uit het ziekenhuis waren vaak bij haar was geweest. Linda was de enige reden dat Rosanna het wassen en koken had volgehouden. Er waren nooit genoeg uren in de dag. Linda had haar aangemoedigd ook in de Bijbel te gaan lezen, als ze de kans kreeg. 'Begin met het Evangelie van Johannes,' had ze voorgesteld.

Rosanna keerde terug naar de slaapkamer en bedacht hoe vreemd het was dat geen van de verpleegsters, noch de dienstdoende arts, had geweten dat Kate's baby's van haar en Elias zouden zijn. Ze vroeg zich af of het om wettelijke redenen verzwegen was.

Wat betekenden per slot van rekening de wetten van de wereld voor hen – twee nichten die het volkomen met elkaar eens waren, en met de zegen van de bisschop? Te midden van mensen die in dolle haast kozen voor een zogenaamde Nieuwe Orde, kreeg de bisschop wijsheid van boven… of dat hoopte Rosanna maar.

Meteen had ze spijt dat ze getwijfeld had aan de man van God. Bisschop Joseph was door God aangewezen voor de Gemeenschap van Eenvoud. *Ach, dat staat vast.*

Ze blies de lantaarn uit en gleed zachtjes in bed om Elias en Eli niet wakker te maken. Over een paar uurtjes zouden de baby's alweer huilen om voeding.

Ze zullen nooit meer zo klein zijn, dacht ze, blij dat ze bloeiden onder haar zorg.

O, God, help ons deze kleintjes op te voeden in Uw genade en liefdevolle wegen. En mogen we altijd denken aan Uw verlossing, volledig en vrij...

Hoofdstuk 38

De sneeuw bleef bijna een week liggen en toen stak er tot ieders verrassing een warme wind op – een sneeuw-eter, zoals pa zei.

Nellie snakte naar een frisse wandeling en omdat het zondagmiddag was, werd ze nergens door aan huis of aan de winkel gekluisterd. Ze voelde zich niet helemaal lekker en ze miste Caleb, en ze sloeg op Cambridge Road de richting in van White Horse Mill.

Ons speciale plekje, dacht ze over het afgelegen terrein achter de oude stenen molen.

Ze wist niet waarom ze het zo moeilijk had, maar sinds hun onenigheid voelde ze vanbinnen een eigenaardig rukje als ze aan de liefde van Caleb en haar dacht. Ze wenste dat ze met iemand kon praten, maar niemand wist hoe serieus het was met Caleb. En hoeveel Nellie om hem gaf.

Eigenlijk voelde ze zich alleen, en ze merkte dat ze hardop praatte. 'Heus, ik weet wat ik wil... ik wil Caleb als echtgenoot. Hij zegt dat ik het meisje voor hem ben... het meisje met wie hij wil trouwen, maar hoe kan dat ooit bestaan?'

Aangezien Caleb de jongste zoon was van het gezin, zou het land normaalgesproken hem toevallen; maar als zijn vader getergd werd kon hij makkelijk besluiten Calebs erfdeel aan de op een na jongste te geven. Ze overpeinsde hoe Calebs leven zou zijn zonder het land waar hij naar hunkerde. Hij zou zich ellendig voelen... misschien zelfs haar het verlies verwijten.

Het klapwieken van een kraai trok haar aandacht, en ze dacht aan Suzy, van wie de favoriete vogel altijd de roodbruine lijster was geweest, een schuw vogeltje dat vaak werd gezien in het bos vlak bij hun huis. Eind september vloog het ver weg, maar niemand wist waar het voor de winter heen reisde.

Net zoals niemand van ons weet waar Suzy al die maanden is geweest toen ze met Jay en zijn vrienden optrok.

Nellie overwoog soms op zoek te gaan naar Suzy's mennonitische vrienden. Ze vroeg zich zelfs af of een gesprek met Zachary en Christian Yoder en de anderen die met Suzy naar het meer waren gegaan afdoende antwoorden zou opleveren.

Ze keek om zich heen en het drong tot haar door dat ze niet opgelet had waar ze heen gelopen was. Ze zag de gietijzeren bank waar ze zo vaak met Caleb op had zitten praten, en liep erheen.

Kan onze liefde de kerkscheuring overleven? vroeg ze zich af. Ze wist dat er voor velen al een scheiding van wegen had plaatsgevonden. Gelukkig had haar eigen familie weinig geleden vergeleken met anderen. Ze mochten nog steeds omgaan met Ephram en Maryann en hun kinderen, en ze mochten nog steeds op bezoek bij oom Bisschop en de vele mensen die vast en zeker bij de oorspronkelijke kerk zouden blijven.

Als Caleb en zijn familie naar de kant van de Nieuwe Orde overstapten *na* de negentig dagen die de bisschop had toegestaan voor het nemen van een besluit, zou het droevig voor hen zijn. Maar nee, Nellie Mae stond zichzelf niet toe zo te denken. Ze moest een vreugdevol leven leiden, wetend dat een overstap het afscheid van Caleb zou betekenen. En als ze bleef nam ze afscheid van Suzy's evangelie.

Ze ging op de bank zitten en deed haar ogen dicht. Er was

iets zoets in de lucht, of was het de frisse geur van december na een bitterkoude periode? Onder de vochtigheid van de kreekoever lag de belofte van de lente diep in de grond begraven. Maar de zoetheid die ze voelde was niet in de aarde gegrond. Misschien door het weten dat het weer lente zou worden, hoe ver weg die ook nog leek.

Misschien bereikt onze maïs volgende zomer zijn volle hoogte…

Het begon koud te worden. Nellie was niet van plan geweest zo ver te wandelen. Straks ging ze nog huilen als ze hier langer bleef zitten.

Ze stond op, ze wilde nog één laatste blik werpen op de molenbeek. Ze liep naar de oever en leunde tegen de koude stam van een boom.

Geritsel… en toen een bekende stem.

'Nellie Mae, ben jij dat?'

Ze draaide zich om. Caleb kwam aanlopen vanaf de bevroren vijver. 'Hallo,' zei ze, met het hart in de keel.

Had ze zijn naam hardop gezegd? Ze wist het niet.

'Nellie, wat doe jij hier?' Zijn ogen lichtten op toen hij haar zag.

Ze lachte. 'Dat kan ik jou ook vragen.'

'Dus we zijn hier allebei spontaan,' merkte Caleb op.

Ze keken elkaar verlegen aan, alsof het hun eerste ontmoeting was, zo verrast waren ze.

'Loop je een eindje met me mee?' vroeg hij ten slotte.

Zonder op antwoord te wachten pakte Caleb haar hand en ze wandelden samen, net als vroeger… en beleefden opnieuw de verrukking van de eerste liefde.

Toch wist ze even goed als hij dat het anders was. Prediker Manny had in een preek gezegd dat het Woord van God net zo machtig was als een tweesnijdend zwaard. Zouden ze de tweedracht die het bracht met eigen ogen zien?

'Ik moest almaar aan dit plekje denken... ik wilde weer langs de molenbeek wandelen,' bekende Caleb.

Ze luisterde, genietend van zijn stem, zijn twinkelende ogen als hij glimlachte. 'Het is hier mooi. Zelfs op een koude dag.'

'We hebben een mooi plekje uitgezocht, *jah*?'

Ze glimlachte naar hem. 'Jij hebt het uitgekozen, Caleb... weet je nog?'

'Jazeker.' Hij zweeg even. 'Ik moet je iets vertellen, Nellie. Iets wat ik vreselijk vind om te zeggen.'

Ze zette zich schrap.

'Mijn vader verbiedt me jou tot mijn bruid te nemen. Dat heeft hij vandaag gezegd.' Caleb schudde zijn hoofd en keek naar de grond. 'Hij zal me dit land en alles wat hij me heeft beloofd onthouden als ik met jou trouw, Nellie.'

Er steeg woede in haar op en ze wilde zeggen dat zijn vader oneerlijk was. Maar dat was niet waar – David Yoder had het volste recht. Het was zijn land en hij had nog meer zoons, die al getrouwd waren en in de weg van de Oude Orde wandelden.

'Wat ga je doen?' vroeg ze, onzeker of ze het antwoord kon verdragen.

Hij zweeg even, kennelijk gefrustreerd. 'We moeten doen wat mijn vader eist, en uit elkaar gaan.'

Ach, nee...

Ze stond stil om hem aan te kijken en zijn lieve gezicht te bestuderen, zijn haarlijn, zijn wenkbrauwen die zijn mooie ogen omlijstten. 'Ga je...'

'Doen alsof,' vulde hij aan. 'Tot ik erover nagedacht heb.'

'Heb je je tegen je vader verzet?' Het was brutaal, maar ze moest het weten.

'Meer dan eens. Geloof me, het is niet verstandig.'

Ze begreep het. Er waren heel wat strenge vaders en

grootvaders in de Gemeenschap van Eenvoud, de een harder dan de ander, maar onverzettelijk waren ze allemaal.

Onverwacht trok Caleb haar tegen zich aan. 'Ik moet er niet aan denken dat ik je kwijtraak. Ik doe het niet.'

Ze perste haar lippen op elkaar om ze niet te laten trillen en dwong zich niet te huilen. 'Ik zou dit mijn zoon of dochter nooit aandoen, jij?'

Hij tilde haar kin op, zijn gezicht vlak bij het hare. 'We mogen niet samen gezien worden... nooit. Al zijn we bijvoorbeeld op dezelfde zangavond, dan neem ik je naderhand niet mee uit rijden. Niet omdat ik niet wil. Begrijp je dat, lief? Rebekah, die altijd dol op je was, wordt nu vast en zeker een spion voor pa.'

Nellie knikte, de brok in haar keel verstikte haar bijna zodat ze niets kon zeggen.

'Er zal niets tussen ons in staan. Daar zorg ik voor... hoe dan ook.' Hij drukte zijn voorhoofd tegen het hare. 'We vinden een manier, dat beloof ik.'

'Ik hoop het,' was het enige wat ze kon uitbrengen.

Caleb kuste haar teder op de wang en hield haar hand vast tot haar vingers wegglipten.

Eert uw vader en uw moeder, dacht ze toen ze alleen naar Beaver Dam Road liep en zich afvroeg hoe het volgen van dat zware gebod de zegen van een lang leven kon opleveren. Zoals Nellie Mae zich nu voelde, kon ze zich niet voorstellen dat ze een hoge leeftijd zou willen bereiken zonder haar geliefde naast haar.

Epiloog

Ik heb vannacht eindelijk van Suzy gedroomd. Ze kwam naar me toe lopen in een weiland met rode akeleien en wilde hyacinten, in een paarse pelerinejurk en een witte zondagse schort. Ze straalde als een bruid en in de droom vond ik dat ze haar smetteloze hemelse kleed moest dragen, nu haar tranen over haar zonden allemaal waren afgeveegd.

Pa zegt dat Suzy naar Jezus is gegaan, en ik denk er elke morgen aan als ik opsta om een nieuwe dag te begroeten, en ik vraag me af of het waar is.

Mama is nog steeds druk bezig haar nieuwe geloof door te geven. Vanmorgen zat ze met kleine Emma te naaien toen ik het huis uitging om naar de bakkerswinkel te gaan. Emma zat bij mama op schoot en leunde op de keukentafel terwijl mijn moeder haar liet zien hoe je eenvoudige kruissteekjes maakt op een kussensloop. Ik hoorde dat mama zei: 'Je weet dat tante Suzy in de hemel is.'

Emma keek op van haar borduurwerk en knipperde met haar grote ogen. 'Wat doet ze daar?'

'O, allerlei wonder-*gute* dingen, denk ik.'

'Zoals wat?'

'Bij de Heere Jezus zijn, bijvoorbeeld,' zei mama.

'Gods Zoon?'

'Precies... ik zal je nog meer over Hem vertellen.' Mama sprak door, maar ik moest weg.

Hier in huis wordt veel gesproken over 'de Verlosser'. Eigenlijk praten mijn ouders heel veel over Jezus, en dat verschilt heel erg van wat ik in mijn kinderjaren heb gehoord. Ik geloof dat ze denken dat sommigen van ons heel wat in te halen hebben, waaronder ikzelf, al ben ik erg op mijn hoede in mijn nieuwsgierigheid. Hoe kan het ook anders?

Nan doet verrassend genoeg steeds aardiger tegen me; we zijn zo lang afstandelijk geweest. Volgens mij heeft ze nog steeds een gebroken hart, al zegt ze het niet ronduit. Soms zie ik de pijn in haar ogen, net zoals die van mezelf in de kleine handspiegel op mijn ladekast.

Ik heb besloten geen afstand te doen van Suzy's *Kapp*-bandjes. Ik heb ze weer in de zak van mijn jurk laten glijden. Soms vind ik het merkwaardig om ze als een altijd aanwezige herinnering tegen mijn vingertoppen te voelen, maar tegenwoordig geven ze me meer troost dan droefheid. Het zou mama vast niets kunnen schelen als ze het wist.

Trouwens, mama heeft me iets van Suzy laten zien dat ook zij soms bij zich draagt. Een klein kussentje, keurig gestikt, om hoofdpijn te verlichten nog wel.

Pa zegt dat hij nu weet waarom er vorige zomer zo veel oogsten mislukt zijn. Hij gelooft dat we iets belangrijks moesten leren over vertrouwen op God. Het was een boodschap van hoop, om in de tijd van strijd naar op te kijken. Hij zegt dat het is alsof onze hemelse Vader zei: 'Kijk naar Mij, zelfs te midden van je onzekerheid en verlies – of het nu een oogst is of een geliefde – Ik ben hier, en Ik roep je tot Mijn vreugde en vrede.'

Ondanks mijn verbijstering over de eis van Calebs vader vervul ik hoopvol de plichten van mijn leven, en ik weet dat de liefde het zelfs onder de ergste omstandigheden kan winnen. Van alle verhalen die pa voorleest uit de Bijbel, is Gods Zoon het mooiste voorbeeld van grote liefde. Te bedenken dat Hij alles in de hemel opgaf om hier bij ons te komen – ons het hof te maken, naar ons hart te dingen. Wat is dat eigenlijk verwonderlijk, Zijn liefde voor mensen.

Mama zegt dat het mooiste is dat we nooit van die liefde gescheiden zullen worden, noch hier, noch ginder. Ze denkt dat Suzy dat al weet. Ze zegt dat ze zich niet kan voorstellen wat Suzy nu ervaart. Dus als ik nu denk aan mijn overleden zusje, probeer ik te denken zoals mama, met verrukking en misschien een beetje jaloezie.

Straks is het kerstfeest, en dit jaar wordt het hier een bijzondere viering van de verjaardag van de Heere. Voor die tijd wil ik voor mezelf vaststellen wat er gebeurd is op Suzy's laatste dag op aarde. Ik wil haar goede vrienden ook bedanken, dat ze naar mijn eigenzinnige zusje hebben omgekeken en geholpen hebben haar te redden van het kwaad van de wereld.

Soms vraag ik me af of ik van de zomer een bezoek moet brengen aan de tabernakel, al was het maar om mijn hechte zusterlijke band met Suzy te gedenken. Ach, maar ik hoop dat mijn terughoudendheid me er niet van zal weerhouden Zachary en zijn broer te ontmoeten. Ik ben hen al eens misgelopen door de kans te laten schieten om die vreselijke dag met hen uit varen te gaan. Ik was egoïstisch, ik wilde mijn kansen bij Caleb niet bederven door in verband te worden gebracht met zijn *Englische* neef. Uiteindelijk heb ik een vreselijke prijs betaald door niet te gaan – maar als ik doorzet en hen vind, wat zal die ontmoeting me dan kosten?

Wat de dagen die voor me liggen ook mogen brengen, ik blijf de lekkernijen bakken waar mijn klanten naar hunkeren, en vriendelijkheid en goede werken verspreiden aan alle mensen die ik ontmoet. En ik hoop dat God zal waken over Caleb en mij, al ziet onze toekomst er troosteloos uit. De vredige breuk die de bisschop de Gemeenschap van Eenvoud aanbood, was per slot van rekening een echt wonder.

Waarom kan er voor Caleb en mij niet ook een wonder gebeuren?

Dankwoord

Terwijl ik onderzoek deed voor deze serie, kwam ik te weten dat er in 1966 twee scheuringen hadden plaatsgevonden onder de Oude Orde Amish, een tijd van grote beroering... en behoudende genade. En de genade van één Amish bisschop.

Ik ben mijn neef en nicht Jake en Ruth Bare veel dank verschuldigd voor hun zorgvuldige onderzoek, evenals degenen van wie zij waardevolle informatie en herinneringen ontvingen.

Veel dank aan mijn fantastische redactieteam – David Horton, Julie Klassen en Rochelle Glöege – en iedereen van Bethany House die eraan bijdraagt mijn weg als schrijfster vreugdevol te maken.

Liefdevolle waardering voor mijn man Dave, voor zijn voortreffelijke adviezen bij het bedenken van de plot, aan Carolene Robinson voor haar medische deskundigheid, aan Barbara Birch voor het uitnemende proeflezen, aan elk van mijn onderzoeksassistenten, en aan mijn gebedspartners op verscheidene plaatsen.

Boven alles mijn diepe dankbaarheid aan onze hemelse Vader, Die me leidt op al mijn wegen.